Kai Meyer

Das Wolkenvolk · Seide und Schwert

Kai Meyer

DAS WOLKENVOLK

Seide und Schwert

Band 1 von 3

Loewe

ISBN-10: 3-7855-5741-8
ISBN-13: 978-3-7855-5741-9
1. Auflage 2006

Innen- und Umschlagillustrationen: Joachim Knappe
Umschlaggestaltung: Andreas Henze
Printed in Germany (007)

www.loewe-verlag.de

Für Christiane

Inhalt

China
während der Qing-Dynastie
1760 n. Chr.

Prolog

Sie war als Menschenmädchen unter Drachen aufgewachsen. Aber erst an dem Tag, als die Drachen aus der Welt verschwanden, wurde Nugua bewusst, wie sehr sie sich von ihnen unterschied.

Nie war sie einem anderen Menschen von Angesicht zu Angesicht begegnet. Sie hatte bei den Drachen gelebt, solange sie denken konnte, und keiner hatte ihr je das Gefühl gegeben, etwas anderes zu sein als eine von ihnen. Kleiner, natürlich. Ohne Schuppen, Hörner und goldene Augen. Aber im Herzen doch ein Drache wie alle anderen.

Der mächtige Yaozi, größter unter den Drachen des Südens, hatte sie einst zwischen den Bäumen am Fuß der Berge gefunden, ein Neugeborenes – ein Menschenopfer. Verzweifelte Bauern hatten die Drachen gnädig stimmen wollen, damit sie aus ihren Bergwäldern herabstiegen und den Menschen Regen brachten. Das war alles, was Nugua über ihre Herkunft wusste. Fast wäre es ihr lieber gewesen, Yaozi hätte ihr nie davon erzählt. Dann hätte sie vielleicht glauben können, wirklich ein Drache zu sein, trotz ihrer winzigen Gestalt, trotz der verletzlichen bleichen Haut und den grünen Mandelaugen.

Yaozi lachte oft über die Einfalt der Menschen am Fuß der Berge. „Wie können sie glauben, ein so kleines nacktes Ding könne uns satt machen? Wie können sie glauben, meine kleine Nugua sei aufgefressen mehr wert als lebendig?“

Sie saß im Schneidersitz vor ihm auf einem Felsen, weich gepolstert auf einem Kissen aus Moos. Yaozis gewaltiger Schädel pendelte in der Luft, zehnmal so groß wie sie selbst. „Warum gibt es nicht nur Drachen auf der Welt?“, fragte sie.

Ein amüsiertes Schnauben trompetete aus Yaozis Nüstern. Eine flirrende Wolke wie Goldstaub verflüchtigte sich himmelwärts. „Warum gibt es nicht nur die Berge, sondern auch Wälder und Flüsse und Seen?“, hielt er dagegen. „Alles hat seinen Wert für die Welt – nur ist es manchmal schwer, ihn zu erkennen.“

Und wie ein Berg überragte Yaozi das Mädchen tatsächlich. Sein Schädel senkte sich beim Sprechen zu ihr herab. Das spitze Maul öffnete sich nur unmerklich, wenn er damit Worte formte. Seine Schuppen, jede so groß wie Nuguas Oberkörper, waren rostrot und bronzefarben; sie schimmerten im Dämmerlicht der Bergwälder wie ein Sonnenaufgang. Aus seiner Stirn wuchsen Hörner, geformt wie ein Hirschgeweih, und aus den Lefzen seines Drachenmauls schlängelten sich zwei baumlange goldene Fühler wie Schnurrhaare, mit denen er Nugua manchmal anstupste, wenn er ihr zeigen wollte, wie gern er sie hatte.

„Wenn alles einen Wert hat, welchen Wert haben dann die Menschen?“, fragte sie. Sie sagte nicht „*wir* Menschen“, denn sie fühlte sich nicht wie einer.

„Irgendwann werden auch sie sich ihrer Bedeutung bewusst werden“, entgegnete der Drache.

„Das sagst du nur, weil ich aussehe wie sie.“

„Das sage ich, weil es die Wahrheit ist.“

Nugua schüttelte den Kopf und hob einen Käfer von ihrem Knie. Für sie war er so klein wie sie selbst in den Augen des Drachen. Vorsichtig setzte sie ihn neben sich auf den Stein. „Menschen sind schwach und dumm", sagte sie leise. „Sonst würden sie ihre Kinder nicht den Drachen opfern, damit sie ihnen Regen bringen."

„Ohne den Regen müssen die Menschen hungern."

„Und ohne ihre Kinder gibt es bald keine Menschen mehr, die hungern könnten."

Yaozi schüttelte lachend seine blutrote Drachenmähne, die vom Hinterkopf über seinen eingerollten Schlangenleib wallte. Sein rechter Fühler tupfte eine Freudenträne aus seinem goldenen Auge, der linke aber schob sich auf Nugua zu und berührte sanft ihre Stirn.

„Du sprichst wie ein Drache", stellte er fest. „Wie ein junger, vorwitziger, nicht besonders gut erzogener Drache. Aber doch wie ein Drache."

Nugua umfasste den riesigen Fühler und drückte ihn an sich. Er war breiter als sie selbst und fühlte sich warm an. Geschmeidige Muskeln lockerten sich unter der Goldhaut und passten sich der Form ihres Körpers an.

„Ich will niemals ohne euch sein", sagte sie glücklich.

„Das musst du nicht", sagte Yaozi.

Aber bald darauf waren die Drachen verschwunden.

Und Nugua blieb ganz allein zurück.

° ° °

Als sie an jenem Morgen erwachte, hatte es aufgehört zu regnen. Das war das erste Anzeichen dafür, dass etwas nicht stimmte. Auf Orte, an denen Drachen hausen, fällt stets ein sanfter Sommerregen, auch während der kalten Jahreszeit.

Nugua öffnete die Augen – und kniff sie hastig wieder zu, als Sonnenlicht in ihre Pupillen stach. Weil sie sich ein Leben lang in der Nähe der Drachen aufgehalten hatte, hatte sie die Sonne nur selten zu sehen bekommen. Regenwolken folgten ihnen auf ihren Wanderungen durch die Weiten Chinas, keine schweren dunklen Ballen, sondern faserige Nieselschwaden, hinter denen die Sonne milchig schien, kaum heller als der Mond.

An diesem Morgen aber brannten ihre Strahlen nadelspitz und unbarmherzig aus einem beängstigend klaren Himmelsblau.

Nugua richtete sich auf und blickte vorsichtig zu Boden. Nur langsam gewöhnte sie sich an das schmerzhaft grelle Licht. Sie hatte zwischen den Wurzeln eines gewaltigen Baumes geschlafen, eingehüllt in eine Decke aus abgestoßener Drachenhaut. Die feine Feuchtigkeit, die der Regen sonst auf Felsen und Pflanzen hinterließ, war getrocknet. Das Laub der Wälder schimmerte stumpf. Es war nicht das Einzige, das an Glanz verloren hatte.

Nirgends war ein Drache zu sehen.

„Yaozi?“, rief sie krächzend. Angst überkam sie.

Keine Antwort.

Der Bergwald lag dicht und verlassen da, ein Gewirr aus verschachtelten Felsen, dunkelgrün bemoost, beschattet von Pinien, Buchen und Birken.

Nugua kletterte zwischen den Wurzeln hervor. Einen Drachen kann man nicht übersehen, selbst wenn ihn Felsen und Bäume verdecken. Die Glut seiner Schuppen strahlt dahinter empor, spiegelt sich auf der Unterseite von Blättern, sogar unter den Wolken, wenn einer der großen Drachenkönige vorüberzieht.

Aber Nugua sah hinter Dickicht und Gestein nichts als Düsternis. Allein das Sonnenlicht trieb funkelnde Bahnen durchs Blätterdach, schuf helle Pfützen im Unterholz. Wind pfiff von den Gipfeln herab und schüttelte die Baumkronen, bis sie miteinander flüsterten, in ihrer raschelnden, gespenstischen Sprache.

Sie fand ein paar abgeworfene Schuppen wie an jedem Morgen. Entdeckte vereinzelte Haare aus Drachenmähnen, rot und golden und türkis. Folgte vergeblich den Spuren fünfkralliger Riesenklauen. Betastete schneckenhausförmige Kuhlen im Erdreich, wo zusammengerollte Drachenleiber geschlafen hatten. Und bekam Panik, als sie spürte, dass bereits alle Wärme aus dem Boden entwichen war.

Die Drachen waren fort. Hatten sich über Nacht in Luft aufgelöst, ohne Nugua in ihre Pläne einzuweihen.

Aber was, wenn es gar keine Pläne gegeben hatte? War es denkbar, war es *möglich*, dass die Drachen gegen ihren eigenen Willen verschwunden waren?

Nein, nicht Yaozi, der Drachenkönig des Südens. Und nicht sein ganzer Clan, mehrere Dutzend der größten und gefährlichsten Geschöpfe, die das Reich der Mitte je mit ihrem Dasein gesegnet hatten. Drachen waren heilig und unantastbar. Wer oder was wäre wahnsinnig genug, es mit einem von ihnen aufzunehmen? Und erst recht mit so vielen?

Leiber wie Festungen, Zähne wie messerscharfe Türme. Und Augen wie aus purem Gold, unendlich weise – und bedrohlich.

Nugua inspizierte die Umgebung durch Tränenschleier. Nirgends gab es Kampfspuren. Nicht einmal Schneisen im Unterholz. Drachen werden viele tausend Jahre alt und haben alle Zeit der Welt. Sie kennen keine Eile und schlängeln sich trotz ihrer Größe geschickt zwischen Bäumen hindurch.

Nichts deutete auf einen raschen Aufbruch hin. Keine abgeknickten Stämme, kaum niedergewalztes Dickicht. Die üblichen Spuren eines Drachenlagers, sicher. Aber keine Verwüstung, keine Anzeichen von Hast.

Nugua stieg in eine Kuhle im Boden, in der Yaozi während der vergangenen Nächte geschlafen hatte. Die Erde war ausgekühlt. Die Spuren seiner Schuppenränder waren deutlich zu sehen, ebenso die meterlangen Furchen, die seine Krallen im Schlaf ins Gestein geschnitten hatten. Seit Nugua zu alt war, um wie ein Kind in der Mitte von Yaozis aufgerolltem Schlangenleib zu schlafen, plagten düstere Träume den Schlummer des Drachenkönigs. Besser, man kam ihm nicht zu nahe, wenn er schlafend die Klauen ins Erdreich schlug.

Sie ging in die Hocke und betastete eine Schneise im Waldboden, als wäre dort etwas von seiner Anwesenheit zurückgeblieben, eine Nachricht vielleicht. Eine Erklärung, ganz gleich wie flüchtig. Sie wollte wütend auf ihn sein, dafür, dass er sie nach all den Jahren ohne ein Wort zurückgelassen hatte. Zorn wäre gut, dachte sie. Besser jedenfalls als diese entsetzliche Sorge, die in ihrem Inneren wühlte.

Sie wartete, bis ihre letzten Tränen getrocknet waren. Dann presste sie die Lippen aufeinander und sah trotzig zum Himmel hinauf, starrte stur in die Sonne, als wollte sie das Gestirn dort oben zwingen, den Blick von ihr abzuwenden.

Sie fürchtete sich vor der Welt da draußen. Aber sie hatte sich auch vor der Sonne gefürchtet, und jetzt hatte sie diese Angst besiegt. Sie würde auch mit allem anderen fertig werden.

Sie dachte an Yaozi und an seine goldenen Augen. An seine dröhnende und doch so sanfte Stimme. An die Freundschaft der übrigen Drachen und ihre Geduld mit einem Menschenmädchen, das sie zu einem der ihren gemacht hatten.

Nugua suchte sich einen festen Stock; mit einer Steinklinge schnitt sie ihr schwarzes Haar, bis es kurz und struppig war; sie schnürte ihre Decke aus Drachenhaut zu einem Bündel und befestigte es auf ihren Schultern.

Dann kletterte sie auf einen Felsen und hielt Ausschau nach Regenwolken.

Die Hohen Lüfte

Niccolo stand am äußeren Rand einer Wolke und blickte hinab in die Tiefe. Der Erdboden lag zweitausend Meter unter ihm. Deutlich zeichneten sich die Schatten der Wolkeninsel ab, legten sich wie Tintenflecken über Wälder und Berge und die glitzernden Fäden der Flüsse.

Während er in den Abgrund schaute, fragte er sich zum tausendsten Mal, wie es wohl war, dort unten zu leben, auf festem Boden, auf Stein und Sand und Erde. Am Strand entlangzulaufen und auf Booten das Wasser zu befahren. Das musste ein aufregendes Leben sein, frei und ungezwungen. Gehen zu können, wohin man wollte. Kein Dasein zu führen wie in einem Gefängnis, so wie das seine hier oben auf den Wolken.

Das Volk der Hohen Lüfte bewohnte diese Wolkeninsel seit vielen Generationen. Vor über zweihundertfünfzig Jahren waren die Aetherpumpen zum ersten Mal in Gang gesetzt worden und verliehen den Wolken seither Festigkeit. Vom Boden aus sah niemand, dass Menschen hier oben lebten.

Niccolo tastete mit der Stiefelspitze einen weiteren Schritt nach vorn. Es war nicht leicht zu erkennen, wo die feste Wolkenmasse endete und die durchlässigen Dunstfetzen begannen, die sich immer wieder an den Rändern ansetzten. Die Insel wurde steuerlos vom Wind über die

Welt geweht und sammelte dabei unfreiwillig allerlei Wolkentreibgut ein, von dünnen Fasern bis hin zu gewaltigen Ballen, die sich verkeilten und manchmal tagelang haften blieben. Äußerlich unterschieden sie sich nicht von der festen Masse, auf der das Volk der Hohen Lüfte seine Häuser und Höfe errichtet hatte. Doch wer nicht Acht gab, der konnte sich leicht über die unsichtbare Grenze zwischen stabilem Untergrund und nachgiebigem Dunst verirren. Immer wieder kam es zu tödlichen Unfällen, und Niccolo fragte sich, was wohl die Menschen am Boden dachten, wenn – ganz buchstäblich – aus heiterem Himmel ein Körper in ihre Mitte stürzte.

Sie werden es ihren Göttern in die Schuhe schieben, dachte er und erinnerte sich an die Lektionen seines Vaters. Sie glauben, dass es hier oben im Himmel allmächtige Wesen gibt, die ihr Schicksal bestimmen.

Dabei gibt es nur uns. Und den Aether.

Die Menschen der Hohen Lüfte hatte den Glauben an einen Gott längst aufgegeben. Nach ihrem Aufbruch vom Boden, vor einem Vierteljahrtausend, hatten sie die engen Ketten ihrer alten Religion zurückgelassen – und sich bereitwillig von einer neuen in Fesseln legen lassen. Aber was, wenn der allmächtige Zeitwind, zu dem die Priester in ihren Windmühlen beteten, niemals wehen würde?

Rufen wir den Zeitwind herbei!, wiederholten sie wieder und wieder in ihren Predigten, und das Volk der Hohen Lüfte verneigte sich und murmelte ergeben: *Der Zeitwind komme!*

Niccolo machte einen weiteren Schritt zum Rand hin. Als ihm bewusst wurde, wie nah er sich am Abgrund befand, sprang er hastig zurück. Der heilige Zeitwind mochte niemals kommen, aber eine gewöhnliche Windbö konnte ihn jederzeit erfassen und mit sich reißen.

So wie seinen Vater. Cesare Spini war dem Sog der Tiefe erlegen. Niccolo hatte aus der Ferne mitansehen müssen, wie sein Vater von einem Windstoß von der Wolke gehoben wurde. Cesare hatte den Verlauf der festen Kante in- und auswendig gekannt, besser als irgendeiner sonst auf dieser Seite der Wolkeninsel, doch nicht einmal das hatte ihn vor dem Absturz bewahrt.

Die Grübelei darüber tat weh, und Niccolo versuchte, an etwas anderes zu denken. Aber alles hier erinnerte ihn an seinen Vater. Ihr Haus, zweihundert Meter wolkeneinwärts, war wie ein Schrein, in dem all das Wissen Cesares auf tausenden von Seiten niedergeschrieben stand. Das war Niccolos liebste Erinnerung an seinen Vater: tief gebeugt über eines der vielen Bücher, die er gegen das ausdrückliche Verbot des Herzogs von den Geheimen Händlern gekauft hatte.

Cesare war wissbegierig gewesen, ein nimmersatter Leser, Forscher und kluger Denker. Er hatte sich bemüht, so viel wie möglich davon an seinen Sohn weiterzugeben, aber Niccolo hatte früh erkannt, dass er Cesare nicht das Wasser reichen konnte. Er lernte viel, weit mehr als die anderen Kinder und Jugendlichen auf der Wolkeninsel, aber er tat es nur, solange es ihm keine Mühe machte. Die Sprachen des Erdbodens waren sein Steckenpferd, er hatte sie beinahe wie von selbst erlernt, allein durch die Gespräche mit seinem Vater. Und geredet hatten sie viel, Stunde um Stunde, Tag um Tag, in dieser oder jener Sprache.

Er hat sich gewünscht, dass ich ein Gelehrter werde wie

er, dachte Niccolo niedergeschlagen. Aber das wäre ich niemals geworden, selbst dann nicht, wenn der Wind und der Abgrund ihn mir nicht weggenommen hätten.

Die Bö hatte Cesare vor über einem Jahr in die Tiefe gerissen. Seither lebte Niccolo allein in einem Haus voller Bücher, einer Höhle aus Erinnerungen. Er kümmerte sich um die beiden Kühe und die Schweine, und wenn es sich gar nicht vermeiden ließ, tauschte er auf dem Markt Milch und Käse gegen Eier. Hier draußen, so nah am Rand, konnte man keine Hühner halten. Die Gefahr, dass ein Wind sie erfasste und davonriss, war zu groß. Deshalb lagen die großen Höfe, wie überhaupt die meisten Häuser, im Inneren der Wolkeninsel, über zwei Kilometer vom Rand entfernt.

Das fliegende Eiland selbst war gewaltig, ein Gebirge aus Wolkentürmen und einem tiefen Tal in der Mitte. Der Wind wehte es willkürlich über die Länder des Bodens hinweg. Das Volk der Hohen Lüfte hatte sich weitab vom gefährlichen Rand angesiedelt, trieb Ackerbau in Mulden, in denen Erdreich aufgeschüttet worden war, lebte von Viehzucht und der Jagd auf Vögel.

Es war ein einfaches Leben, ein Dasein voller Entbehrungen. Cesare hatte sich damit nicht abfinden wollen, und darin war Niccolo ihm ähnlich. Er träumte von der Weite des Erdbodens, von den Ländern, die in Cesares Büchern beschrieben wurden, von fremden Kulturen, fantastischen Landschaften. Und von Bäumen, die es auf der Wolkeninsel nicht gab.

Niccolo warf einen letzten Blick in die Tiefe, die seinen Vater getötet hatte und von der er sich doch nur widerwillig lösen konnte. Langsam ging er zurück zum Haus.

Dort fütterte er die Schweine, streichelte ihr borstiges Fell und sprach mit ihnen wie mit Freunden; sie waren die einzigen, die er hatte.

Am Nachmittag schulterte er seine Armbrust, hängte sich eine Rolle Seil an den Gürtel und machte sich an den Aufstieg auf den höchsten der fünf Wolkenberge, die das Tal im Zentrum der Insel umgaben. Die Heimat des Wolkenvolks hatte Ähnlichkeit mit einer schalenförmig geöffneten Hand, mehrere Kilometer im Durchmesser. Der höchste der fünf Berge erhob sich – gemessen vom tiefsten Punkt des Tals aus – gute achthundert Meter hoch, ein Koloss aus aufgebauschten Wolken, seit zweihundertfünfzig Jahren zu dieser Form erstarrt wie gepresster Schnee.

Wenige vom Volk der Hohen Lüfte gingen dort hinauf. Die meisten gaben sich mit der Jagd an den Wolkenhängen eines niedrigeren Berges zufrieden. Auch Niccolo hätte sich die Mühe des Aufstiegs ersparen können, denn Vogelschwärme gab es an jedem Ort der Insel im Überfluss. Trotzdem kletterte er gerne auf dem Berg herum, hangelte sich von einem Dunstvorsprung zum nächsten und betrachtete ehrfürchtig die Aetherpumpen, die sich auf den Gipfeln und Graten des Wolkengebirges erhoben wie schwarze, drohende Zeigefinger.

Er brauchte beinahe drei Stunden, ehe er auf der Bergkuppe ankam. Was er dort sah, überraschte ihn.

Er war nicht allein hier oben.

Mehrere Gestalten hatten sich zwischen dem halben Dutzend Pumpen versammelt, die von hier aus den Aether aus den höher gelegenen Himmelsregionen herabsaugten. Die rätselhafte Substanz, über die kaum jemand mehr wusste als den Namen, verlieh der Wolkeninsel Festigkeit und Flugkraft. Sie war die Lebensgrundlage des Volks der Hohen Lüfte, das Fundament ihrer abgeschiedenen Existenz hier oben am Himmel.

Niccolo ging hinter einer Wolkenwehe in Deckung und hängte die Armbrust über seine Schulter. Er hatte vier Tauben geschossen, die leblos an seinem Gürtel baumelten. Weil er es nicht übers Herz brachte, eines der Schweine zu schlachten, war er auf das magere Fleisch der Vögel angewiesen. Er würde sie später braten und essen, während er in einem Buch seines Vaters las. Auf der Wolkeninsel war das Lesen verboten, da die Zeitwindpriester seit jeher jegliche Form von Überlieferung und Wissen unterdrückten. Der Besitz von Büchern wurde mit Ausschluss aus der Gemeinschaft geahndet. Deshalb hatten Cesare und Niccolo ihr kleines Haus so weit draußen am äußeren Rand errichtet. Sie hatten es nie bereut. Sollten die anderen an ihrer Dummheit ersticken, vor allem Herzog Jacopo de Medici, das Oberhaupt des Wolkenvolks, und seine verzogene Tochter Alessia.

Die Menschen am Fuß der Aetherpumpen liefen aufgeregt hin und her, versammelten sich im Pulk und debattierten heftig, um dann erneut die Pumpen in Augenschein zu nehmen, so als wüsste einer von ihnen tatsächlich noch, wie die Technik im Inneren der schwarzen Türme funktionierte. Cesare hatte oft darüber gelacht, dass sie alle von etwas am Leben erhalten wurden, das sie nicht mehr verstanden. Vielleicht hatte die allererste Generation des Wolkenvolkes noch gewusst, auf welche Weise die Pumpen den Aether aus der Unendlichkeit zapften. Heute war das längst in Vergessenheit geraten. Kein Wunder, solange die Zeitwindpriester das Lesen und Schreiben unterdrückten, solange Bücher verboten und Gelehrte geächtet wurden.

Der Große Leonardo, der legendäre Erbauer der Aetherpumpen, hätte sich wohl dreimal überlegt, ob er die reichen Gaben der Medici für seine Forschungen angenommen hätte, wäre ihm bewusst gewesen, welche Zukunft dem Wolkenvolk bevorstand. Nichts hatte sich weiterentwickelt in zweihundertfünfzig Jahren, kein Fortschritt, kein neu erlangtes Wissen.

Erst der Zeitwind wird Veränderung bringen, predigten die Priester in ihren Windmühlen. Veränderung von Menschenhand war in den Hohen Lüften so unerwünscht wie freier Wille und das Recht, sein eigener Herr zu sein.

Niccolo schlich langsam hinter der wattigen Erhebung entlang. Die sechs Aetherpumpen waren in einem weiten Kreis angeordnet, zweihundert Schritt im Durchmesser. Die Menschen wanderten jetzt von einer Pumpe zur anderen, betasteten ihre metallenen Fundamente und legten die Ohren daran, um ins Innere zu horchen. Andere starrten angestrengt zu den fernen Spitzen empor, folgten mit Blicken dem Verlauf der dünnen Eisenfühler, deren Enden sich irgendwo in den Weiten des Himmels verloren. Zu weit oben für das menschliche Auge. Hoch genug, um die Regionen des Aethers zu erreichen, die *jenseits* des Himmels lagen.

Sieben Männer und eine Frau, zählte Niccolo. Nein, keine Frau, verbesserte er sich gleich darauf – ein Mädchen, nicht älter als er selbst.

Alessia de Medici schritt an der Seite ihres Vaters, des Herzogs Jacopo, und in ihrem Gefolge hasteten die Würdenträger des Rates von einer Pumpe zur nächsten. Oddantonio Carpi, der Schattendeuter, der aus den Wolkenschatten am Boden die Zukunft las. Federico da Montefeltro, der oberste der Zeitwindpriester. Tommaso Mantua, der höchste Ordnungswächter der Insel. Lorenzo Girolami, der Richter. Und natürlich Sandro Mirandola, kein Edler wie die anderen, sondern der Verantwortliche für die Aetherpumpen. Erstaunlicherweise war er es, der die meiste Zeit über redete, und selbst aus der Ferne konnte Niccolo sehen, dass ihn irgendetwas beunruhigte.

Tatsächlich schienen sie alle sich Sorgen zu machen, sogar Alessia, diese Ausgeburt von Arroganz und Selbstherrlichkeit. Niccolo konnte sie nicht ausstehen. *Niemand* konnte sie ausstehen, vermutlich nicht einmal ihr Vater. Nun, er vielleicht ein wenig.

Niccolo fragte sich, was diese Sieben in solche Aufregung versetzt hatte. Aus dem Inneren der Pumpen ertönte das selbe rhythmische Stampfen wie eh und je, seit zweieinhalb Jahrhunderten. Nichts erschien ihm auffällig oder Besorgnis erregend. Vielleicht konnte er sich unbemerkt noch näher heranschleichen, um zu hören, worüber sie sprachen.

Da fiel sein Blick hinüber zum Hauptweg, der auf den Gipfel des Wolkenberges führte; Niccolo hatte ihn nicht benutzt, weil er lieber die steileren Hänge erklomm. Nun war er froh, denn zehn bewaffnete Leibwächter des Herzogs bildeten ein Spalier rechts und links des Weges, einer seichten Rinne in der weißen Wolkenoberfläche.

Wenn die Soldaten ihn beim Spionieren entdeckten, würden sie ihn festnehmen. Vielleicht gar für ein paar Tage hinter Gitter stecken. Und wer würde dann seine

Schweine und Kühe füttern? Er bezweifelte, dass die Männer ihm erlauben würden, dem alten Emilio Bescheid zu geben, der hin und wieder bei Niccolo vorbeikam, um nach dem Rechten zu sehen.

Sie durften ihn nicht bemerken.

Flink huschte er von einem Wolkenhügel zum nächsten. Seit jeher war es verboten, hier herauf zu kommen, und Niccolo hatte sich schon als kleiner Junge über diese Regel hinweggesetzt. Selten genug, dass er auf dem Gipfel jemandem begegnete. Wenn überhaupt, dann höchstens Sandro Mirandola oder einem seiner nichtsnutzigen Pumpeninspekteure. Nichtsnutzig, weil nicht einmal sie die Technik der Türme verstanden.

Immerhin aber musste einem von ihnen etwas Ungewöhnliches aufgefallen sein, sonst hätte sich nicht der gesamte Rat hier oben versammelt. Irgendetwas stimmte nicht.

Ehe Niccolo nahe genug heranschleichen konnte, gab der Herzog den anderen einen Wink und ging mit seiner Tochter zurück zum Spalier seiner Soldaten. Palavernd folgten ihnen die Ratsherren, gestikulierend und diskutierend, bis sie allesamt hinter dem Rand der Gipfelkuppe verschwunden waren.

Niccolo war wieder allein auf dem Berg. Allein mit den Aetherpumpen und dem uralten Rätsel, das sie umgab.

Eine Weile lang lief er um die schwarzen Türme herum, ertappte sich sogar dabei, dass er das Gleiche tat wie die anderen vor ihm: Er horchte am Metall, fuhr mit den Fingerspitzen darüber, suchte nach Anzeichen für irgendetwas Außergewöhnliches hoch oben an den Aetherfühlern.

Aber nichts. Keine Antworten. Nicht einmal *Fragen.* Alles war genauso wie immer.

Zögernd machte er sich an den Abstieg. Es wurde bereits dunkel, als er das Haus erreichte, windumtost in der Dämmerung, weil ein Höhensturm aufzog, für den es wieder mal keine Vorzeichen gegeben hatte.

Niccolo sah nach den Tieren, erzählte den Schweinen, was er erlebt hatte, wunderte sich nicht, dass auch sie keine Lösung wussten, und ging ins Haus, um seine Tauben zu braten.

Der Sturm kam schneller, als er erwartet hatte, rüttelte an den Fensterkreuzen und ließ die Holzwände erbeben. Die Kühe draußen im Stall muhten ängstlich. Die Schweine scharrten im Stroh, bis sie auf weiße Wolkenmasse stießen.

Am nächsten Morgen erwachte er von Erschütterungen. Der Boden unter seinem Bett bebte, das ganze Haus erzitterte. Jetzt schrien sogar die Schweine vor Angst.

Doch es war nicht der Sturm, der Niccolos Welt aus den Fugen hob.

° ° °

Er rollte aus dem Bett und kämpfte sich schwankend auf die Füße, während das Geschrei der Tiere aus dem Stall immer lauter wurde. Er stürzte abermals hin, als er in seine Hose schlüpfte, kletterte dann halb laufend, halb kriechend zwischen einstürzenden Bücherstapeln zur Tür.

Draußen fiel es ihm leichter, sich aufzurappeln. Mit einer Hand hielt er sich am Türpfosten fest, während er darauf wartete, dass das Beben verebbte. Aber die Erschütterungen setzten sich fort. Vom frühen Sonnenlicht geblendet sah er zum Rand der Wolke hinüber. Die losen Dunstfetzen lösten sich von der festen Masse und trieben davon, nicht wie sonst zur Seite, sondern *nach oben.*

Die Wolkeninsel verlor an Höhe!

Niccolos erste Sorge galt seinen Schweinen und Kühen. Mit schlingernden Schritten eilte er zum Stall und riss das Tor auf. Die Bretterwände klapperten und knirschten, aber das Dach war stabil genug, um die Erschütterungen aufzufangen. Die zehn Schweine quiekten angsterfüllt durcheinander und stießen mit den Schnauzen ans Gatter ihrer Pferche. Auch die beiden Kühe muhten aufgeregt, standen aber da wie erstarrt, als vergrößere jede unnötige Bewegung die Gefahr. Niccolo lief von einer Absperrung zur nächsten und redete beruhigend auf die Tiere ein, während ihm selbst die Frage durch den Kopf geisterte, ob dies nun das Ende wäre.

Die Wolkeninsel war niemals zuvor gesunken. Sicher, Stürme hatten sie durchgeschüttelt, Tornados die Höfe verwüstet oder starke Regenfälle das Tal unter Wasser gesetzt. Aber nie war sie dem Erdboden näher gekommen als bis auf zweitausend Meter. Das war ein ungeschriebenes physikalisches Gesetz, so wie die Tatsache, dass Regen nun einmal von oben fiel und Väter, die dem Rand zu nahe kamen, unweigerlich in die Tiefe stürzten.

Zweitausend Meter. Das war die unsichtbare Grenze der Hohen Lüfte, die vorderste Schwelle zum Reich des Aethers.

Und nun sanken sie, zum ersten Mal seit zweihundertfünfzig Jahren.

Niccolo rief den Tieren zu, alles werde gut, ganz sicher

sogar; er werde sie mit seinem Leben schützen, wenn es sein müsse, und das meinte er ernst. Atemlos rannte er aus dem Stall und schaute sich um.

Die losen Dunstfetzen, die sich überall vom Rand der Insel lösten, verdeckten die Sicht auf die Wolkengipfel. Standen die Aetherpumpen noch? Ebenso gut hätte er fragen können, ob der Himmel noch an Ort und Stelle hing. Die Aetherpumpen waren unfehlbar, man zweifelte nicht an ihnen. Aber ihm kamen die sorgenvollen Mienen der Ratsmitglieder in den Sinn. Hatten sie geahnt, dass es Schwierigkeiten geben würde? Ganz sicher sogar.

Niccolos Blick huschte ins Tal, über Wolkenwehen hinweg, die Teile der Siedlung verdeckten. Zwischen seinem Haus und der kleinen Ortschaft lag auf halber Strecke der Hof des alten Emilio. Kurz dahinter erhob sich auf einem weißen Hügel eine Windmühle. Zwar wurde dort auch Korn gemahlen, doch diente das Gebäude vor allem als Ort der Versammlung. Einmal am Tag rief ein Priester zur Predigt und verkündete das baldige Kommen des Zeitwindes, der sie alle in eine bessere Zukunft wehen würde. Es gab sieben solcher Windmühlen auf der Wolkeninsel, und Niccolo hielt sich von allen fern.

Der Boden wurde erneut erschüttert, viel heftiger diesmal. Niccolo fuhr herum in Richtung Stall. Falls das Dach einstürzte, würden die Balken die Schweine und Kühe schwer verletzen, vielleicht sogar töten. Aber ihm blieb keine Zeit, sie alle ins Freie zu treiben, denn im selben Augenblick neigte sich die Insel in Niccolos Richtung und warf ihn von den Füßen. Die Balken der Gebäude knirschten erbärmlich, aber sein Vater hatte solide gebaut; Haus und Stallungen hielten den Belastungen stand.

In der Ferne ertönte ein grässliches Bersten. Wieder wirbelte Niccolos Blick herum. Das Flügelkreuz der Windmühle löste sich aus seiner Verankerung, riss die halbe Wand des Turmes ein und hüpfte hochkant wie ein Spielzeug über die Wolkenhügel, auf und nieder, vorbei an Emilios Hof – und genau auf Niccolo zu. Über tausend Meter mochten noch zwischen ihm und dem heranpolternden Flügelkreuz liegen. Der Anblick war so bizarr, dass er sich für einen Moment nicht davon abwenden konnte, einfach nur hinstarrte wie ein Vogel, der einem Jäger in die Augen blickt, ohne zu ahnen, dass ein tödlicher Pfeil auf ihn gerichtet ist.

Falls das gewaltige Flügelkreuz mit dem Haus kollidierte, würde von beidem nur ein Haufen Holztrümmer übrig bleiben. Welch böse Ironie, schoss es Niccolo durch den Kopf, dass es ausgerechnet die Windmühlenflügel sein sollten, die den Hof zerstörten. Die Zeitwindpriester trugen Mitschuld daran, dass Cesare Spini und sein Sohn die Gemeinschaft hatten verlassen müssen; auf ihr Geheiß hin hatte der Herzog den Ausschluss der beiden verhängt.

Die vier Windmühlenflügel drehten sich schneller als beim heftigsten Sturm, schlingerten und sprangen, neigten sich aber niemals weit genug, um auf die Seite zu fallen. Ihre Umrisse verschwammen in der Bewegung zu einem wirbelnden Rad, doppelt so hoch wie das Hofdach. Ihre Enden huschten wie Beine eines Riesentiers über die Wolkenoberfläche, fetzten weiße Flocken aus dem Untergrund, gruben eine Furche durch Wehen und Hügel. Die Insel lag noch immer schräg; der Rand, an dem sich Niccolos Haus erhob, bildete den tiefsten Punkt. Das Flügelkreuz musste zwangsläufig in diese Richtung rollen.

Die Tiere im Stall wurden durch die Neigung des Untergrunds durcheinander geworfen. Niccolo hetzte ins Haus, zog den alten Langbogen seines Vaters aus einer Ecke und stürmte wieder ins Freie, hinauf auf einen Hügel, nicht weit vom Hof entfernt. Die Waffe zu spannen war nicht einfach, die Pfeile im Köcher waren beinahe doppelt so dick wie Niccolos Zeigefinger. Trotzdem gelang es ihm, die knirschende Bogensehne bis ans Ohr zu ziehen.

Er wartete, bis das Flügelkreuz über die nächste Erhebung rotierte, dann ließ er los. Der Pfeil fauchte mit ungeheurer Wucht davon, geradewegs auf das flirrende Rad zu – und wurde von dem Wirbel verschluckt, als hätte Niccolo ins Leere gezielt.

Schon lag ein zweiter Pfeil an seiner Sehne. Gleich darauf ein dritter und vierter. Pfeil um Pfeil feuerte er auf das Flügelkreuz ab, jeder mit genug Kraft, um einen Ochsenleib zu durchschlagen und auf der anderen Seite weiterzufliegen. Sein Vater war stolz auf diesen Bogen gewesen, ein Erbstück aus alter Zeit, als die Ahnen der Spinis am Boden gelebt hatten. Er hatte ihn gepflegt wie eine Kostbarkeit und voller Ehrfurcht damit auf hölzerne Ziele geschossen, denn zur Vogeljagd taugte das Ungetüm nicht.

Falls es Niccolo gelänge, das Flügelkreuz zum Schlingern zu bringen, es auf eine andere Bahn zu lenken … Verdammt, er war bereit, sich mit ausgebreiteten Armen vor den Stall zu werfen. Die Tiere waren die einzige Familie, die ihm geblieben war, und er würde nicht davonlaufen, um seine eigene Haut zu retten, während sie unter Trümmern zermalmt wurden.

Die Zeit verdichtete sich zu flüssigem Glas, während das Rad auf ihn zu klapperte, von der Neigung der Wolkeninsel angetrieben, ein vierbeiniges Monster aus zentnerschweren Holzbalken, gebaut um selbst den Stürmen der Hohen Lüfte zu trotzen. Im Hintergrund wehten lose Wolkenfetzen himmelwärts, fortgerissen vom Gegenwind aus der Tiefe. Wie schnell die Insel fiel, war nicht zu erkennen. Niccolo war zu weit vom Rand entfernt, als dass er von hier aus den Erdboden hätte näher kommen sehen.

Er spannte den Bogen zum elften oder zwölften Mal und ahnte zugleich, dass es zu spät war. Eine neuerliche Erschütterung ließ die Wolken erbeben. Er verlor das Gleichgewicht, der Pfeil zischte ungezielt ins Nichts.

„Nein!“, stieß er zwischen zusammengebissenen Zähnen hervor.

Nicht der Stall!

Weitere Beben, weitere Stöße wie Hiebe einer unsichtbaren Riesenfaust. Die weiße Wolkenmasse fing ihn auf, als er zurückfiel, den Bogen verlor und die kleine Anhöhe hinabkugelte. Die restlichen Pfeile wurden über den Hang verstreut.

Mit einem Stöhnen kam er auf, schwindelig und mit Schmerzen im ganzen Leib. Sein Gleichgewichtssinn schlug Purzelbäume, der Herzschlag stampfte wild in seinen Ohren.

Er hob den Kopf, blickte durch Schleier nach vorn.

Das Flügelkreuz donnerte auf ihn zu. An ihm vorbei.

Genau auf das Haus und die Stallungen zu.

Gestrandet

Sein Schrei und das Kreischen des berstenden Holzes waren eins. Die Luft um ihn herum vibrierte. Gegenwind peitschte über die Wolkenränder und riss heulend die letzten lockeren Reste davon.

Eine Erschütterung wie keine zuvor stieß die abgesunkene Seite der Insel abrupt nach oben. Die Neigung schlug ins Gegenteil um, der Boden hob sich unter Niccolo, unter Haus und Stall, unter den schreienden Tieren und dem tödlichen Flügelrad.

Kurz bevor das hölzerne Ungeheuer die Stallungen zermalmen konnte, wurde es vom aufsteigenden Boden zurückgestoßen, kam ins Schlingern, holperte rückwärts – und stürzte wie ein sterbender Riese auf die Seite. In einer Wolke aus weißen Fetzen und verwehtem Erdreich prallte es auf, seine Kreuzstreben brachen, die Bespannung fetzte in Stücke.

Das Ende eines Flügels lag keine Mannslänge von Niccolo entfernt.

Er stemmte sich hoch, während sein Blick zum Stall raste. Das Gebäude war unversehrt. Der Torflügel stand weit offen, ein Scharnier war gebrochen. Innen rumorten die Schweine. Die Kühe muhten verstört.

Es war noch nicht vorbei. Er hatte den Gedanken kaum gefasst, da schlug auch die andere Seite der Insel irgendwo auf. Das Beben rollte von den gegenüberliegenden Wolkenbergen durchs Tal heran, Wellen schüttelten den Untergrund und erreichten Niccolos Hof mit leichter Verzögerung. Abermals schien es ihm, als hätte irgendwer ihn gepackt, mit ihm ausgeholt wie mit einer ungeliebten Puppe und ihn zurück auf den Boden gedroschen.

Alles drehte sich um ihn. Taumelnd kämpfte er sich hoch und stolperte zum Tor des Stalls hinüber. Im Inneren war es dämmerig, deshalb erkannte er zu spät, dass eines der Gatter aufgesprungen war: Eine Horde Schweine drängte ihm entgegen und hätte ihn beinahe niedergetrampelt. Gerade noch rechtzeitig konnte er ausweichen, als sie an ihm vorbeipreschten, schneller als man es ihren plumpen Leibern zugetraut hätte, panisch, vielleicht sogar wütend, aber immerhin lebendig und gesund. Er würde sie später wieder einfangen, falls ihm noch Gelegenheit dazu blieb.

Der zweite Schweinepferch war noch verschlossen, aber auch hier versuchten die Tiere mit aller Kraft, das Gatter aufzusprengen. Sie stießen aufgebracht dagegen und quiekten mit ihren hohen Schweinestimmen. Keines hatte sichtbare Verletzungen davongetragen.

Die beiden Kühe lehnten an der Rückwand und starrten ihn aus großen Augen an. Sie waren zu verängstigt, um etwas anderes zu tun, als dazustehen und abzuwarten. Niccolo litt mit ihnen und hätte sie am liebsten umarmt, weil keine von ihnen gebrochene Beine hatte oder sonst wie verletzt war.

Jetzt erst fiel ihm auf, dass die Erschütterungen aufgehört hatten. Der Boden zitterte nicht mehr, das Sturmgetöse des Gegenwinds war verstummt.

Die Wolkeninsel lag wieder ruhig in der Horizontalen. Der Absturz war abgewendet – zumindest hinausgezögert. Ein ungebremster Aufprall hätte sie in Stücke gesprengt. Der Aether machte die Wolken zwar fest, aber nicht unzerstörbar.

Niccolo strich den Kühen beruhigend über die bebenden Flanken, dann eilte er zurück ins Freie. Die entflohenen Schweine waren rund um das umgestürzte Flügelkreuz stehen geblieben, als hätten sie sich die Winkel zwischen den geborstenen Holzstreben als neuen Pferch ausgesucht.

Niccolos Blick schwenkte von den Tieren hinüber zum Rand.

Wo vor Minuten noch blauer Himmel gewesen war, erhob sich jetzt etwas Dunkles, Massiges. Eine schrundige Oberfläche, an deren Furchen und Klippen sich die Wolkeninsel verkeilt hatte. Eine Felswand.

Jenseits der Wolkenberge, auf der anderen Seite der Insel, ragte ebenfalls ein finsterer Umriss empor, höher als die weißen Gipfel, bedrohlich und Ehrfurcht gebietend. Und weiter links – das Gleiche. Die Wolkeninsel musste sich bei ihrem Sinkflug zwischen drei Felsgiganten verkeilt haben und steckte nun wie ein Pfropfen zwischen den Bergen fest.

Es dauerte drei, vier Atemzüge, ehe Niccolo realisierte, was das bedeutete.

Der Schmerz seiner Prellungen war vergessen, als er losrannte, der Wolkenkante entgegen, dorthin, wo die weiße Masse auf festes Gestein stieß.

Eine Felswand. Der Erdboden!

Sie waren nicht länger Gefangene der Hohen Lüfte!

Nicht einmal die Zeitwindpriester und der Herzog konnten jetzt noch verhindern, dass jene, die gehen wollten, die Wolkeninsel verließen.

Während er lief, wünschte er sich, sein Vater hätte dies erleben können. Die Rückkehr der Wolkeninsel zur Erde. Die Gelegenheit, auf die Cesare gewartet hatte, um all sein Wissen über fremde Länder, Kulturen und Sprachen zum ersten Mal zu nutzen. Er hatte oft gesagt, er fühle sich wie der beste Koch der Welt, dem man nicht erlaubte, einen Topf auf die Feuerstelle zu stellen.

Schwarzes, kantiges Gestein nahm jetzt Niccolos gesamtes Sichtfeld ein. Noch nie hatte er einen Berg – einen *echten* Berg – aus so großer Nähe gesehen. Aus dem lockeren Lauf wurde gehetztes Sprinten, als er sich dem Rand der Wolkeninsel näherte. Die wattige Masse hatte an den zerklüfteten Felsen Spuren hinterlassen, abgeschürftes Weiß, das sich zusehends in faserige Nebelschwaden auflöste, unsichtbar wurde wie schmelzender Schnee. Zugleich hatte die Insel Felsstürze ausgelöst. Geröll und gesplitterte Brocken lagen weit verteilt auf der gesamten Randregion.

Niccolo blieb stehen und streckte zögernd die Hand aus. Seine Fingerspitzen berührten den kalten Fels. Er hatte noch nie Stein angefasst. Auf der Wolkeninsel wurde ausschließlich mit Holz gebaut, das meiste uralt und nicht selten morsch, denn Nachschub gab es nur, wenn die Geheimen Händler auftauchten. Das letzte Mal aber lag länger zurück als Niccolos Geburt.

So also fühlt sich ein Berg an, dachte er. Der Boden. Die Zukunft.

Ganz kurz überlegte er, ob er sich für seine Euphorie

hätte schämen müssen. Der Absturz hatte im Wolkental gewiss schwere Schäden angerichtet. Sicher gab es Verletzte, vielleicht sogar Tote. Er machte sich keine Illusionen darüber, dass er und seine Tiere unglaubliches Glück gehabt hatten.

Und trotzdem hatte er kein schlechtes Gewissen. Ganz im Gegenteil, er kochte fast über vor Freude. Sie waren am Boden, zurück auf der Erde. Bald würde jeder gehen können, wohin er wollte. Sie würden –

Niccolos Gedankengänge endeten jäh.

Während er über die Zukunft nachgedacht hatte, war er dem Verlauf von Kante und Felswand gefolgt. Nun hatte er eine Stelle erreicht, an der das Gestein zurückwich. Der Fels, der die Wolkeninsel auf dieser Seite festhielt, endete abrupt. Niccolo konnte über den Rand blicken, an der Steilwand vorbei, hinaus in die Landschaft. Auf die Landschaft *hinab*.

Er hatte sich getäuscht. Die Wolkeninsel hatte noch lange nicht den Boden erreicht. Sie steckte zwischen den höchsten Gipfeln eines zerklüfteten Gebirges fest, säulenähnlichen Granittürmen, viel zu steil, um daran hinabzuklettern, ohne sich alle Knochen zu brechen.

Unter ihnen lagen weitere tausend Meter tödliche Leere.

° ° °

„Wir sind gekommen, um mit deinem Vater zu sprechen", sagte der Mann, den Niccolo bis zum heutigen Tag immer nur aus der Ferne gesehen hatte. Und selbst das nur wenige Male.

Herzog Jacopo de Medici schaute sich missbilligend im Wohnraum des Hauses um, entdeckte Bücher über Bücher, eines so verboten wie das andere. „Aber ich sehe nur wertloses Papier. Und dich."

„Mein Vater ist tot", sagte Niccolo.

Der Herzog wechselte einen Blick mit dem Schattendeuter Oddantonio Carpi. Der sah hinüber zu Federico da Montefeltro, dem obersten Zeitwindpriester. Beide Männer wirkten ratlos.

„Vielleicht lügt er", brach Alessia das Schweigen der Männer. Die Herzogstochter sah Niccolo von oben herab an, obgleich sie einen halben Kopf kleiner war als er. „Vielleicht versteckt sich Cesare vor uns. Immerhin ist er ein Ausgestoßener."

Niccolo presste die Lippen aufeinander und tat, als hätte er ihre Worte nicht gehört. Es fiel ihm nicht leicht. Alessia war mit ihrem dunkelroten Haar so hübsch wie hochmütig. Ihre Augen glänzten golden wie die aller Wolkenbewohner – das machte die Nähe des Aethers –, doch die ihren wirkten noch eine Spur heller und leuchtender als die aller anderen. Sie hatte fein geschnittene Züge und einen schönen Mund, der Gift und Galle spuckte. Im Widerspruch zu ihrem herrschaftlichen Gebaren standen die wilden Sommersprossen, die ihr ganzes Gesicht und ihren Hals bedeckten.

„Alessia", ermahnte ihr Vater sie in einem Tonfall, der zu müde klang, um sie einzuschüchtern. Mit einer Bewegung, als täten ihm alle Glieder weh, wandte er sich wieder an Niccolo. „Wann ist er gestorben?"

„Vor über einem Jahr. Der Wind hat ihn mitgenommen."

„Warum weiß ich nichts davon?“

Weil es dich nichts angeht, dachte Niccolo. „Wir sind Ausgestoßene“, sagte er mit einem finsteren Blick auf Alessia.

Sie waren zu viert gekommen, kaum eine Stunde, nachdem Niccolo das letzte Schwein zurück in den Pferch gesperrt hatte. Noch immer klang das Quieken der Tiere aufgeregter als sonst, selbst durch die Holzwand zwischen Wohnraum und Stall.

Herzog Jacopo. Sein Schattendeuter. Der schwammige Zeitwindpriester. Und natürlich Alessia, die sich jetzt verächtlich von den Männern abwandte und einen unauffälligen Blick auf die Bücher warf, die noch immer auf dem Boden verteilt lagen. Sie kehrte Niccolo den Rücken zu, daher konnte er ihren Gesichtsausdruck nicht sehen, während sie sich umschaute. Erstaunt fragte er sich, ob sie wohl lesen konnte. Eigentlich war das undenkbar, da doch ihr Vater das Lesen verboten hatte. Und trotzdem schien sie ihm ein wenig zu lange auf einzelne Bücher zu starren. Auch der Zeitwindpriester bemerkte es und hob missbilligend eine Augenbraue.

„Niccolo.“

Die Stimme des Herzogs ließ ihn zusammenzucken. Das Oberhaupt des Wolkenvolkes trug keines seiner prunkvollen Amtsgewänder, sondern einen schlichten Mantel über Hosen aus Leinen und eine kurze dunkle Samtjacke. Er war nicht älter als fünfzig, doch er ging leicht gebeugt, so als laste mehr als die Herzogwürde auf seinen Schultern. Manche munkelten, er litte unter der Tatsache, dass seine Frau ihm keinen Sohn geboren hatte. Irgendwann würde Alessia, sein einziges Kind, das Amt des höchsten

Wolkenbewohners übernehmen. Vermutlich war das der Grund, weshalb er sie seit geraumer Zeit an Ratsitzungen und Unterredungen wie dieser teilnehmen ließ, auch wenn er damit den Unmut der Priester heraufbeschwor. Die Vorstellung, es erstmals in der Geschichte des Wolkenvolks mit einer Herzogin zu tun zu bekommen, belastete das Verhältnis zwischen den Zeitwindpriestern und der mächtigen Medicifamilie.

„Niccolo, wir sind hergekommen, um mit deinem Vater zu sprechen." Der Herzog schaute sich einmal mehr im Raum um und schien zu erwägen, Alessia von den Büchern fortzuzerren. Dann aber ließ er sie mit einem lautlosen Seufzen gewähren. „Nun sagst du uns, Cesare lebt nicht mehr. Was gewisse ... Schwierigkeiten mit sich bringt."

„Ich muss seitdem allein zurechtkommen", sagte Niccolo. „Welche *anderen* Schwierigkeiten könnte irgendwer dadurch haben?"

„Schau, mein Junge", mischte sich der Priester ein. Seine Ringe klirrten aneinander, als er beim Sprechen mit den Händen gestikulierte. „Dein Vater spricht doch die Sprachen des Erdbodens, nicht wahr?"

„Er *hat* sie gesprochen. Jedenfalls ein paar."

„Wir hatten gehofft, er könnte ... nun, er könnte uns allen einen großen Dienst erweisen."

Habt ihr es denn noch immer nicht verstanden?, schrie es in Niccolo. Mein Vater ist tot. Er ist in die Tiefe gestürzt, weil ihr ihn dazu gezwungen habt, so nah am Rand zu leben.

Er wusste selbst, dass das nur die halbe Wahrheit war. Cesare hatte gern hier draußen gewohnt. Sie beide waren zufrieden gewesen mit ihrem Dasein. So zufrieden man eben sein konnte, wenn man eigentlich der Meinung war, dass man hier oben auf den Wolken wie in einem Gefängnis hauste.

Und dennoch ... Was bildeten die vier sich ein, hier aufzutauchen und fortwährend über seinen Vater zu reden, als wäre er *nicht* nach einem Sturz aus zweitausend Metern Höhe am Boden zerschmettert?

Um seine Wut nicht laut hinauszubrüllen, versuchte er es seinerseits mit einer Frage. „Was genau ist eigentlich passiert?"

Wieder wurden Blicke gewechselt, so als wäre es ein Geheimnis, dass die Wolkeninsel zwischen den Berggipfeln feststeckte.

„Die Pumpen saugen keinen Aether mehr in die Wolken", sagte der Herzog nach einem Moment. „Wir wissen nicht, warum das so ist. Aus irgendeinem Grund haben wir an Höhe verloren. Erst ganz langsam, bis der Kontakt zum Aether abgerissen ist, dann aber ... nun, du hast es selbst erlebt. Im Ort herrscht Panik. Viele Häuser wurden zerstört und noch mehr schwer beschädigt. Die Menschen sind verrückt vor Angst. Und zu allem Überfluss hängen wir zwischen diesen verdammten Bergen fest."

Alessia wandte sich zu ihnen um. „Wie es aussieht, haben die Berge uns allen das Leben gerettet."

„Ja", entgegnete ihr Vater zerknirscht, „ja, das haben sie wohl."

„Sie sind *Boden*!", empörte sich der Zeitwindpriester. „Sie sind *Stein*! Boden und Stein sind die Sklaven des Abgrunds!"

Alessia verdrehte die Augen, was sie Niccolo für einen winzigen Moment beinahe sympathisch machte. Offensichtlich hielt sie ebenso wenig von den Priestern wie er selbst. Doch als hätte sie gespürt, dass da etwas in ihm ins Schwanken geriet, fixierte sie ihn mit ihren Goldaugen und schnauzte: „Wenn dein Vater tot ist, weshalb brauchst du dann all diese Bücher?"

Hinterm Rücken ballte er die Hand zur Faust, bis es wehtat. „Würdet Ihr sie gerne lesen?", fragte er gedehnt.

„Meine Tochter kann nicht lesen", ging der Herzog eilig dazwischen. „Sie braucht keine Bücher."

Alessia sah aus, als ob sie etwas entgegnen wollte. Dann aber schüttelte sie nur den Kopf und verließ hocherhobenen Hauptes das Haus. Niccolo atmete innerlich auf.

„Da ist noch etwas", sagte der Herzog. „Noch sind die Wolken mit Aether gesättigt, der sie zusammenhält. Aber dieser Zustand wird nicht ewig anhalten. Wenn es uns nicht gelingt, in die Hohen Lüfte zurückzukehren, und wenn die Pumpen keinen neuen Aether fördern, dann heißt das nicht nur, dass wir hier unten festsitzen. Es bedeutet vielmehr, dass sich die Insel *auflösen* wird! Wir haben weder die Zeit noch die Mittel, alle Bewohner bis dahin zum Erdboden zu bringen." Der Priester wollte aufbegehren, aber der Herzog schüttelte den Kopf. „Nicht jetzt!", sagte er hitzig. „Wir könnten sie nicht in Sicherheit bringen, selbst wenn wir es wollten. Wir können nur abwarten – und zusehen, wie sich die Wolken unter unseren Füßen in Luft auflösen. Es sei denn, wir finden hier und jetzt eine Lösung."

„Weißt du, wo wir uns befinden?", fragte der Schattendeuter in Niccolos Richtung. „In welchem Land?"

„Nein."

„Ich habe Berechnungen angestellt", erklärte der Schattendeuter. „Das Reich, zu dem dieses Gebirge gehört, trägt den Namen China. Es ist ein großes Land – "

„Voller Sünde", fiel ihm der Priester ins Wort.

„Ein großes Land voller Sünde", bestätigte der Herzog beflissen. „Wir besitzen keine Aethervorräte, mit deren Hilfe wir wieder aufsteigen könnten. Wenn es uns aber gelänge, die Fühler wieder in Kontakt mit dem Aether über dem Himmel zu bringen, nun, dann wäre alles wieder gut. Alles könnte wieder sein wie früher."

Davor bewahre uns der Große Leonardo, dachte Niccolo.

„Wir müssen uns anderweitig Aether beschaffen", sagte der Herzog. „Wenigstens so viel, dass wir ihn von Hand den Pumpen zuführen und sie so wieder zum Laufen bringen können. Die Inspektoren sagen, das sei möglich."

Niccolo verstand weder, was das mit seinem Vater noch mit den Sprachen des Erdbodens zu tun hatte. Gewiss, China war ihm ein vertrauter Begriff. Sein Vater hatte ihm oft von der Geschichte und den Menschen dieses Reiches erzählt – auf Chinesisch. Aber Niccolo hatte nicht vor, das einem dieser Männer auf die Nase zu binden.

„Hat Cesare dir jemals erklärt, wie der Aether entstanden ist?", fragte der Herzog.

Niccolo schüttelte den Kopf. Aus dem Augenwinkel sah er, wie Alessia außen am Fenster vorbei in Richtung der Stallungen schlenderte. Der Wind wirbelte ihr rotes Haar auf wie einen Flammenkranz.

„Drachenatem", sagte der Schattendeuter. „Aether ist nichts anderes als Drachenatem."

Der Priester murmelte tonlos ein Gebet an den allmächtigen Zeitwind, widersprach aber nicht. Augenscheinlich akzeptierte selbst er diese Aussage als Tatsache.

„Drachen atmen Luft ein wie wir“, erklärte der Herzog. „Doch das, was sie ausatmen, ist reiner Aether. Er steigt nach oben auf und sammelt sich jenseits des Himmels.“

Niccolo war überrascht, aber nicht besonders beeindruckt. Was brachte es ihnen schon, das zu wissen? Sein Schulterzucken signalisierte Unverständnis.

„China ist ein Land der Drachen“, sagte der Schattendeuter. „Seine Bewohner verehren sie wie Götter.“

Der Zeitwindpriester betete noch schneller und schloss die Augen wie Scheuklappen vor der Wahrheit.

„Kurzum“, sagte Herzog Jacopo, „jemand muss zum Erdboden hinabsteigen, einen Drachen aufspüren und den Aether aus seinen Nüstern einfangen. Genug davon, um die Pumpen wieder in Gang zu setzen.“

„Da wir wissen, dass dein Vater Chinesisch gesprochen hat, hatten wir gehofft, er könnte diese Aufgabe übernehmen.“

In Niccolo nahm eine wilde Hoffnung Gestalt an.

„*Ich* kann gehen!“, platzte er heraus, bevor er sich überhaupt klar gemacht hatte, was er da sagte. „Ich spreche chinesisch. Und russisch. Ein bisschen japanisch. Einen indischen Dialekt. Ich kann sogar – “ Er bremste sich selbst in seiner Euphorie und hätte am liebsten die Hand vor den Mund geschlagen.

Der Herzog seufzte. „Wie sollte es auch anders sein … Schließlich konnte dein Vater sein Leben lang keinem Verbot über den Weg laufen, ohne es wenigstens im Vorbeigehen zu übertreten.“

„Ihr habt meinen Vater gekannt?“, fragte Niccolo verblüfft.

„Wir waren einmal Freunde. Vor sehr langer Zeit.“

„Und trotzdem habt Ihr ihn – “

„Die Verantwortung für seine Verbannung lag allein bei ihm.“

Der Schattendeuter räusperte sich. „Bitte, meine Herrn, zurück zur Sache. Dein Vater, Junge, ist also tot. Demnach sieht es aus, als wärest du in der Tat der einzige Mensch auf der Insel, der sich dort unten verständigen kann.“

„Er ist noch ein halbes Kind!“, hielt der Zeitwindpriester dagegen.

„Dann wisst Ihr sicher eine bessere Lösung!“, fuhr ihn der Herzog unerwartet heftig an.

Der Priester wollte protestieren, kniff dann aber nur schweigend das Gesicht zusammen.

Niccolo dachte an den Abgrund, der unter ihnen lag, weitere tausend Meter Nichts. Die Vorstellung vermochte ihn kaum mehr zu schrecken.

„Jemand muss ihn begleiten“, unterbrach der Priester seine Gedankengänge. „Es wäre doch absurd, eine solche Verantwortung in die Hände dieses Jungen zu legen. Eines Ausgestoßenen!“

„Wollt *Ihr* vielleicht mit ihm gehen?“, fragte der Schattendeuter amüsiert.

„Und meine Gemeinde auf sich allein gestellt zurücklassen?“

Carpi nickte verschmitzt. „Natürlich nicht.“

Der Herzog ging im Raum auf und ab, was sich als schwierig erwies, weil noch immer überall die eingestürzten Bücherstapel lagen. Er setzte die Füße äußerst vorsichtig, so als könnte er sich an den Buchdeckeln die Zehen verbrennen.

„Vielleicht Soldaten?“, schlug er vor.

„Zu auffällig“, hielt der Schattendeuter dagegen. „Jemand würde ihrer Spur folgen und herausfinden, was sich auf diesen Wolken verbirgt. Nein, einer allein hätte es leichter. Allerhöchstens zwei.“

„*Ich* gehe mit“, erklang es vom offenen Eingang her.

„Niemals!“, stieß Niccolo aus.

Alessia de Medici trat zurück ins Haus. Stroh klebte an ihren Schuhen. Demnach war sie im Stall gewesen.

„Vater, bitte.“ Sie achtete nicht auf Niccolos Protest. „Lass mich mitgehen. Ich kann auf ihn aufpassen. Jemand muss das tun.“

Sie bekam unerwartete Hilfe vom Zeitwindpriester, sicher nur weil der eine Chance witterte, die unliebsame Erbin des Herzogs loszuwerden. „Das Fräulein Alessia hat Recht. Glaubt Ihr denn wirklich, wir sähen ihn sonst jemals wieder? Schaut Euch doch nur um! Dieses ganze Haus riecht nach Rebellion und Aufruhr. Auf einen Tag wie diesen hatte sich Cesare Spini vorbereitet. Er wollte weg von hier. Und sein Sohn ...“ Er warf Niccolo einen abschätzigen Blick zu. „Er ist vom selben Blut. Lasst ihn gehen, und er wird für immer verschwinden. Wir alle sind ihm gleichgültig. Er glaubt, dass wir die Schuld am Tod seines Vaters tragen. Wenn wir ihn allein gehen lassen, wird er lachend aus der Ferne zusehen, wie wir alle untergehen.“

Niccolo starrte den Priester aus großen Augen an. Nicht weil ihn seine Worte empörten. Vielmehr weil der Mann ihn so gründlich durchschaut hatte. Die Vorstellung, sie alle zurückzulassen, war in der Tat verlockend. Was scherte ihn die Zukunft der Wolkeninsel? Er war kein Held, der sich für die anderen Wolkenbewohner aufopfern würde.

Zu seiner Überraschung war es ausgerechnet Alessia, die dem Priester widersprach. „Er *wird* zurückkommen. Und wisst ihr, weshalb? Weil er an diesen Tieren dort draußen mehr hängt als an jedem Menschen." Sie lächelte, was sie hübscher, aber irgendwie auch bedrohlicher machte. Und er fragte sich, woher sie das überhaupt wusste. Er hatte sie manchmal in der Ferne am Hof vorüberreiten sehen, aber sicher hatte sie ihm dabei keinerlei Beachtung geschenkt. Nicht *ihm*.

„Hab ich Recht, Niccolo?", fuhr sie fort. „Wirst du zulassen, dass sie tausend Meter tief in den Abgrund stürzen?"

Falls sie wirklich mitgeht, dachte er, dann wird es nicht lang dauern, ehe wir uns gegenseitig an die Gurgel springen.

„Ich werde gehen", sagte er mit fester Stimme, „und ich werde zurückkehren. Aber beides werde ich *allein* tun. Das ist meine einzige Bedingung."

„Wir können uns doch nicht von einem Jungen – ", begann der Priester, doch der Herzog schnitt ihm das Wort ab: „Es sieht ganz danach aus, als hätten wir keine andere Wahl."

Alessia wirbelte herum. „Aber Vater – "

Herzog Jacopo schüttelte den Kopf. In seinen Augen sah Niccolo Erleichterung darüber, dass ihm das Schicksal ein Argument in die Hand gegeben hatte, um Alessias Wunsch auszuschlagen. Sie war seine Tochter, und er liebte sie. „Ihr habt Niccolos Bedingung gehört“, sagte er entschieden.

Alessia stampfte wütend mit dem Fuß auf und stürmte aus dem Haus. Der Schattendeuter verkniff sich ein Lächeln. Der Priester murmelte wieder Gebete.

„Du, Niccolo“, sagte der Herzog, „wirst dich allein auf die Suche nach dem Aether begeben. Finde einen Drachen, und bringe uns seinen Atem. Willst du das tun?“

Eine Gänsehaut kroch über Niccolos Arme, als er nickte.

„Schwöre beim Zeitwind“, forderte der Priester.

Der Schattendeuter verdrehte die Augen. „Er *betet* nicht mal zum Zeitwind.“

Niccolo ließ sie wortlos stehen und ging hinüber zum Stall, um Abschied zu nehmen.

Der Luftschlitten

Die Zerstörungen im Dorf waren erschreckend. Gebäude waren eingestürzt, einige sogar in Brand geraten. Der Verlust an wertvollem Holz war schmerzlich und wurde im Vorbeigehen vom Zeitwindpriester höher bewertet als das Schicksal jener, die vorerst unter Planen und in den Schuppen der Nachbarn unterkommen mussten.

Der Palast des Herzogs war ein Bauernhof wie alle anderen, wenngleich auch größer und komfortabler. Niedrige Bauten aus Holz gruppierten sich um einen rechteckigen Platz. Rinder, Schafe und Schweine lärmten in den Stallungen. Knechte und Mägde eilten umher, beladen mit Milchkrügen, Strohballen und Werkzeugen. Einige waren mit Reparaturarbeiten am Dach und einer eingestürzten Wand beschäftigt; obwohl dieser Hof solider war als andere auf der Wolkeninsel, hatte der Absturz auch hier deutliche Spuren hinterlassen.

Herzog Jacopo führte Niccolo in ein möbliertes Zimmer im hinteren Teil des Hauptgebäudes. In der Rückwand befand sich ein doppelflügeliges Tor; es passte eher zu einer Scheune als in einen behaglichen Wohnraum. Die Griffe waren mit schweren Ketten gesichert, so verschlungen, dass es viel Zeit in Anspruch nehmen musste, sie zu entwirren. Offenbar wurden sie nur selten geöffnet.

Zu Niccolos Erstaunen wurden sie weder von Dienern

noch von Soldaten des herzoglichen Wachtrupps begleitet. Er war allein mit Herzog Jacopo, dem Schattendeuter und dem Zeitwindpriester. Alessia hatte er seit ihrem wutentbrannten Abgang nicht mehr zu Gesicht bekommen.

Noch überraschter war er, als alle drei Männer persönlich Hand anlegten, um die Möbel im Zimmer zur Seite zu rücken. Teppiche wurden zusammengerollt, ein Tisch verschoben, ehe sie schließlich vor einer verborgenen Falltür im Boden standen, breit genug, um drei Ochsen nebeneinander hindurchzutreiben.

Unter der Falltür hatte man Stufen in die weiße Wolkenmasse des Untergrunds geschnitten. Es war verboten, Löcher in die Wolken zu treiben, doch augenscheinlich galt dieses Gesetz nicht für den Herzog und seine Getreuen.

Die Männer nahmen Niccolo in ihre Mitte. Das war ihm unangenehm, aber er brannte vor Neugier auf das, was am Ende der Treppe lag. Um die Wahrheit herauszufinden, hätte er Schlimmeres in Kauf genommen.

Er hatte sich oft gefragt, wie dick der Wolkengrund wohl war, auf dem sie alle ihr Leben fristeten. Jetzt erhielt er die Antwort: Mehrere Minuten lang stiegen sie Stufen hinab, ehe sie ans Ende gelangten. Die Wände des Treppenschachts waren grau wie Nebel, aber ein schwacher Schein glomm in ihrem Inneren, Tageslicht, das von oben und unten durch den erstarrten Dunst drang.

Nach einer Weile wurde es wieder heller, und bald erkannte Niccolo den Grund. Die Stufen führten in eine Halle, hoch wie ein Haus und so groß wie der Innenhof des herzoglichen Anwesens. Ihr Boden bestand aus Wolkenmasse, so dünn, dass das Licht von unten sie milchig erglühen ließ. Im Zentrum der Halle führte eine glatte

Rampe weiter nach unten. An ihrem Ende befand sich ein horizontales Gitter, das mit Hilfe einer Seilwinde geöffnet werden konnte.

Jenseits davon ... war nichts! Nur der leere, windige Abgrund und tausend Meter tiefer der Erdboden, eine verschwommene Masse aus Baumwipfeln und bizarr geformten Felsen.

Oberhalb der Rampe standen drei seltsame Geräte aus Stäben und Seilen, die Ähnlichkeit mit karrengroßen Vogelskeletten hatten. Rechts und links an einer mannsgroßen rechteckigen Platte voller Ledergurte und Haltegriffe waren zwei bewegliche Flügel angebracht, geformt wie die einer Fledermaus und mit dünnem Leder bespannt. Ihre inneren Enden lagen überkreuz und waren über Seilwinden mit Pedalen verbunden. Niccolo hatte noch nie eine solche Konstruktion gesehen, aber es gehörte nicht viel dazu, sich vorzustellen, welchem Zweck sie dienten.

Erst jetzt, schlagartig, realisierte er, dass er *fliegen* würde. Dieselbe Angst, die er bisher so stoisch ignoriert hatte, brach in einem eiskalten Schwall an die Oberfläche und ließ sich nicht länger verdrängen.

„Es ist nicht schwer", sagte der Herzog.

„Habt Ihr es je ausprobiert?", fragte Niccolo heiser.

„Nein. Aber diejenigen, die es benutzt haben, behaupten, dass nicht viel dazugehört."

„Diejenigen, die *zurückgekehrt* sind", bemerkte der Schattendeuter. „Aber das ist viele Jahre her."

„Blasphemie", flüsterte der Priester, aber auch er sah diesen Ort und die wunderlichen Fluggeräte offenbar nicht zum ersten Mal.

„Dir bleibt wenig Zeit", sagte der Herzog.

„Ich soll mich auf so einem Ding in den Abgrund stürzen, ohne vorher damit zu üben?“

„Niemand hat gesagt, dass es leicht wird.“ Das Grinsen des Schattendeuters verriet seinen Galgenhumor.

„Niemand hat gesagt, dass es Selbstmord ist“, hielt Niccolo dagegen.

Der Priester schlug das Zeichen des Zeitwinds.

„Cesare hätte es versucht“, sagte der Herzog.

Niccolos Augen verengten sich. „Wir gut habt Ihr ihn gekannt?“

Beinahe lag so etwas wie Trauer im Blick des Herzogs. „Ich habe dir gesagt, dass wir Freunde waren ... Auch wenn das lange her ist“, fügte er mit einem Blick auf den argwöhnischen Zeitwindpriester hinzu.

Zögernd trat Niccolo näher an eine der drei Flugmaschinen. Vielleicht war es nur richtig, dass er seinem Vater folgte. Cesare war in den Tod gestürzt – aber war es wirklich ein Unfall gewesen? Oder war er eines Morgens erwacht und hatte gespürt, dass seine Sehnsucht nach dem Erdboden zu groß geworden war?

Niccolo hatte immerhin eine Chance, heil dort unten anzukommen. Das Wagnis war er seinem Vater schuldig, denn in einem hatte der Herzog tatsächlich Recht: Cesare *hätte* es versucht, koste es, was es wolle.

„Du hast eine Nacht, um dich mit dem Luftschlitten vertraut zu machen“, sagte der Herzog. „Mehr nicht.“

„Gibt es denn niemanden, der mir zeigen kann, wie dieses Ding funktioniert?“

Herzog Jacopo warf dem Priester einen Blick zu, der beinahe vorwurfsvoll wirkte, dann schüttelte er den Kopf. „Nein.“

Niccolo ging vor dem Fluggerät in die Hocke, berührte die Flügelbespannung, die Pedalen, die straff gezogenen Seilzüge. Die Maschine sah nicht aus wie etwas, das seit *siebzehn* Jahren unbenutzt dastand. Sie erschien ihm zu gepflegt, jedes Teil war in einwandfreiem Zustand. Aber er sagte nichts, schaute nur zu den drei Männern auf und nickte.

Schließlich fiel ihm noch etwas ein. „Wie soll ich den Drachenatem überhaupt einfangen und herbringen? Und wie viel davon ist nötig, um die Pumpen wieder zum Laufen zu bringen?"

Die Männer wechselten sorgenvolle Blicke. „Wir wissen es nicht", sagte schließlich der Herzog. „Bring einfach so viel wie du kannst."

Niccolo verstand sehr wohl, was sie da eigentlich sagten: Seine Mission war nicht nur gefährlich, sondern hatte – selbst wenn er überlebte – kaum Aussicht auf Erfolg. Und doch schickten sie ihn los. Sie griffen tatsächlich nach dem allerletzten Strohhalm. Erst jetzt realisierte er, wie ernst die Lage war. Mit einem Seufzen wandte er sich wieder der Flugmaschine zu.

„Eine Nacht", sagte der Herzog noch einmal, dann hörte Niccolo, wie sich die drei Männer abwandten und die Stufen hinaufstiegen. Er drehte sich nicht nach ihnen um.

° ° °

Später lag er bäuchlings auf der schmalen Holzplattform. Seine Hände und Füßen steckten in Schlaufen an den Pedalen, mit deren Hilfe sich die Lederschwingen auf und ab bewegen ließen. Er konnte noch immer nicht glauben, dass sie einen Menschen tragen sollten. Er konnte nicht einmal glauben, dass ein *anderer* glaubte, dass das möglich war.

Er war seit Stunden allein in der Wolkenhalle. Der Schattendeuter hatte ihm Kerzen gebracht und war wieder verschwunden. Niemand sonst hatte ihn gestört, während er versuchte, die Mechanismen des Luftschlittens zu ergründen.

Er war hundemüde und hatte Mühe, sich zu konzentrieren. Immer wieder dachte er an seine Tiere. Auf dem Weg in den Ort hatte er Emilio gebeten, für die Schweine und Kühe zu sorgen. Der Alte mochte wirr im Kopf sein, aber er war zuverlässig. Fast ein Freund. Dennoch war es Niccolo ungeheuer schwer gefallen, die Tiere zurückzulassen.

Als plötzlich Schritte auf den Stufen erklangen, blickte er erschrocken auf. War es schon so weit? Nein, unterhalb der Rampe herrschte stockdunkle Nacht.

Die Schritte kamen näher.

„Was willst du?“, fragte er unfreundlich, als Alessia von der Treppe trat und langsam auf ihn zukam. Der Wind, der durch das Gitter über dem Abgrund wehte, fädelte Strähnen aus der Flut ihres roten Haars; sie tanzten wie dünne Rauchfahnen über ihren Schultern.

„Du solltest Arme und Beine nicht gleichzeitig bewegen“, sagte sie mit gerunzelter Stirn. „Erst die Arme, dann die Beine, immer abwechselnd. Dann geraten die Schwingen in einen gleichmäßigen Rhythmus.“

Er kam sich sehr unbeholfen vor, wie er da bäuchlings zu ihren Füßen auf der Plattform lag, der Länge nach ausgestreckt und zu sehr in die Pedalenschlaufen verheddert, um aufzustehen und ihr entgegenzutreten.

„Ich hätt's mir denken können", sagte er, nicht sicher, ob es ihre Anwesenheit war, die ihn so missmutig machte, oder aber die Tatsache, dass sie zu allem Überfluss auch noch Recht hatte.

„Was meinst du?"

„Dass du diejenige warst, die die Geräte gepflegt hat."

Sie lächelte, doch selbst dabei wirkte sie hochmütig.

„Weiß dein Vater davon?"

Sie zuckte die Achseln. „Kann sein. Er spricht nicht mit mir darüber. Er spricht überhaupt nicht über Dinge, die den Zeitwindpriestern missfallen könnten."

„Du kannst lesen", stellte er fest, während er Arme und Beine so bewegte, wie sie es empfohlen hatte. Plötzlich funktionierte die Koordination der Schwingen nahezu mühelos. Zum ersten Mal schöpfte er Hoffnung, dass dieses Ding ihn tatsächlich tragen könnte.

„Mag schon sein", entgegnete sie vage.

„Natürlich kannst du's. Du hast die Buchtitel bei mir zu Hause gelesen. Selbst der Priester weiß das. Deshalb hasst er dich so."

Sie trat noch näher an ihn heran. Er verrenkte sich den Hals, um zu ihr aufzuschauen, und etwas sagte ihm, dass sie genau das beabsichtigt hatte.

„Und du?", fragte sie. „Warum hasst *du* mich so?"

Staunend starrte er sie an. Nach allem, was sie auf dem Hof gesagt hatte, die Dinge über seinen Vater ... Nach all dem fragte sie allen Ernstes, weshalb er sie nicht mochte?

Bevor er etwas erwidern konnte, wischte sie seine Argumente bereits mit einer Handbewegung beiseite. „Du konntest mich schon vorher nicht leiden."

„Du behandelst andere wie Dreck."

„Du bist ein Ausgestoßener. Und ich bin die Tochter des Herzogs. Ich *darf* dich gar nicht mögen. So ist das nun mal."

Er zog Hände und Füße aus den Schlaufen – jämmerlich unbeholfen, wie er fand – und rappelte sich hoch. „Falls du hier bist, um mich zu überreden, dass ich dich mitnehme – vergiss es!"

Selbst im Kerzenschein war zu erkennen, wie sie vor Wut rot anlief. Ihre Nase wurde noch spitzer, ihre Lippen leuchtender. „*Ich* kann diese Maschinen fliegen. *Du* wirst dir alle Knochen brechen."

„Ach ja? Jetzt erzähl mir nicht, du hättest es je ausprobiert."

An ihrem Gesichtsausdruck sah er, dass er mit seiner Vermutung richtig lag. „Ich habe geübt. Genauso wie du, hier auf dem Boden. Und nicht nur für ein paar Stunden, sondern jahrelang … immer wieder und wieder."

Sie träumt ebenso vom Erdboden wie ich!, durchfuhr es ihn jäh. Deshalb hatte sie dafür gesorgt, dass die Fluggeräte so gut in Schuss waren, alle Seile gespannt, alle Gelenke geölt. Großer Leonardo, sie hatte auf diesen Tag *gewartet*!

„Hast du deshalb vor den anderen gesagt, dass ich zurückkehren werde?", fragte er. „Weil du genau gewusst hast, dass sie dich allein erst recht nicht gehen lassen würden?"

Sie schien verärgert, dass er sie durchschaut hatte. „Ich glaube wirklich, dass du an diesen Tieren hängst. Aber was passiert, wenn deine Erinnerung an sie verblasst, unten auf dem Erdboden? Jemand sollte bei dir sein und Acht geben. Ehrlich gesagt, glaube ich nicht, dass wir dich sonst je wiedersehen. Dafür hasst du die Hohen Lüfte viel zu sehr."

„Würdest *du* denn freiwillig zurückkommen?" Die Gegenfrage sollte ihr den Wind aus den Segeln nehmen, doch Alessia wäre wohl nicht sie selbst gewesen, hätte sie sich davon beeindrucken lassen.

„Ich trage Verantwortung. Ich bin die Tochter des Herzogs."

„Das ist keine Antwort auf meine Frage."

Sie wich seinem Blick aus. Eine Sekunde verging, vielleicht zwei. Dann sah sie ihn wieder an, trotzig wie eh und je. „Ich würde den Aether hierher bringen, allerdings. Und ich werde diese Menschen irgendwann einmal regieren. So ist das nun mal. Ich bin eine Medici, ob es mir Spaß macht oder nicht." *Aber vorher will ich den Erdboden sehen*, las er in ihren goldenen Augen.

„Sie haben nun mal mich ausgewählt", sagte er mit einem Schulterzucken. Einen Moment lang bereitete es ihm beinahe Freude, sie verletzt zu sehen. „Ich werde alleine gehen, ganz egal, was du sagst."

Sie ballte die sommersprossigen Hände zu Fäusten und biss sich auf die Unterlippe, ehe sie aufgebracht fortfuhr: „Ich bin von hoher Geburt. Du bist ein Niemand. Das hier sollte *meine* Aufgabe sein!"

„Dann", sagte er genüsslich, „hättest du vielleicht die richtigen Bücher lesen sollen."

Sie starrte ihn hasserfüllt an, wirbelte herum und rannte mit weiten Schritten die Treppe hinauf.

Er blickte ihr nach, ihrem roten Haar, ihrem schmalen, zerbrechlichen Umriss. Geh zum Teufel, dachte er stur und wandte sich wieder seinen Übungen zu. Seine Wut ließ ihn die Schwingen noch heftiger auf und nieder schlagen.

Bald darauf hob sich der Luftschlitten zum ersten Mal vom Boden.

° ° °

Er schlief nur wenige Stunden. Dann dämmerte der Morgen, und mit ihm kam der Augenblick des Aufbruchs. Niccolo hatte längst aufgehört nach Antworten zu suchen, die ihm niemand geben konnte, am wenigsten er selbst.

Herzog Jacopo, der Schattendeuter und der Zeitwindpriester sahen zu, wie er einen prallen Beutel mit Silberstücken in seinem Rucksack verstaute. Außerdem waren da Vorräte für eine Woche, wenn auch nur wenig Wasser, weil man von den Wolken aus einen großen Fluss im Osten sehen konnte – ein gewaltiges Naturschauspiel für jemanden, der nur die schmalen Rinnsale und Teiche der Wolkeninsel kannte.

Bei Niccolos Suche nach den Drachen war eine Himmelsrichtung so gut wie jede andere. Der Schattendeuter hatte behauptet, jeder in China verehre die Drachen. Gewiss sei es kein Problem, sich in einer beliebigen Ortschaft nach dem nächstbesten Exemplar zu erkundigen. Für Niccolo klang das so, als grasten die Drachen auf den chinesischen Weiden wie Rinder. Ihm konnte das nur recht sein.

Einer der Luftschlitten wurde ans obere Ende der Rampe geschoben. Mit Hilfe eines Seilzugs öffnete der Herzog das Gitter im Boden. Niccolo schloss die Pedalengurte um seine Füße, legte sich flach auf den Bauch und schob seine Hände in die Schlaufen der Schwingen. Der Rucksack war auf seinem Rücken verschnürt; mit seinem Gewicht schien er Niccolo noch fester auf das bizarre Gefährt zu pressen. Gut so, denn sonst hätten alle gesehen, wie sehr sein hämmernder Herzschlag seinen ganzen Körper erzittern ließ.

Der Abschied fiel kurz aus. Alessia ließ sich nicht wieder blicken. Der Herzog appellierte noch einmal an Niccolos Verantwortungsgefühl, dann gaben die Männer der Flugmaschine einen Stoß. Das wunderliche Gefährt schlitterte scharrend die Rampe hinunter – und stürzte im nächsten Augenblick ins Leere.

WISPERWIND

Niccolo stieß einen lang gezogenen Schrei aus, als die Kante der weiße Wolkenmasse unter ihm davonglitt. Statt ihrer war da mit einem Mal nur noch der Abgrund, ein weites Panorama aus diesig verhangenen Baumwipfeln und Felsen. Das Tal zwischen den Berggipfeln erstreckte sich unwegsam von einem Hang zum anderen. Innerhalb eines Augenblicks sackte Niccolo so weit ab, dass das Band des Flusses hinterm Horizont verschwand.

Der Wind schlug von unten gegen die Schwingen. Niccolo glaubte, die unsichtbaren Gewalten würden die Flügel der Maschine nach oben knicken, einschließlich seiner festgeschnürten Arme. Doch dann zeigte die spezielle Form der Konstruktion ihre Vorteile, und während er noch panisch bemüht war, die Schwingenbewegungen in einen rhythmischen Takt zu lenken, brachte sich der Luftschlitten wie von selbst in eine ruhigere Lage.

Er hatte sich den Abgrund immer als großes Nichts vorgestellt, doch nun schien es ihm, als hätte die Struktur der Luft Ähnlichkeit mit den Schalen einer Zwiebel. Ohne sein Zutun legte sich das Fluggerät horizontal auf eine dieser unsichtbaren Schichten, verlor weiter an Höhe, beugte sich aber gleichzeitig vorwärts, so als glitte es einen abschüssigen Hang hinunter.

Niccolo bewegte die Schwingen so schnell und gleichmäßig, wie er nur konnte, war aber nie sicher, wie groß sein Anteil am stabilen Flug der Maschine wirklich war. Fast hatte er das Gefühl, der Luftschlitten flöge von ganz allein. Erst als er einmal zu lang in die Tiefe starrte und vor lauter Schwindel und Übelkeit aus dem Takt geriet, musste er schmerzlich erkennen, dass die Schwingen keineswegs nutzlos waren: Sogleich stürzte das Fluggerät ein gutes Stück abwärts, so ruckartig, dass er abermals aufschrie, diesmal noch länger, und vor Schreck so starr wurde, dass er das Flügelschlagen beinahe vergaß.

Im letzten Moment bekam er sich selbst und die Maschine wieder unter Kontrolle und glitt weiter auf gewölbten Luftschichten abwärts.

Er mochte die Hälfte der Entfernung zum Boden zurückgelegt haben – ohne auch nur halbwegs einschätzen zu können, wie viel Zeit vergangenen war –, als ihm bewusst wurde, dass ihm die größten Schwierigkeiten erst noch bevorstanden. Aufgeregt suchte er vor und unter sich nach einer Stelle, an der er den Luftschlitten unbeschadet aufsetzen konnte. Aber da waren nur Bäume, so dicht, dass er nicht sehen konnte, was unter ihren Wipfeln lag. Und natürlich die Felsspitzen, die sich überall wie Grabsteine aus dem Wald erhoben, die meisten so hoch wie Türme, mit zerklüfteten Spitzen und schroffen, schrundigen Steilwänden.

Einmal glaubte er, Bewegungen auf dem Gestein zu erkennen, so als rase etwas flink darüber hinweg, an den Fels geklammert wie die Affen, die er aus den Büchern seines Vaters kannte.

Dann aber war er wieder mit dem drängenden Problem seiner Landung beschäftigt – und zugleich wurde ihm klar, dass es keine Landung geben würde. Nur einen Absturz. Denn wohin er auch sah, nirgends gab es eine Lichtung. Und selbst wenn er eine gefunden hätte, wäre es ihm wohl schwerlich gelungen, den Luftschlitten exakt dorthin zu lenken. Zwar hatte er mittlerweile herausgefunden, dass er sich mithilfe der Pedalen in die eine oder andere Richtung steuern ließ, doch waren diese Bewegungen holprig und ungenau. Dazu kam seine wachsende Angst vor dem Aufprall, die es ihm nahezu unmöglich machte, einen klaren Gedanken zu fassen oder gar Neues über die Funktionen der Maschine herauszufinden.

Dennoch – als er beide Füße zugleich in ihren Pedalengurten nach unten drückte, bemerkte er, dass sich die Nase des Schlittens unmerklich hob. Dadurch stieg er nicht wieder auf, bremste aber die Abwärtsbewegung ein wenig, was ihm immerhin kostbare Zeit verschaffte, um weiter nach einer Landemöglichkeit zu suchen.

Doch er mochte noch so lange nach Breschen und Öffnungen im Walddach suchen, es waren einfach keine zu sehen. Er schätzte seine Entfernung zu den höchsten Wipfeln jetzt auf etwa zweihundert Meter.

Plötzlich war einer der Felsen vor ihm, tauchte auf wie aus dem Nichts, eine breite, zerfurchte Masse, die nach oben hin spitz zulief. Wenn er es nicht seitlich daran vorbei schaffte, würde er unweigerlich an dem Gestein zerschellen. Unter ihm zischten die Baumkronen dahin, eine wuchernde Masse aus Grün. Nebeldunst hing zwischen den Ästen, der es selbst aus der Nähe unmöglich machte, bis zum Boden zu sehen. Der Gegenwind wehklagte in seinen Ohren, ein Heulen und Kreischen, das ihm den letzten Rest seiner Konzentration raubte.

Der Felsen kam immer näher. Niccolo versuchte, nach rechts zu steuern, viel zu heftig, was den Luftschlitten dazu brachte, sich seitlich zu stellen, dem Wind entgegen. Er bockte und überschlug sich fast, sackte ein gutes Stück abwärts und berührte eine Baumspitze. Zweige schlugen in sein Gesicht. Dünne hellgrüne Blätter fetzten von den Ästen und umhüllten ihn wie Insektenschwärme. Es war, als würde der Wald selbst nach ihm greifen, mit dürren, knorrigen Händen, die sich aus der Masse der Bäume reckten und in der Luft nach ihm fingerten.

Augenblicke später gaben sie ihn wieder frei, und er begriff, dass er über eine Hügelkuppe hinweggejagt war. Als sich das Land abrupt senkte, blieben auch die Bäume unter ihm zurück. Das Blättermeer wellte sich in heftigen Winden, die von den Bergen herabfauchten. Die Zweige beugten sich mal hierhin, mal dorthin, als wollten sie Niccolo eine Richtung weisen, um im nächsten Moment ihre Meinung zu ändern und ihn zu verhöhnen.

Mit einem Mal war die gigantische Felsspitze nicht länger vor, sondern direkt neben ihm. Haarscharf rauschte er an der zerfurchten Oberfläche vorüber – sein verzweifeltes Manöver hatte ihn gerettet. Erneut bemerkte er Bewegungen, tief in den schwarzen Spalten. Etwas schien blitzschnell über den nackten Fels zu klettern, um dann abermals in den Schatten abzutauchen. Doch ein weiterer Blick war ein Luxus, den er sich nicht leisten konnte. Er hatte genug damit zu tun, den Luftschlitten auf Kurs zu halten.

Dann war er an dem Felsen vorüber. Vor ihm lag abermals ein Ozean aus Baumwipfeln. Die höchsten Zweige reckten sich ihm bis auf drei, vier Mannslängen entgegen.

Vor ihm schoss etwas Dunkles, Gigantisches empor wie eine riesenhafte Blüte, die sich aus dem Wald heraufschob und zu enormer Weite öffnete – ein Vogelschwarm, aufgeschreckt von dem, was da heranraste. Die Tiere bildeten eine kreischende, flatternde Wand vor Niccolo. Er brüllte sie an zu verschwinden und musste gegen den Reflex ankämpfen, mit den Armen um sich zu schlagen. Damit hätte er beinahe einen Absturz herbeigeführt, aber er fing sich noch einmal und tauchte wie ein Geschoss in den Pulk der schreienden Vögel ein.

Von einer Sekunde zur nächsten waren sie überall um ihn herum. Schnäbel hackten spitz in seine Haut, Krallen scharrten über ihn hinweg, und einmal verfing sich etwas in seinem Haar, zog und zerrte an ihm, kam los und blieb zurück. Der Vogelschwarm explodierte auseinander. Die wirbelnde Masse öffnete sich wie ein Vorhang.

Die Bäume lagen nicht länger unter, sondern *vor* ihm.

Pfeilschnell bohrte sich der Luftschlitten ins Dickicht der Wipfel. Peitschende Zweige hieben nach Niccolo. Rasiermesserscharfe Astspitzen wollten ihm die Haut von den Knochen schneiden. Seine Arme wurden von den Schwingen gerissen, die Schlaufen an seinen Füßen lösten sich. Überall um ihn herum barst Holz. Er vermochte nicht zu sagen, ob sich die Maschine in ihre Bestandteile auflöste oder ob das die Laute des Waldes waren, den sie mit ihrer Geschwindigkeit niedermähte.

Dann traf ihn etwas wie ein Hammer an der Schulter, riss ihn von der hölzernen Plattform des Fluggeräts. Schreiend sah er den Schlitten unter sich hinwegschießen, tiefer hinein in die Baumkronen. Er selbst stürzte ebenfalls abwärts, durch Lagen von Zweigen und noch mehr

Zweigen, immer wieder abgebremst und aufgefangen, um dann doch noch weiterzufallen. Die Schmerzen wurden zu etwas Diffusem, zu allgegenwärtig, um unterscheidbar zu bleiben. Alles tat ihm weh, und als das Peitschen und Schlagen und Brennen mit einem Schlag aufhörte, da blieb ihm keine Zeit für Erleichterung, denn es bedeutete nur, dass er die Baumkrone durchstoßen hatte und frei in die Tiefe stürzte, zwischen turmhohen Stämmen hinab in den Nebel.

° ° °

„Mein Name ist Wisperwind."

Das also ist ihr Name. Wie schön.

„Ich habe dein Leben gerettet."

Kommt mir nicht vor, als lebte ich noch.

„Du hast Glück gehabt."

Nennt man das so, wenn man tausend Meter tief gefallen ist? Wenn man jeden einzelnen Knochen spürt?

„Mach deine Augen auf."

Er öffnete die Lider. Sie hoben sich zitternd wie die eines Neugeborenen, das erstmals in die Welt schaut. Das hereinflutende Licht war nur auf den ersten Blick gleißend. Rasch gewöhnten sich Niccolos Augen an die Helligkeit und erkannten, dass es vielmehr dämmerig war, ein fahles Gründgrau, durchfurcht von weißgelben Lichtbahnen, die schräg durchs Blätterdach zum Boden fielen.

Er lag auf dem Rücken am Fuß eines Stammes. Er hatte nie zuvor einen Baum aus der Nähe gesehen, nur aus großer Höhe oder als Zeichnung in einem der Bücher seines Vaters. Aber das hier musste ein Baumstamm sein, unglaublich hoch, mit bemooster Rinde, soweit er daran hinaufsehen konnte. Weiter oben wurde er eins mit dem Dach des Waldes, verborgen hinter Dunstschwaden. Aus der Luft hatte der Nebel noch dichter gewirkt.

„Ich habe deine Wunden gewaschen und die schlimmsten verbunden. Aber keine davon wird dich umbringen."

Er wandte den Kopf zur Seite und sah in das Gesicht einer Frau. Er erschrak unmerklich – sie war die erste leibhaftige Chinesin, der er begegnete. Erst jetzt wurde ihm bewusst, dass sie in ihrer eigenen Sprache mit ihm redete. Die Betonung klang anders als bei seinem Vater und ihm selbst, aber er verstand sie besser, als er erwartet hatte.

Ihr Gesicht war schmal, ihre Mandelaugen dunkel. Im Halbschatten eines breiten, pilzförmigen Strohhuts sah sie geheimnisvoll und düster aus; sie war schön, auf herbe und ein wenig abschreckende Weise. Je länger Niccolo hinsah, desto mehr Einzelheiten erkannte er – auch die Unzahl kleiner Narben, die ihre Züge bedeckte. Sie sahen aus, als stammten sie von Schnitten, unterschiedlich lang und breit. Seltsamerweise machten sie ihr Gesicht nicht hässlich, höchstens ein wenig Furcht einflößend.

Als er noch immer nichts sagte, runzelte sie die Stirn im Schatten ihres Hutes. „Kannst du mich verstehen?"

„Ja", krächzte er benommen. „Ich ... verstehe dich."

„Du bist vom Himmel gefallen."

Er versuchte zu nicken. Sein Nacken tat weh, seine Schultern waren eine einzige Verspannung.

„Warum?", fragte sie.

Alles drehte sich um ihn, erst recht, wenn er die Augen wieder zumachte. Also hielt er sie krampfhaft offen, auch wenn ihm nicht gefiel, dass ihr Gesichtsausdruck weniger freundlich wirkte als ihre Stimme.

„Warum?“, wiederholte sie mit Nachdruck.

Ihm fiel keine Antwort ein, die irgendeinen Sinn ergab. Außer die Wahrheit. Aber die würde er ihr gewiss nicht auf die Nase binden.

„Ich … weiß nicht“, log er.

Ihr Stirnrunzeln vertiefte sich. Abrupt schaute sie über ihre Schulter nach hinten, schien auf etwas zu horchen und schüttelte schließlich den Kopf. „Wir müssen weg von hier. Die Raunen müssen den Lärm gehört haben.“

„Raunen?“

Sie nickte und stand auf. Er war nicht sicher, ob ihm gefiel, was er sah. Sie trug einen langen Mantel aus grünem und braunem Stoff, der sie bei den schwachen Lichtverhältnissen fast vollständig mit dem Wald verschmelzen ließ. Um ihre Taille war ein enger Gürtel geschlungen, an dem fingerlange silberne Stahlnadeln befestigt waren – Wurfpfeile, vermutete er. Einzelne schwarze Strähnen hatten sich unter ihrem Hut gelöst und fielen glatt über ihren Oberkörper. Auf dem Rücken trug sie gekreuzt zwei Schwerter, deren Griffe weit über ihre Schulter emporragten. Und nun packte sie auch noch eine Lanze, die neben ihm am Baum lehnte, länger als sie selbst, mit einer gewaltigen Breitschwertklinge als Spitze, grässlich gezahnt auf der einen Seite, gewellt auf der anderen. Darunter war eine Art Büschel aus Fell oder Haar befestigt, der bis auf ihre Hand herabreichte.

„Du heißt … Wisperwind?“, erkundigte er sich mit dünner Stimme.

Sie nickte und wechselte die Lanze in ihre linke Hand.

Die Rechte streckte sie ihm entgegen, um ihm aufzuhelfen. „Wir müssen weg von hier. Die Raunen können jeden Moment hier sein."

„Was sind das – Raunen?"

„Dämonen. Dieses Tal ist voll davon. Von Raunen und vielleicht Schlimmerem. Es ist schwer, ihre Schreie voneinander zu unterscheiden." Sie machte eine Kopfbewegung nach oben. „Sie leben in den Baumkronen."

Er hob den Oberkörper, überrascht, dass es besser ging als erwartet. Alles schmerzte, aber nicht so sehr, dass er nicht hätte laufen können. Beunruhigt schaute er sich um. Die Baumkronen raschelten und rauschten. Vorhin, von oben, hatte er geglaubt, das sei der Wind, der durch die Zweige fuhr. Aber vielleicht bewegte sich etwas ganz anderes zwischen den Ästen. Im Geiste sah er wieder die Wellenbewegungen des Laubes unter sich, und es verschlug ihm fast den Atem, als ihm klar wurde, dass das Dach des gesamten Waldes in Aufruhr gewesen war. Als sprängen dort Scharen von Kreaturen von Baum zu Baum. Eine Völkerwanderung. Sie strömten aus allen Himmelsrichtungen herbei.

Raunen, hörte er wieder ihre Stimme. *Dämonen.*

Überstürzt sprang er auf, auch ohne ihre Hilfe.

Wisperwind schenkte ihm ein Grinsen. Sie war nicht größer als er, aber mindestens zehn Jahre älter. Auch ihre Mundwinkel waren vernarbt, als hätte jemand vor langer Zeit versucht, ihr ein Lachen ins Gesicht zu schneiden.

„Los jetzt!" Sie lief voraus, ohne sich zu erkundigen, ob dies auch seine Richtung war. Und natürlich hätte er eh nur zugeben müssen, dass er gar nicht recht wusste, in welche Richtung er wollte.

Er packte seinen Rucksack, der neben ihm zwischen den Wurzeln lag, und schaute noch einmal nach oben. Die Lichtpunkte im Blätterdach reichten nicht aus, den Himmel darüber zu erspähen. Er hätte gern die Wolkeninsel von unten gesehen, aber dazu waren die Laubkronen zu dicht. Vielleicht später.

Ein entsetzliches Kreischen hallte von irgendwoher durch die Wälder, gefolgt von einem zweiten und dritten in unterschiedlichen Richtungen.

„Sie sind auf dem Weg hierher", rief Wisperwind, als sie ihn am Arm packte und mit sich zog.

„Du kannst sie verstehen?"

Sie schüttelte den Kopf. „Das war ihr Jagdschrei."

Während er hinter ihr durchs Unterholz brach, war da mit einem Mal ein Gedanke, der ihm eigentlich gleich beim Aufwachen hätte kommen müssen. „Warum bin ich nicht schlimmer verletzt? ... Ich meine, ich kann *laufen*!"

„Nicht mehr lange, wenn die Raunen dich fangen", entgegnete sie ungeduldig.

„Wie hast du mich gerettet?"

„Sei jetzt still."

„Aber – "

Sie blieb stehen und wirbelte herum. „Du willst doch nicht, dass es mir Leid tut, deine Haut gerettet zu haben, oder? Also halt den Mund!" Sie wandte sich ab, schaute dann aber noch einmal finster zurück. „Und gib, bei allen Geistern, Acht, wohin du deine ungeschickten Füße setzt! Raunen hören die Äste auf der anderen Seite des Tales brechen."

Er presste die Lippen aufeinander und folgte ihr. Wisperwind blickte immer wieder nach oben – warum setzte sie dazu nicht diesen lästigen Strohhut ab? –, blieb dann und wann stehen, um zu horchen, sprach aber kein Wort mehr mit ihm.

Allmählich lernte er zu schätzen, dass er auf den Wolken in einer Landschaft ohne Bäume aufgewachsen war. Welchen Zweck hatten sie schon, außer einem mit ihren Zweigen ins Gesicht zu peitschen? Erst recht, wenn jemand vor einem lief, der keine Rücksicht auf zurückschnellende Äste nahm.

Sie mochten eine Stunde gerannt sein, vielleicht länger, ehe Niccolo jegliches Zeitgefühl verlor. Die Lichtspeere aus dem Blätterdach veränderten ihren Winkel und erloschen. Die Sonne musste hinter der Wolkeninsel verschwunden sein. Schlagartig wurde es noch düsterer, zumal auch der Nebel zäh zwischen den Bäumen hing wie Spinnweben.

Raunenschreie gellten jetzt aus allen Richtungen durch den Wald. Einmal wuchs grauer Stein vor ihnen empor, eine jener Felsnadeln, mit denen er während seines Fluges fast kollidiert wäre. Er erinnerte sich an das Gewimmel in den Schatten und Spalten und war heilfroh, als die schweigsame Kriegerin unverzüglich die Richtung änderte.

Niccolos Verletzungen machten ihm zu schaffen. Wisperwind hatte ihm Verbände aus Blättern angelegt, je einen an jedem Unterarm, einen weiteren am Oberschenkel, wo seine Hose einen breiten Riss aufwies. Sie hatte ihn demnach aus- und wieder angezogen. Weshalb hatte sie sich all diese Mühe gemacht, da sie ihn doch jetzt beständig ignorierte?

„Warte!“, keuchte er schließlich, beugte sich mit rasselndem Atem vor und stemmte die Handflächen auf die Knie. „Ich kann nicht mehr."

„Wenn die Raunen dich – "

„Das hab ich verstanden", unterbrach er sie. „Ich brauche trotzdem eine Pause."

Sie sah ihn wieder finster an, und für einen Augenblick glaubte er wirklich, dass sie in Erwägung zog, ihn zurückzulassen.

„Setz dich, dort hinter den Stamm." Sie blickte hinauf zu den Baumkronen. „Ich bin gleich wieder da."

Und damit löste sie sich vom Boden, das linke Bein angewinkelt, das rechte ausgestreckt, und raste aufwärts, schnurgerade nach oben, wie von einem unsichtbaren Katapult geschleudert. Niccolo klappte der Mund auf, während sein Blick ihrem Aufstieg zum Blätterdach folgte. Innerhalb eines Atemzugs war sie im Laubwerk verschwunden.

Er stolperte ein paar Schritte rückwärts. Sein Blick hing immer noch an der Stelle, wo sie ins Dickicht der Baumkronen eingetaucht war. Sie war an keinem der Stämme hinaufgeklettert, auch wenn das die nahe liegende – obgleich noch immer ziemlich unglaubliche – Erklärung gewesen wäre. Sie war nicht einmal gesprungen, soweit er das hatte erkennen können.

Wisperwind war geflogen.

Geradewegs nach oben, mit flatterndem Mantel, hochgereckter Schwertlanze und wehendem Haar unter dem wie festgenagelt sitzenden Strohhut.

Geflogen. Ohne eine sperrige Maschine aus Holz.

Er kauerte sich in den Schatten des Stammes, wie sie es ihm gesagt hatte, mit einem Mal nicht sicher, ob er sich mehr vor den unsichtbaren Dämonen oder vor seiner Begleiterin fürchtete. Allmählich dämmerte ihm, warum er den Sturz aus den Bäumen überlebt hatte – sie musste ihn noch in der Luft aufgefangen haben.

„*Whhaaahhh!*“, entfuhr es ihm, als sie im selben Augenblick hinter ihm in die Tiefe schoss, mit beiden Füßen auf dem Waldboden landete und unter ihrer Hutkrempe auf ihn herabsah.

„Drei Minuten“, sagte sie. „Nicht länger.“

„Aber ich – “

„Nicht sprechen. Ausruhen. Drei Minuten.“

Er stieß ein Seufzen aus, was sie mit einem heftigen Kopfschütteln quittierte. Mit einem blitzschnellen Satz war sie an ihm vorbei, baute sich mit dem Rücken zu ihm auf, breitbeinig, die Schwertlanze kampfbereit in beiden Händen, und hielt Ausschau nach Feinden.

Unter diesen Umständen war an Erholung nicht zu denken. Er mochte noch so geschafft und müde sein – solange sie dastand, als könnte sich jeden Moment das Tor zur Hölle vor ihnen auftun, beruhigten sich weder sein Pulsschlag noch sein Atem. Jeder Muskel in ihm blieb verkrampft, und er hörte nicht auf zu schwitzen.

„Noch eine Minute“, sagte sie.

Niccolo stand auf.

„Was ist?“, fragte sie ungehalten und sah ihn über ihre Schulter an.

„Weiter“, stöhnte er.

„Du wolltest eine Pause.“

„Nicht *so*.“

Sie zuckte nur die Achseln und setzte sich wieder in Bewegung. Schwankend trabte er hinterher und versuchte, den Schmerz im Oberschenkel zu ignorieren, ganz zu schweigen von dem lodernden Stechen und Brennen der Abschürfungen und Kratzer.

„Warum hast du mir geholfen?“, keuchte er.

Er hatte mit keiner Antwort gerechnet, daher überraschte es ihn, als sie ohne sich umzudrehen sagte: „Deine Augen.“

„Was ist damit?“

„Sie sind golden.“

„Deshalb hast du mein Leben gerettet?“ Er überlegte, ob ihn das kränken müsste. „Nur wegen meiner Augenfarbe?“

„Drachenaugen“, gab sie zur Antwort. „Aetheraugen.“

Wir alle haben goldene Augen, lag ihm auf der Zunge, aber dann verschluckte er die Erwiderung. Wisperwinds Mandelaugen waren dunkel, soweit er das im Schatten ihrer Hutkrempe hatte erkennen können. Braun, vielleicht, oder grün. Nicht golden.

„Außerdem“, setzte sie nach, „bist du vom Himmel gefallen. Menschen fallen nicht vom Himmel. Der Himmel ist göttlich. Aber du bist es nicht.“

Was auch immer sie damit meinte, ihm fiel beim besten Willen keine passende Antwort ein. Besser, er sagte gar nichts mehr.

Die Schreie der Raunen steigerten sich zu einem wilden Crescendo. Sie erklangen jetzt nicht nur von hinten, sondern auch von links und rechts. Und sie kamen näher. Noch immer hatte Niccolo keines der unheimlichen Wesen mit eigenen Augen gesehen, außer die hastigen Bewegungen im Blätterdach. Er versuchte sich vorzustellen, wie etwas aussehen könnte, das solche Laute ausstieß.

Seine Phantasie reichte nicht aus. Auf der Wolkeninsel gab es keine wilden Tiere. Weder Geister noch Dämonen. Jedenfalls keine sichtbaren, wenn man den Priestern des Zeitwinds Glauben schenkte.

„Was wollen sie?“, stieß er aus, allmählich immun gegen den Schmerz, sogar gegen die Erschöpfung. Seine Beine liefen von ganz allein, folgten Wisperwind, als hätte sie die Kontrolle über seinen Körper übernommen.

„Etwas hat sie ins Tal gelockt“, gab sie zurück.

„Haben sie dich hierher verfolgt?“

„Mich?“ Sie presste ein hartes Lachen hervor. „Ganz sicher nicht.“

„Was suchen sie dann?“

Sie sah rätselhaft über die Schulter. „Vielleicht dich?“

„Unsinn.“

„Sie spüren den Aether in dir. Er ist es, der sie anlockt. Sie glauben, dass Drachen in der Nähe sind. Raunen hassen die Drachen.“

Er begriff, dass die Raunen nicht *ihn* gewittert hatten, sondern die Wolkeninsel hoch über ihren Köpfen. Noch war das schwebende Wolkengebirge von Aether gesättigt. Falls die Raunen die geheimnisvolle Substanz tatsächlich spüren konnten, dann war es kein Wunder, dass sie außer sich waren. So viel Aether auf einmal gab es vermutlich nirgends auf dem Erdboden. Außer vielleicht dort, wo Drachen lebten.

„Ich bin auf der Suche nach einem Drachen“, sagte er geradeheraus. „Weißt du, wo ich einen finden kann?“

Ernsthaft schüttelte sie den Kopf. „Hab lange von keinem mehr gehört. Nicht in dieser Gegend.“

Sein Herz sackte ein gutes Stück tiefer. „Wo dann?“

„Nicht hier."

„Aber ich *muss* einen Drachen finden", sagte er beharrlich. Er wusste nicht, wie lange sich die Wolkeninsel noch dort oben zwischen den Gipfeln halten konnte. Ein paar Wochen bestimmt. Vielleicht ein, zwei Monate. Aber länger? Allein der Gedanke daran jagte ihm eine Heidenangst ein. Seine Tiere, all die Menschen … Er kämpfte die aufsteigende Panik nieder, so gut es eben ging.

„Erst einmal", sagte Wisperwind barsch, „musst du überleben."

Im selben Augenblick begann sich der Wald zu lichten. Ein mächtiges Rauschen drang an Niccolos Ohren. Sie hatten den Fluss erreicht. Den breiten, geschlängelten Wasserlauf, den er von der Wolke aus gesehen hatte. Also waren sie schon viel weiter östlich, als er angenommen hatte.

Der Anblick verschlug ihm den Atem. Die Größe dieses Stroms war ihm unheimlich. Auch auf der Wolkeninsel gab es nach Sturzregen reißende Gewässer – aber sie waren selten breiter als ein Trampelpfad. Nicht einmal die Trinkwasserreservoirs und stillen Tümpel in den Wolkensenken konnten es hiermit aufnehmen. Der Fluss maß von einem Ufer zum anderen mindestens tausend Meter.

„Die Raunen können nicht über das Wasser", sagte Wisperwind.

„Gut."

„Wir allerdings auch nicht. Jedenfalls nicht hier."

Vor ihnen fiel eine Böschung ab, doppelt mannshoch und zu steil, um einfach hinunterzulaufen. Niccolo blieb stehen, aber Wisperwind packte ihn kurzerhand am Arm und zog ihn über die Kante. Mit einem Aufschrei folgte er ihr in die Tiefe, kam ungeschickt auf, wurde aber im selben Moment schon wieder nach oben gerissen, strampelte mit den Beinen und spürte dann, wie er – sehr viel sanfter – wieder zu Boden gelassen wurde. Wisperwind landete neben ihm und lies ihn los.

„Wie machst du das?"

„Konzentration." Sie gönnte sich ein unverhofftes Lächeln. „Den Federflug zu beherrschen ist eine Sache der geistigen Bereitschaft. Du musst es wollen."

„Daran soll's nicht scheitern."

„Nicht *fliegen* wollen", sagte sie kopfschüttelnd. „*Meditieren* wollen. Viele Jahre lang. Allein in der Wildnis. Ohne ein Wort zu sprechen. Die Lehre des Tao kann dich dorthin führen, aber –" Sie verstummte und hob einen Finger an die Lippen, als er etwas sagen wollte. „Sie sind fast hier!", entfuhr es ihr plötzlich. „Lauf!"

Und dann rannten sie. Niccolo war erstaunt, wie er selbst das noch zu Stande brachte, nach all den Stunden auf den Beinen, trotz seiner Wunden, trotz der Schmerzen, trotz dieser ganzen verdammten Welt, die für ihn so neu und Furcht einflößend war.

Sie folgten dem Verlauf des Ufers. Es dämmerte bereits, die Sonne war hinter den Bergen verschwunden. Die Wolkeninsel hing als graue Decke zwischen den Gipfeln. Von der Erde aus war sie nicht von gewöhnlichen Wolken zu unterscheiden.

„Siehst du das?" Wisperwind deutete mit der Schwertlanze nach vorn. Fünfhundert Meter voraus machte der Fluss eine Biegung. Hinter einer Landzunge ragte etwas unförmiges Graues in die Höhe. Es hätte ein weiterer Felsen sein können, wie sie hier überall aus den Wäldern stachen, doch irgendetwas daran erschien Niccolo ungewöhnlich. Es sah aus, als läge da etwas ungeheuer Großes mitten im Wasser. Und gleich daneben war ein ähnlicher Umriss. Und noch einer.

Er nickte nur und wartete auf eine Erklärung.

Sie gab ihm keine. Stattdessen wurde sie noch schneller. Einmal mehr wunderte er sich, dass sie nie ihren Hut verlor, ganz gleich ob sie lief oder flog.

Der Wald reichte hier fast bis ans Wasser. Wurzeln duckten sich wie bucklige Gnome ans Ufer, ihre Ausläufer wurden von schäumenden Wogen umspült. Die Strömung war reißend, viel zu stark, um hindurchzuschwimmen.

Ein Brüllen ertönte.

Teile dessen, was er gerade noch für Wurzelwerk gehalten hatte, richteten sich auf. Wuchsen zu Gestalten mit zu vielen Gliedern heran, mit zu vielen Krallen, zu vielen Zähnen.

Wisperwind stieß einen zornigen Schrei aus. Die Schwertlanze verwandelte sich in einen blitzenden Silberbogen, als sie damit ausholte. Die Klinge zuckte vorwärts. Gellendes Kreischen übertönte den Lärm des strudelnden Wassers.

Die Raunen strömten aus dem Wald ans Ufer und schnitten ihnen den Weg ab.

Die Brücke der Riesen

Ein Raun landete vor Niccolo und riss das Maul auf, weit genug, um seinen ganzen Oberkörper zu verschlingen. Pestgestank wehte ihm entgegen. Die braunen Zähne des Wesens sahen aus wie abgebrochene Äste, seine Haut wie borkige Rinde. Pilzgeflecht überzog den knorrigen Leib. Der Raun überragte Niccolo um mehr als die Hälfte. Als er triumphierend seine vier Arme auseinander riss, spannten sich statt Muskeln verflochtene Wurzelstränge.

Wisperwind rammte die Schwertlanze von hinten durch die Kreatur. Die gezahnte Klinge bohrte sich vorn aus der verholzten Brust, genau auf Niccolo zu, der einen entsetzten Satz zurück machte.

Der Raun starb vor seinen Augen. Das Wesen blutete nicht, brach nicht einmal zusammen. Stattdessen stieß es ein schrilles Kreischen aus und zerstob im nächsten Augenblick in einer trockenen braungelben Wolke. Brüchige Fetzen wehten Niccolo ins Gesicht. Als er sie hastig abstreifte, fühlten sie sich nicht wie Teile von etwas Lebendigem an, eher wie Überreste einer abgestorbenen Pflanze.

„Herbstlaub“, rief Wisperwind ihm zu, während sie zwei weitere Raunen in zerstiebende Wolken verwandelte. „Sie werden zu Herbstlaub, wenn man sie tötet.“

Niccolo hatte noch nie im Leben Herbstlaub aus der

Nähe gesehen, nur aus großer Höhe, wenn die Wälder sich als prachtvolle Ozeane aus Gold darboten. Nun aber, da es überall an ihm klebte wie erdfarbene Hautschuppen, stieg Ekel in ihm auf.

„Lauf!", brüllte Wisperwind ihm zu. „Ins Wasser, soweit du kannst, ohne dass die Strömung dich packt. Folge dem Fluss."

„Wohin?"

Sie blockte den Schlag einer Raunenkralle mit dem Lanzenschaft. „Das wirst du schon sehen. Vertrau mir!"

Hinter Niccolo ertönte ein markerschütterndes Schreien, gefolgt von einem Schwall heißen, stinkenden Atems aus einem Raunenrachen. Aus dem Augenwinkel sah er, wie vier Borkenarme auseinander klafften, um ihn zu packen. In letzter Sekunde warf er sich nach vorn, machte einen Schlenker, um zwei weiteren Pflanzenbestien auszuweichen, und erreichte den Fluss. Das Ufer war steinig und zerfurcht von verborgenen Spalten, aber er hatte keine andere Wahl, als sich dem Strom anzuvertrauen. Stolpernd sprang er bis zu den Waden ins kalte Wasser und sah zurück.

Drei Raunen blieben brüllend stehen und versuchten, ihn über die Wellen hinweg mit ihren Krallen zu erreichen, vielfach verwinkelte Finger wie Wurzelfächer, lang wie Niccolos Unterarm und mit scheußlichen Dornennestern an den Enden.

Er wich noch einen weiteren Schritt vom Ufer zurück und bekam die Macht der Strömung zu spüren. Beinahe hätte sie ihn von den Füßen gerissen. Einen Augenblick lang hatte er genug damit zu tun, sich gegen den Strom zu stemmen und zugleich nach festem Halt zu suchen.

Dann sah er Wisperwind und vergaß für eine Weile sogar seine Flucht.

Sie wütete zwischen den Raunen wie eine Furie, ein Wirbel aus Armen und Beinen und flatterndem Stoff, eingewoben in ein Netz aus silbernen Bahnen, wenn die beiden Schwertklingen funkelnde Schlieren in die Luft schnitten. Die Lanze steckte in einem Haufen Herbstlaub, der vom Wirbel der Kriegerin abgetragen wurde und hinaus aufs Wasser trieb. Niccolo sah wie betäubt an sich hinunter und bemerkte, dass sich braune Blattfetzen an seinen Beinen ansammelten. Angewidert stakste er ein paar Schritte vorwärts, um die Überreste des Rauns abzuschütteln.

Auf der Wolkeninsel wurde selten gekämpft, und wenn doch, so handelte es sich um unbeholfene Wirtshauskeilereien. Das, was Wisperwind da tat, unterschied sich von solchem Geprügel wie ein eleganter Tanz vom plumpen Gestampfe der Bauerntölpel. Die beiden Schwerter bewegten sich unabhängig voneinander, eins in diese, eins in jene Richtung, und kein Atemzug verging, in dem nicht ein weiterer Raun in einer Explosion aus Laub zerplatzte. Wisperwinds Bewegungen erzeugten einen Strudel inmitten dieser Blätterwirbel, kreisende Spiralen aus Rot und Gelb und Braun, die sich um sie und ihre Gegner emporschraubten und Niccolos Sicht auf das unwirkliche Kampfgeschehen verhüllten.

„Du sollst *laufen*, verdammt!“, ertönte es aus dem Zentrum dieses Sturms, und endlich erwachte Niccolo aus seiner Starre.

Fluchend stapfte er vorwärts, der Strömung entgegen, immer nach festem Untergrund tastend. Er hielt sich parallel zum Ufer, etwa drei Meter von den grauen Hängen aus losem Geröll entfernt. Das Kreischen der Raunen folgte ihm, trieb ihn voran, auch wenn ihm schon nach zwanzig Schritten die Luft ausging. Mehrere Raunen hatten sich aus dem Kampf mit Wisperwind gelöst und folgten ihm auf dem Trockenen, schneller als er, mit fuchtelnden Wurzelarmen und aufgerissen Mäulern. Im Dämmerlicht waren kaum Einzelheiten an ihnen auszumachen, sie verwischten vor seinen Augen wie das Unterholz, an dem er und die Kriegerin stundenlang vorübergelaufen waren. Die verwinkelten Glieder, die Borkenfratzen und kleinen schwarzen Augen – das alles wurde eins, eine schreiende, knirschende Masse, unter die jetzt von hinten ein blitzendes Klingengewitter fegte. Wisperwind hatte aufgeholt und brach mit ihren Schwertern durch die Reihe der Raunen wie durch eine Hecke. Wieder schossen Fontänen aus Laubfetzen in alle Richtungen, wieder drohte das wütende Gebrüll der Kreaturen Niccolos Ohren zu betäuben.

Er warf sich herum und lief weiter, Schritt um Schritt gegen die Strömung.

Etwas fauchte von hinten heran wie ein Windstoß. Er fühlte sich unter der rechten Achsel gepackt und aus den Wellen gehoben, als wöge er selbst nicht mehr als ein Bündel Zweige.

„Nicht zappeln!“, rief Wisperwind an seiner Schläfe, während sie mit ihm über die Wasseroberfläche raste. Nicht hinaus auf den Fluss, sondern weiter parallel zum Land, wo immer mehr Raunen aus dem Unterholz brachen, eben selbst noch ein Teil davon, dann eine Armee aus kreischenden, fauchenden Bestien, die den ganzen Uferstreifen ausfüllte. Sie waren jetzt überall, so weit Niccolo sehen konnte. Alles wimmelte von ihnen, eine dunkle Masse, die sich bis an den Fluss drängte, aber sorgsam darauf bedacht war, nur ja keine Wurzelkralle hineinzusetzen.

Wisperwinds Füße berührten immer wieder federleicht das Wasser, als müsse sie sich dann und wann davon abstoßen – also doch kein Flug, sondern ein Laufen auf Luft und auf Wasser. Niccolo drohte immer wieder die Orientierung zu verlieren, weil ihm der Kontakt zum Boden fehlte. Es war ganz anders als auf dem Luftschlitten: Er hatte die Funktion der Maschine nicht begreifen müssen, um zu glauben, dass es eine Erklärung für ihre Flugkraft gab. Das hier aber, Wisperwinds Fähigkeit, sich ohne jede Hilfe vom Boden zu lösen, war etwas anderes.

Wieder wurde ihm schmerzlich bewusst, dass er ohne sie längst tot wäre. Er hatte Verantwortung für das Volk der Hohen Lüfte übernommen – und doch bislang nichts anderes getan, als davonzulaufen. Sogar von der Wolkeninsel war er geflohen, wenn er ganz ehrlich zu sich war.

Es war an der Zeit, dass er etwas tat. Dass er – und zwar zu allererst sich selbst – bewies, dass er in der Lage war, lebend aus dieser ganzen Geschichte herauszukommen.

„Gib mir ein Schwert“, rief er Wisperwind zu. „Ich will kämpfen.“

„Du?“, stieß sie lachend aus.

Das verletzte ihn, sogar in dieser Lage. „Du kennst mich gar nicht. Du weißt nicht, ob ich kämpfen kann.“

Sie schlug einen abrupten Haken, raste jetzt nicht mehr an der Mauer aus greifenden, tastenden, schlagenden Raunenarmen entlang, sondern geradewegs darauf zu.

„Du willst kämpfen?“

„Ich – “

„*Ich* will nicht kämpfen“, unterbrach sie ihn und bog hastig wieder ab, haarscharf bevor sie in die Reichweite der Dornenkrallen geraten konnten. „Es sind zu viele. Das ganze Tal ist voll von ihnen. Und es kommen immer noch mehr, aus allen Richtungen. Warum willst du sterben, wenn du ihnen ausweichen kannst?“

Er kam sich dumm vor, und die Tatsache, dass sie ihn wie eine Stoffpuppe am Arm trug, stärkte nicht gerade sein Selbstbewusstsein.

Sie lachte erneut, aber es ging in ein Röcheln über – dann verloren sie von einer Sekunde zur anderen an Höhe und klatschten der Länge lang ins Wasser.

„Großer Leonardo!“, rief Niccolo aus, als er spuckend und keuchend das Gesicht aus den Wellen hob und sein Möglichstes tat, nicht von der Strömung fortgerissen zu werden. „Was war das denn?“

Wisperwind, die vielleicht wirklich nicht mehr wog als eine Feder, hatte größere Mühe als er, gegen die Wassermassen anzukämpfen. Sie mochte fliegen können, aber Schwimmen war offenbar keine ihrer Stärken. Die Wogen des wilden Flusses drohten sie fortzureißen. Während die Raunen am Ufer triumphierend schrien – hohe, ohrenbetäubende Laute, die sich in beide Richtungen am Strom entlang fortsetzten –, sprang Niccolo Wisperwind hinterher. Bekam sie zu fassen. Und plötzlich war er es, der sie festhielt und retten musste.

Ein schönes Paar geben wir ab, durchzuckte es ihn, während er mit der freien Hand und den Beinen gegen die Strömung anpaddelte, reichlich unbeholfen, aber irgendwie kräftig genug, um sie beide über Wasser zu halten.

Wenig später hatten sie wieder festen Grund unter den Füßen, während die Raunen vergeblich nach ihnen schnappten und grapschten. Keine Armlänge vor Niccolos Gesicht fächerten Klauen aus Dornenzweigen auseinander und schlossen sich wieder, ein ums andere Mal, als würden sie ihn irgendwann schon zu packen bekommen, wenn sie es nur oft genug versuchten.

Sie sind dumm, dachte er. Vielleicht sind sie wirklich Pflanzen.

„Was ist geschehen?“, fragte er Wisperwind, die nach ihren Schwertern tastete und erleichtert feststellte, dass beide noch in den Rückenscheiden steckten. Nur ihre Lanze war am Ufer zurückgeblieben.

„Keine Konzentration“, erwiderte sie. „Du hast mich abgelenkt.“

„*Ich*?“

„Siehst du hier noch jemanden, der unablässig redet?“

Beleidigt verstummte er.

„Danke“, sagte sie mürrisch, ohne ihn anzusehen. „Für das gerade eben, im Wasser.“

Er winkte ab. „Was jetzt?“

„Weiter. Wir haben es fast bis zur Brücke geschafft.“

Sein Blick folgte der wogenden Masse aus Raunenleibern am Ufer. Erstaunt stellte er fest, dass Wisperwind und er die Landzunge, die er von weitem gesehen hatte, fast umrundet hatten. Und nun erkannte er auch, was sie meinte.

Nur dass es keine Brücke war.

Eher wohl die Trümmer von etwas, das einmal Ähnlichkeit mit einer gehabt hatte. Vor ungefähr zehntausend Jahren.

Es handelte sich um gewaltige Steinblöcke, die als unregelmäßige Kette von einem Ufer zum anderen führten. Titanische Quader, jeder fünfzig oder sechzig Meter hoch, die Seiten bedeckt von Kletterpflanzen. Einige waren halb zerfallen und ähnelten natürlichen Felsformationen, bucklig und schief. Andere bildeten perfekte Rechtecke. Wind und Wetter hatten ihre Ecken rund geschliffen, und doch gab es keinen Zweifel daran, dass sie künstlich geschaffen waren. Ihre Oberflächen wirkten aus der Ferne glatt, aber das konnte nur eine Täuschung des Dämmerlichts sein. Es musste sich um Mauerwerk handeln. Niemand vermochte solche Quader am Stück aus dem Fels zu meißeln und hierher zu bewegen.

Zwischen den Steingiganten lagen Abstände von fünfzig, manchmal hundert Metern. Unter einer Brücke stellte sich Niccolo beileibe etwas anderes vor.

„*Da* willst du rüber?"

„Sicher."

„Warum fliegen wir nicht?"

„Weil wir es beide nicht überleben, wenn so was wie gerade eben in der Mitte des Flusses passiert! Ein kurzes Stück, ja. Aber nicht bis ans andere Ufer."

Die Strömung draußen im Fluss war in der Tat mörderisch. Mehr noch, wenn man, wie eine gewisse fliegende Schwertkämpferin, nicht schwimmen konnte.

Wisperwind musste ihm ansehen, was er dachte.

„Ich könnte allein fliegen", sagte sie scharf. „Niemand würde mich ablenken."

„Schon gut." Er hob abwehrend beide Hände.

Zwischen ihrem Standort und dem ersten Quader erstreckte sich an die hundert Schritt strudelnde, fauchende Wasseroberfläche. Da Schwimmen nicht in Frage kam – für sie beide nicht, wie Niccolo sich eingestehen musste –, blieb ihnen nur Wisperwinds Federflug.

Die Kriegerin packte ihn abermals unterm Arm und zerrte ihn aus dem Wasser. Nass wie sie waren, mit voll gesogener Kleidung und triefendem Haar, wogen sie beide mehr als zuvor, aber Wisperwind presste die Lippen aufeinander, spannte ihren ganzen Körper an – und flog. Wieder hatte sie das linke Bein angewinkelt, das rechte nach hinten gestreckt.

Niccolos Füße streiften die Wogen. Die Strömung wollte ihn mit sich reißen, doch Wisperwind hielt ihn unvermindert fest. Er sagte kein Wort, gab nicht den leisesten Mucks von sich, um sie nur ja nicht zu stören.

Sie schafften es tatsächlich bis zum ersten Quader.

Leider nicht daran hinauf.

„Festhalten!“, brüllte Wisperwind, als sie ihn losließ und er mit voller Wucht gegen die Seitenwand des Felsklotzes krachte. Er hatte das Gefühl, der Quader sei auf ihn gestürzt, so weh tat der Aufprall im ersten Moment. Dann aber klammerte er sich geistesgegenwärtig am erstbesten Halt fest. Seine Finger krallten sich um Stränge der Kletterpflanzen, seine Füße verhakten sich in verwobenen Schlingen. Er schlug mit der Wange gegen einen verdrehten Stamm, biss sich auf die Zunge und stieß einen unartikulierten Schmerzenslaut aus.

Ein Stück weit über ihm bekam auch Wisperwind Teile des Pflanzengewirrs zu fassen. Sie kletterte bereits aufwärts, während er noch immer wie ein Insekt im Spinnennetz der Ranken hing. Er kämpfte mit aller Macht gegen seine Panik an, als sein Blick nach unten fiel, auf die schäumende Strömung, die wie eine Klinge aus Wasser am Fuß des Quaders entlangschnitt.

Klettern also. Darin hatte er Erfahrung, auch wenn er sich in seiner misslichen Lage erst wieder daran erinnern musste. Er hatte die Wolkengiganten rund um das Tal oft genug erklommen, auch wenn es einfachere Wege hinauf gegeben hatte. Klettern machte ihm Spaß. Verflucht nochmal, das hier sollte nun wirklich ein Kinderspiel sein!

„Besser, du beeilst dich!", rief Wisperwind von oben.

„Warum?", presste er zwischen den Zähnen hervor, während er sich langsam aufwärts schob. „Du hast gesagt, die Raunen kommen nicht übers Wasser."

„Tun sie auch nicht." Sie zog sich über die Kante auf die Oberfläche des Felsblocks, rollte herum und blickte wieder zu ihm in die Tiefe. „Aber diese Kletterpflanzen sind ihre entfernten Verwandten. Und wie es aussieht, haben wir sie gerade aufgeweckt!"

Niccolos Herzschlag setzte aus, als ihm bewusst wurde, dass die Ranken nicht hin und her schwangen, weil er daran entlangkletterte. Sie regten sich von *ganz allein*. Überall um ihn herum!

Er fluchte, als der Pflanzenvorhang unter ihm Wellen schlug und mehrere Gewächstentakel nach ihm tasteten. Noch krochen sie langsam herbei, fädelten sich mühsam zwischen anderen, unbelebten Strängen hindurch, bildeten Schlingen und Knoten und behinderten sich gegenseitig. Aber er konnte zusehen, wie sie wacher und reger wurden. Zielstrebiger. Die Raunenschreie am Ufer schraubten sich zu einem triumphierenden Heulen empor, als die Kreaturen erkannten, dass die Ranken aus ihrem Schlaf erwachten.

„Schneller!“, rief Wisperwind ihm von oben zu.

Er verwünschte den Augenblick, an dem er sich bereit erklärt hatte, seinen Hof in den Wolken zu verlassen. Dort oben war alles so einfach gewesen. Hier unten aber war gar nichts einfach und schon gar niemand ungefährlich.

Wisperwind lag bäuchlings oben auf dem Quader und beugte sich so weit wie möglich vor. Sie hatte die Hand in Niccolos Richtung ausgestreckt, aber noch waren mindestens fünf Meter zwischen ihnen.

Unter ihm erwachte die gesamte Rankenwand zum Leben.

Während seine Hände und Füße verzweifelt nach Halt suchten, begannen sich immer weitere Teile des Pflanzennetzes zu schütteln und aufzulösen. Stränge entknoteten sich und wurden zu zuckenden Armen, schoben sich hinter ihm her, tasteten nach seinen Waden. Immer wieder konnte er sich ihnen entziehen und dabei weiterklettern, aber es war nur eine Frage der Zeit, ehe eine ihn zu packen bekäme.

Noch drei Meter bis zu Wisperwinds Hand. Aber auch dort zuckten bereits die ersten Ranken umher, wollten sich um ihren Arm schlingen und sie in den Abgrund reißen.

Die Oberfläche des Flusses lag mehr als fünfzig Meter unter ihm. Ein Sturz würde ihn aller Wahrscheinlichkeit nach töten. Er fragte sich, was wohl die Ranken mit ihm anstellen würden, wenn sie ihn erst einmal fest umklammerten.

Er erhielt eine Antwort, als ihm aus dem verworrenen Gewebe ein menschlicher Schädel entgegenglotzte. Knorrige Stränge hatten sich durch die Öffnungen des Knochengesichts geschoben und zurrten es fest an die Felswand des Quaders.

Er zuckte zurück und schrie panisch auf.

„Du hast es gleich geschafft!“, rief Wisperwind – und zog sich hinter die Kante zurück.

„Wo willst du denn hin?“

„Bin schon wieder da.“ Jetzt lag eines der beiden Schwerter in ihrer Hand. Niccolo war bereits in Reichweite der Klinge, als der blitzende Stahl vorstieß, über ihn hinwegzuckte und mit einem schmatzenden Hieb eine Ranke hinter seinem Rücken zerfetzte. Ein Blick über die Schulter zeigte ihm, dass da noch weitere Tentakel waren, die sich unter ihm von der Wand gelöst hatten und wie Schlangen hinter ihm in der Luft pendelten, bereit, jede Sekunde zuzustoßen.

Er wurde noch schneller – aber auch unvorsichtiger. Sein Fuß trat ins Leere, er verlor seinen Halt und sackte einen halben Meter nach unten. Sogleich zog sich etwas um sein Bein zusammen, so fest, dass er erneut aufschrie.

„Niccolo – fang auf!“

Das Schwert fiel in seine Richtung und hätte ihn beinahe aufgespießt. In einer Drehung bekam er es zu fassen und hackte damit blindwütig unter sich. Im Nachhinein dachte er, dass er Glück gehabt hatte, sich nicht das eigene Bein abzuschlagen. Der Druck auf seinen Unterschenkel ließ nach, als die Klinge die Ranke durchtrennte.

Über ihm zog Wisperwind das zweite Schwert und schlug abermals in die Tiefe. Mit gezielten Hieben und Stößen hielt sie die Ranken von sich fern und versuchte zugleich, auch Niccolo vor weiteren Tentakeln zu bewahren. Er kletterte jetzt wieder aufwärts, inmitten des immer aufgeregter bebenden Netzwerks. Rund um ihn lösten sich weitere Stränge von der Wand und krochen auf ihn zu. Das Geschrei der Raunen schmerzte in seinen Ohren.

Endlich bekam er Wisperwinds Hand zu fassen. Mit einem kräftigen Ruck zerrte sie ihn nach oben. Dabei verlor er das Schwert aus der Hand, doch sie schlug mit ihrem eigenen danach und prellte es in die Höhe, wo es sich als flirrendes Silberrad mehrfach drehte, ehe es auf die Kriegerin zufiel und elegant von ihr aufgefangen wurde.

„Weg vom Rand“, rief sie Niccolo zu.

Gemeinsam hetzten sie über die viereckige Oberseite des Felsquaders, während hinter der Kante eine Wand aus Tentakeln emporschoss. Aber keine der peitschenden Ranken war lang genug, um sie in der Mitte der weiten Fläche zu erreichen.

Enttäuschtes Raunengeheul wehte vom Ufer herüber.

Atemlos ließ Niccolo sich auf den Boden fallen. Wisperwind lief ein paar Schritte weiter und sah hinüber zur Oberfläche des nächsten Felsblocks. Insgesamt mussten es wohl neun oder zehn Quader sein, die in einer langen Reihe zwischen den beiden Flussufern im Wasser lagen.

Niccolo japste. „Das müssen ... wir nicht ... bei jedem davon ... machen, oder?“

Sie schüttelte den Kopf. Erst jetzt fiel ihm auf, dass sie noch immer den verdammten Hut trug. Nach all dem saß das breite Strohding auf ihrem schwarzen Haar wie angeklebt. „Mit ein wenig Glück trägt uns der Federflug von einem Fels zum nächsten.“

„Ein Hoch auf die Konzentration!“, stöhnte er.

„Der Weg des Tao –“, begann sie, brach aber ab, als sie

sah, dass Niccolo sich vorbeugte und lautstark übergab. „Schlechtes Essen oder die Anstrengung?“, fragte sie scheinheilig.

Er wischte sich den Mund mit dem Ärmel ab und richtete sich unsicher auf. Im Westen, in der Richtung, aus der sie gekommen waren, lag ein glühender Rand aus Sonnenlicht um die Bergflanken. Die höchsten Gipfel waren nicht zu sehen, denn dort hing die Wolkeninsel und wurde von unten blutrot angestrahlt. Niccolo fragte sich, ob Wisperwind etwas ahnte, vermutete aber, dass sie wohl nichts über das Geheimnis der Hohen Lüfte wusste.

Und dennoch hatte sie ihn gerettet.

Drachenaugen, hatte sie gesagt.

Er schüttelte unmerklich den Kopf und ließ seine Blicke weiter über die Landschaft schweifen. Der Fluss spiegelte den lodernden Abendhimmel und verwandelte sich in ein Band aus Feuer. Er verlief mitten durch das weite, dicht bewaldete Tal zwischen den schroffen Berghängen. Nach Osten hin, dort, wo es bereits dunkler war, wurden die Berge niedriger, das Gelände felsiger. Im Norden strömte der Fluss durch eine tiefe Bresche zwischen den Gipfeln, herab aus den schattigen Landen jenseits des Gebirges.

„Dorthin solltest du gehen“, riet ihm Wisperwind, die seinem Blick gefolgt war. „Dort leben Menschen. Raunen meiden die größeren Ansiedlungen. Und so wie es aussieht, haben sich die meisten aus der Umgebung hier im Tal versammelt.“

Die Tentakelwände rund um den Quader waren wieder in sich zusammengesunken, nachdem die Pflanzen erkannt hatten, dass sich die beiden Menschen außerhalb ihrer Reichweite befanden. Offenbar besaßen sie nicht genug Verstand, um vorauszusehen, dass Niccolo und Wisperwind den Steinklotz früher oder später wieder verlassen mussten.

Wisperwind steckte die Schwerter zurück in ihre Scheiden.

„Das sind schöne Waffen", sagte Niccolo. Er hatte keine Ahnung von Klingen, aber ihm waren die aufwändig verzierten Griffe und Kreuzstangen aufgefallen.

„Ja", murmelte die Kriegerin. „Sie erfüllen ihren Zweck."

Niccolo atmete tief durch. „Ich muss mich bei dir bedanken."

Sie antwortete nicht, sondern ging langsam auf die östliche Kante des Quaders zu. Der nächste Steinblock lag mehr als fünfzig Meter entfernt. Seine Oberfläche war zerklüfteter als die, auf der sie sich befanden, aber dafür gab es dort weniger Kletterpflanzen. Das Wasser mochte weiter zur Flussmitte hin zu tief für sie sein.

Etwa zehn Schritt vor der Kante blieb Wisperwind stehen. „Wir werden es nicht ganz bis zur anderen Seite der Brücke schaffen", sagte sie über die Schulter. „Es wird zu schnell dunkel, und wir werden kein Mondlicht haben bei all den Wolken über dem Tal."

Wusste sie mehr, als sie preisgab? Niccolo ließ sich nichts anmerken, sah aber zurück zur Unterseite der Wolkeninsel. Er war nun endlich dort, wo er immer hingewollt hatte, am Erdboden. Und doch verspürte er beinahe so etwas wie Heimweh nach seinem Hof in den Wolken, und das lag nicht allein daran, dass er die Tiere vermisste. Nach allem, was er heute erlebt hatte, konnte er zum ersten Mal nachvollziehen, weshalb die Priester und Herzöge all die Jahre über die Verbindung zum Boden unterbunden hatten.

Wir leben in einem Gefängnis, hatte sein Vater oft verbittert festgestellt. Aber nun musste Niccolo fast ein wenig kleinlaut zugeben, dass es sich zumindest um ein sicheres und behütetes Gefängnis gehandelt hatte. Der Gedanke erschien ihm fast wie ein Verrat an den Idealen seines Vaters, und er schämte sich noch im selben Augenblick dafür.

Vielleicht konnte man nicht beides haben, Freiheit *und* Sicherheit. Womöglich gehörten Risiko und Gefahr nun einmal dazu, wenn man sein Leben selbst in die Hand nahm.

„Komm jetzt“, sagte Wisperwind ungeduldig. „Es ist noch nicht vorbei.“

„Das ist erniedrigend“, sagte er, als er ihr den linken Arm hinhielt.

Wisperwind lächelte grimmig, packte ihn und zerrte ihn mit sich in die Luft.

Federflug

Den siebten Quader hätte Wisperwind in der Finsternis beinahe verfehlt. Sechsmal hatte sie Niccolo von einem Felsblock zum anderen getragen, mit weiten Flugsprüngen, die sie oft genug nur um Haaresbreite von einem Stein zum nächsten gebracht hatten.

Nachdem sie zum siebten Mal gelandet waren – und eigentlich war es eher ein Sturz als eine Landung wie die vorangegangenen –, kam Wisperwind schwankend zum Stehen. Niccolo schüttelte stumm den Kopf, viel zu entkräftet und nahezu gelähmt von der Verspannung in seiner linken Schulter. Er ließ sich in der Mitte der Felsfläche nieder, streckte sich unter Schmerzen aus und schloss mit einem Stöhnen die Augen.

„Auch wenn du mich zurücklässt …“, flüsterte er nach ein paar erschöpften Atemzügen. „Mich bewegt heute Nacht keiner mehr von diesem Klotz herunter.“

Er hörte Wisperwind seufzen, dann klapperten ihre Schwerter zu Boden, gefolgt von einem Rascheln, als sie neben ihm auf die Knie sank.

„Das letzte Stück schaffen wir im Morgengrauen“, sagte sie schwach.

„Gut.“

„Es sei denn, aus dem Wasser kommen – “

„Mir egal“, unterbrach er sie.

Sie lachte leise, aber es klang wie ein mattes Husten. „Sieht aus, als müsste ich die erste Wache übernehmen."

Niccolo wollte eine Antwort geben, aber da überwältigte ihn bereits seine Müdigkeit. Er träumte von einem Flug über Wälder, die unter ihm zum Leben erwachten und mit verwinkelten Astklauen nach ihm schlugen. In seinem Traum bewarf er die Bäume mit Wolkenflocken, die wie Schneebälle aussahen. Er erwachte, bevor er erkennen konnte, ob er den Ozean aus Baumbestien damit besiegen konnte. Verschlafen vermutete er, dass seine Chancen wohl nicht die besten gewesen waren.

„Guten Morgen", sagte Wisperwind, als er die Augen aufschlug.

Sie saß im Schneidersitz neben ihm und hatte, wie konnte es anders sein, bereits ihren Strohhut auf. Tiefe Ringe lagen unter ihren Augen. Sie wirkte nicht halb so frisch, wie sie sich gab.

„Dieser Hut", brachte er müde hervor. „Was hat es damit auf sich?"

„Er gefällt mir."

„Aber er sieht albern aus."

„Und schützt vor schlechten Gedanken." Sie rückte die Krempe gerade. „Außerdem verhindert er, dass mich die Sonne blendet, wenn mir ein Gegner gegenübersteht. Seit ich ihn trage, habe ich dreimal so viele Männer getötet wie vorher."

Niccolo wechselte vorsichtshalber das Thema. „Wie lange ist es schon hell?"

„Die Sonne steht noch hinter dem Horizont. Aber wir sollten bald aufbrechen. Nachdem wir geredet haben."

„Worüber willst du reden?"

„Hast du Hunger?“, fragte sie und steckte sich ein Stück Trockenfleisch aus ihrem Bündel in den Mund.

Er nickte. Seine eigenen Vorräte – hauptsächlich Brot, denn Mehl aus den Zeitwindmühlen war das wichtigste Nahrungsmittel der Hohen Lüfte – hatten sich im Wasser in ungenießbaren Brei verwandelt. „Und du gibst mir nur etwas, wenn ich deine Fragen beantworte. Richtig?“

Ein feines Lächeln spielte um ihre vernarbten Mundwinkel, als sie ihm ein Stück Fleisch in den Schoß warf. Er schob es sich gierig zwischen die Zähne. Es schmeckte wie Baumrinde.

„Raunenfleisch“, sagte sie beiläufig.

Hustend und würgend spuckte er es aus.

„Wir haben nichts Besseres“, fügte sie ungerührt hinzu.

Niccolo hob das dunkle Stück Fleisch mit spitzen Fingern auf und betrachtete es angewidert gegen den rötlichen Himmel. „Ist das nicht giftig?“

„Würde ich es dann essen?“

Widerwillig legte er es sich zurück auf die Zunge, kaute nur ein einziges Mal und würgte es hastig hinunter. Er hatte das Gefühl, daran zu ersticken, und wünschte sich mit aller Kraft an einen freundlicheren Ort. Fluchend rieb er sich mit den Fingern die Zähne sauber.

„Rind“, sagte sie nach einer Weile. Ohne ihn anzusehen aß sie ein weiteres Stück. „Geräuchert.“

„Was?“

„Ich hab dich belogen. Es ist Rindfleisch.“

Er atmete scharf aus. „Dann hoffe ich, dass du deinen Spaß hattest.“

Grinsend beförderte sie aus ihrem Bündel ein weiteres Stück zu Tage. „Hier.“

Er fing es auf und biss gierig ab.

„Wo ich herkomme“, sagte er nach einer Minute des Schweigens, „da habe ich auch Rinder. Und Schweine.“

„Woher kommst du denn?“

„Das ist ... weit weg von hier.“ Nicht wirklich weit, korrigierte er sich in Gedanken, aber unerreichbar.

„Warum hast du Drachenaugen?“ Sie fragte es genauso beiläufig wie alles andere, das sie seit seinem Aufwachen von sich gegeben hatte. Aber er spürte sehr wohl, dass dies die eine zentrale Frage war, der er sein Leben verdankte. Er hatte nicht vergessen, dass sie ihn nur wegen seiner goldenen Augen gerettet hatte.

„Ich weiß nicht, welche Augenfarbe Drachen haben.“

„Aber du bist auf der Suche nach einem.“

Zögernd nickte er und bereute, dass er sein loses Mundwerk nicht im Zaum gehalten hatte.

„Warum?“, erkundigte sie sich, nach wie vor sehr ruhig und scheinbar mehr an ihrem kargen Frühstück interessiert als an ihm.

„Ich will darüber nicht reden.“

Wisperwind zuckte die Achseln. „Wie du meinst.“

Er stand schwankend auf und stellte fest, dass seine Schulter heute stärker schmerzte als gestern Nacht. Die Verspannungen in der linken Hälfte seines Oberkörpers waren durch das Liegen auf dem Fels noch schlimmer geworden. Die Muskeln rund um das Schulterblatt fühlten sich hart und knorrig an.

„Tut weh, hm?“, fragte sie kauend.

„Etwas.“

„Es wird schmerzhafter werden. Wir haben noch vier Quader vor uns, ehe wir das Ufer erreichen.“

Er hatte die Felsblöcke längst gezählt und sich mit Schrecken vorgestellt, wie er verkrampft und gelähmt auf der anderen Seite ankommen würde.

„Was ist das hier?“, fragte er, während sein Blick über den Quader tastete. Sie war ganz offensichtlich aus einem einzigen Stück Fels gehauen und nicht, wie er angenommen hatte, aus Mauerwerk zusammengefügt.

„Riesen haben diese Brücke gebaut“, sagte Wisperwind mit größter Selbstverständlichkeit. „Aber das ist lange her. Einige tausend Jahre, vermutlich.“

Sorgenvoll huschte sein Blick über das Wäldermeer im Osten. „Wird sie noch benutzt? Von Riesen, meine ich?“

„Nicht, soweit ich weiß.“ Sie grinste. „Aber ich weiß nicht alles.“

„Ich habe noch nie einen Riesen gesehen. Ich glaube nicht, dass es überhaupt welche gibt.“

„Du hast auch noch keinen Drachen gesehen. Und trotzdem suchst du nach einem.“

Mit einem leisen Seufzer ging er zurück zu ihr und wollte sich hinsetzen. Aber der Muskelschmerz überzeugte ihn, dass das keine gute Idee war. Steif und nicht besonders glücklich blieb er stehen.

„Weißt du, wo ich einen finden kann?“

Sie schaute noch immer nicht auf, sondern zerrupfte hingebungsvoll das Trockenfleisch zwischen den Fingern. „Versuch’s im Norden.“

Niccolo runzelte die Stirn. „Bist du sicher, dass es dort welche gibt?“

„Oder im Westen“, sagte sie schulterzuckend.

„Du hast gar keine Ahnung von Drachen!“, entfuhr es ihm wütend.

„Wie gesagt, ich weiß nicht alles."

Frustriert warf er die Hände in die Höhe, ging hastig ein paar Schritte auf und ab und blieb dann erneut vor ihr stehen. „Einverstanden. Was willst du wissen?"

Jetzt hob sie erstmals den Kopf. Wieder dieses unverschämte Lächeln. „Wo kommst du her? Warum hast du goldene Augen? Und weshalb suchst du nach einem Drachen?"

„Ich bin vom Himmel gefallen, das hast du selbst gesagt. Und weißt du was? Es ist die Wahrheit! Meine Augen sind golden, weil alle Menschen dort, wo ich herkomme, goldene Augen haben. Ebenso gut könnte ich dich fragen, warum deine braun sind!"

Ihr Lächeln blieb breit und trotzdem humorlos. Wieder überlegte er, ob er sie fürchten müsste. *Ernsthaft* fürchten. „Drachen haben goldene Augen", sagte sie. „*Nur* Drachen, jedenfalls habe ich nie etwas anderes gehört."

„Aber ich bin keiner."

„Das ist mir aufgefallen."

„Ich suche einen Drachen, weil Drachen Aether ausatmen. Und ich brauche Aether, um meine Leute zu Hause zu retten. Es hat mit" – er suchte nach den richtigen Worten – „mit so was wie Magie zu tun."

Sie nickte. „Wir kommen dem Kern der Sache schon näher, glaube ich."

„Was noch?", brachte er ungeduldig hervor.

„Dieses Zuhause ... Es liegt weit weg von hier, sagst du?"

„Allerdings."

„Und du bist von dort aus hierher geflogen? Mit diesem Ding, mit dem du vom Himmel gefallen bist?"

Er nickte erneut.

Wisperwind hielt ihm ein weiteres Stück Fleisch hin, das er hungrig und nahezu ungekaut herunterschluckte. „Ich bin über die Wipfel gelaufen, als ich dich da oben gesehen habe“, sagte sie. „Tatsächlich habe ich deinen Flug eine ganze Weile beobachtet. Es kam mir vor, als wärst du aus den Wolken gestürzt.“

„Schon möglich. Ich war … hoch oben.“

„Ja“, sagte sie nachdenklich, „das schien mir auch so.“

Er sah gehetzt zum Ufer. „Können wir jetzt weiter?“

„Ich habe dich gerettet, weil mich deine Geschichte interessiert. Nun kenne ich einen kleinen Teil davon, aber noch immer nicht deinen Namen.“

„Niccolo.“

„Es gibt Ausländer in der Kaiserstadt, in Peking, die diesen Namen tragen. Ihre Vorfahren sind aus dem Westen gekommen, vor langer Zeit. Ein Mann namens Polo hat sie angeführt. Marco Polo. Je von ihm gehört?“

Niccolo kannte den Namen aus den Büchern seines Vaters. Marco Polo stammte aus Italien, demselben Land, aus dem das Volk der Hohen Lüfte vor einem Vierteljahrtausend geflohen war. Aber das war auch so ziemlich alles, was er über ihn wusste.

„Wenn man so lange allein unterwegs ist wie ich“, sagte Wisperwind, „ist man froh, dann und wann eine Geschichte zu hören. Vielleicht erzählst du mir irgendwann mal den Rest von deiner.“

Ja, vielleicht, dachte er. Oder auch nicht.

Die Kriegerin erhob sich mit einem leichten Schwanken, steckte ihre Schwerter ein und blickte an ihm vorbei nach Osten.

„Bereit zum Aufbruch?“, fragte sie.

Er massierte seine Schulter. „Nein.“

Augenblicke später flogen sie wieder.

° ° °

Die Flugsprünge von einem Riesenquader zum nächsten zehrten stärker an Wisperwinds Kraft, als sie zugeben wollte. Kurz vor dem Ufer spürte Niccolo, wie sich ihr Griff lockerte. Plötzlich geriet sie ins Trudeln und ließ ihn los. In einer Gischtfontäne stürzte er ins Wasser, aber da hatten sie bereits so sehr an Höhe verloren, dass die wenigen Meter bis zur Oberfläche ihn nicht umbrachten. Schlimmer war die Strömung, gegen die er verzweifelt ankämpfte, bis er endlich Grund unter den Füßen spürte und sich triefend an Land schleppte.

Wisperwind lag bewusstlos im Gras. Sie war bleich und sah mit einem Mal sehr verletzlich aus. Niccolo drehte sie auf den Rücken, spürte, dass sie atmete, und überlegte, was er tun sollte. Die beiden Schwerter machten ihre Lage unbequem, darum entschied er, die Gurte der Rückenscheiden zu lösen und die Waffen unter ihrem Körper hervorzuziehen. Er legte die Schwerter beiseite und schob sein Bündel unter Wisperwinds Kopf – nicht ohne ihr vorher den Strohhut abzunehmen. Er hatte halb erwartet, dass sie darunter verunstaltet wäre, vielleicht noch stärker vernarbt als im Gesicht; doch dem war nicht so. Ihr langes Haar war voll und glatt und von tiefstem Schwarz, die Kopfhaut darunter unversehrt.

Allmählich legte sich seine Aufregung. Sicher brauchte sie nur Ruhe. Argwöhnisch sah er hinüber zum Waldrand, entdeckte aber keine Anzeichen von Raunen auf dieser Seite des Flusses. Falls es hier welche gegeben hatte, waren sie wahrscheinlich längst davongezogen, um das Wasser an einer günstigeren Stelle zu überqueren und sich mit ihren Artgenossen im Zentrum des Tals zu vereinen.

Kannst du dessen ganz sicher sein?, fragte eine innere Stimme.

Die Sonne war aufgegangen, stand aber noch hinter den luftigen Blätterkronen schlanker Bambusbäume. Dahinter und noch höher erhoben sich ausladende Ginkos. Die Schatten zwischen den Blättern wirkten belebt, vielleicht nur vom Wind. *Hoffentlich* vom Wind.

Er musste sich zwingen, seinen Blick vom Waldrand loszureißen. Wisperwind atmete ruhig, aber ihre Augen bewegten sich unter den Lidern. Ihre Lippen waren aufeinander gepresst, als wollte sie sich daran hindern, unbewusst im Schlaf zu sprechen. Was für Geheimnisse sie wohl auszuplaudern hätte?

Niccolo ergriff zögernd eines der beiden Schwerter. Die Verzierungen an den Griffen ähnelten einander und mochten Schriftzeichen sein, deren Bedeutung er nicht kannte. Die Kreuzstangen waren sichelförmig gebogen und sehr viel kürzer als jene der Schwerter, die das Volk der Hohen Lüfte besaß. Niccolo zog die Waffe aus der Scheide und betrachtete die gerade Klinge. Sie war auffallend schmal, kaum zweimal so breit wie sein Daumen, und beidseitig geschärft.

Er vergewisserte sich, dass Wisperwind noch schlief, legte die leere Scheide beiseite und stand mit dem Schwert in der Hand auf. Spielerisch hieb er ein paar Mal in die

Luft, versuchte Attacken und Paraden gegen unsichtbare Gegner, machte Ausfallschritte und hatte zu seinem Erstaunen das Gefühl, dass er sich nicht einmal ungeschickt dabei anstellte. Beinahe fühlte es sich an, als führte das Schwert ihn, nicht umgekehrt. Ein Strom von Begeisterung floss durch seinen Körper, ließ seine Muskeln vibrieren und schien ihn von innen heraus zu erhitzen.

Als er erschöpft zur Ruhe kam, bemerkte er, dass der Schmerz in seiner Schulter so gut wie verschwunden war. Auch die Prellungen taten nicht mehr so weh, obgleich sie – wie er sofort feststellte – noch immer grün und blau auf seiner Haut leuchteten.

Mit neuem Respekt blickte er vom Griff bis zur Spitze an dem Schwert entlang – und musste für einen Augenblick gegen den Wunsch ankämpfen, eine oder besser gleich beide Waffen zu stehlen und sich mit ihnen davonzumachen, bevor Wisperwind erwachte.

Er schämte sich dafür und schob die Klinge eine Spur zu schnell zurück in die Scheide. Das Verlangen nach der Waffe verschwand im selben Augenblick, da der Stahl wieder vollständig verborgen war.

Erst jetzt fiel sein Blick erneut auf die Kriegerin.

Sie sah ihn an, wer weiß, wie lange schon.

„Es tut weh, nicht wahr?“, fragte sie tonlos.

„Meine Schulter? Nein, nicht mehr. Ich – “

„Ihnen zu widerstehen.“ Sie schob sich ein Stück nach oben und setzte den Oberkörper auf. „Du hast es auch gespürt. Ich hab’s gesehen.“

„Das sind keine gewöhnlichen Schwerter“, stellte er fest, zu beschämt, um ihrem Blick länger standzuhalten.

„Nein, wohl kaum.“ Ein Lächeln breitete sich über die

haarfeinen Narben auf ihren Wangen. „Mach dir keine Vorwürfe. Ich selbst habe sie auch nur gestohlen."

„Im Ernst?"

Sie nickte. „Seitdem laufe ich weg und weiß nicht einmal, vor wem."

„Wem haben sie gehört?"

„Seit ich sie bei mir trage", sagte sie ausweichend, „versuche ich, mehr über sie herauszufinden. Ich denke, ich weiß jetzt, woher sie stammen und wer sie geschmiedet hat. Aber um sicherzugehen, muss ich dorthin reisen. Du und die Raunen, ihr seid mir dazwischengekommen. Aber das ändert nichts. Ich setze meine Reise fort, und offen gesagt, geht das schneller ohne dich."

Er hatte damit gerechnet, dass sich ihre Wege früher oder später wieder trennen würden. Aber nun, da sie es so offen aussprach, traf es ihn doch. Sie hatte ihm mindestens zweimal das Leben gerettet, und er ahnte, dass er ihre Hilfe in diesem Land noch das eine oder andere Mal herbeiwünschen würde.

Wisperwind wies am Ufer entlang, dem tiefen Einschnitt im Gebirge entgegen. „Folge dem Fluss nach Norden. In etwa anderthalb Tagen erreichst du ein Dorf. Hast du eine Waffe?"

„Nur einen Dolch."

Zweifelnd betrachtete sie die unscheinbare Klinge an seinem Gürtel. „Ich kann dir keines der Schwerter geben, aber wenigstens einen Rat. Was immer du auch tust, halte dich von den Mandschu fern."

„Noch mehr Ungeheuer?"

Jetzt wirkte ihr Lachen zum ersten Mal ungezwungen, so als käme es von Herzen. „Die Mandschu sind Menschen wie du und ich. Steppenbewohner, Mongolen. Vor etwa hundert Jahren haben sie die Große Mauer überschritten und das chinesische Reich erobert. Seitdem halten sie mein Volk – wir sind die Han, aber du würdest uns wohl alle Chinesen nennen – wie Sklaven. Der Kaiser in Peking ist eine ihrer Puppen und regiert in ihrem Namen. Überall im Land sitzen ihre Statthalter, beuten die Menschen aus, fressen sich die Bäuche rund und herrschen mit Gewalt und Willkür. Du wirst Mandschu treffen, früher oder später. Ihre Soldaten sind nicht zu übersehen – in jedem Gasthaus sind sie die lautesten, betrunkensten und reizbarsten Zecher. Aber unterschätze sie nicht. Und was du auch tust, leg dich nicht mit ihnen an."

Er grinste schief, auch wenn ihm gar nicht danach zu Mute war. „Ist das ein Rat, den du selbst beherzigst?"

„Ich habe mehr Mandschu getötet, als ich zählen kann. Aber wenn es möglich ist, dann weiche ich ihnen aus. Ich bin nur eine wandernde Schwertkämpferin, keine Idealistin und schon gar keine Rebellin. Ich kämpfe nicht für irgendein Volk, nur für mich. Ich hasse die Mandschu, aber ich verachte auch die Han, weil sie sich von den Eroberern wie willenlose Lämmer auf die Schlachtbank führen lassen."

In ihren Augen entdeckte er etwas, das im Widerspruch zu ihren Worten stand. Ein Feuer, das weit weg war von der Gleichgültigkeit, die sie da predigte.

Hastig setzte sie ihren Strohhut auf; sogleich verschwanden ihre Augen im Schatten der breiten Krempe.

„Sehen wir uns irgendwann wieder?", fragte er, als er ihr zum Abschied die Hand entgegenstreckte.

„Zwischen Flüssen und Seen", sagte sie, und es klang

wie eine alte Formel, ein ritueller Gruß unter Kriegern. Dann huschte sie davon und verschmolz lautlos mit den Schatten der Ginkobäume.

Am anderen Ufer wehklagten die Raunen und sangen geisterhafte Lieder.

Lotusklaue

Was er schließlich fand, war kein Dorf, sondern eine Flotte bunter Hausboote. Sie lagen festgezurrt am Ufer des Flusses wie eine Herde bizarrer Tiere, die sich um eine Wasserstelle in der Wildnis drängten.

Nachdem Niccolo die Kluft zwischen den Bergen hinter sich gelassen hatte, war das Land flacher geworden. Die Wälder erstreckten sich über Hügel, aber die gewaltigen Felstürme blieben zurück und mit ihnen der Blick auf die Wolkeninsel. Im Norden war der Himmel klar, die Sonne stand glühend im Nachmittagsblau und legte einen flirrenden Schleier über das weite Land am Strom. Die Stimmen der Raunen waren jenseits der Berge verklungen, und zum ersten Mal seit seinem Abschied von Wisperwind gestattete Niccolo sich ein tiefes Durchatmen. Ein Teil seiner Anspannung fiel von ihm ab, obgleich ihm der Gedanke an viele Menschen, die ihn sogleich als Fremden erkennen mussten – keine Mandelaugen, dafür rosige Haut und braunes Haar –, Sorgen bereitete. Aber dort vorn lebten immerhin Menschen, keine Bestien aus Wurzelwerk und Rinde.

Während er sich dem farbenfrohen Schwarm der Hausboote näherte, wünschte er sich einen Strohhut wie den von Wisperwind. Zumindest auf den ersten Blick hätte der Schatten seine Augen verborgen. So aber blieb ihm nichts übrig, als zu seiner Andersartigkeit zu stehen. Er erinnerte sich, was die Kriegerin über die Nachfahren des Marco Polo in der Kaiserstadt gesagt hatte, und legte sich eine grobe Geschichte zurecht: Dass er aus Peking käme, ein junger Gelehrter auf Wanderschaft, der den Legenden über Drachen im Herzen Chinas nachgehe, um seinen Landsleuten in der Hauptstadt davon zu berichten und vielleicht gar Kunde davon nach Italien zu tragen.

Obgleich er aussah wie jemand, der tatsächlich einen Ahnen in der Gefolgschaft des Marco Polo gehabt haben könnte, war ihm doch der Gedanke an das Land seiner Vorfahren so fremd wie die Vorstellung, jemals dorthin zurückzukehren. Seine Heimat lag über den Wolken, und es erschreckte ihn, dass ihm das ausgerechnet hier und jetzt klar wurde. Sein Leben lang hatte er sich geweigert, die Wahrheit zu akzeptieren, genau wie sein Vater. Aber nun, gerade einmal zwei Tagesreisen entfernt, musste er einsehen, dass die Wolkeninsel sein einziges Zuhause war.

Viele Menschen wimmelten am Ufer umher, sowohl auf festem Boden als auch auf zahllosen Stegen und Plattformen zwischen den Hausbooten. Die Strömung hatte hier an Kraft verloren, das Wasser war kaum aufgewühlter als die Oberfläche eines Sees. Wenn diese Männer und Frauen tatsächlich auf dem Fluss lebten, dann hatten sie vielleicht mehr mit dem Volk der Hohen Lüfte gemein, als Niccolo bislang angenommen hatte.

Ein Markt war im Gange, ein buntes Durcheinander aus Händlern hinter klapprigen Ständen aus Bambus und Stoff, Verkäufern mit überfüllten Bauchläden, Bauern, die magere Rinder, Schweine und Hühner feilboten, und einfachen Leuten, die hier und da etwas kauften oder lautstark über Wucher schimpften. Die meisten trugen schlichte, erdfarbene Kleidung, aber es gab auch Frauen in bunten Gewändern, geschmückt mit Schärpen; einige schützten sich mit bemalten Schirmen aus Papier gegen die Sonne. Unter den einfacheren Leuten waren Strohhüte weit verbreitet.

Träger schleppten Säcke mit Salz und Zucker umher, andere luden Holzbalken und Ziegelsteine für den Hausbau von schwankenden Decks kleiner Frachtboote. Manch einer verkaufte Gewürze und Elfenbein aus dem fernen Indien, andere Baumwolle und Seide, Früchte und sogar farbiges Papier in großen, rechteckigen Lagen. Es gab Jadeschleifer und Kleidernäher; Kammmacher und Goldschmiede; Klebstoffkocher, Lackmeister und Gerber. Über allem hingen die Gerüche von Kuhdung und Tee, von Orangen, Hühnersuppe und Reiswein.

Niccolo zwang sich, den Kopf gesenkt zu halten, während er sich dem Ufer näherte. Dabei konnte er seine Neugier kaum im Zaum halten. All das war so neu und vielfältig. Selbst wenn er nur aus den Augenwinkeln hinsah, kam er kaum aus dem Staunen heraus. Mehrmals trafen ihn Blicke von Männern und Frauen. Ein kleiner Junge zeigte auf ihn und rief ein paar anderen etwas zu. Aber noch sprach niemand ihn an. Feindseligkeiten gab es keine, eher Neugier, vielleicht auch eine Spur von Misstrauen.

Er überlegte noch, wo er am besten Erkundigungen über Drachen einziehen könnte, als sein Blick auf einen Wall aus Holzkäfigen fiel, der hinter einem der Stände aufgebaut war. In den winzigen Verschlägen waren Hunde eingepfercht. Einige winselten herzzerreißend.

Niccolo versteifte sich, als ihm klar wurde, dass die Tiere nicht als Wachhunde oder Spielgefährten verkauft wurden. Sie waren Nahrung.

Der Mann, der mit ihnen handelte, war klein und sehr dünn. Er wirkte höflich und bieder, keineswegs wie jemand, der niedliche Hundewelpen zu Suppenfleisch verarbeitet. Und doch trug er silberne Ringe an den Fingern und einen goldenen Talisman am Hals. Das Geschäft schien recht gut zu gehen.

Niccolo starrte ihn angewidert an und war drauf und dran hinüberzugehen, auch wenn er wusste, dass er kaum einen größeren Fehler machen konnte; sich als alleinreisender Ausländer über Sitten und Gebräuche dieses Landes zu mokieren, war keine gute Idee. Es stand ihm nicht zu, ganz gleich, wie Leid ihm die Hunde in ihren Käfigen taten.

Die Entscheidung wurde ihm abgenommen, als ein Trupp Soldaten zwischen den Ständen auftauchte und vor dem Hundehändler stehen blieb. Die Männer trugen schwarzes, fellbesetztes Rüstzeug und Helme, die in scharfen Eisenspitzen ausliefen. Einige hatten sich ihre Schwerter offen über die Schulter gelegt, weil sie zu groß für Scheiden waren. Niccolo hatte noch nie so gewaltige Klingen gesehen. Die Erinnerung an Wisperwinds Schwerter stand ihm noch frisch vor Augen, und der Unterschied hätte kaum auffälliger sein können: Die Waffen der Soldaten waren so breit wie sein Oberschenkel, einseitig geschärft und leicht gebogen.

Andere Männer trugen Streitkolben mit nietenbesetzten Kugeln. Zudem gab es Schwertlanzen mit wehenden Federbüschen am Schaft, sonderbare forkenartige Waffen mit drei hakenbewehrten Spitzen und einen Kriegshammer, den Niccolo nicht einmal hätte anheben können.

Im Vergleich zu den Chinesen auf dem Marktplatz waren die Soldaten größer und bulliger, einige fett, andere wandelnde Muskelberge. Niccolo zweifelte keine Sekunde daran, dass er zum ersten Mal den berüchtigten Mandschu gegenüberstand, Kriegern jener Erobererarmee, die das chinesische Reich seit einem Jahrhundert unterdrückte.

Der Anführer der Mandschu war noch größer als die übrigen, wenngleich nicht so breit und massiv wie die meisten. Er überragte jeden seiner Männer um mindestens einen Kopf. Er hatte langes Haar – schwarz, wie offenbar jeder in diesem Land – und trug keine Waffe. Sonnenlicht reflektierte auf seiner hohen Stirn; dort war eine handtellergroße Eisenplatte in seinen Schädel eingelassen, wie ein Stück von einem Helm, das mit dem Gesicht verwachsen war.

Die Mandschu hatten sich im Halbkreis vor dem Hundehändler aufgebaut. Niccolo wich einen Schritt zurück, stand jetzt eingepfercht zwischen einem Obststand und einem Papierverkäufer.

„Herr General“, sagte der Hundehändler beflissen zum Anführer der Mandschu und verbeugte sich ehrerbietig, „wie schön, Euch zu Diensten sein zu dürfen.“

Niccolo beugte sich verstohlen zu dem Papierverkäufer, der angespannt zu der unheilvollen Versammlung hinübersah. „Wer ist das?“, flüsterte er.

Der Mann musterte ihn kurz und schien zu überlegen, ob er sich wohl Ärger einhandelte, wenn er mit ihm sprach. „Lotusklaue“, sagte er nach einem Augenblick.

„Er führt die Mandschutruppen diesseits des Gebirges an."

„Ist er wirklich ein General?"

„Du bist kein Mandschuspion, oder?"

„Sehe ich aus wie einer?"

„Ich weiß ehrlich gesagt nicht, welchen Rang er bekleidet. Ein gewöhnlicher Hauptmann wird er wohl sein. Aber die Leute munkeln, dass er verrückt ist. Das Eisen in seiner Stirn ... Du weißt schon."

Niccolo schüttelte den Kopf.

„Es rostet." Der Chinese riss die Augen weit auf. „Der Rost bringt ihn um den Verstand. Jedenfalls erzählt man sich das. Der Rauch des Schwarzen Lotus lindert seinen Schmerz, deshalb sieht man ihn oft im Teehaus, gebeugt über dampfende Lotusschalen."

„Lotusklaue ist also nicht sein wirklicher Name?"

Der Mann zuckte die Achseln. „Alle nennen ihn so."

Niccolo nickte ihm dankbar zu und sah wieder zum Hundestand hinüber. Die Tiere in den Käfigen jaulten immer aufgeregter, einige begannen zu kläffen.

„Um was habe ich dich gebeten, als wir uns zum letzten Mal gesehen haben?", fragte Lotusklaue ruhig.

Sogleich verfiel der Hundehändler in einen weinerlichen Tonfall, als sei alles Leid der Welt über ihn hereingebrochen. Er raufte sich das Haar und rang mit den Händen. „Aber, Herr, Ihr wisst ... Die Zeiten sind schlecht, und jeder muss sein Auskommen finden mit dem, was er am besten kann."

„Ich mag Hunde", sagte Lotusklaue.

„Ja, Herr, ich weiß, aber bitte, seht doch ein – "

„Und ich verabscheue es, wenn irgendwer sie *isst*."

Der Händler erging sich in einer jammernden Litanei, die nicht enden wollte, ehe Lotusklaue ihm mit einer blitzschnellen Handbewegung über den Mund schlug.

„Was habe ich zu dir gesagt, als wir uns zum letzten Mal gesehen haben?"

Wehklagend riss der Händler die Arme zum Himmel. „O weh! Ojemine!"

Lotusklaue drehte sich zu seinen Männern um und fragte mit todernster Miene: „Ist es das, was ich gesagt habe? Ojemine?"

Einige Soldaten lachten leise, aber ihr Anführer brachte sie mit einem düsteren Blick zum Schweigen. Dann drehte er sich wieder zum Hundehändler um.

„Du bist ein dummer, kleiner Mann. Weniger wert als der Schmutz unter den Pfoten dieser Hunde."

„Ja, Herr. Gewiss, Herr."

Lotusklaue schüttelte nachdenklich den Kopf, als hätte er es mit einer Angelegenheit von reichstragender Bedeutung zu tun. „Lasst die Hunde frei!", sagte er zu seinen Männern.

Sogleich machten sich mehrere Soldaten daran, die Käfige zu öffnen. Die Hunde sprangen winselnd und bellend ins Freie und wetzten in alle Richtungen davon, zwischen den Beinen der umstehenden Schaulustigen hindurch. Kaum jemand außer den Mandschu wagte sich zu rühren. Auch Niccolo stand stocksteif, um nur ja nicht das Augenmerk der Krieger auf sich zu lenken. Die Befreiung der Hunde war ganz nach seinem Herzen, gewiss, aber er verspürte keine Erleichterung. Der Odem von Unterdrückung und Tyrannei hing wie Gestank über dem Flussufer und der schaukelnden Hausbootflotte. Machte die Tatsache, dass er Hunde liebte, den Mandschuhauptmann weniger bösartig?

Der Händler jammerte leise, während die Mandschu die letzten Tiere befreiten und schließlich die leeren Käfige zerschlugen und zertrampelten, bis nichts übrig war als geborstenes Holz. Niccolo konnte kein Mitleid für den Mann empfinden, aber an den Mienen der übrigen Menschen auf dem Marktplatz erkannte er, dass hier eine Ungerechtigkeit im Gange war. Hunde zu verkaufen war kein Verbrechen, und doch wurde gerade mit der Willkür des Eroberers gegen einen einfachen Mann vorgegangen.

„Hängt ihn auf!“, befahl Lotusklaue und ging davon, ohne sich noch einmal umzusehen.

Ein Flüstern ging durch die Menge. Noch immer rührte sich niemand.

Der Hundehändler begann zu schreien, als zwei Soldaten ihn packten, während ein dritter ein Seil vom Stand eines Hanfverkäufers riss und eine Schlinge knotete.

Wenige Minuten später war es vorbei.

Der Leichnam des Hundeverkäufers baumelte an einer Querstrebe seines eigenen Standes, die Füße nur wenige Handbreit über dem Boden, die Augen weit aufgerissen, als wollte er, dass selbst im Tod noch jedermann die wortlose Anklage darin las. Ein violetter Schmetterling setzte sich auf seine Wange und schlug gemächlich mit den Flügeln. Auf und zu. Auf, zu.

Niccolo wartete ab, wohin die Mandschu abmarschierten, dann setzte er sich eilig in Bewegung und verschwand in der entgegengesetzten Richtung.

° ° °

Das Mädchen mit dem struppigen schwarzen Haar und den grünen Mandelaugen beobachtete, wie der fremde Junge davonging. Es hatte ihn beobachtet, seit er den Markt betreten hatte. Selbst als die Mandschu den Hundehändler aufknüpften, hatte sie ihren Blick nicht von dem Jungen lösen können.

Von seinen runden goldenen Augen.

Sie wartete, bis er sich zwanzig Schritt weit entfernt hatte, dann folgte sie ihm. Die Menge rührte sich jetzt wieder, doch nach zehn Monaten unter Menschen wusste Nugua, dass es viele Stunden dauern würde, ehe jemand wagen würde, den Toten von seinem Galgenstrick zu befreien. Auch sie selbst dachte nicht im Traum daran. Nicht ihr Problem. Menschendünkel interessierten sie nicht.

Sie war ein Drache, auch wenn niemand sonst ihr das ansah.

Nicht ihr Äußeres machte sie zu einem Drachen – ebenso wenig wie es sie zu einem Menschen machte. Ihr Verstand war es; die Art, wie sie dachte. Ihr Blick, der durch das wimmelnde Leben rund um sie hindurchschnitt, denn es war jämmerlich unbedeutend in Anbetracht ihres Ziels.

Und nun dieser Junge mit den Drachenaugen.

Nugua heftete sich an seine Fährte. Er war ihre erste Spur seit zehn Monaten. Der erste Hinweis, den sie ernst nahm.

Drachenaugen.

Wenn nicht er, wer sonst sollte wissen, wohin Yaozi und sein Clan verschwunden waren?

° ° °

Niccolo betrat ein Teehaus, nicht weitab vom Ufer in einem dürren Bambushain. Rund um das Holzgebäude klapperten die Stämme der Bambuspflanzen in der leichten Sommerbrise. Sanftes Blätterrauschen folgte ihm ins Innere, denn das Teehaus war nach drei Seiten hin offen. Das Strohdach ruhte auf den vier Eckpfosten, aber nur zwei von ihnen waren durch eine Wand verbunden. Davor befand sich eine Theke. Die übrige Fläche war voll gestellt mit Tischen für je drei bis vier Gäste.

Flößer und andere Flussschiffer saßen in kleinen Gruppen beieinander und unterhielten sich leise. Reisbauern und Händler vom Markt sprachen mit gesenkten Häuptern, und ihren Mienen war anzusehen, dass die Nachricht vom Tod des Hundeverkäufers Niccolo auf dem Weg hierher überholt hatte.

Einige Männer unterbrachen ihre Gespräche und sahen ihn neugierig an. Von seinem Vater war er zum Einzelgänger erzogen worden. All die Blicke, die sich jetzt auf ihn richteten, waren ihm unangenehm; er spürte sie auf der Haut wie Brandzeichen, mit denen diese Menschen ihn als Außenseiter markierten.

Doch rasch wandten die Gäste sich wieder ihren eigenen Geschäften zu. Die Hinrichtung des Hundeverkäufers bot interessanteren Gesprächsstoff als die Ankunft eines fremden Jungen in schmutziger Kleidung.

„Wo finde ich einen Drachen?“, fragte er den Wirt, als dieser ihm einen Becher mit duftendem Tee brachte.

Das Gesicht des Chinesen verzog sich zu einem fragenden Lächeln. „Einen Drachen, junger Herr?“ Er wählte diese Anrede, weil er gesehen hatte, wie Niccolo ungeschickt in seinem Bündel gewühlt und dabei versehentlich offenbart hatte, dass sich darin ein Säckchen mit Silberstücken befand. Es waren keine geprägten Münzen, sondern kleine Brocken aus Silber, die Niccolo in die landesübliche Währung umtauschen wollte.

„Ich bin ein Gelehrter", brachte er seine Geschichte vor, „und offizieller Gast seiner Göttlichkeit am Kaiserhof in Peking." Er hatte keine Ahnung, wie weit die Hauptstadt von hier entfernt war, hoffte aber inständig, dass die Distanz nicht zu groß war, um ihn glaubwürdig erscheinen zu lassen. „Ich bin auf der Suche nach einem Drachen, und ich wäre Euch dankbar, wenn Ihr mir sagen könntet, wo ich einen finden und erforschen kann." Vielleicht war es ja durchaus von Vorteil, wenn man ihn für einen verschrobenen Trottel hielt.

„Ein Gelehrter, so, so." Der Wirt hob eine Augenbraue und knetete sich das Kinn mit Daumen und Zeigefinger. „Und ein Drache, nun ja ..."

Niccolo nickte.

„Woher kommt Ihr, junger Herr? Ich meine, gebürtig."

„Aus Italien."

„Und gibt es dort Drachen?"

„Nicht dass ich wüsste."

Der Mann schien keinen Schimmer zu haben, wo sich dieses Land befand, aber er fragte: „Warum solltet Ihr dann bei uns welche finden können?"

Weil der Schattendeuter das behauptet hat, dachte Niccolo missmutig, aber laut sagte er: „Verehrt nicht ganz China die Drachen, weil sie Glück und Segen bringen?"

„Das ist wahr. Aber wir verehren auch den Himmel über uns als Höchsten aller Götter, und doch kommen wir nicht nah genug an ihn heran, um ihn zu berühren. Nicht einmal auf den Gipfeln der Heiligen Berge. Warum also sollte es mit den Drachen anders sein?"

„Wollt Ihr damit sagen, es gibt keine lebenden Drachen im ganzen chinesischen Reich?", fragte Niccolo mit einem Kloß im Hals. Die Erkenntnis, was das für sein Volk bedeutete, stieg wie Übelkeit in ihm auf.

„O doch, junger Herr, es gibt sie gewiss. Irgendwo. Aber nicht in meinem Bambuswald, das kann ich Euch versichern."

Am Nebentisch lachte jemand, und Niccolo hatte das ungute Gefühl, dass er gerade mehr Aufmerksamkeit erregte, als ihm lieb sein konnte. Als wäre sein fremdländisches Äußeres in einer abgeschiedenen Gegend wie dieser nicht Grund genug, den Argwohn der Einheimischen zu entfachen.

„Euer Tee wird kalt, junger Herr", sagte der Wirt. „Vielleicht darf ich Euch einen neuen bringen?"

„Danke." Niccolo schüttelte den Kopf und schnürte das Bündel so fest zu, dass der Wirt schmerzlich das Gesicht verzog. „Ein Becher reicht."

„Wie Ihr wünscht." Beleidigt wandte der Mann sich ab und verschwand hinter seiner Theke.

Niccolo hatte kaum einen Schluck genommen, als jemand klappernd einen Schemel an seinen Tisch zog und sich darauf niederließ. Seine Hand fuhr zum Dolchgriff – aber es war die linke, denn die rechte hielt den Becher, und ohnehin bezweifelte er, es mit Halsabschneidern oder Wegelagerern aufnehmen zu können. Falls er denn neben Schweinehirt und Kuhmelker überhaupt noch etwas anderes war, dann wohl tatsächlich eher Gelehrter als Kämpfer.

Aber der Mann, der an seinem Tisch Platz nahm, sah nicht aus wie ein Raufbold oder Räuber. Er war nicht größer als Niccolo, jedoch sehr viel älter, beinahe ein Greis. Faltensterne und Furchenfächer ließen sein Gesicht verkniffen erscheinen, obwohl er Niccolo anlächelte. Als er sprach, stank sein Atem nach faulen Zähnen.

„Einen Drachen suchst du, mein Junge."

„Das ist wahr", gab er nach kurzem Zögern zurück.

„Ich weiß, wo du einen finden kannst."

Niccolo kam sich mit einem Mal sehr jung vor, während er dem Alten gegenübersaß. Machte der Mann sich über ihn lustig? Verstohlen schaute Niccolo sich um, aber keiner der anderen schien zuzuhören. Falls der Mann sich auf seine Kosten einen Spaß erlaubte, dann nur zur eigenen Belustigung.

Misstrauisch neigte Niccolo den Kopf. „Der Wirt hat gesagt, hier gibt es keine Drachen."

Ein zahnloses Grinsen zog die faltigen Mundwinkel auseinander wie Vorhänge. „Dann hat er sich wohl geirrt."

Niccolo schaute noch einmal nervös nach rechts und links. „Verratet mir, wo ich einen finden kann."

„Einen halben Tag nördlich von hier."

„So nah?"

„Näher wird er nicht kommen." Der Alte beugte sich vor und senkte die Stimme. „Lotusklaue *hasst* Drachen. Wer, denkst du wohl, hat ihm das Loch in seinen Schädel geschlagen? Das war kein Mensch, glaub's mir. Ein Drache war's! Deshalb versteht Lotusklaue keinen Spaß, wenn es um Drachen geht."

Niccolo runzelte voller Zweifel die Stirn. „Ein Drache

soll sich vor einem einfachen Mandschuhauptmann fürchten?“

Der alte Mann stieß ein Kichern aus. „Nun, Junge, um das zu verstehen, musst du ein bisschen mehr über diesen einen ganz besonderen Drachen wissen.“

Der Drache

Die Kerzen in den runden Papierlampions waren beinahe heruntergebrannt, als Niccolo geduckt aus den Büschen trat.

Vor ihm auf einer Lichtung im Bambuswald befand sich eine Ansammlung bunt bemalter Pferdekarren. Ihre Besitzer hatten sie in vier Reihen nebeneinander gestellt. Die Pferde waren abgespannt und in eine provisorische Koppel am Rand des Lagers getrieben worden. An den Runddächern der meisten Wagen baumelten Lampions im leisen Nachtwind, aber sie spendeten nur gedämpftes Licht. In manchen waren die Kerzen bereits erloschen, in anderen zuckten absterbende Flammen auf niedergebrannten Wachsstümpfen. Die Dunkelheit kroch unter den Karren hervor und breitete sich über die Lichtung aus.

Ein Wagen, der längst in völliger Finsternis lag, befand sich am äußersten Ende einer Reihe. Er war breiter und höher als die übrigen. Die Malereien auf seinen Holzwänden zeigten verschlungene Drachenleiber mit spitzen Schädeln, glühenden Augen und flammenden Goldmähnen. Mittlerweile war es zu dunkel, um solche Einzelheiten zu erkennen, aber Niccolo hatte seit Anbruch der Dämmerung im Unterholz ausgeharrt und genug Zeit gehabt, jedes Detail zu betrachten.

Der Drache im Inneren des Wagens gab keinen Ton von

sich. Keinerlei Laut drang ins Freie, schon seit Stunden. Niccolo stellte ihn sich vor: eingepfercht und gedemütigt, ein Gefangener, dessen gewaltiger Schlangenleib den Innenraum des Gauklerkarrens bis zum Bersten ausfüllen musste.

Er wusste nichts über Drachen – wie sie lebten, wie sie dachten, wie man sie in Gefangenschaft hielt –, aber er wunderte sich seit seiner Ankunft, warum das gewaltige Wesen den Wagen nicht einfach zertrümmerte, seine Wärter bei lebendigem Leibe verschlang und sich davonmachte. Es musste sich um einen besonders friedfertigen oder kranken Drachen handeln.

Nachdem der alte Mann ihm von der Gauklertruppe berichtet hatte, die einen halben Tagesmarsch vom schwimmenden Dorf entfernt ihr Lager aufgeschlagen hatte, hatte Niccolo sich ausgerüstet. Erst einmal hatte er die Hälfte seiner Silberbrocken in die Währung dieser Region umgetauscht, eckige Silberbarren ohne Prägung, die es in unterschiedlichen Größen gab, bis hin zu winzigen Einheiten, kleiner als sein Fingerglied. Anschließend hatte er neue Kleidung gekauft, die im Gegensatz zu seiner alten kein Aufsehen erregen würde; er trug jetzt wollene hellbraune Hosen über flachen Lederschuhen, ein weites, oberschenkellanges Wams, das eng um die Taille gegürtet wurde, und einen Strohhut, der sich kaum von dem Wisperwinds unterschied. Die Krempe war so breit wie sein halber Unterarm und beschattete am Tag seine Augen. Im Moment hatte er ihn nach hinten gestreift, wo er an einem Band über dem Bündel auf seinem Rücken hing.

Im Inneren des Bündels befanden sich neben frischen Vorräten und seinem Silber mehrere Lederschläuche, wie sie von den Einheimischen zum Transport von Wasser und Reiswein benutzt wurden. Niccolo hatte nicht die geringste Ahnung, wie er den Aether des Drachen dort hineinbekommen sollte, aber es war die einzige Möglichkeit, die ihm eingefallen war. Er wusste nicht, ob die Menge, die hineinpasste, ausreichte, um wenigstens ein paar der Pumpen in Gang zu bringen; noch war ihm klar, wie viele Pumpen überhaupt wieder laufen mussten, um die Wolkeninsel zurück in die Hohen Lüfte zu tragen. Er bezweifelte, dass der Herzog oder sein Schattendeuter eine Antwort darauf wussten. Diese ganze Mission fußte auf nichts als vagen Ideen, Mutmaßungen und, so wie es aussah, auf der verzweifelten Hoffnung, schlichtweg *Glück* zu haben.

Mit Letzterem sah es bislang eher mager aus.

Die merkwürdige Stille, die den Drachenwagen des Gauklerkonvois umgab, war nicht dazu angetan, Niccolo von einer Wende seines Schicksals zum Besseren zu überzeugen. Etwas stimmte hier nicht, und er hätte blind und taub sein müssen, um das nicht zu bemerken.

Er hatte das dichte Unterholz jetzt verlassen, ging aber am Rand des Dickichts erneut in die Hocke und blickte hinüber zum Lagerplatz. Zwischen den Wagen brannten Lagerfeuer, von dort drangen Stimmen zu ihm herüber. Nicht viele, wahrscheinlich hatten sich die meisten Gaukler längst in ihre Wagen zurückgezogen. Einmal hörte er ein unheilvolles Knurren, aber es kam nicht aus dem Wagen des Drachen, sondern aus einem anderen, dreißig Meter entfernt; auf ihn waren Darstellungen wilder Tiger gemalt. Niccolo schauderte, als sich die Laute wiederholten und von Mal zu Mal aggressiver klangen.

Ein Mann tauchte am Ende der äußeren Wagenreihe auf, fluchte lautstark und kam genau auf Niccolo zu. Er trug einen schweren Knüppel, den er hinter sich durchs Gras schleifte. Niccolo glaubte schon, dass er entdeckt worden war, aber dann blieb der Mann auf Höhe des Tigerwagens stehen, holte mit der Keule aus und schlug sie kraftvoll gegen die Holzwand. Aus dem Inneren drang abermals Fauchen, verstummte dann aber.

Die Stelle, an der Niccolo hockte, lag im Schatten. Der Mann konnte ihn nicht sehen, obgleich ihn kein Buschwerk mehr schützte. Solange kein Licht in seine Richtung fiel, war Niccolo einigermaßen sicher.

Der Mann – offenbar ein Wächter, der zum Schutz des Lagers abgestellt worden war – kletterte auf einen Kutschbock, hakte einen Lampion von der Dachkante und sprang damit zurück ins Gras. Ein Rund aus gelblicher Helligkeit umgab ihn jetzt. Langsam näherte er sich Niccolo, der völlig ungeschützt dasaß und verzweifelt darüber nachdachte, was er jetzt tun sollte.

Noch zehn Schritte, dann würde ihn der Schein des Lampions erfassen.

Wenn er zurück ins Unterholz kletterte, musste der Wächter ihn bemerken. Brechende Zweige und knisterndes Laub waren aus dieser Nähe nicht zu überhören.

Blieb nur eine Möglichkeit. Die Flucht nach vorn.

In den Schatten unterhalb des Drachenwagens.

Geduckt huschte er vorwärts, durch das kniehohe Gras auf die eisenbeschlagenen Wagenräder zu. Das Rascheln des Grases unter seinen Füßen kam ihm laut und verräterisch vor. Sein eigener Herzschlag musste bis zu den Feuern zu hören sein. Aber als er in die Schwärze zwischen den Rädern tauchte und sich doch noch umschaute, sah er, dass der Mann gemächlich weiterschlenderte, die Keule in der linken Hand, den Lampion hocherhoben in der Rechten. Der Waldrand schien ihn weit mehr zu interessieren als die Wagenreihe, und Niccolo meinte, ihn leise über Raunen und andere Baumgeister schimpfen zu hören.

Er wartete, bis der Mann an ihm vorüber war, dann gestattete er sich ein unterdrücktes Aufatmen.

Jemand berührte ihn an der Schulter.

Mit einem Keuchen wirbelte er herum.

„Wenn sie mich deinetwegen entdecken“, flüsterte eine weibliche Stimme, „stirbst du als Erster.“

In der Dunkelheit erkannte er nur ihre Silhouette, und selbst die erahnte er mehr, als dass er sie wirklich vor sich sah. Hätte sie nichts gesagt, er hätte sie niemals bemerkt. Selbst jetzt schien ihre Stimme aus den Schatten selbst zu kommen: wortgewordene Finsternis.

„Keinen Laut“, sagte sie.

Er blickte langsam nach unten und sah, dass irgendetwas auf seinen Bauch gerichtet war, kein Schwert, sondern ein … angespitzter Stock?

„Ich weiß, dass du nach Drachen suchst“, sagte sie. „Warum?“

„Wie zum Teufel bist du hierher gekommen?“, platzte es gedämpft aus ihm heraus. „Ich hab den verdammten Wagen seit Stunden angestarrt. Und hier war niemand.“

Die Spitze bohrte sich schmerzhaft in seine Bauchdecke. „Warum suchst du die Drachen?“, wiederholte sie ungeduldig.

„Ich will sie erforschen."

„Das hast du diesen Trotteln im Teehaus erzählt. Ich will die Wahrheit hören."

„Das ist die Wahr- ... Autsch!" Die Spitze tat nun wirklich weh. Wütend griff er danach, aber sie war schneller. Der Stock hieb schmerzhaft auf seine zuschnappenden Finger, und als er die Hand im Reflex zurückzog, war die Spitze sofort wieder am selben schmerzenden Punkt wie zuvor.

„Versuch das nicht nochmal! Ich spieße dich auf wie ein Stück Hammel."

Plötzlich sah er sie deutlicher. Struppiges wildes Haar. Schmale Schultern. Ein langer schmaler Hals. Blitzende Mandelaugen.

Im selben Moment wurde ihm klar, warum er sie mit einem Mal sehen konnte – der Lichtschein kehrte zurück!

„Vorsicht!", presste er zwischen den Zähnen hervor und warf sich zur Seite ins Gras. Und wieder war sie schneller, lag bereits flach am Boden, als er gerade dort ankam. In der Finsternis spürte er ihren Blick in seinem, ihre Augen nur durch eine Handbreit und ein paar Grashalme voneinander getrennt.

Der helle Fleck des Lampionscheins wanderte an ihnen vorüber, gemächlich wie zuvor.

Niccolo hörte ihren Atem nicht, nur seinen eigenen. Viel zu laut. Viel zu verräterisch.

Der Wächter entfernte sich wieder. Niccolo sah seine Beine auf Höhe des Tigerwagens stehen bleiben, schließlich weitergehen.

Als er wieder zu dem Mädchen blickte, lag sie nicht mehr neben ihm. In derselben Sekunde schob sie ihren

Oberkörper über seinen, lag jetzt halb auf ihm. Sie hatte den Stock nun kurz unter der Spitze gefasst und presste sie hart gegen seine Halsschlagader.

„Warum?", fragte sie erneut.

„Aether", brachte er verbissen hervor.

„Was ist das?"

Erstmals wurde ihm klar, *wirklich* klar, dass sie ihn umbringen wollte. Das hier war kein Spiel.

„Drachenatem", sagte er. „Sie atmen Aether aus. Ich will welchen einfangen und mitnehmen."

„Ihren *Atem*?", vergewisserte sie sich.

„Das sag ich doch."

Das nadelspitze Holz an seinem Hals löste sich nicht, aber sie stemmte ihren Oberkörper ein wenig höher, damit er besser Luft holen konnte.

„Du bist kein Drachenjäger?"

„Sehe ich aus, als wollte ich Drachen jagen? Ich hab nicht mal ein Schwert oder eine Lanze." In den alten Geschichten hatten Drachentöter immer Schwert oder Lanze dabei, und er hoffte, dass ihr das einleuchtete.

„Yaozi hat davon gesprochen, dass es Menschen gibt, die viel Silber und Gold für den Kopf eines Drachen bezahlen." Ihr Gesicht ruckte wieder näher an seines. „Du hast Silber. Woher?"

„Von zu Hause mitgebracht." Er konnte sie jetzt riechen, und das war nicht sehr angenehm. Sie stank nach Wald und Schmutz und Schweiß. So hatte er sich immer den Geruch eines wilden Tiers vorgestellt.

Sie legte den Kopf leicht schräg und schien ihn eingehend zu betrachten. „Du hast Augen wie ein Drache."

„Kannst du etwa im Dunkeln sehen?"

„Nein. Aber *du* solltest es können. Drachen jedenfalls können es."

„Dass meine Augen aussehen wie die von Drachen ist nur ... ein Zufall." Das war lahm, und er wusste es.

„Sie sind nicht nur golden, sie sind *rund*", konterte sie. „Genau wie die von Drachen."

„Wo ich herkomme, hat niemand Mandelaugen."

Wieder neigte sie den Kopf. „Mandelaugen?"

„So schmale Augen wie du. Wie alle Chinesen."

Von den Lagerfeuern wehte Gelächter herüber, als der Wächter zu seinen Kameraden zurückkehrte.

„Lass mich los!", verlangte Niccolo.

„Du stellst dich ungeschickt an. Du wirst uns verraten."

„Nicht wenn wir aufhören, miteinander zu streiten." Er deutete auf die Spitze an seinem Hals. „Hast du überhaupt schon mal jemanden umgebracht?"

„Viele Male!", behauptete sie, aber irgendwie klang es nicht so überzeugend wie bei Wisperwind.

„Lass mich los, und wir können zusammen nachsehen, was für einen Drachen diese Leute im Wagen verstecken. Nach kurzem Überlegen fügte er hinzu: „Falls es das ist, was du willst."

Sie zog sich ebenso schnell von ihm zurück, wie sie über ihn hergefallen war. Ihre Bewegungen waren ein einziges Gleiten, schnell wie Wisperwinds Kampftanz mit den Raunen, zugleich aber natürlicher, fließender. Nichts daran wirkte einstudiert. Für sie schien das etwas ganz Normales zu sein. Allmählich dämmerte ihm, wie sie unter den Wagen gelangt war, obwohl er die ganze Zeit hingesehen hatte; wahrscheinlich konnte sie sich flink und flach durchs Gras winden wie eine Schlange.

Sie deutete auf den Boden des Wagens über ihnen. „Wenn da ein Drache drin ist, dann ist er tot. Sonst würde ich irgendwas hören."

„Der alte Mann im Teehaus hat behauptet, die Gaukler hätten ihn vor Jahren eingefangen und führen ihn nun den Leuten vor. Er macht Kunststücke und so'n Zeug."

Angewidert spie sie ins Gras. „Kein Drache macht *Kunststücke*."

„Der hier offenbar schon."

„Ein Drache erniedrigt sich nicht. Schon gar nicht zum Vergnügen einfacher Menschen. Lieber stirbt er."

„Du kennst dich aus mit Drachen, was?"

„Natürlich", entgegnete sie kühl.

„Und nun?" Sein Blick suchte hinter hohem Gras und Wagenrädern die Feuer der Gaukler.

Sie gab keine Antwort.

Als er sich umschaute, war sie lautlos unter dem Wagen hervorgeglitten und beachtete ihn schon gar nicht mehr.

„Ich schlage vor, wir schauen nach", flüsterte er zu sich selbst und folgte ihr mit einem Seufzen.

° ° °

„Zu dunkel", murmelte Niccolo, als er hinter ihr im Eingang des Wagens stehen blieb. „Und es stinkt."

„Drachen riechen anders", behauptete sie.

Das Schloss an der Tür aufzubrechen war nicht schwierig gewesen. Offenbar war es nicht dazu gedacht, Eindringlinge fern zu halten, sondern diente vielmehr dazu, etwas in dem Wagen einzusperren.

„Ohne Licht sollten wir da nicht reingehen."

Sie gab keine Antwort und tauchte in die Finsternis, nur mit dem angespitzten Stock bewaffnet. Sie war mutig. Oder noch verrückter, als er bislang angenommen hatte. Fest stand: Ganz *normal* war sie nicht.

„Wer ist da?“, fragte eine verschlafene Stimme in der Dunkelheit.

Niccolo hob skeptisch eine Augenbraue. „War *das* ein Drache?“

Das Mädchen trat tiefer ins Innere des Karrens. Er konnte nur noch ihren struppigen Hinterkopf sehen. Das wilde Haar starrte vor Schmutz. Er fand sie ziemlich unappetitlich, zumal sie nicht besser roch als das, was in diesem Wagen gefangen gehalten wurde.

„Wir brauchen Licht“, sagte er noch einmal und erwartete keine Antwort. Seit sie ihn losgelassen hatte, tat sie so, als würde er gar nicht existieren.

Die Stimme meldete sich erneut. „Wer seid ihr?“

„Wer bist du?“, fragte Niccolo.

„Wo ist der Drache?“, fragte das Mädchen.

„Ihr gehört nicht zu den Gauklern, oder?“

Das Mädchen drehte sich zornig um und drängte sich an Niccolo vorbei zur Tür. „Hier ist kein Drache. Der alte Mann im Teehaus hat gelogen.“

Niccolo räusperte sich. „Aber es sind Drachen außen auf den Wagen gemalt.“

„Sicher“, gab sie verächtlich zurück, „genau wie auf jeden Tempel. Und in denen gibt es auch keine echten Drachen. Glaub mir – ich hab nachgesehen.“

„Hey“, sagte die Stimme in der Finsternis. Sie war männlich und klang nicht besonders gefährlich. „Wartet! Nicht weggehen!“

„Für mich gibt's hier nichts zu tun", sagte das Mädchen, lugte vorsichtig ins Freie und schlüpfte hinaus.

„Lasst mich frei", verlangte der Unbekannte.

Sie verschwand aus dem Rechteck der Tür und war fort. Niccolo stand unschlüssig im Halbdunkel, schaute ihr ratlos hinterher, dann zurück zum anderen Ende des Wagens. Schwärze nistete dort wie eine massive Wand.

Er machte vorsichtig einen weiteren Schritt in diese Richtung. „Bist du ein Gefangener der Gaukler?"

„Würde ich dich sonst bitten, mich freizulassen?"

„Ich kann dich nicht sehen. Es ist zu dunkel." Nach kurzem Zögern fügte er hinzu: „Man hat uns gesagt, hier drinnen sei ein Drache."

„Das bin ich."

„Drachen sind ... hm, groß. Dachte ich."

Die Stimme räusperte sich. „Das ist eine lange Geschichte. Also, bitte ... Ich bin hier eingesperrt. Mach einfach das Gitter auf, und lass mich gehen. Ich mache euch keine Probleme. Wirklich nicht. Du wirst mich nie wiedersehen, das schwöre ich."

Niccolo versuchte, mit zusammengekniffenen Augen die Schwärze zu durchdringen. Aber er sah nicht einmal Gitterstäbe, geschweige denn das, was sich dahinter befand. „Bist du nun ein Drache oder nicht?"

Bevor er eine Antwort erhielt, bemerkte er in seinem Rücken eine Bewegung – und dann war da plötzlich Licht. Als er herumwirbelte, stand das Mädchen direkt hinter ihm. Sie war vollkommen lautlos zurückgekehrt. In ihrer Hand hielt sie einen runden Papierlampion.

„Ärger", sagte sie einsilbig.

Niccolo verkrampfte sich. „Die Gaukler?"

„Schlimmer." Ihr Blick glitt erstmals an ihm vorüber auf den Gefangenen in seinem Rücken – und entdeckte dort etwas, das ihr sichtlich missfiel. Ihre schwarzen Brauen zogen sich eng über der Nasenwurzel zusammen.

Zweifelnd drehte Niccolo sich um.

Die hintere Hälfte des Wagens war in der Tat durch ein Gitter abgetrennt. Jemand – etwas – stand dort und blickte sie an.

Etwas ziemlich Massiges, mit kurzen Stummelbeinen, viel zu großen Händen und einem noch größeren Schädel. Die lange Schnauze war spitz, aber das Gesicht ähnelte eher eine Ratte als einem Drachen. Das breite Hinterteil lief zu einem schlaffen Schwanz aus, der wie leblos am Boden lag. Das seltsame Wesen trug keine Kleidung, deshalb war sein breit gestreifter Bauch zu sehen, wie bei einem Krokodil, das auf seinen Hinterbeinen steht. Die dicken Zehen liefen rund und lächerlich plump aus, keineswegs in Krallen. Auch die Finger, die sich fest um die Gitterstäbe geschlossen hatten, wirkten wulstig und ungelenk.

Die Haut des Wesens war rot wie reife Kirschen. *Knallrot* – von der Schwanzspitze bis hinauf zu dem schlaffen Schuppenkamm, oben auf dem albernen Schädel.

„Du bist kein Drache", stellte das Mädchen fest.

Niccolo dämmerte die Wahrheit. „Du bist ein Mensch in einem Drachen*kostüm*!" Und naserümpfend setzte er hinzu: „In einem ziemlich schlechten."

„Nein", gab der Gefangene hastig zurück. „Oder, ja ... wie man's nimmt." Gehetzt rüttelte er an den Gitterstäben. „Bitte, lasst mich hier raus, bevor sie kommen!"

Niccolo drehte sich wieder zu dem Mädchen um. „Was hast du mit Ärger gemeint?"

„Lotusklaue."

Alarmiert packte er sie bei den Schultern. „Mandschu? Hier im Lager?"

Ihr Blick war so mörderisch, dass er die Hände hastig sinken ließ. „Nicht anfassen. Niemals wieder."

„Sind sie schon hier?"

„Drüben an den Feuern. Gerade angekommen. Wir sind nicht die Einzigen, die von dem Drachen gehört haben."

„Würdet ihr *bitte* dieses Gitter öffnen?" Der Gefangene klang noch weinerlicher. „Bitte ... *jetzt gleich*?"

„Ich verschwinde", sagte das Mädchen.

Niccolo hatte schon die Hand ausgestreckt, um sie zurückzuhalten, als er sich eines Besseren besann. „Warte", sagte er nur, ohne sie zu berühren.

„Nein." Und schon war sie wieder an der Tür. Dort schaute sie noch einmal zurück und warf Niccolo den Lampion zu. „Hier."

Damit war sie verschwunden, während er das Ding ungeschickt auffing und froh sein konnte, dass es dabei nicht in Flammen aufging.

„Der Schlüssel hängt da vorn", zeterte der falsche Drache. „Beeil dich!"

Niccolo hörte nicht auf ihn, eilte vielmehr zur Tür und schaute vorsichtig hinaus. Das Mädchen war bereits in der Dunkelheit verschwunden. Er sah in die andere Richtung, hinüber zu den Feuern. Sie wurden von den Umrissen mehrerer Planwagen versperrt. Aber er hörte Stimmen, sehr viel aufgeregter als zuvor. Schnaubende Pferde. Eisengerassel.

Dann Schreie.

Todesschreie.

„Beim Buddha und dem gütigen Laotse", jammerte der Gefangene, „wirst du mich wohl endlich hier rauslassen!"

Niccolo dachte an die Worte des Alten. Lotusklaue hasste Drachen. Auch Menschen in Drachenkostümen? Vermutlich würde er sich verschaukelt fühlen, Ziel eines Scherzes auf Kosten seiner Verunstaltung.

Der Rost bringt ihn um den Verstand, hatte der Papierhändler gesagt.

Niccolo fuhr mit einem Seufzen herum, leuchtete mit dem Lampion die Wand ab, fand den Schlüssel und öffnete eilig das Gitter.

„Sei gesegnet", jubilierte der Gefangene. „Sei gesegnet, mein Freund, auf immer und ewig. Gesegnet seien auch deine Kinder und all deine Frauen und deine Tiere und deine – "

„Leb wohl!", unterbrach Niccolo ihn barsch, trat den Lampion aus und huschte hinaus ins Dunkel, ohne den zappelnden Koloss im Kostüm weiter zu beachten. Er hörte ihn hinter sich durch den Wagen stolpern – die lächerliche Verkleidung musste ihn zwangsläufig behindern –, dann war er selbst auch schon im Freien.

Er hatte die halbe Distanz zum Waldrand hinter sich gebracht, als ein Alarmruf ertönte.

Auf Höhe des Tigerkäfigs stand ein Mandschukrieger und brüllte sich die Lunge aus dem Leib, während er mit einer scheußlichen Schwertlanze in Niccolos Richtung gestikulierte. Fast im selben Moment, da Niccolo ihn entdeckte, setzte sich der Soldat auch schon in Bewegung und stampfte mit knarzendem Lederrüstzeug auf ihn zu.

Niccolo fluchte und rannte noch schneller. Zugleich hörte er hinter sich den falschen Drachen aus der Tür des

Wagens poltern. Er warf nur einen kurzen Blick zurück und sah, wie die Gestalt über ihren Schwanz stolperte und der Länge nach auf den Bauch plumpste.

„Der Drache!“, schrie der Mandschukrieger. „Der Drache flieht!“

Vom Lagerfeuer her erklang aufgebrachtes Gebrüll, und Niccolo musste die übrigen Mandschu gar nicht sehen, um zu wissen, dass sie sich in diesem Augenblick in Bewegung setzten. Er glaubte, Lotusklaues Stimme wiederzuerkennen. Der Hauptmann schrie seine Männer an und drohte ihnen mit allen nur erdenklichen Strafen, wenn sie den Drachen nicht auf der Stelle einfingen.

Niccolos Herzschlag raste in Panik, als ihm klar wurde, was geschehen würde, wenn die Mandschu ihn schnappten. Ihn – oder aber den Trottel im Drachenkostüm, der sich gerade wieder hochstemmte, um gleich beim nächsten Schritt erneut zu stolpern. Warum hatte er in seiner Zelle nicht wenigstens dieses schwachsinnige Kostüm abgelegt?

Der Krieger zögerte kurz. Er überlegte, ob er sich auf den seltsamen Drachen am Wagen oder aber auf den Jungen am Waldrand stürzen sollte.

Hinter ihm tauchten vier weitere Mandschu auf.

Einer von ihnen, größer als alle anderen, war Lotusklaue.

„Tötet sie!“, brüllte er mit schwankender Stimme, benebelt von den Dämpfen des Schwarzen Lotus. „Tötet sie alle!“

Der Fluch des Wächters

Niccolo bog Zweige auseinander, um ins Dickicht zu schlüpfen, als hinter ihm ein schriller Pfiff ertönte.

Er verharrte und sah abermals zurück.

Auch die Mandschu schauten sich um, sogar Lotusklaue.

Im Schein der Lampions, gelblich von unten angeleuchtet, sah Niccolo das wilde Mädchen oben auf dem Dach des Tigerwagens sitzen. Sie stieß einen zweiten Pfiff aus, noch schneidender als der erste.

Als sie sicher war, dass alle in ihre Richtung blickten, zeigte sie ein blitzendes Grinsen und deutete nach unten.

Die Tür des Tigerwagen schwang auf.

Im selben Augenblick fegten drei mächtige Leiber daraus hervor. Alles ging unglaublich schnell. Die weißgelben Ungetüme stürzten sich auf die erstbeste Beute, die ihnen zwischen die Zähne geriet – Lotusklaue und seine Männer.

Die Mandschu kreischten wie am Spieß, als die riesigen Raubkatzen über sie herfielen. Niccolo wartete nicht ab, um zu sehen, ob Lotusklaue unter den Opfern war. Vielmehr tat er etwas, das ihn selbst überraschte – er rannte zurück zum Wagen, zerrte den jammernden Drachentölpel auf die ungeschickten Füße und zog ihn mit sich zum Waldrand.

Die Tiger brüllten und fauchten.

Die Mandschu schrien in Todesangst.

„Schneller!“, brüllte Niccolo den falschen Drachen an und realisierte im selben Moment, dass sogar er selbst Mühe hatte, sich durch das verwobene Dickicht zu zwängen. Wie sollte es da erst dem anderen in seinem klobigen Kostüm ergehen!

Trotzdem gelang es ihnen irgendwie, den ersten Wall aus Unterholz zu überwinden. Nach ein paar Metern standen die Büsche weiter auseinander, und das Laufen fiel leichter.

Plötzlich war das Mädchen neben ihnen.

„Rennt!“, fauchte sie, zog mühelos an ihnen vorüber und verschwand einmal mehr in der Finsternis.

„Lass mich nicht zurück!“, flehte der Rattendrache.

„Konntest du nicht wenigstens dieses dämliche Kostüm ausziehen?“, schnauzte Niccolo ihn an.

„Nein.“

„Nein?“ Egal, dachte er, zerrte den Tollpatsch weiter hinter sich her und fragte sich zugleich, warum er sein Leben für diesen Fremden aufs Spiel setzte. Vielmehr hätte er es so wie das Mädchen machen sollen. Einfach abhauen, ganz gleich, was aus den anderen wurde.

Sie hat die Tiger freigelassen, flüsterte seine innere Stimme, vergiss das nicht!

Nur um ihren eigenen Vorsprung zu vergrößern. *Nur* deshalb.

Er und der Rattendrache stürmten weiter durchs Unterholz und hinterließen eine Spur so breit, dass sie selbst im Dunkeln leicht zu verfolgen war.

Hinter ihnen ertönte noch immer das Kreischen der

Mandschu, das Fauchen der Tiger. Was immer sich am Rand des Lagers abspielte, es war noch nicht vorbei.

„Verfolgen … sie … uns?“, japste sein Begleiter.

„Woher soll ich das wissen? Ich dachte, ihr Drachen seid weise und allwissend?“

„Du magst mich nicht“, nölte der Rattendrache.

Niccolo rannte weiter und hörte, dass der andere ihm wieder folgte. Seufzend wurde er ein wenig langsamer, bis sein unseliger Begleiter aufgeschlossen hatte.

„Hier entlang!“, ertönte plötzlich die Stimme des Mädchens. „Hier unten!“

Niccolo suchte sie in der Dunkelheit und entdeckte ihren schlanken Umriss links neben sich am Fuß eines Abhangs. Eine tiefe Schneise, vielleicht ein ausgetrocknetes Bachbett, führte dort tiefer in den Wald hinein.

„Ist da unten Wasser?“, fragte der Rattendrache. „Ich *hasse* Wasser!“

Niccolo starrte ihn an. „Wie heißt du?“

„Feiqing.“

Er nickte ihm zu. „Guten Flug, Feiqing!“

Und damit gab er ihm einen Schubs, der ihn die Böschung hinunterwarf. Mehr kugelnd als laufend purzelte der falsche Drache in die Tiefe, genau auf das Mädchen zu, das ihm behände auswich und geringschätzig zusah, wie Feiqing mit einem gedämpften „Umpf!“ auf seinem dicken Drachenbauch landete.

Niccolo folgte ihm, verlor im Dunkeln seinen Strohut und kam neben dem Mädchen zum Stehen. „Ich bin Niccolo.“

Sie sagte nichts.

„Hast du einen, du weißt schon … Namen?“, fragte er.

„Nugua." Sie wandte sich um und rannte wieder los, folgte weiter dem Verlauf der Schneise.

Feiqing rappelte sich hoch. „Nugua? Wie die Drachengöttin?"

Keiner beachtete ihn.

„Hey! Wartet auf mich!"

Zu dritt liefen sie durch die Dunkelheit, nur der fahle Schein des Mondes leuchtete ihnen den Weg. Am Grund des Bachbetts kamen sie schneller voran als weiter oben im Wald, wo tief hängende Äste in ihre Gesichter gepeitscht waren, so als stünden die Bäume selbst mit den Mandschu im Bunde.

Allmählich verklangen die Schreie der Soldaten und Tiger hinter ihnen in der Ferne. Nach einer Weile blieben sie atemlos stehen und lauschten in die Stille.

„Ich bin schmutzig", beschwerte sich Feiqing nach einer Weile.

Niccolo wechselte einen Blick mit Nugua. Es war das erste Mal, dass beide einer Meinung waren.

Er blieb stehen und drehte sich zu Feiqing um. „Hast du *schmutzig* gesagt?"

Der Rattendrachenschädel nickte so aufgeregt, dass sein schlabberiger Schuppenkamm wippte. „Solche Flecken gehen nie wieder raus." Er deutete auf seinen gestreiften Bauch, der über und über mit Schlamm bespritzt war.

„Das hätten Blutflecken sein können", fauchte Niccolo. Vielleicht war es ungerecht, all seine Wut an Feiqing auszulassen, aber der Kerl gab einem auch allen Grund dazu. „So wie es aussieht, haben wir dir ... hat Nugua uns das Leben gerettet. Und du beschwerst dich über ein bisschen *Schlamm*?"

Der Rattendrache druckste herum. „Du musst ja auch nicht für den Rest deines Leben damit herumlaufen."

Nugua sprang breitbeinig zwischen die beiden, baute sich vor Feiqing auf und schwang den spitzen Stab. „Ich werde dir jetzt dieses Kostüm herunterschälen, dann hast du eine Sorge weniger."

„*Nein!*", kreischte Feiqing und stolperte zwei Schritte rückwärts.

„Aber es behindert dich." Niccolo schnitt eine Grimasse. „Und denk dran, es wird *schmutzig*."

Feiqing wedelte panisch mit seinen ungelenken Armen. „Ich kann's nicht ausziehen!"

„Was?"

„Ich kann das Kostüm nicht ausziehen!"

Entschlossen machte Nugua einen Schritt auf ihn zu; sie hielt den Stock jetzt kurz unter der Spitze wie ein Messer. „Wir werden ja sehen."

„Bleib weg von mir!" Außer sich schlug Feiqing mit seinen Armen um sich und hätte dabei kaum weniger wie ein echter Drache aussehen können.

„Lass ihn", sagte Niccolo zu Nugua.

Sie achtete nicht auf ihn. „Zieh dieses dumme Kostüm aus!", schnauzte sie Feiqing an.

„Aber ich sag doch, ich kann nicht!"

„Natürlich kannst du."

„Es ist festgewachsen. Schon seit zwei ... drei Jahren."

Niccolo drängte sich zwischen die beiden. „Festgewachsen?" Er streckte einen Finger aus und pikte damit in den weichen Drachenbauch. Die Oberfläche fühlte sich nicht an wie Haut, aber auch nicht wie Stoff oder Leder; vielmehr wie eine sonderbare Mischung aus all dem. Er blickte zu Feiqings albernem Rattendrachengesicht auf. „Im Ernst?“

„Wenn ich’s euch doch sage.“

„Blödsinn“, grollte Nugua.

„Aber das ist die Wahrheit!“, flehte Feiqing.

Niccolo staunte noch, aber Nugua wirbelte bereits herum und lief weiter. „Dann bleibt er eben zurück. Was kümmert’s mich.“

„Warte!“ Niccolo legte bewusst alle Schärfe in seine Stimme. Zu seiner Überraschung blieb Nugua stehen. „Wir können ihn nicht einfach zurücklassen.“

„Ach nein?“ Sie neigte den Kopf, ihre Augen verengten sich. „Ich denke schon, dass ich das kann. Ich schulde ihm nämlich nichts. Genauso wenig wie dir. *Ich* habe gerade *euch* die Haut gerettet, schon vergessen?“

„Oh, vielen Dank. Aber damit ist es nicht getan.“

„Das sehe ich anders.“

„Wo ich herkomme, übernimmt man Verantwortung für andere, die sich nicht helfen können.“ Er deutete rasch auf Feiqing, damit sie gar nicht erst auf den Gedanken kam, er könne sich selbst meinen.

Sie verstand es trotzdem falsch. Vermutlich, weil sie es falsch verstehen *wollte*. „Ich bin für niemanden verantwortlich. Nicht für dich, nicht für … das da.“ Sie wies mit dem Kinn in die Richtung des Rattendrachen, der unglücklich und mit hängenden Schultern dastand, während die beiden über ihn stritten. „Nur für mich selbst.“

Niccolo hielt ihrem Blick stand. „Wer hat dir das angetan?“

„Was?“

„Wer ist schuld daran, dass du so bist?“

Sie winkte ab. „Lass mich einfach in Ruhe.“ Und damit drehte sie sich um und rannte weiter.

„Heh!“ Feiqing räusperte sich und rief: „Ihr beiden sucht doch einen Drachen, oder? Einen echten, meine ich.“

Niccolo presste die Lippen aufeinander und nickte. Im Unterholz knackte es. Vielleicht nur ein Tier.

Feiqing räusperte sich erneut. „Ich weiß, wo ihr einen finden könnt.“

Nugua blieb stehen.

Niccolo hob eine Braue. „So?“

„Na ja, jedenfalls so ungefähr.“

Nugua setzte sich wieder in Bewegung, ohne zurückzuschauen.

„Nun warte doch!“, rief Feiqing ihr hinterher.

„Was für einen Drachen?“, fragte Niccolo. „Mehr von deiner Sorte?“

Feiqing warf die Stummelarme in die Höhe und seufzte. „Einen *echten* Drachen.“

„Und wo?“ Niccolo war keineswegs überzeugt, dass dies zu irgendetwas führte, aber es mochte Nugua dazu verleiten, bei ihnen zu bleiben. Sie war offenbar geschickt darin, anderen aus der Patsche zu helfen. Und so wie er sich selbst kannte – und mehr noch, wie er Feiqing einschätzte –, war das eine Eigenschaft, die nur nützlich sein konnte.

Wenn sie nur besser riechen würde.

„Auf dem Drachenfriedhof“, sagte Feiqing.

Nugua wirbelte herum. „Du lügst! Nicht einmal Drachen wissen, wo der liegt – jedenfalls nicht, bevor ihr Tod unausweichlich ist.“

„Was ist das – ein Drachenfriedhof?“, fragte Niccolo.

„Die Drachen gehen dorthin, um zu sterben“, sagte Nugua, pure Streitlust im Blick. „Aber nur die Drachenkönige wissen, wo der Friedhof liegt. Und sie verraten es niemandem, außer jenen, die bald sterben werden.“

„Ich dachte, Drachen sind so gut wie unsterblich.“

Sie nickte. „Deshalb kommt es auch nur alle paar hundert oder sogar tausend Jahre vor, dass die Lage des Drachenfriedhofs ausgesprochen wird.“

„Ich war dort“, behauptete Feiqing.

Nugua stürmte auf ihn zu, und diesmal hatte Niccolo die ungute Ahnung, dass sie dem Rattendrachen an die Gurgel gehen würde – vorausgesetzt, sie fand sie unter den knallroten Wülsten an seinem Hals.

„Du bist ein Lügner!“

Niccolo stellte sich beschwichtigend vor Feiqing. „Lass ihn doch erst mal ausreden.“

„Ich bin dort gewesen“, beteuerte der falsche Drache. „Ich schwör's.“

Niccolo erinnerte sich, dass Feiqing auch geschworen hatte, sie würden ihn nie wiedersehen, falls sie ihn befreiten. Und nun sah es keineswegs so aus, als würden sie ihn in absehbarer Zeit wieder loswerden.

„Kein Mensch hat den Drachenfriedhof je mit eigenen Augen gesehen“, fauchte Nugua.

„Ich schon.“ Feiqing klang jetzt patzig. „Ich kann's beweisen.“

„Ach ja?“

„Was glaubst du wohl, wer mir das hier angetan hat?“ Er zupfte mit seinen dicken roten Fingern an dem unförmigen Drachenkostüm.

„Ein schlechter Schneider?“, schlug Niccolo vor.

„Der Wächterdrachen des Friedhofs. Er hat mich verflucht.“

Nugua lachte böse. „Er hat dich in *das da* verwandelt?“

„Nicht verwandelt.“ Feiqing schüttelte den Kopf so heftig, dass der Schuppenkamm von rechts nach links wippte. „Aber er hat den Fluch ausgesprochen, dass ich dieses Kostüm nicht mehr ausziehen kann. Dass es mit meinem echten Körper verwächst wie eine zweite Haut.“ Er schniefte, und Niccolo fragte sich, ob Feiqing allen Ernstes in Tränen ausbrach. Ob er wollte oder nicht, der tollpatschige Kerl tat ihm Leid.

Nugua aber blieb unbeeindruckt. „Du bist in diesem Kostüm auf den Drachenfriedhof gegangen? Einfach so? Warum, bei allen Göttern, sollte irgendwer das tun?“

Feiqing senkte den unförmigen Schädel. Seine Knollennase zitterte und tropfte wie die eines großen Hundes. „Ich weiß es nicht. Ich weiß überhaupt nichts mehr. Als er mich verflucht hat, hat er mir zugleich meine ganze Erinnerung an mein früheres Leben genommen. Alles bis zu dem Moment, in dem ich in diesem ... diesem *Ding* durch die Wildnis gestolpert bin. Kurz darauf bin ich den Gauklern über den Weg gelaufen, und sie haben mich eingesperrt, und ich musste für sie –“ Er brach ab und begann nun tatsächlich, herzzerreißend zu weinen.

„Schluss jetzt“, sagte Niccolo. „Hört auf!“

Nugua zeigte keine Spur von Mitgefühl. „Er würde uns jede Lüge erzählen, solange wir ihn dafür nicht hier im Wald zurücklassen.“

„Ich glaube ihm“, sagte Niccolo.

Sie zuckte die Achseln. „Deine Sache.“

„Hat vielleicht jemand von euch ... ein Taschentuch?“, schluchzte Feiqing.

Nugua rümpfte die Nase. „Was ist ein *Taschentuch*?“

„Das hat mit Sauberkeit zu tun“, sagte Niccolo. „So was kennst du nicht.“ Zu Feiqing meinte er entschuldigend: „Tut mir Leid, ich hab keins.“

Der Rattendrache schnäuzte sich lautstark in die offene Hand und schüttelte den Schleim auf den Boden. Nugua machte angewidert einen Schritt zurück.

Niccolo räusperte sich. „Schön“, sagte er und meinte damit keineswegs das, was da vor den Füßen des Mädchens im Bachbett glänzte. „Wenn du weißt, wo der Drachenfriedhof liegt, dann kannst du uns bestimmt hinführen. Oder?“

Feiqing schüttelte den Kopf. „Eben nicht.“

„Ich hab's gewusst“, presste Nugua verächtlich hervor.

„Glaubst du, ich würde noch Zeit verschwenden, wenn das so einfach wäre? Wenn ich irgendwo mehr über meine Vergangenheit herausfinden kann, dann doch nur dort! Aber ich weiß ja nicht mal mehr, wie ich hingekommen bin. Oder warum. Ich weiß noch, dass alles voll war mit diesen ... diesen gigantischen Drachengerippen. Und dass es geregnet hat. Und dass da dieser eine lebendige Drache war, der Wächter des Friedhofs. Er hat mich verflucht, und ... und dann weiß ich nichts mehr, bis ich irgendwo im Wald aufgewacht und einfach drauflosgelaufen bin.“

„War das in der Nähe von der Stelle, an der dich die Gaukler gefunden haben?“, fragte Niccolo.

Feiqing nickte. „Einen Tag später haben sie mich eingefangen.“

„Wo war das? Weißt du wenigstens das noch?"

„Sichuan."

Niccolo runzelte die Stirn. „Was ist das? Eine Stadt?"

„Eine Provinz", sagte Nugua. „Eine gigantische Wildnis, begrenzt von hohen Gebirgen, durch die selbst die Drachen nur selten ziehen."

Niccolo musterte sie eindringlich. „Warum weißt *du* eigentlich so viel über Drachen?"

„Ich kenne sie eben."

„Und warum suchst du dann welche?"

„Das geht dich gar nichts an."

Mit einem Seufzen wandte er sich wieder dem Rattendrachen zu. „In Sichuan also. Wie weit ist das von hier?"

„Drei, vier Tagesreisen. Nicht weiter."

„Dann sind wir gerade mal an der Grenze", sagte Nugua skeptisch. „Aber Sichuan ist groß genug, um monatelang dort herumzuirren. Und es ist gefährlich. Abgesehen davon weiß er ja nicht mal, ob der Drachenfriedhof wirklich dort ist."

„Der Wächterdrachen wird ihn nicht durchs ganze Reich getragen haben, um ihn auszusetzen, oder?"

„Eben", pflichtete Feiqing eilfertig bei.

Sie runzelte die Stirn unter dem struppigen schwarzen Haar, und der Schmutz in ihrem Gesicht ließ die Furchen noch tiefer erscheinen. Argwöhnisch musterte sie Feiqing von oben bis unten, vom Schuppenkamm bis hinab zur zerknautschten Schwanzspitze. „Wenn wir dich im Schlamm wälzen, wärest du zumindest nicht *rot*. Das würde helfen."

„Nicht noch mehr Dreck!", rief der Rattendrache erschrocken.

Niccolo machte einen Schritt an Feiqing vorbei und schaute in die Richtung, aus der sie gekommen waren. Seit sie zuletzt die Rufe und Schreie der Mandschu gehört hatten, war kaum eine halbe Stunde verstrichen. Falls Lotusklaue und seine Männer den Kampf mit den Tigern überlebt hatten, hatten sie aller Wahrscheinlichkeit nach schon die Fährte der Flüchtlinge aufgenommen.

Ganz abgesehen von den Tigern selbst.

„Wir sollten von hier verschwinden“, sagte er nervös. Das Bachbett endete in einem Wall aus Finsternis. Ginkoäste fächerten wie ein Dach aus Knochen über die Schneise. Die nächtlichen Laute des Waldes jagten ihm mehr und mehr Angst ein. Etwas Ähnliches gab es auf der Wolkeninsel nicht, und er musste schlagartig wieder an die Raunen denken. Waren wirklich alle Baumbestien vom Aether in das Tal jenseits der Berge gelockt worden? Oder gab es auch hier welche?

Er wünschte sich, Wisperwind wäre bei ihnen.

Mit einem leisen Seufzen eilte er hinter Nugua her. Feiqing nahm seinen Drachenschwanz in die Hand und folgte ihnen.

In der Ferne ertönte ein Heulen.

Dann ein zorniges Brüllen.

Und wieder herrschte Stille. Aber Niccolo war es, als folgte sogar das Schweigen ihnen durch die Nacht wie etwas Großes, Massives, Lebendiges.

„Hat eigentlich niemand Hunger?“, fragte Feiqing.

Aus dem Dunkel fegte ein schwarzer Pfeil heran und bohrte sich in seinen Rücken.

Alessias Plan

Aus der Tiefe drangen Schreie.

Keine menschlichen Schreie.

Alessia de Medici, Tochter des Herzogs, lief den knarrenden Steg entlang, der auf einem komplizierten Holzgerüst weit über den Rand der Wolkeninsel hinausragte. Der gesamte Steg war mehr als hundert Meter lang; etwa die Hälfte davon schwebte über dem Abgrund. Das Geflecht der senkrechten und waagerechten Balken, die den schmalen Plankenweg über dem abgerundeten Rand der Wolke stützten, erzitterte ächzend unter ihren Schritten.

Der hintere Teil des Steges lag verborgen zwischen zwei steilen Wolkenwänden. Das vordere Ende aber ragte weit genug über die weißen Ballen hinaus, um einen Blick darunter zu erlauben. Dieser Steg und die versteckte Luftschlittenhalle im Inneren der Wolke waren die beiden einzigen Orte, die solch eine Aussicht unter die Insel gestatteten.

Die Wächter am Beginn des Steges hatten Alessia nur vorgelassen, weil sie die Tochter des Herzogs war. Genau genommen aber besaß nicht einmal sie die Befugnis, hierher zu kommen. Das war allein dem Schattendeuter erlaubt. Dies war sein Reich. Selbst der Herzog bat um Erlaubnis, bevor er einen Fuß auf diese Planken setzte.

Alessia sah den Schattendeuter allein dort draußen stehen, eine Gestalt in flatternden dunklen Gewändern. Raue Aufwinde fuhren in den Stoff und gaben seiner Silhouette die Anmutung einer Krähe, die sich jeden Augenblick in die Luft erheben mochte.

Seit vielen Jahren erstellte der Schattendeuter Oddantonio Carpi dort draußen seine Prophezeiungen. Tagelang beobachtete er den Schatten der Wolkeninsel in der Tiefe, sah zu, wie sich seine Form wandelte, während sich neuer Dunst an den Rändern der Insel ansammelte oder der Gegenwind lose Teile davonriss. Auch die Beschaffenheit des Erdbodens hatte Einfluss auf den Umriss des Schattens; Berge oder Hügel machten ihn unruhig und flatterig, während Ebenen oder gar Meere die Form der Wolkeninsel solide und unveränderlich erscheinen ließen.

Der Schattendeuter drehte sich erst um, als Alessia ihn fast erreicht hatte. Er musste die Erschütterung des Steges lange vorher wahrgenommen und ihre Schritte gehört haben. Als sie in sein Gesicht blickte, begriff sie, warum ihm das, was er dort draußen sah, wichtiger gewesen war als die Empörung über ihr Auftauchen.

Oddantonio Carpi war leichenblass, seine düsteren Augen noch tiefer in den knochigen Schädel gesunken. „Du solltest nicht hierher kommen“, sagte er. Aber es klang nicht wütend, nicht einmal wie eine Ermahnung.

„Was geschieht dort unten?“, fragte sie. „Man kann die Schreie auf der ganzen Insel hören.“ Das war *einer* der Gründe, weshalb sie hier war. Ein anderer war, dass sie die endlosen Versammlungen auf dem Hof ihres Vaters nicht mehr ertrug; das Flehen der Bittsteller, deren Häuser zerstört worden waren; das Gejammer der Ratsmitglieder. Die Vorstellung, dass ihr das alles selbst einmal bevorstand – vorausgesetzt, Niccolo kehrte mit dem Aether zurück –, lag wie ein Gewicht auf ihren Schultern, und selbst in Anbetracht der Katastrophe, die ihnen drohte, schreckte sie der Gedanke an eine solche Tristesse.

Der Schattendeuter holte tief Luft, dann rückte er resigniert ein Stück zur Seite. Alessia zwängte sich neben ihm ans Geländer. Obgleich Carpi hager war wie ein Gerippe, bot das Stegende kaum Platz für sie beide. Sie spürte seinen knochigen Leib unter dem schwarzen Gewand und schauderte.

Tausend Meter unter der Wolkeninsel erstreckte sich dichter Wald, wucherte viele Kilometer weit in alle Richtungen, ehe er auf die Hänge der hohen Berge traf, dort allmählich ausdünnte, um schließlich weiter oben in grauen Fels überzugehen. Die Leere zwischen dem Rand der Wolkeninsel und dem grünbraunen Erdboden war schwindelerregend, aber nicht einmal sie war es, die Alessia den Atem raubte.

Etwas bewegte sich dort unten. Nicht an einer Stelle, nicht an einem Dutzend. Der gesamte Wald schien in Bewegung, ein Schütteln und Rütteln in den Baumkronen, ein Neigen und Biegen und Bersten.

„Der Wind?“, fragte sie zögernd, kannte aber bereits die Antwort.

„Das da unten ist kein Wind.“ Der Schattendeuter hatte die Hände fest um das Geländer geklammert, obgleich er doch mehr Zeit am Abgrund verbrachte als jeder andere und ganz gewiss keine Höhenangst kannte.

„Was ist es dann?“

„Ich weiß es nicht.“

„Was sagen die Schatten?“

„Sie sind schwer zu lesen, seit wir zwischen diesen Bergen feststecken. Alle losen Dunstschwaden haben sich gelöst, nur der massive Teil der Insel ist übrig geblieben. Seitdem verändert sich unser Schatten am Boden nicht mehr. Er liegt leblos da, wie tot. Wären da nicht die Tageszeiten, die ihn von Westen nach Osten schieben, könnte man meinen, die Bäume würden ihn festhalten."

Er klang müde, und Alessia fragte sich, ob er seit Niccolos Aufbruch überhaupt geschlafen hatte. Sie selbst hatte kaum Ruhe gefunden, ebenso wie ihr Vater. Doch während der Herzog mit der Entscheidung haderte, ob er wirklich den Richtigen ausgesandt hatte, hatte Alessia die Antwort darauf längst gefunden. Sie beschäftigte allein die Frage, wie sie am besten den Erdboden erreichen konnte, um sich selbst auf die Suche nach dem Aether zu machen. Doch ihr Vater hielt den Eingang zur Halle der Luftschlitten fest verschlossen, und es gab keinen anderen Weg dort hinein.

Sie lenkte ihre Aufmerksamkeit wieder auf die unnatürlichen Bewegungen des Waldes. Sie hatte oft vom Rand der Insel in die Ferne geschaut, hinab in die Tiefe, aber der Blickwinkel war von dort aus viel flacher gewesen als von diesem Steg aus. Sie sah, dass hier etwas anders war, vermochte aber nicht genau zu sagen, was. Der Anblick der Baumkronen erinnerte sie an eine aufgebrachte Menschenmenge, an ein Drängen und Schieben in verschiedene Richtungen, mal in diese, mal in jene.

„Sind das die Bäume selbst?", fragte sie skeptisch.

„Ich glaube nicht." Der Schattendeuter rieb sich mit Daumen und Zeigefinger die Augenlider. Als er sie wieder öffnete, waren die Augäpfel blutunterlaufen.

„Du solltest schlafen“, sagte sie besorgt.

Er hörte es gar nicht. „Eher etwas, das in den Bäumen lebt. Wie Vögel. Oder Affen.“

Sie wusste, was Affen waren, aber ihr verbotenes Wissen stammte aus Büchern, die sie angeblich gar nicht lesen konnte. Niccolo hatte sie durchschaut, und auch deswegen mochte sie ihn nicht. Und, verdammt, warum hatte er sie nicht mitgenommen? Nur weil sie ihn früher nicht beachtet hatte? Was hatte er denn erwartete? Er war ein Bauerntölpel!

Das *war* er einmal, verbesserte sie ihre innere Stimme, ehe dein Vater ihn ausgewählt hat, um euch alle zu retten. Auch um *dich* zu retten.

Ihr Blick folgte einer besonders heftigen Woge von Bewegungen zu einem der Berghänge. Er gehörte zu einem der drei Gipfel, die die Wolkeninsel festhielten. Tausend Meter über dem Erdboden und ein paar hundert Schritt oberhalb der Baumgrenze steckte die Heimat des Volks der Hohen Lüfte fest wie ein Stück Treibgut zwischen Meeresklippen.

„Es bewegt sich auf uns zu“, stellte sie fest.

Der Schattendeuter sah es ebenfalls und stieß ein halb verschlucktes Keuchen aus. „Das könnte Zufall sein.“

„Sieh doch hin!“ Sie unterdrückte die aufsteigende Panik in ihrer Stimme. „Es sieht aus, als hätten sich die Bewegungen der Baumkronen jetzt für eine Richtung entschieden!“ Genau genommen für *drei* Richtungen, dachte sie schon im nächsten Moment.

Bald gab es keinen Zweifel mehr.

„Du hast Recht“, presste der Schattendeuter hervor. Seine Hände krallten sich um das Geländer. „Deine Augen sind jünger und sehen besser als meine. Vielleicht hätte ich es schon vorher bemerken müssen …"

Sie schüttelte den Kopf. „Bis eben war es noch ein einziges Durcheinander. Aber jetzt bewegen sich die Baumkronen in die Richtung der drei Gipfel!"

Es sah aus, als wären gleichzeitig drei Stürme aus unterschiedlichen Richtungen in die dichte Decke des Waldes gefahren und kämmten nun die Äste vom Zentrum des Tals her auseinander. Ein Drittel beugte sich nach Norden, eines nach Süden, das letzte nach Südosten. Was für Wesen auch immer dort unten von Baum zu Baum stürmten, sie hatten sich in drei Gruppen aufgeteilt. Jede wogte nun auf einen der Berge zu.

„Sie haben erkannt, wo wir den Boden berühren", murmelte der Schattendeuter.

„Und wo sie uns erreichen können!" Alessias Stimme klang zu schrill. Sie hasste es, wenn das geschah. Mühsam fand sie zurück zu etwas, das herzoglicher Beherrschung zumindest nahe kam. „Sie wollen zu uns! Die Berge hinauf und von dort aus zur Wolkeninsel … Glaubst du, sie werden uns angreifen?"

„Wir wissen ja nicht einmal, wer oder was sie sind." Er zögerte einen Augenblick. „Alessia?"

Sie rannte den Steg entlang.

„Alessia!"

Aber sie drehte sich nicht um. Einen Augenblick später erreichte sie die beiden Wächter.

„Der Schattendeuter hat eine Botschaft für meinen Vater", rief sie den Männern zu. „Überbringt sie ihm so schnell wie möglich!"

Einer der Männer nickte und eilte über den Steg auf

Carpi zu, um die Nachricht in Empfang zu nehmen. Der andere sah Alessia verwundert an. „Braucht Ihr Hilfe?"

Sie schüttelte den Kopf, sprang auf ihr Pferd und galoppierte über die Wolken nach Norden.

° ° °

Das Gehöft der Spinis war verlassen. Der alte Mann, dem Niccolo seine Schweine und Kühe anvertraut hatte, hatte die Tiere auf seinen eigenen Hof getrieben und dort in den Stallungen untergestellt.

Alessia ließ die Gebäude links liegen. Sie zügelte den Rappen ein gutes Stück vor der Wolkenkante, ehe seine Hufe auf abschüssiges Terrain geraten konnten.

Vor ihr wuchs die dunkle Felswand empor wie eine Mauer, die jemand am Rand der Wolken errichtet hatte. Der Berg stieg beängstigend steil nach oben, der Gipfel verlor sich in höheren Dunstschichten. Alessia hatte noch nie etwas so Großes, so Massiges aus nächster Nähe gesehen. Sie musste sich überwinden, zögernd aus dem Sattel zu gleiten und zu Fuß auf die Felswand zuzugehen.

Sie wagte sich bis auf ein paar Schritt heran. Auf dem letzten Stück ging es abwärts, und sie wollte nicht in dem engen Winkel zwischen Wolke und Stein eingeklemmt werden. Dann aber erinnerte sie sich, dass Niccolo erwähnt hatte, wie er den Fels berührt hatte. Sie war zu stolz, um vor irgendetwas zurückzuschrecken, das er bereits getan hatte, und so stieg sie die letzten Meter hinab und betastete den eiskalten Stein. Er war scharfkantig und ungleich härter als die Wolkenmasse, auf der das Volk der Hohen Lüfte lebte.

Sie wandte sich nach links und lief an der Wand entlang, bis sie zu der Stelle kam, an der sich der Stein vom Rand der Wolkeninsel löste und zurückwich. Von hier aus konnte sie mit einiger Mühe in die Tiefe blicken, geradewegs an der Felswand hinab, und sie erkannte, dass die Baumgrenze noch ein gehöriges Stück weit entfernt war. Was immer dort unten den Wald in Aufruhr versetzte, es konnte nicht ohne weiteres auf die Wolken überwechseln; dazu war der Fels viel zu steil.

Sie wollte auch die beiden anderen Stellen in Augenschein nehmen, an denen die Berge die Wolkenmasse berührten. Geübt sprang sie in den Sattel und preschte los. Im Vorbeireiten schenkte sie dem Hof der Spinis einen bedauernden Blick. All die vielen Bücher. Sie hätte gern angehalten und darin gestöbert. Schon bei ihrem ersten Besuch in Cesares Haus hatte sie sich zusammenreißen müssen.

Der zweite Felsgipfel, der die Wolkeninsel festhielt, wuchs im Südosten empor. Er war ähnlich schroff wie der erste und kaum einfacher zu erklimmen. Der Ort, an dem er an die Wolke grenzte, lag schwer zugänglich am Ende eines Passes zwischen zwei weißen Wolkenbergen. Als sie dort eintraf, erwarteten sie bereits mehrere Bauern von den Ländereien ihres Vaters, angelockt von ihrer Neugier auf die fremdartige Felsmasse. Sie erschraken, als sie die Herzogstochter erkannten, aber Alessia gab ihnen zu verstehen, dass sie Wache halten sollten für den Fall, dass sich irgendetwas von unten an den Felsen heraufbewegen sollte. Das verwirrte die Männer, aber sie versprachen, ihr Bestes zu tun.

Die dritte und letzte Stelle, an der die Wolkeninsel das

Gebirge berührte, befand sich im Süden. Sie war leicht zu erreichen, ein Ausläufer der kleinen Ebene, die sich von der Ortschaft im Wolkental bis zur Kante erstreckte. Hier trieb man Ackerbau in niedrigen Wolkensenken, die vor langer Zeit mit Muttererde aufgefüllt worden waren. Eine saftig grüne Weide, durch die hier und da weiße Wolkenbuckel lugten, reichte bis zum Rand – und zu dem Berg, der sich gleich dahinter erhob. Kühe grasten vor der beeindruckenden Kulisse, als sei nicht das Geringste geschehen.

Die Gebirgswand führte als schrundige Schräge aufwärts, höher hinauf in die wabernden Dunstschichten. Der Aufprall der Wolkeninsel hatten einen Felssturz verursacht, dessen Trümmer sich über den Rand ergossen hatten. Offenbar war das erst kürzlich geschehen, nicht sofort nach dem Absturz – sonst hätte schon früher jemand den Spalt bemerkt, der sich aufrecht durch die Felswand zog.

Alessia stieg über Geröll und umrundete mannshohe Brocken, ehe sie den dunklen Riss erreichte. Der Rand der Wolkenmasse presste sich dagegen, und doch schien Helligkeit von unten herauf. Alessias Atem stockte. Offenbar setzte sich der Spalt auch *unterhalb* der Wolke fort. Er war breit genug, dass ein Mensch mit einiger Mühe durch ihn abwärts klettern konnte.

Ihr Herzschlag raste. Anders als an den beiden Steilwänden im Norden und Südosten gab es hier die Möglichkeit, die Insel zu verlassen! Wenn es ihr gelänge, sich durch den Spalt nach unten zu zwängen, am Rand der Wolken vorbei ...

Sie hatte keine Ahnung, was sie dort erwartete, aber einen Versuch, ja, den war es wert. Dabei hatte sie nicht einmal Ausrüstung dabei. Kein Seil, keine Verpflegung, erst recht keine Waffe. Sicher, es wäre Wahnsinn gewesen, Niccolo ohne jede Vorbereitung in die Tiefe zu folgen, nur weil sie es *wollte* und wütend war über das Verbot ihres Vaters. Doch was sprach dagegen, die Lage auszukundschaften? Nur ein Stück weit den Berg hinabklettern – und dabei echten Boden unter den Füßen spüren! –, nahe genug an die Baumgrenze heran, um zu sehen, was sich dort unten tat. Ob etwas näher kam und, falls ja, was es war.

Sie befahl ihrem Pferd, auf sie zu warten, und warf einen letzten Blick über die Felder in Richtung der Ortschaft. Täuschte sie sich, oder näherten sich von dort Menschen? Bauern wahrscheinlich, so wie vorhin am Pass. Doch je länger sie hinsah, desto deutlicher erkannte sie das Blitzen von Metall. Soldaten. Sie hatten Rüstzeug angelegt, das sie sonst nur bei den seltenen Aufmärschen zu Ehren der Herzogsfamilie trugen – zum letzten Mal bei Alessias fünfzehntem Geburtstag vor drei Monaten.

Wenn die Soldaten erst hier waren, konnte sie ihren Plan vergessen. Man würde sie niemals den Felsspalt hinabsteigen lassen. Sie hörte schon die empörten Widersprüche, die Ermahnungen, das herablassende Getue der Erwachsenen: Es ist zu gefährlich, Kind! Und nichts für ein Mädchen! Sei doch *vernünftig*!

Entschlossen fuhr sie herum und machte sich an den Abstieg.

° ° °

Sie hatte ihr dunkelrotes Haar zu einem Pferdeschwanz gedreht und notdürftig in den Kragen ihres Wamses geschoben, damit es nicht in ihre Augen fiel. Ihr Gesicht kribbelte wie von einem Sonnenbrand, so als wollten selbst ihre Sommersprossen sie von ihrem Vorhaben abhalten. Seitlich zwängte sie sich in den Spalt, den Rücken zur einen Felswand, die Füße an der anderen; Alessia passte gerade so hinein. Ächzend schob sie sich abwärts. Schon bald taten ihre Schulterblätter weh, als stünden sie in Flammen. Wahrscheinlich war ihr Wams aufgerissen, und die Haut schmirgelte über blanken Fels. Ihre Muskeln waren ein einziger Krampf.

Die Enge machte ihr zu schaffen, erst recht, nachdem der Rand der Wolkeninsel die offene Seite des Felsspalts versiegelte. Sie konnte jetzt nur noch nach oben oder unten, und wenn sie abrutschte – oder der Riss unvermittelt breiter wurde –, gab es kein Entrinnen vor einem Sturz.

Irgendwann wurde es wieder heller, und diesmal meinte das Schicksal es gut mit ihr. Nicht weit unterhalb der Wolkendecke ging die Bergwand in einen schattigen Felshang über. Der Riss endete in einer Ansammlung von Steintrümmern und losem Geröll. Alessia kroch ins Freie und blieb eine ganze Weile auf dem Bauch liegen, zu erschöpft, um sich zu rühren.

Erst nach einer ganzen Weile hob sie den Kopf und schaute sich um. Unmittelbar über ihr schwebte die Unterseite der Wolkeninsel wie ein weißgrauer Deckel, der auf den Rändern des Tales lag. Etwa hundert Meter unter ihr waren die Felsen am Hang von dunkelgrünem Moos bewachsen, gefolgt von einem Streifen Gras und Buschwerk. Dahinter erhob sich, noch immer hoch über dem Talboden, die Mauer des Waldes, massiv und schwarz, als hätten Riesen seine Grenze mit einem gigantischen Spaten abgestochen. Die Wipfel und Baumkronen schüttelten sich, als tobte dort unten ein heftiger Sturm, doch Alessia spürte nichts als eine Brise, die sanft den Berg heraufstrich.

Die unmenschlichen Schreie, die sie vom Steg des Schattendeuters aus gehört hatte, waberten über dem ganzen Tal. Hier klangen sie noch lauter und näher. Für Alessia hörten sie sich gequält an, doch die Wahrheit war wohl eher, dass sich die Kreaturen damit gegenseitig aufpeitschten wie heulende Wölfe auf der Jagd.

Sie sind schon so nah, durchfuhr es sie. Einen Moment lang musste sie gegen ihre Panik ankämpfen. Die Möglichkeit, sich herumzuwerfen und zurück auf die Wolken zu klettern, war verlockend. Die Soldaten hatten mit Sicherheit längst ihr Pferd erkannt und standen bereit, um ihr hinaufzuhelfen.

Aber willst du das wirklich?, fragte sie sich. Zum ersten Mal stehst du auf festem Boden. Zum ersten Mal sind es nicht die Zeitwindpriester, die du fürchten musst. Oder der Wankelmut deines Vaters. Alle Entscheidungen, die hier unten fallen, sind ganz allein deine.

Ganz allein deine.

Was hätten wohl andere über sie gedacht, hätten sie gewusst, was in ihr vorging? Sie war die Herzogstochter, die Alleinerbin ihres Vaters. Eine Medici.

Die Wahrheit aber war, dass kaum ein Tag verging, an dem sie sich nicht tief im Inneren fürchtete. Vor der Zukunft, in der sie die Wolkeninsel regieren sollte. Vor den Priestern, die eine weibliche Herrscherin nicht akzeptieren wollten. Sogar vor ihren Untertanen, rebellischen Geistern wie Niccolo, von denen es vermutlich insgeheim mehr gab, als ihr Vater und seine Ratgeber ahnten.

Rebellische Geister wie Alessia selbst.

Sie wusste genau, was in Cesare Spini vorgegangen war, als er sich mit seinen Büchern und seinem Sohn an den Rand zurückgezogen hatte. Sie kannte das Gefühl des Eingesperrtseins, sogar in zweifacher Hinsicht. Wie alle vom Volk der Hohen Lüfte war sie eine Gefangene der Wolkeninsel. Doch in ihrem Fall kam noch etwas anderes hinzu: Sie war eine Gefangene ihrer Bestimmung. Früher oder später würde sie Herzogin sein, ob sie wollte oder nicht. Auf der einen Seite verabscheute sie den Gedanken, denn dieses Amt würde sie in noch engere Fesseln legen. Andererseits aber weigerte sie sich partout, den Zweifeln und dem Drängen der Zeitwindpriester nachzugeben und freiwillig auf die Nachfolge zu verzichten. Die Priester glaubten nicht, dass eine Frau die Aufgaben eines Herzogs erfüllen konnte. Alessia aber wollte ihnen beweisen, dass sie all das vermochte, was von einem Mann erwartet wurde. Wer weiß, vielleicht würde sie eine fähigere Herrscherin über die Wolkeninsel abgeben als ihr Vater. Sie liebte ihn, aber sie wusste auch um seine Schwächen. Sie wollte so vieles besser machen, wollte versuchen, wieder Kontakt zu den Geheimen Händlern aufzunehmen; und irgendwann, vielleicht, ein neues Zeitalter einläuten, eines, in dem die alten Gesetze keine Gültigkeit mehr besaßen. Sie wollte die Hohen Lüfte dem Erdboden öffnen, wollte den Austausch von Waren und Gedanken und sogar Menschen ermöglichen. Alles würde, und das war das Wichtigste, *anders* werden.

Dies waren Alessias geheime Pläne, und sie hütete sich, mit irgendwem darüber zu sprechen. Nicht einmal mit ihrem Vater. Womöglich hätte er dann dem Drängen der Zeitwindpriester nachgegeben und verhindert, dass sie jemals Herzogin wurde.

Ihre Gedanken kehrten zurück in die Gegenwart, in die neue Welt, die sich unter ihr ausbreitete – und die ihr nun wider Erwarten eine Heidenangst einjagte.

Sie nahm all ihren Mut zusammen und begann ihren Abstieg zur Baumgrenze.

Tief geduckt hinter Felsen entlang, so wie sie es sich manchmal ausgemalt hatte, wenn sie als Kind davon geträumt hatte, am Erdboden wilde Abenteuer zu bestehen. Damals war ihr das alles sehr aufregend erschienen. Jetzt aber hatte sie nur noch Angst. Längst war ihr klar geworden, dass sie mit ihren eigenen Gefühlen ebenso zu kämpfen hatte wie mit allem, was sich ihr hier unten entgegenstellen mochte.

Der zerfurchte Felshang erschwerte die Fortbewegung, schützte sie aber zugleich vor Blicken vom oberen Waldrand. Die Bäume waren noch immer in stürmischem Aufruhr, doch bislang kroch nichts darunter hervor. Worauf warteten diese Wesen? Laub, Nadelholz und Schatten verbargen sie, aber in den Baumkronen musste es von ihnen wimmeln. Vom Steg des Schattendeuters aus hatte es ausgesehen, als sei der gesamte Wald zum Leben erwacht.

Rund um Alessia waren die Felsen jetzt von dicken Moospolstern überzogen. Nicht mehr weit bis zu den Wiesen, und dahinter –

Die Schreie änderten abrupt ihren Klang.

Bis gerade eben war der Lärm aus den Wäldern ein unverständliches Chaos gewesen, ein Durcheinander aus hohem Wimmern, tiefem Brüllen und schrillem Kreischen. Nun aber, von einem Atemzug zum nächsten, wurde daraus ein einziger gellender Ton. Alessia hielt sich die Ohren zu, sank hinter einem Fels in die Hocke und zog das schmerzverzerrte Gesicht bis auf die Knie. Der Laut aus tausenden von Kehlen tat in ihren Ohren weh, stach wie Nadeln in ihre Trommelfelle.

Das Spektakel endete so abrupt, wie es begonnen hatte.

Unheilvolles Schweigen senkte sich über die Baumgrenze und das weite sattgrüne Tal darunter. Die Kronen kamen zur Ruhe. Hier und da bewegte sich noch ein Pinienzweig, mancherorts knirschte eine Buche. Weiße Birkenstämme schimmerten wie Knochen inmitten des Dunkels unterhalb der Laubdächer. Das aufgebrachte Wogen und Peitschen aber war auf einen Schlag verebbt. Man hätte meinen können, was immer eben noch da gewesen war, hätte sich in Nichts aufgelöst.

Alessia wusste es besser. Noch immer geduckt schlich sie weiter, an kantigen Felsen vorüber, mal durch Senken, die Gebirgsbäche während der Regenzeit in das Gestein gespült hatten, dann wieder um kolossale Gesteinsbrocken, Trümmerstücke des Gipfels, die irgendwann einmal in die Tiefe gestürzt waren.

Um sie herum spross das erste Gras aus dem kargen Boden, wurde mit jedem Schritt dichter und buschiger. Die Felsen und Findlinge wurden niedriger. Sie musste sich jetzt auf allen vieren vorwärts bewegen, um weiterhin verborgen zu bleiben.

Dann lag die Baumgrenze vor ihr, ein geheimnisvolles Geflecht aus den vorderen hellen Stämmen und dem undurchdringlichen Schwarz dahinter, zu dunkel für das lichte Laub, so als wäre da noch etwas anderes oben in den Kronen, das der Helligkeit den Weg zum Boden verwehrte. Dabei sah sie nur Zweige und knorrige Astgabeln, miteinander verwoben zu etwas, das den Himmel aussperrte und die Schatten allgegenwärtig machte.

Um nichts in der Welt würde sie auch nur einen Fuß unter diese Bäume setzen.

Aber um mehr erkennen zu können, musste sie näher heran.

Noch näher.

Niccolos Gesicht tauchte aus ihrer Erinnerung empor. Er musste mit seinem Luftschlitten inmitten dieses Tals gelandet sein. Selbst wenn er seine Bruchlandung heil überstanden hatte – und sie zweifelte nicht daran, *dass* es eine Bruchlandung gewesen war –, stand er allein gegen … ja, gegen was eigentlich?

War er überhaupt noch am Leben?

Sie haderte mit sich selbst. Mit dem Wunsch, alles über die Gefahr aus dem Wald in Erfahrung zu bringen, aber auch mit ihrer Furcht vor dem Unbekannten. Zuletzt beschloss sie, noch ein wenig näher an die Baumgrenze heranzupirschen, trotz ihrer zitternden Knie und der Schmerzen in ihrem Rücken und den aufgescheuerten Handflächen.

Das hohe Gras und die immer niedrigeren Felsen verbargen sie nur noch unzureichend. Schlimmer noch: Da ihre Gegner sich in den Baumkronen aufhielten, mussten sie Alessia von dort oben längst entdeckt haben. Diese Erkenntnis kam ihr, als keine fünfzig Schritt mehr zwischen ihr und dem Waldrand lagen. Es hätte sie nicht weniger erschüttert, hätte man sie aus heiterem Himmel mit einem Kübel Eiswasser übergossen. Oder ihr von hinten eine Hand auf die Schulter gelegt.

Sie verharrte und blieb nah am Boden, auch wenn sie jetzt keinen Zweifel mehr hatte, dass ihre Tarnung aufgeflogen war. Sie hatte sich schlichtweg verrechnet, hatte sich auf Augen in Höhe ihrer eigenen eingestellt, nicht auf welche, die acht oder zehn Meter hoch in den Baumkronen schwebten.

Falls da Augen waren.

Der Drang, sich herumzuwerfen und zu fliehen, war kaum mehr auszuhalten. Aber Alessia widerstand ihm, nicht allein aufgrund ihrer Entschlossenheit, sondern auch, weil ihre Beine sich weigerten, ihr zu gehorchen. Wenn es nach ihnen gegangen wäre, dann wäre sie wohl einfach hier sitzen geblieben. Augen zu, die Hände vor die Ohren. Und abwarten, bis alles vorüber war.

Es erforderte eine ganze Menge Überwindung, sich langsam aufzurichten, das Gesicht zum Wald, die Fäuste geballt, jederzeit bereit, sich herumzuwerfen und zu fliehen.

Die Baumkronen bewegten sich wieder. Zweige bogen sich knarrend in ihre Richtung, Astgabeln fächerten auseinander und streckten sich ihr entgegen wie Hände. Sie lockten sie. Sie riefen sie.

Komm zu uns! Komm her!

Alessia blieb stehen. Und nun *sah* sie etwas.

Es war die ganze Zeit über da gewesen. Ein Wall aus lebendem Astwerk, aus Rinde, aus knorpeligen Gelenken und verdrehten hölzernen Gliedern. Baumgleich und doch keine Bäume. Eine Heerschar, eine ganze Armee dort oben in den Kronen, von einem Ende des Waldrands bis zum anderen, soweit Alessias Augen blicken konnten.

Aber warum sprangen sie nicht herab zu ihr und packten sie mit ihren Borkenklauen? Weshalb starrten sie nur herüber, sie alle, hunderte, tausende, mit winzigen schwarzen Augen?

„Was wollt ihr von uns?“, rief sie ihnen entgegen.

Und bekam keine Antwort.

„Warum seid ihr hier?“

Aber hätten nicht auch *sie* diese Frage an Alessia richten können? Sie war der Eindringling, nicht diese Wesen. Das Volk der Hohen Lüfte gehörte in die Wolken, hoch hinauf in den Himmel. In Wahrheit war Alessia die Fremde, nicht diese Kreaturen aus Rinde, Holz und Harz.

Sie machte zögernd drei, vier weitere Schritte auf die Baumgrenze zu. Die lockenden Arme winkten sie näher heran. Den Bewegungen der Wesen in den Kronen haftete mit einem Mal etwas Hypnotisches an, etwas, das sie zutraulich erscheinen ließ, beinahe schön. Alessia hatte einmal in einem verbotenen Buch etwas über einen Schlangenbeschwörer gelesen. Die Bewegungen seines Reptils hatte sie sich vorgestellt wie das Schlängeln dieser Zweigarme und Astfinger, so anmutig, so beruhigend.

Sie war drauf und dran, sich in die Umarmung des Waldes zu begeben.

Doch plötzlich erwachte ein Rest von Vernunft in ihr, schrie ihr eine Warnung zu, die sie schlagartig aufrüttelte, zurücktaumeln und erkennen ließ, was da gerade vor sich ging, mit diesem Wald, mit ihr selbst.

Schreie wurden im Unterholz laut, ein zorniges Kreischen, als die sicher geglaubte Beute den Rückzug antrat.

Das gemächliche Locken und Winken verwandelte sich in peitschende Schläge ins Leere, in einen Wirbel aus zuckenden Krallen und packenden Klauen.

Sie kamen noch immer nicht aus dem Wald.

Weil sie es nicht können, durchfuhr es Alessia. Oder nicht wagen!

War das möglich? Fürchtete sich diese Armee unheimlicher Wesen davor, den Wald zu verlassen? Falls das die Wahrheit war, dann drohte dem Volk der Hohen Lüfte noch keine Gefahr. Die Kreaturen würden weder die Felsen überqueren noch die Wolken erklimmen.

Zugleich aber wurde ihr bewusst, dass sie sich etwas vormachte. Falls Niccolo nicht mit dem Aether zurückkehrte, würde sich die Insel auflösen, würde ganz allmählich an Festigkeit verlieren, durchlässig werden wie Nebel. Bis dahin mussten die Bewohner in Sicherheit gebracht werden. Doch wohin sollten sie gehen, wenn in den Wäldern am Grunde des Tals diese Wesen lauerten? Das, was Alessia da vor sich sah, bedeutete nicht weniger als die unumstößliche Gewissheit, dass ihnen der Fluchtweg abgeschnitten war. Ihnen blieb nur die Wahl: zu Tode zu stürzen, oder sich einem aussichtslosen Kampf gegen die Mächte dieser Wälder zu stellen.

Sie hatte Tränen in den Augen, als sie herumwirbelte und sich auf den Rückweg machte. Hinter ihr fächerten die Astarme der Baumgeister durch die leere Luft, kamen sich gegenseitig in die Quere, verhakten sich, rissen wütend aneinander.

Noch etwas wurde ihr klar: Sie konnte Niccolo nicht mehr folgen. Der Weg den Berg hinunter war abgeschnitten. Selbst mit einem Luftschlitten würde sie irgendwo im

Tal landen müssen, im Herzen dieser Heerschar geisterhafter Kreaturen.

Kein Ausweg, wohin sie auch blickte. Alles hing jetzt an Niccolo und daran, ob er einen Weg fand, mit dem Aether zu ihnen zurückzukehren.

Und was sollte sie den anderen sagen? Sie war die Tochter des Herzogs. Sie würde die richtigen Worte finden müssen. Ohne Tränen. Völlig beherrscht.

Du bist eine Medici. Du wirst selbst einmal Herzogin sein.

Aber Herzogin von was? Von einer Wolke aus durchlässigem Dunst, den der Wind auseinander blies? Herzogin eines toten Volkes?

Während sie sich erschöpft und unter Schmerzen den Spalt hinaufschob, wurde ihr bewusst, dass es für jede Art von Gefangenschaft noch immer eine Steigerung gab.

Die Legende vom Himmel

„Feiqing!“

Niccolo stürzte auf den gefallenen Rattendrachen zu, der mit Bauch und Schnauze zuvorderst in den Schlamm am Grund der Senke gestolpert war. Der Pfeil, der Feiqing von hinten getroffen hatte, ragte zwischen seinen Schulterblättern hervor.

Niccolo wälzte ihn auf die Seite. Das Drachenkostüm hatte sich voller Wasser gesaugt. Damit zu laufen musste höllisch anstrengend sein.

Aber wie es aussah, würde Feiqing nirgends mehr hinlaufen. Niccolo war überzeugt, dass er tot war – bis ein Ächzen aus dem plumpen Drachenmaul drang.

„Was ... war das?“, keuchte Feiqing.

Niccolo schaute sich Hilfe suchend nach Nugua um, aber das Mädchen war verschwunden. Der finstere Wald hatte sie verschluckt. Abgehauen, dachte er bitter. Sollte sie doch davonlaufen. Er brauchte sie nicht.

„Du bist verletzt.“ Er wagte kaum, einen Blick auf den Pfeil in Feiqings Rücken zu werfen. „Beweg dich nicht. Irgendwie kriegen wir das schon wieder – “

„Mir ... mir geht's gut“, stöhnte der Rattendrache.

Das muss das Delirium sein, überlegte Niccolo. Der Schmerz. Die Gewissheit, dass er sterben würde. O Leonardo, was soll ich nur tun?

Feiqing versuchte, sich auf den Rücken zu drehen.

„Nicht!“, stieß Niccolo aus. Zugleich wurde ihm bewusst, dass von dort, wo der eine Pfeil hergekommen war, durchaus noch weitere folgen mochten. „Wir müssen weg“, flüsterte er. „Die Mandschu können jeden Augenblick hier sein.“

Hilflos kniete er neben Feiqing im Schlamm. Er musste ihn in ein Versteck schaffen. Aber wohin? Hier unten in der Senke gab es kaum Buschwerk. Und die Schrägen rechts und links würde er ihn nie hinaufbekommen, dazu war der falsche Drache zu groß und viel zu schwer.

„Zieh ihn raus“, ächzte Feiqing.

„Was?“

„Den Pfeil ... Du musst ihn rausziehen ...“

Niccolo lief es eisig über den Rücken. Kalter Schweiß brach ihm aus. „Ich bin kein Arzt. Ich weiß nicht, wie man so was macht.“

Es brach ihm fast das Herz, als er mitansehen musste, wie Feiqing mit seinen plumpen Armen nun selbst nach dem Schaft fingerte, ohne ihn jedoch zu erreichen. Waren das die letzten Kraftreserven eines Sterbenden?

„Mach schon“, sagte Feiqing. „Beeil dich!“

„Ich kann das nicht.“

„Natürlich kannst du!“

Niccolo legte eine Hand um den Pfeil – und zog sie sofort wieder zurück. Er stellte sich vor, dass die Spitze ganz nah an Feiqings Rückgrat sitzen musste. Wenn sie sich an einem Wirbel verhakte, und er daran zog ... Ihm wurde übel bei dem Gedanken.

Ein schöner Held bist du! Und du willst das Volk der Hohen Lüfte retten?

Feiqing seufzte und versuchte, sich aufzurichten.

„Was tust du denn da?“, entfuhr es Niccolo.

„Wonach sieht es denn aus?“

„Du kannst nicht aufstehen! Du bist verletzt!“

Feiqing schüttelte den unförmigen Schädel. „Der Pfeil steckt nur im Kostüm. Ich kann die Spitze nicht mal spüren.“

Niccolo machte große Augen. „Wirklich?“

„Glaubst du, ich würde sonst nicht schreien wie am Spieß?“ Der Rattendrache patschte mit den dicken Fingern auf seinem Bauch herum. „Wenn ich's mir überlege, hätte ich allerdings genug Grund dazu. Allein der ganze Dreck – “

Niccolo packte ihn am Arm und zerrte ihn mit sich. Es war ein Wunder, dass sie nicht beide längst mit Pfeilen gespickt am Boden lagen. Die Mandschu mussten jeden Augenblick auftauchen. Und er wollte nicht derjenige sein, der Lotusklaue erklärte, warum die Tiger sich aus ihrem Wagen befreit hatten.

Hinter ihnen ertönte ein Pfiff.

Beide wirbelten herum.

In einiger Entfernung stand eine schwarze Silhouette am Grunde des Bachbetts, breitbeinig, nur von einem hauchdünnen Silberrand aus Mondlicht umschimmert. Über ihrer Schulter hing ein gefüllter Köcher.

„Das sind sie!“, zeterte Feiqing.

Niccolos Blick streifte den Pfeil im Rücken des Rattendrachen und schüttelte stumm den Kopf.

Die Gestalt setzte sich in Bewegung. Sie war allein. Und zu klein und schmal für einen Mandschukrieger.

„Nugua!“

Er erkannte sie erst deutlich, als sie fast zu ihnen aufgeschlossen hatte.

„Er war allein“, sagte sie. „Vielleicht so was wie eine Vorhut. Bestimmt folgen ihm noch andere.“

„Vielleicht hatte er sich verlaufen“, schlug Feiqing vor.

Die beiden anderen schenkten ihm einen Blick, der ihn sofort verstummen ließ.

„Was hast du mit ihm ...“, begann Niccolo. „Ich meine, wie hast du – “

„Menschen sind schwach“, sagte sie. „Und langsam. Und plump.“

„Du hast ihn *umgebracht*?“

„Er schläft nur.“

Niccolo stöhnte innerlich. Er kam sich schrecklich unbeholfen und linkisch vor. Dann fiel sein Blick auf Feiqing. Nun, dachte er, es hätte noch schlimmer kommen können.

Auch Nugua sah hinüber zum Rattendrachen. Sie deutete auf seinen Rücken. „Der Pfeil?“

„Niccolo will ihn nicht anfassen“, jammerte Feiqing.

Sie packte den Schaft und zerrte ihn mit einem einzigen Ruck heraus. „So“, sagte sie nur.

Der falsche Drache stöhnte lautstark.

Nugua schleuderte den angebrochenen Pfeil beiseite, behielt aber den Mandschubogen, als sie sich in Bewegung setzte. Schwarzes Fell war um das Mittelstück gewickelt und quoll zwischen ihren Fingern hervor. Die Waffe war viel zu groß für sie, und Niccolo bezweifelte, dass sie das Ding überhaupt spannen konnte. Es erinnerte ihn an den Bogen seines Vaters, mit dem er versucht hatte, die Windmühlenflügel aufzuhalten.

Feiqing beugte sich an Niccolos Ohr. „Warum hilft sie uns ständig? Sie mag uns doch nicht mal."

„Sie hilft sich nur selbst."

Feiqing stolperte los. „Dann sollten wir so nah wie möglich bei ihr bleiben."

Niccolo sah ihm nach, einen Augenblick lang in Gedanken versunken. Schließlich verfiel er in leichten Trab. Die beiden zu verlieren war im Augenblick seine geringste Sorge.

Zur Not konnte er immer noch ihrem Geruch folgen.

° ° °

„Gar keine Frage", sagte Feiqing drei Tage später, „wir brauchen einen Mönch."

Im Gehen blickte Niccolo auf. Er kam nur schwer von seinen düsteren Grübeleien los. Jeder Tag, der verstrich, konnte den Untergang der Wolkeninsel bedeuten. Der Gedanke machte ihn wahnsinnig.

„Was?", fragte er abwesend.

„Einen Mönch. Einen heiligen Mann." Feiqing hob belehrend einen Zeigefinger, so dick wie Niccolos Unterarm. „Wir suchen den Drachenfriedhof, ohne überhaupt den Weg zu kennen. Jedes Kind weiß, dass da jemand sein sollte, der den Segen der Götter über uns – "

„Keine Priester!", unterbrach Niccolo ihn schroff.

Nugua ging ein paar Schritte vor ihnen. Stumm schüttelte sie den Kopf, ohne sich umzudrehen.

„Aber ein Mönch wäre gut für uns", fuhr Feiqing unbekümmert fort. „Die Götter hätten dann ein Auge auf uns. Tiandi, der höchste Herr des Himmels, wäre mit uns.

Wir könnten ein wenig Glück gebrauchen." Er senkte die Stimme. „Und was Vernünftiges zu essen."

Wie sich rasch gezeigt hatte, verstand sich keiner von ihnen auf die Jagd. Nugua behauptete, dort, wo sie herkäme, sei stets gut für sie gesorgt worden. Feiqing hatte zwei linke Hände. Und Niccolos Jagdtalent beschränkte sich aufs Taubenschießen. Zwar hatte Nugua ihm den Bogen des Mandschukriegers gegeben, aber die einzigen Vögel, die sie zu sehen bekamen, waren Habichte und Bussarde. Keine einzige Taube. Und auch sonst nichts, das träge und faul genug war, sich von Niccolo treffen zu lassen.

Der Vorrat aus seinem Bündel war beinahe aufgebraucht, weil jetzt drei statt nur einer davon aßen, und auch wenn sie versuchten, ihre kargen Mahlzeiten durch allerlei Beeren anzureichern, lief Niccolo allein bei dem Gedanken an ein gebratenes Huhn das Wasser im Mund zusammen. Seit ihrer Flucht vor den Mandschu waren sie in den Wäldern keiner Menschenseele begegnet, sodass sie nicht einmal irgendwo Reis kaufen konnten, geschweige denn etwas anderes Essbares.

Seit ein paar Stunden folgten sie dem scharfen Grat einer Hügelkette, von der aus sie eine gute Aussicht über eine Landschaft aus breit verzweigten Ginkowäldern hatten. Dass auch sie selbst von unten aus gut zu sehen sein mussten, nahmen sie notgedrungen in Kauf.

„Erzähl mir von deinen Göttern, Feiqing", bat Niccolo den watschelnden Rattendrachen.

Sie hörten Nugua weiter vorn abschätzig schnauben, so als wären Götter nun wirklich das Letzte, das sie interessierte. Doch Feiqing schien dankbar, sich über etwas anderes als seinen knurrenden Magen und rachsüchtige Mandschukrieger Gedanken machen zu können.

„Tiandi ist der Himmel“, begann er und fuchtelte mit den Armen hinauf in die blaue Unendlichkeit des Nachmittags. „Er ist der Herrscher über alles.“

„Heißt das, er lebt im Himmel?“

Feiqing schüttelte den Kopf. „Er *ist* der Himmel. Als der Riese Pangu die Welt erschaffen hat, entstand auch Tiandi, um über sie zu wachen. Über das alles hier.“ Wieder hob er die Arme, aber diesmal zeigte er in weitem Bogen über die Bambuswälder am Fuß der Hügel und die dunstblauen Umrisse zerklüfteter Berge.

„Wenn Tiandi der Herr über alles ist“, sagte Niccolo, „wer ist dann Pangu?“

„Zuerst herrschten überall nur Dunkelheit und Chaos. Aber aus der Dunkelheit formte sich ein gewaltiges Ei, und aus diesem Ei schlüpfte Pangu, der Erste der Riesen.“ Feiqing lachte, was in Anbetracht seines breiten Rattendrachenmauls reichlich sonderbar aussah. „Du musst wahrlich von weither kommen, dass du noch nie von ihm oder von Tiandi gehört hast!“

„Sieh dir seine Augen an, Feiqing“, rief Nugua. „Sie sind golden und rund. Und trotzdem ist er kein Drache. *Natürlich* kommt er von weither.“

„Erzähl weiter“, bat Niccolo.

Feiqing räusperte sich. „Das Ei, aus dem der Riese Pangu schlüpfte, ist dabei in zwei Hälften zerbrochen. Die reine, saubere Hälfte stieg auf und wurde zum Himmel, die unreine, schwerere Hälfte blieb liegen – das ist die Erde. Und weil Pangu befürchtete, dass beide Teile wieder eins werden könnten, stellte er sich dazwischen und stützte sie.

Auf seinem Kopf trug er den Himmel, und seine Füße drückten die Erde nieder. Dadurch schuf er das Gleichgewicht aller Dinge, Yin und Yang."

Nugua blieb stehen, bis die beiden zu ihr aufgeschlossen hatten. „Und dann kamen die Drachen", sagte sie.

„Noch nicht."

Sie zog eine Schnute, die unter all dem Schmutz beinahe niedlich wirkte. „Aber *vor* den Menschen."

„So weit sind wir noch nicht."

Vielleicht ist Feiqing in seinem früheren Leben ein Lehrmeister gewesen, überlegte Niccolo. Ganz sicher war er ein Besserwisser. Ebenso wie Nugua. So viel zum Gleichgewicht aller Dinge.

Feiqing schenkte dem Mädchen einen finsteren Blick, der sie unverhofft zum Schweigen brachte. „Achtzehntausend Jahre lang stand Pangu zwischen den beiden Hälften des Eis, und an jedem Tag ist er drei Meter gewachsen. Dadurch wurde der Abstand zwischen Himmel und Erde immer größer, und als sie schließlich weit genug voneinander entfernt waren, legte sich Pangu zur Ruhe und schlief ein."

„Warum ist der Himmel dann nicht wieder runtergefallen?", fragte Nugua.

„Papperlapapp!" Der Rattendrache winkte ungeduldig ab.

Nugua wollte etwas erwidern, aber Niccolo kam ihr zuvor: „Der Aether hält ihn dort oben fest."

„Der was?", fragte Feiqing.

„Der Aether. Er schwebt *über* dem Himmel und hält ihn an Ort und Stelle."

„Nichts steht über dem Himmel. Tiandi ist allmächtig."

Geringschätzig hob Nugua eine Augenbraue. „Warum verwandelt er dich dann nicht wieder in einen Menschen?“ Mit dem stumpfen Ende ihrer Stockwaffe stach sie in den weichen Drachenbauch. „Sicher kann er kaum mitansehen, wie schmutzig du bist.“

Niccolo dachte, dass der arme Feiqing beileibe nicht der Einzige war, der ein heißes Bad gebrauchen konnte.

„Wollt ihr nun hören, wie es weiterging?“, fragte der Rattendrache und setzte mit einem lauernden Blick in Nuguas Richtung hinzu: „Zum Beispiel mit den Drachen?“

Niccolo nickte. „Sicher.“

„Pangu ist im Schlaf gestorben. Da wurde sein Atem zu Wolken und Wind und seine Stimme zu Blitz und Donner. Sein linkes Auge wurde die Sonne, sein rechtes der Mond. Aus seinen Armen und Beinen wurden die vier Himmelsrichtungen, aus seinem Rumpf die Berge, aus seinen Adern die Wege und Pfade und aus seinem Blut – “

„Die Flüsse“, sagte Niccolo und grinste. „Hab ich geraten.“

Feiqing seufzte. „Bäume und Erdreich entstanden aus seinem Fleisch, Gras und Blumen aus seinem Haar. Seine Knochen und Zähne verwandelten sich zum Eisenerz im Boden. Und aus all den Läusen und Flöhen, die sich während seines langen Schlafs auf ihm eingenistet hatten, wurden wir Menschen.“

„Und die Drachen?“, fragte Nugua ungeduldig.

Feiqing winkte ab. „Die sind irgendwann zwischendurch entstanden.“

„So war das nicht!“, entfuhr es ihr erbost.

„Da sind natürlich noch all die Götter“, sagte Feiqing, ohne ihren Einwurf zu beachten. „Davon gibt es tausende. Aber der größte von allen ist Tiandi, der Himmel selbst. Seine Frau ist Xiwangmu, die für das ewige Leben aller Götter sorgt. Sie pflegt den Garten, in dem die Pfirsiche der Unsterblichkeit wachsen."

Nugua ging schmollend ein wenig schneller, bis sie wieder den alten Abstand zwischen ihnen hergestellt hatte.

Feiqing beugte sich näher zu Niccolo heran. „Natürlich gibt es da auch die Legende von der Göttin Nugua, die angeblich die ersten Menschen erschaffen hat. Es heißt, sie war selbst halb Mensch, halb Drache."

Niccolo lächelte. „Unsere Nugua ist bestimmt keine Göttin."

„Aber jemand hat sie nach der Göttin benannt." Feiqing legte den Kopf schräg. „Und mich würde brennend interessieren, warum er gerade diesen Namen für sie ausgesucht hat."

° ° °

Am selben Abend erreichten sie den Großen Fluss Jangtse. Er strömte in weitem Bogen durch den Süden und Osten der Provinz Sichuan, und da wussten sie, dass sie ihrem Ziel, dem Drachenfriedhof, endlich näher gekommen waren.

Die schwankende, halb verrottete Fähre war Niccolo nicht geheuer, aber noch viel mehr Sorgen machte ihm ein Posten der Mandschu am anderen Ufer. Doch die Soldaten hatten offenbar keinen Befehl erhalten, nach einem goldäugigen Jungen, einem Mädchen mit struppigem Haar und einem Tölpel in einem verschmutzten Drachenkostüm Ausschau zu halten. Niccolo gefiel es nicht, dass

Feiqings Erscheinung so viel Aufsehen erregte, doch er war zugleich erleichtert, als man sie ungehindert ihres Wegs ziehen ließ; die Mandschu hielten sie für harmlose Gaukler.

Die strohgedeckten Hütten am Ufer seien die letzte menschliche Ansiedlung, erklärte ihnen ein Brotverkäufer, und so wanderten sie bald tiefer in einsames Bergland. Statt der weit gefächerten Ginkobäume wuchs hier wieder Bambus mit buschigen, ewig flüsternden Kronen. Auf höher gelegenen Felsspitzen beugten sich verkrüppelte Zedern über schroffe Abgründe. In den Zweigen über ihnen turnten kleine braune Affen und schienen sie auszulachen. Einmal sahen sie von weitem einen Pandabären durchs Unterholz streifen.

Sieben Tage waren seit Niccolos Aufbruch von der Wolkeninsel vergangen. Er machte sich Vorwürfe, dass er bislang keine greifbare Spur eines Drachen gefunden hatte, ganz zu schweigen von Aether. Wütend auf sich selbst musste er sich eingestehen, dass er womöglich nichts als einer verrückten Fantasterei Feiqings nachlief. Vielleicht gab es gar keinen Drachenfriedhof und keinen Wächterdrachen. Vielleicht war die ganze Legende vom Aetheratem nichts als ein Gerücht, nichts als blühender Unsinn. Ebenso wie die verzweifelten Hoffnungen des Wolkenvolks.

Doch dann, in der ersten Nacht in Sichuan, sagte Nugua plötzlich: „Ich möchte euch etwas erzählen. Von den Drachen."

Feiqing war in der Wärme des Lagerfeuers damit beschäftigt, getrocknete Schlammschuppen von seinem Bauch zu bröckeln, während Niccolo einmal mehr ihre

Rationen neu einteilte; sie wurden von Tag zu Tag kleiner. Beide blickten auf.

Nuguas Züge glänzten im Flammenschein. Sie sah von einem zum anderen, bis sie sicher war, dass sie die volle Aufmerksamkeit der beiden hatte. Dann senkte sie die Augen, starrte ins Feuer und begann ihren Bericht.

Während Niccolo sich noch über ihre unverhoffte Gesprächigkeit wunderte, erzählte sie, dass sie als Neugeborenes von ihren Eltern ausgesetzt und von Yaozi, dem Drachenkönig des Südens, gefunden worden sei. Sie hatte ihr ganzes Leben unter Drachen verbracht, behauptete sie stolz, ein Mitglied von Yaozis Clan – bis die Drachen in einer Nacht vor zehn Monden spurlos verschwunden waren.

„Einfach so?“, fragte Niccolo, der noch nicht entschieden hatte, ob er ihr glauben oder sie für eine Verrückte halten sollte.

Sie nickte und wich seinem Blick aus. Im ersten Moment nahm er an, sie täte das, weil sie fürchtete, er könne sie durchschauen. Aber dann entdeckte er Tränen in ihren Augen, nur ein ganz kurzes Aufblitzen, bevor sie unwillig mit dem Handballen darüberwischte und ihren üblichen verbissenen Ausdruck aufsetzte.

„Und nun bist du auf der Suche nach ihnen?“, fragte er.

„Ja. Und ich werde sie finden.“

„Warum haben sie dich zurückgelassen?“

„Ich weiß es nicht. Sicher nicht freiwillig.“ Das klang ein wenig, als müsste sie sich selbst davon überzeugen, aber Niccolo bohrte nicht weiter.

Feiqing hatte die ganze Zeit über geschwiegen, doch nun druckste er mit einem Mal herum und knetete mit den Fingern seine zerknitterte Drachenschwanzspitze. „Ich wünschte, ich könnte euch meine Geschichte erzählen."

„Erinnerst du dich an überhaupt nichts?", fragte Nugua. Es war das erste Mal, dass sie so etwas wie flüchtiges Interesse an dem Rattendrachen zeigte.

Er schüttelte den Kopf. „Ich sehe noch den Drachenfriedhof vor mir, aber nur ganz verschwommen. Und die goldenen Augen des Wächterdrachen. Dann ist da wieder eine Lücke, und das Nächste, was ich weiß, ist, dass ich durch die Wälder gestolpert und den Gauklern in die Hände gefallen bin."

„Und du hast keine Ahnung, wie du in diesem Kostüm auf den Friedhof gelangt bist?", fragte Niccolo.

„Nein. Es ist, als wäre alles, was vorher war, ausgelöscht. Wer ich einmal war, wo ich aufgewachsen bin ... nichts davon ist noch da."

„Es muss furchtbar sein, nicht zu wissen, wer man ist", sagte Nugua nachdenklich.

„Vielleicht finde ich auf dem Drachenfriedhof eine Antwort. Außerdem – du kennst deine Eltern doch auch nicht."

Ihr Blick verdüsterte sich. „Yaozi *ist* mein Vater! Ich bin die Tochter von Drachen."

Keiner widersprach ihr.

„Das Seltsame ist", sagte Feiqing nach einem Moment, „dass ich so viel anderes noch weiß. Ich weiß, dass das hier China ist. Ich kenne den Namen des Kaisers und weiß einiges über die Mandschu. Ich kann mich erinnern, wie man ein Huhn brät – aber ich weiß nicht mehr, was meine Lieblingsspeise war." Er schnaufte leise. „Alles, was irgendwie mit mir selbst zu tun hat, ist fort. Dagegen der Rest …“ Er zuckte die breiten Schultern.

„Weißt du, wie alt du bist?“, fragte Niccolo.

„Nein“, gestand Feiqing.

„Bist du … ein Mann oder ein Junge?“, setzte Nugua nach.

„Nicht mal das weiß ich.“

Niccolo runzelte die Stirn. „Aber, ich meine … *fühlst* du dich erwachsen? Oder eher wie jemand, der noch jung ist?“

Feiqings Grinsen sah trotz der Breite seines Mauls ein wenig traurig aus. „Ich wette, *du* fühlst dich erwachsen, obwohl du es noch nicht bist. Tun das nicht alle, die kein kleines Kind mehr sind? Ich habe von Erwachsenen gehört, die sich noch immer wie Kinder fühlen. Und sicher gibt es viele Kinder, die mehr durchgemacht haben als die meisten Erwachsenen.“ Er ließ seine Schwanzspitze fallen und zog sie besorgt aus der Reichweite des Lagerfeuers. „Woher soll ich wissen, ob ich fünfzehn oder fünfundzwanzig oder fünfundvierzig Jahre alt bin? Es gibt ja keine Erinnerungen, an denen ich das festmachen könnte. Ich weiß nicht mal, wie ich in Wirklichkeit aussehe.“

Alle drei starrten eine Weile lang gedankenverloren ins Feuer. Feiqings Worte waren tiefsinniger, als Niccolo es von ihm erwartet hätte. Sein lächerliches Äußeres und sein Gejammer täuschten über die Tragik seines Schicksals hinweg – und über die Tatsache, dass sich unter der plumpen Kostümierung ein wacher Verstand verbarg.

Feiqing hob den Blick und sah Niccolo aus seinen dunkelbraunen Augen an. „Was ist mit dir? Erzählst du uns deine Geschichte?“

Niccolo zögerte. Er sah von einem zum anderen und fand aufrichtige Neugier in beider Augen. Gedehnt holte er Luft, stocherte mit einem Zweig im Feuer und berichtete ihnen schließlich alles, was geschehen war. Über sein Volk und seinen Vater, den Absturz der Wolkeninsel und seinen Auftrag, den Aether eines Drachen einzufangen und zurückzubringen.

„Auf den Wolken leben", murmelte Feiqing beeindruckt. „Das klingt wundervoll. So weit weg von allem Schlechten in der Welt."

„Und so weit weg von allem Guten", konterte Niccolo. „Glaub mir, Schlechtes gibt es auch bei uns genug." Er dachte an die Zeitwindpriester und ihre ehernen Gesetze, an das Bücherverbot, den Ausschluss seines Vaters aus der Gemeinschaft, sogar an Alessias Arroganz. „Eigentlich wollte ich immer nur fort von der Insel. Ich wollte nichts mit den anderen zu tun haben, schon gar keine Verantwortung für irgendwen übernehmen. Aufgebrochen bin ich, weil ich Angst um meine Tiere hatte – und die habe ich immer noch –, aber ich wusste ja nicht mal, ob es wirklich Drachen gibt und, falls ja, was dran ist an der Geschichte vom Aetheratem."

„Es gibt Drachen", sagte Nugua. „Ich weiß nicht, ob es das ist, was du suchst – aber wenn sie ausatmen, steigt ein goldener Dunst zum Himmel. Man kann ihn kaum sehen, und nur dann, wenn die Sonne durch den Regen scheint und ein Regenbogen über den Bergwäldern steht."

Niccolos Kopf ruckte hoch. „Das muss der Aether sein! Das ist er ganz bestimmt!"

„Klingt, als hättest du noch nie welchen gesehen", bemerkte Feiqing.

Niccolo schüttelte den Kopf. „Die Pumpen leiten ihn direkt in die Wolken. Sonst würde er sofort wieder aufsteigen und verschwinden."

Sie alle hatten an diesem Abend mehr von sich preisgegeben als an einem der Tage zuvor. Niccolo war noch ein wenig unwohl dabei, doch zugleich fühlte er sich erleichtert. Er hatte das Geheimnis des Wolkenvolks verraten – eigentlich ein unerhörtes Vergehen –, aber weder hatte ihn dafür ein Blitz erschlagen, noch war der Himmel über ihm eingestürzt. Und er hatte das Gefühl, dass aus dem, was ihn mit Nugua und Feiqing verband, mit einem Mal etwas geworden war, das dem Beginn einer Freundschaft ziemlich nahe kam. Für ihn war das ein neues Gefühl. Er hatte niemals Freunde gehabt, abgesehen von seinen Tieren und dem alten Emilio.

Sie legten sich schlafen, nachdem das Feuer zu einem Haufen knisternder Glut heruntergebrannt war. Rund um sie knarrte der Bambuswald. Feiqing war in seinem wulstigen Drachenleib dick verpackt und schien niemals zu frieren, aber Niccolo fröstelte von den kühlen Bergwinden, die an den Hängen Sichuans entlangstrichen. Nugua wickelte sich nachts in eine Decke, die sie tagsüber winzig klein zusammenknüllte und in ihrem Bündel verstaute; sie bestand nicht aus Gewebe, sondern aus einem sonderbaren Material, das wie dünnes, halb durchsichtiges Papier aussah.

Im Dunkeln bemerkte er, dass sie ihn verstohlen beobachtete. Er wälzte sich unruhig hin und her, rieb die Gänsehaut auf seinen Armen und rollte sich enger zusammen. Das Mondlicht brach sich in ihren offenen Augen, ein weißes Blitzen wie Sternschnuppen im Schatten.

„Das kann ja niemand mitansehen“, flüsterte sie nach einer Weile. „Du frierst.“

„Es geht schon“, log er.

„Bei mir ist noch Platz.“ Sie hob einen Zipfel ihrer Decke.

„Ich soll mit darunter kommen?“

„Drachenhaut“, sagte sie, ohne die Frage zu beantworten. „Es gibt nichts Besseres. Wenn ein Drache sich häutet, ungefähr alle dreihundert Jahre, dann bleibt das hier zurück.“

„Sieht eklig aus.“

„Du kannst ja weiterfrieren.“

„Und du willst sie wirklich mit mir teilen?“

„Bevor ich mir weiter den Krach anhöre, den du veranstaltest – warum nicht?“

„Weil du ein Mädchen bist und ich – “

„Und *Jungen* müssen nachts frieren?“ Sie klang völlig verständnislos, und er musste sich wieder ins Gedächtnis rufen, dass sie bis vor ein paar Monaten nie unter Menschen gewesen war. „Ist das immer so“, fragte sie, „bei euch auf den Wolken?“

Er wusste nicht so recht, was er darauf sagen sollte. „Nein … eigentlich nicht.“

„Dann komm her, oder lass es bleiben. Auf jeden Fall – lieg still.“

Feiqing verfiel in lautstarkes Schnarchen.

„Bei allen Drachenkönigen!“, entfuhr es Nugua.

Lachend kroch Niccolo zu ihr hinüber. Von den Resten des Feuers ging mittlerweile keine Wärme mehr aus. „Du kannst ihn ja fragen, ob er auch mit unter deine Decke kommt.“

„Er riecht wie ein toter Wolf."

Beinahe hätte er ihr gesagt, wonach sie roch, aber das wäre wohl undankbar gewesen. Zögernd kroch er unter die federleichte Drachenhaut, bemüht, weit genug von ihr entfernt zu liegen, um sie nicht zu berühren. Nicht allein, weil sie streng roch, sondern auch … nun, weil sie eben ein Mädchen war.

Prompt flüsterte sie: „Drachen legen sich fest aneinander, wenn sie frieren."

„Aber wir sind keine Drachen."

Sie zuckte die Achseln. „Ich schon."

Er ließ sie in dem Glauben und schloss die Augen. Die Drachenhaut hielt die kühlen Winde ab, aber die größte Wärme ging von Nugua aus. Er lag mit dem Rücken zu ihr, und nach einer Weile gewöhnte er sich sogar an den Geruch. Jedenfalls beinahe.

Trotzdem konnte er lange nicht einschlafen und meinte ihren Blick auf seinem Hinterkopf zu spüren, so als ob sie ihn im Dunkeln anstarrte. Doch als er sich umdrehte, waren ihre Augen geschlossen. Kein Mondlicht blitzte. Ihre Brust hob und senkte sich regelmäßig.

Während er sie ansah – und dabei schuldbewusst dachte: *Wer* starrt nun *wen* an? –, wurde ihm klar, dass er zwar ein Fremder unter Chinesen war, sie aber eine Fremde unter *allen* Menschen. Was ihm neu und sonderbar erschien, musste sie erst recht in völlige Verwirrung stürzen. Sie sah aus wie eine Chinesin, aber in Wahrheit war sie keine. Und er verstand jetzt endlich, was sie gemeint hatte, als sie behauptet hatte, sie sei ein Drache. Das war keine Sache des Aussehens. Es war eine Angelegenheit des Herzens.

Und wer bist du selbst tief im Herzen?, flüsterte es in ihm. Ein Junge aus dem Volk der Hohen Lüfte? Ein Ausgestoßener? Ein Fremdling hier wie dort, so viel stand fest.

Fühlte er sich deshalb unter dieser Drachenhaut zum ersten Mal seit langer Zeit geborgen?

Duell der Unsterblichen

Er erwachte von Stimmen, von hastigen Bewegungen und einer abrupten Rückkehr der Kälte, als die Drachenhaut von ihm fortgerissen wurde. Nugua und Feiqing redeten gleichzeitig, und so verstand er keinen von beiden.

Als er die Augen aufschlug und nach oben blickte, sah er als Erstes nicht den Nachthimmel oder den Mond, sondern etwas ganz und gar anderes.

Im ersten Moment glaubte er, es wären Blitze. Silberne Streifen zuckten über ihnen durch die Schwärze. Es war noch immer Nacht, die Sterne glänzten, aber das, was er für Blitze gehalten hatte, bewegte sich viel zu gerade und gleichförmig von Osten nach Westen.

Ein Vogelschwarm, vielleicht. Aber aus Silber?

„Schwerter", sagte Feiqing. „Das sind fliegende Schwerter. Ein ganzer Schwarm."

Niccolo hörte es, verstand aber trotzdem kein Wort. Fliegende Schwerter? Einen Augenblick lang überlegte er, ob er womöglich noch immer träumte.

Nugua knuffte ihn grob in die Seite. Mit der Fußspitze. Was den Knuff zu einem Tritt machte.

Er brummte ungehalten.

„Aufstehen!", kommandierte sie. „Hier können wir nicht bleiben."

„Natürlich bleiben wir!", keifte Feiqing.

„Wir müssen nachschauen!"

„Gar nichts müssen wir. Das geht uns nichts an."

„*Ich* geh dich auch nichts an. Trotzdem bist du hier!"

„Halt, wartet." Niccolo taumelte schlaftrunken auf die Füße, was nicht einfach war, weil er dabei den Blick nicht von dem Strom fliegender Schwerter am Himmel nehmen konnte. Es mussten hunderte sein, die da in einem Strang von drei oder vier Klingen nebeneinander durch die Schwärze zischten.

Schwerter fliegen nicht, dachte er in einem Anflug von Vernunft. Aber Menschen leben auch nicht auf Wolken. Und Mädchen halten sich nicht für Drachen.

Diese Schwerter flogen tatsächlich. Ein ununterbrochener Fluss aus Klingen, der sich wie ein silberner Regenbogen über sie hinwegwölbte.

„Was ist das?", presste er hervor.

Nugua hob die Schultern. „Es hat gerade erst angefangen. Plötzlich waren sie da. Und diese Stimme."

Eine Stimme? Niccolo horchte. Er hörte nichts. Hatten Drachen etwa bessere Ohren als er? Nein, verflixt, sie *war* kein Drache. Jedenfalls keiner mit Drachen*ohren.*

Erst jetzt wurde ihm klar, weshalb er nichts hörte. Feiqing wedelte aufgebracht mit seinem Echsenschwanz, peitschte Staub und kalte Asche auf.

„Feiqing", sagte er, „hör auf damit!"

„Ich kann nicht", erwiderte der verängstigte Rattendrache.

„Dann gib dir Mühe!"

Feiqing stampfte sich jammernd mit dem rechten Drachenfuß auf die Schwanzspitze. Das ließ ihn aufheulen, hielt aber auch den wedelnden Schwanz am Boden fest.

Niccolo horchte erneut.

Jetzt hörte er es auch. Ein zartes, leises Singen. Es kam aus derselben Richtung, in die auch die Schwerter flogen.

„Wir sollten hier wirklich verschwinden", sagte Feiqing.

„Ich schaue nach", entschied Nugua, ohne abzuwarten, was Niccolo dazu meinte. Sie knüllte die Drachenhaut mit zwei Handbewegungen zusammen und ließ sie in ihrem Bündel verschwinden. Ehe er sie zurückhalten konnte, eilte sie schon durch den mondbeschienenen Wald bergab.

„Nugua!"

„Das wird übel enden", zeterte Feiqing. „Ganz übel enden, ich sag's dir!"

„Wir müssen ihr nachgehen."

„Sie ist verrückt!" Feiqing schüttelte hektisch das Drachenhaupt. „Diese Dinger werden uns aufspießen! An den Boden nageln! In Scheiben schneiden!"

Niccolo blickte am Verlauf des Bogens entlang. „Das ist nicht weit von hier. Ein Stück den Hang hinunter." Er setzte sich in Bewegung. „Kommst du mit?"

„Nein!"

„Dann warte hier." Niccolo ergriff sein eigenes Bündel, hängte sich den schwarzen Mandschubogen und den Köcher um und lief los.

Feiqing hastete auf seinen Stummelbeinen hinterher.

Niccolo sah über die Schulter. „Ich denke, du bleibst?"

„Ganz bestimmt nicht *allein*!"

Nugua wusste offensichtlich besser als sie, wie man sich in dichtem Waldland bewegte. Trotzdem holten die beiden sie bald ein. Im Gegensatz zu ihnen nutzte sie jede

Deckung, schlich geduckt und wich trockenem Astwerk aus. Niccolo und Feiqing hingegen verursachten bei ihrem Lauf durchs Unterholz einen schrecklichen Lärm, stolperten über jede Wurzel und scheuchten Tiere auf, die quietschend davonwuselten.

Nugua baute sich vor ihnen auf. „So geht das nicht!“, flüsterte sie. „Ihr seid zu laut.“

„Ach?“ Feiqing zeigte an seinem breiten Leib hinunter. „Versuch du mal, damit zu schleichen.“

Sie warf resignierend die Arme in die Luft und huschte weiter. Niccolo blieb auf ihrer Spur und ahmte ihr Schleichen nach, was ihn tatsächlich leiser werden ließ. Nicht dass das viel ausmachte, solange Feiqing wie ein Rhinozeros hinter ihnen herwalzte.

„Müssten wir nicht bald da sein?“, flüsterte Niccolo.

Nugua deutete nach oben. Sterne blitzten durchs Blätterdach. „Es hat aufgehört.“

Sein Blick folgte ihrer ausgestreckten Hand. Tatsächlich war der sirrende Schwerterstrom versiegt. Niccolo gab Nugua und Feiqing mit einer Geste zu verstehen, dass sie stehen bleiben sollten. „Psst!“, machte er und horchte.

Auch der Gesang war verklungen. Eine unheimliche Stille lag über dem Bergwald. Nicht einmal die ewig vorlauten Affen schrien im Dickicht der Bambusstämme. Die einzigen Laute kamen aus Feiqings Drachenbrust, die sich rasselnd hob und senkte.

„Das kann nicht gut gehen!“, japste der Rattendrache.

Nugua und Niccolo liefen wieder los. Feiqing seufzte und folgte ihnen widerstrebend.

Vor ihnen öffnete sich eine Lichtung. Der Anblick raubte Niccolo den Atem. Hunderte, *tausende* Schwerter steckten mit den Klingen im Boden, eines neben dem anderen. Keine Handbreit, in die kein schimmernder Stahl gerammt war. Die Griffe und schmalen Kreuzstangen waren schmucklos und so silbern wie die Klingen. Ein kaum merkliches Wabern schien sie zu umgeben, als läge eine Schicht Glas zwischen ihnen und den drei staunenden Betrachtern am Waldrand: Glas, an dessen Rückseite eine Wasserschliere hinabrann und den Blick trübte.

Weitere Schwerter steckten waagerecht in den Bäumen rings um die Lichtung. Manche hatten die Stämme durchschlagen, ihre Spitzen ragten an der Rückseite hervor, umgeben von Sternen aus gesplittertem Holz. Eine Buche war umgestürzt, zu viele Schwerter auf einmal hatten ihren Stamm durchlöchert.

Die Klingen in den Bäumen waren nicht von oben gekommen wie all jene, die den Boden in einem Umkreis von fünfzig Schritt bedeckten. Vielmehr waren sie aus dem Zentrum der Lichtung geschleudert worden, wie von einer Explosion, die dort im Herzen dieses stählernen Nadelkissens einen freien Kern geschaffen hatte. So als wären sie von einer unsichtbaren Schutzglocke abgeprallt und mit ungeheurer Wucht ringsum zum Rand der Lichtung gewirbelt worden.

Die Schwerter im Boden steckten zu eng beieinander, als dass man zwischen ihnen hätte hindurchgehen können. Weißes Mondlicht reflektierte auf rasiermesserscharfen Schneiden, die unweigerlich jeden Fuß und jedes Bein aufschlitzen würden. Die meisten Waffen waren nicht einmal zur Hälfte ins Erdreich gerammt, sie reichten Niccolo fast bis zum Knie. Nicht hoch genug, um den Blick auf das zu verwehren, was sich in der Mitte der Lichtung befand.

Dort kauerte eine Gestalt in weißen Gewändern, das linke Knie am Boden, das andere angewinkelt. Sie hatte das Gesicht nach vorn gesenkt, bis es fast auf dem rechten Oberschenkel lag. Langes schwarzes Haar war wie ein Tuch darüber gebreitet, verbarg ihre Züge und Teile ihres zarten Körpers. Die Frau hielt den Rücken gebeugt und hatte die Arme rechts und links abgespreizt, die Handflächen fest auf den Boden gedrückt.

„Was tut sie da?“, röchelte Feiqing.

Nugua sagte nichts. Auch Niccolo schwieg.

Auf unbegreifliche Weise hatte die weißgewandete Fremde den prasselnden Schwerterregen in einem Umkreis von mehreren Metern von sich fern gehalten. Selbst aus der Entfernung war deutlich das dunkle Rund zu ihren Füßen zu erkennen wie der Mittelpunkt einer Zielscheibe. Dort kniete sie wie in einer Geste der Demut, als wollte sie sich vor etwas verbeugen, das sich weiter rechts von den drei Gefährten befinden musste.

Niccolo ging widerstrebend ein paar Schritte weiter, bis ihn der Rand der tödlichen Schwerterwiese zum Stehenbleiben zwang. Von dort aus sah er an der klingengespickten Reihe der Baumstämme entlang. Aber da war niemand, vor dem sich die Frau auf der Lichtung hätte verneigen können.

Er begriff seinen Irrtum. Was sie da tat, war keine Ehrenbezeugung. Kein Zeichen von Demut.

Es war ein Luftholen. Ein Kräftesammeln.

Ein letzter Augenblick der Ruhe vor einem neuerlichen Sturm.

„Niccolo!“ Nuguas Stimme gellte schrill durch die Nacht. „Runter!“

Im selben Moment prallte sie von hinten gegen ihn, und fast wären sie vorwärts in die Schwerter gestürzt. Aber Nugua riss sie beide im letzten Moment herum, dann fielen sie übereinander zu Boden. Als Niccolos Wange das Erdreich berührte, sah er unmittelbar vor sich eine Schwertschneide, so nah, dass der Stahl von seinem Atem beschlug. Wäre er nur einen Fingerbreit weiter nach vorn gefallen, hätte sie sein Gesicht in zwei Hälften geschnitten.

„Was – “, entfuhr es ihm noch, als Nugua auch schon zurückfederte, in einer blitzschnellen Bewegung gegen den verdutzten Feiqing prallte und ihn hinterrücks zu Boden schleuderte.

Im selben Moment stieß die Gestalt auf der Lichtung einen hohen, wimmernden Ton aus, kein Schrei, auch kein neuerlicher Gesang, sondern ein Laut wie von zerspringendem Glas, zu klar und kristallen für eine menschliche Kehle.

Eine unsichtbare Druckwelle fegte über die drei Gefährten am Boden hinweg. Nugua wurde von Feiqings Leib weggeschleudert und verschwand schreiend im Unterholz, während eine Woge von Schwertern über sie alle hinwegjagte, kreisförmig gestreut, mit den Klingen voran. Niccolo presste sich flach an den Boden, während der Ring aus tödlichem Silber die umstehenden Stämme zerfetzte. Kaskaden aus Holzsplittern gingen auf ihn nieder, bedeckten ihn wie ein Regen aus Sägemehl. Die nachfolgende Stille wurde vom Knirschen und Brechen weiterer Bäume zerrissen, die dem zweiten Klingenansturm nicht standhielten und umknickten.

Als Niccolo sich mit einem Ruck aufsetzte, kam Nugua

aus dem Dickicht gestolpert, blickte von ihm zu Feiqing, dann wieder zu der Gestalt im Zentrum der Lichtung.

Niccolo rappelte sich hoch und folgte ihrem Blick.

Die Frau in dem bodenlangen weißen Kleid hatte sich aufgerichtet. Ihr Kopf lag im Nacken, die schwarze Haarflut war nach hinten gefallen. Sie konnten jetzt ihr Gesicht erkennen, schmal und hell, aber zu weit entfernt, um Einzelheiten auszumachen. Ihre Arme hingen kraftlos an den Seiten herab, die weiten weißen Ärmel reichten bis zu den Knien und verdeckten ihre Hände. Eine wabernde Spirale aus weißer Seide umtanzte sie wie eine Windhose, schleuderte flatternde Bänder mal in diese, mal in jene Richtung. Es war nicht zu erkennen, ob dieser wogende Wirbel Teil ihres Kleides war oder losgelöst davon existierte; ganz ohne Zweifel war er von einem Eigenleben beseelt, das nichts mit Kampfkunst zu tun hatte. Wisperwinds Schwertertanz hatte etwas Geisterhaftes innegewohnt, aber er war trotz allem *menschlich* gewesen. Hier aber hatten sie es so offensichtlich mit Zauberei zu tun, dass Niccolo allein vom Zusehen schwindelig wurde.

„Xian“, flüsterte Feiqing in ihrem Rücken.

Niccolo und Nugua wirbelten herum. Der Rattendrache stand mit hängenden Schultern hinter ihnen und blickte zwischen ihren Köpfen hindurch zu der gespenstischen Gestalt im Seidensturm.

„Was hast du gesagt?“, fragte Niccolo.

Ehrfurcht lag in Feiqings Stimme. „Das muss eine Xian sein. Eine der acht Unsterblichen.“

Nugua hob eine Augenbraue, entgegnete aber nichts. Stattdessen wandte sie ihren Blick wieder zu der unheimlichen Gestalt. Niccolo, der keine Ahnung hatte, von was

Feiqing da redete, sah den Rattendrachen noch einen Augenblick länger an, dann schaute auch er zurück zur Lichtung.

Die runde Fläche, in der keine Schwerter steckten, war jetzt um mehr als das Doppelte angewachsen. Fast zehn Schritt im Durchmesser. In ihrer Mitte stand noch immer die Fremde in den weißen Gewändern.

„Lasst uns verschwinden“, schlug er nach einem heiseren Durchatmen vor.

Nugua schüttelte den Kopf. „Ich will sehen, was weiter geschieht.“

„Du hast uns gerade schon wieder das Leben gerettet“, sagte Niccolo. „Es macht mir Sorge, dass ich mich langsam daran gewöhne.“

Ein knappes Grinsen hellte ihre Züge auf, aber gleich darauf runzelte sie wieder die Stirn. „Müsste sie uns nicht längst bemerkt haben?“

„Wir sind ihr egal“, sagte Feiqing. „Sie wartet.“

„Wartet?“, fragte Niccolo.

Nugua nickte. „Auf den, der all diese Schwerter auf sie geschleudert hat.“

„Die Xian sind unsterbliche Magier“, stammelte der Rattendrache. „Oder zaubernde Unsterbliche, ganz wie du willst. Der höchste Gott Tiandi hat ihnen das ewige Leben geschenkt. Sie *muss* eine Xian sein – seht sie euch doch an! Und das, was sie angegriffen hat, ist sicher ebenso mächtig wie sie.“

Niccolo blickte über die Baumwipfel rund um die Lichtung, ahnte aber, dass er den Gegner des Geschöpfs dort draußen erst zu Gesicht bekommen würde, wenn es zu spät war. Falls der andere sich dort befand, woher die

Schwerter gekommen waren, dann war er hinter ihnen – und kam auf demselben Weg näher wie sie.

Ein rhythmisches Rauschen fegte hinter ihnen den Berg herab. Nicht durch den Wald, sondern darüber hinweg.

Ein geflügelter Umriss fauchte über ihre Köpfe hinweg und kappte die Kronen der Bäume, gefolgt von einer Schleppe aus Laub, die sich über die drei ergoss. Ein Schrei ertönte, ein bizarres Krächzen, das ihnen das Blut in den Adern gefrieren ließ. Dann senkte sich ein gewaltiger Vogel in den schwerterfreien Kreis im Zentrum der Lichtung hinab – ein Kranich, weiß gefiedert, mit mächtigem Schnabel und knochigen, krallenbewehrten Beinen.

Auf ihm saß ein Mann, der noch im Augenblick der Landung zu Boden sprang, breitbeinig aufkam und der Frau im weißen Kleid mit grimmiger Miene entgegentrat.

Der Riesenkranich schrie erneut und breitete die Schwingen aus. Ein einziger Flügelschlag trug ihn zum Waldrand. Dort ließ er sich auf der Krone einer Zeder nieder. Die dünnen Äste hätten sich unter diesem Koloss verbiegen müssen, aber sie hielten stand, so als wöge das riesenhafte Tier nicht mehr als eine Hand voll Federn.

„Manche Xian reiten auf Kranichen“, raunte Feiqing den beiden anderen zu. „Bei Xiwangmus heiligen Pfirsichen! Das da vorn *müssen* Unsterbliche sein!“

„Warum kämpfen sie dann?“, knurrte Nugua. „Wenn sie sich doch eh nicht umbringen können?“

„Das Alter kann sie nicht umbringen“, belehrte Feiqing sie, „aber manche Waffen können sie vernichten. Es gibt Legenden darüber. In den Geschichten tauchen immer wieder magische Waffen auf, mit denen selbst die Unsterblichen getötet werden können.“

„Mondkind!“ Vom Rücken zog der Mann ein wahres Ungetüm von Schwert, beinahe so lang wie er selbst und zweimal so breit wie Niccolos Oberschenkel. „Gib dich geschlagen, oder stell dich zum letzten Kampf!“

„*Dein* letzter Kampf“, erwiderte sie mit verblüffend junger Stimme, obgleich es Niccolo schien, dass ihr Tonfall nicht ganz so entschlossen war, wie sie es sich wünschen mochte. Ob Niccolo wollte oder nicht – er ergriff augenblicklich ihre Partei.

Der Mann war groß und sehr breitschultrig. Er trug bunte Gewänder mit goldenem Stickwerk und flatternden Bändern. Sein Kopf war kahl und glänzte wie poliert im Mondlicht, seine Wangen waren rot wie frische Äpfel. Seine Füße steckten in geschnürten Sandalen, und beide Arme hatte er mit Bändern umwickelt, die mit einer Vielzahl chinesischer Schriftzeichen bemalt waren; ein fahles Leuchten ging davon aus, so als wären die Zeichen aus winzigen Glutstücken zusammengesetzt.

Als er eine beiläufige Handbewegung machte, zerfiel das Schwertermeer zu feinem Roststaub. Rötlicher Dunst wölkte empor, wurde in Sekundenschnelle von den Bergwinden gepackt und fortgetragen.

„Wollen wir nicht …“, begann Feiqing, schluckte wieder und räusperte sich. „Ich meine … verschwinden? Und zwar, ähm, *schnell*?“

Niccolo sah Nugua an, dass sie drauf und dran war, ihm zuzustimmen, daher kam er ihr zuvor und sagte entschieden: „Nein.“

Das Drachenmädchen warf ihm einen zweifelnden Seitenblick zu, zuckte aber nur die Achseln und schaute wieder zu den zwei Gegnern im Herzen der Lichtung hinüber.

Feiqing gab nicht auf. „Aber, seht sie euch doch an … Die werden *kämpfen*! Und das sind keine Menschen!“ Er deutete auf einen hauchdünnen Schlitz, der sich quer über seinen enormen Drachenbauch zog. „Die haben mich verletzt! Ich bin … verwundet!“ Und als würde ihm erst in diesem Augenblick klar, was das bedeutete, schlug er die beiden unförmigen Pranken vor seinen Bauch und presste dagegen. Doch was da zwischen seinen dicken Fingern hervorquoll, war kein Blut, sondern weiße Wolle, mit der sein falscher Drachenbauch ausgestopft war. „Um Haaresbreite hätten die mich umgebracht!“

„Wir kaufen dir später Nadel und Faden“, sagte Niccolo.

„Ihr nehmt mein Leiden nicht ernst!“ Feiqing stopfte einen winzigen Wollzipfel zurück, danach war der Schnitt kaum noch zu sehen. „Ein Pfeil im Rücken, der Bauch aufgeschlitzt … was kommt als Nächstes? Ein eingeschlagener Schädel? Dann wird es euch Leid tun, dass ihr nicht auf mich gehört habt!“

Die beiden Gestalten auf der Lichtung umkreisten sich. Vorhin hatte der Mann seine Gegnerin Mondkind genannt, und Niccolo fand, dass ihr dieser Name auf beeindruckende Weise gerecht wurde. In der Tat schien sich das Licht des Mondes in der weißen Seide zu fangen und sie mit einem geisterhaften Leuchten zu erfüllen. Die Spirale aus weißem Stoff, die sie noch immer wie ein mannshoher Wirbelsturm umtanzte, zog sich mit einem Mal weiter auseinander und schraubte sich zum Himmel empor, bis sie den zarten Mädchenkörper um mehr als das Doppelte überragte. Es sah aus, als wäre sie in einer Säule aus Seide gefangen.

„Die Mondmagie ist deinem Schwerterzauber überlegen, Guo Lao“, rief sie ihrem Feind entgegen.

„Das werden wir sehen.“ Er hob das riesige Schwert mit beiden Händen über den Kopf. „Phönixfeder ist keine gewöhnliche Klinge.“

Feiqing zitterte von den Nüstern bis zur Schwanzspitze. „Zhang Guo Lao“, flüsterte er. „Der Unsterbliche aus den Zhongtiaobergen. Und sein Schwert Phönixfeder! Ich hatte Recht!“

Ohne eine weitere Warnung stürmte der Krieger auf Mondkind zu. Niccolo spürte den Boden bis zum Rand der Lichtung erbeben, während die Füße des Xian eine Rinne ins Erdreich frästen. Gras und Staub spritzten nach beiden Seiten auseinander.

Die junge Frau vollführte einen komplizierten Wirbel aus Handbewegungen. Seidenbänder lösten sich aus ihrem wallenden Kleid und schossen auf Guo Lao zu, bohrten sich in seine Richtung wie nadelspitze Dorne aus Eis. Er parierte sie mit seiner Klinge, schlug sie nach rechts und links aus seiner Bahn, und da erst wurde Niccolo bewusst, dass sich die Seide bei ihrem Angriff verfestigt hatte. Die Bänder wurden hart wie Stahl, sobald sie auf Mondkinds Gegner zurasten. Auf den ersten Metern wellten sie sich noch wie Flaggen im Sturm, dann aber schossen sie in schnurgerader Linie vorwärts, tödliche Lanzen aus weißem Stoff.

Eine Seidenspitze bohrte sich in Guo Laos linke Schulter, wurde zurückgezerrt und war sofort wieder weich und biegsam. Die Verletzung blutete; die Xian waren verwundbar wie gewöhnliche Menschen.

Guo Lao stolperte, fing sich aber wieder und ließ auch

sein Schwert nicht sinken. Mit einem wilden Kriegsschrei holte er noch weiter aus und ließ Phönixfeder auf Mondkind zuschnellen. Sie machte gar nicht erst den Versuch, der gigantischen Klinge auszuweichen. Die Seidenspirale fing den mörderischen Hieb ab, geriet dadurch ins Stocken und sank schließlich ganz in sich zusammen, als Guo Lao einen zweiten Schlag auf Höhe von Mondkinds Hüfte platzierte. Einige Bänder krochen zurück unter den Saum des weißen Kleides und blieben verschwunden.

Guo Lao holte zu einer dritten Attacke aus. Mit einem übermenschlichen Sprung brachte Mondkind sich rückwärts aus seiner Reichweite, landete auf einem Baum am Waldrand, prallte ab wie ein Springball und federte zurück ins Zentrum der Lichtung.

Seidenbänder wirbelten wie weiße Tentakel auf Guo Lao zu, schlangen sich um seine Arme und Beine und zerrten sie gleichzeitig in alle vier Richtungen auseinander. Der Unsterbliche schrie schmerzerfüllt auf. Seine linke Hand löste sich von Phönixfeders Griff, allein hielt die Rechte das Schwert nur mit Mühe. Trotzdem gelang es ihm, die Klinge in einem Halbkreis herumfahren zu lassen und mehrere Seidenbänder zu zerschlagen. Sie zerrissen wie straff gespannte Schnüre und zuckten zurück in die Sicherheit von Mondkinds Kleid. Die abgeschlagenen Teile lösten sich zu Nebelschwaden auf und verpufften.

Guo Lao bekam das Schwert jetzt wieder mit beiden Händen zu packen und befreite sich aus der Umklammerung der Seide. Er ließ die Klinge rotieren wie eine Sense, kappte weitere Bänder und sorgte dafür, dass Mondkind in ihrem Sprung einen Haken schlagen musste und wieder von ihm fortraste.

Ihre Kunst, sich in Windeseile durch die Luft zu bewegen, erinnerte Niccolo an Wisperwinds Federflug. Er dachte nicht gern daran zurück, wie sie ihn über die Ruine der Riesenbrücke getragen hatte – es war schmerzhaft gewesen, und der Gedanke daran fühlte sich auch jetzt noch ein wenig beschämend an –, aber die Ähnlichkeit war nicht zu übersehen. Auch Mondkind war nicht an die Gesetze des Erdbodens gebunden, sprang wirbelnd umher, kam mühelos mal mit einer, mal mit beiden Fußspitzen auf und war im nächsten Augenblick schon wieder in der Luft.

Guo Lao setzte ihr nach, nun ebenfalls mit einem übermenschlichen Satz. Eine gute Mannslänge über dem Boden prallten die beiden aufeinander. Das war der Moment, in dem Niccolo den Überblick verlor. Alles, was er während der nächsten zwei, drei Minuten sah, war ein heilloses Chaos aus zuckenden Seidenschlingen und blitzenden Lichtbögen, die Guo Laos Schwert durch die Dunkelheit schnitt. Die beiden Kämpfer waren wie eingesponnen in einen wabernden Kokon aus Weiß und Silber, und es war nahezu unmöglich, die Gestalten in seinem Inneren auszumachen. Mal war Mondkind zu sehen, dann ihr Gegner. Windstöße jagten über die Lichtung, kämmten das Gras mal in diese, mal in jene Richtung, entlaubten ganze Bäume und peitschten aufstiebendes Erdreich in die Gesichter der sprachlosen Beobachter.

Mit einem Mal ertönte ein Laut wie ein Donner, nur höher und schmerzhafter für die Ohren – dann prallten Mondkind und Guo Lao auseinander. Gebeugt und atemlos kamen sie an gegenüberliegenden Seiten der Lichtung zum Stehen, mehrere Dutzend Meter voneinander entfernt, beide erschöpft und kaum noch in der Lage, den Kampf fortzusetzen. Der Kranich riss oben auf seinem Baum den Schnabel in die Höhe und krächzte zum Himmel empor, als riefe er um Hilfe für seinen Herrn. Guo Lao hatte das Schwert Phönixfeder mit der Spitze in den Boden gerammt und stützte sich darauf wie auf einen Gehstock. Er war zu weit von den drei Gefährten entfernt, als dass sie sein Gesicht hätten erkennen können, doch selbst auf eine Distanz von hundert Metern oder mehr war zu erahnen, wie wenig Kraft er in diesem Augenblick noch hatte.

Mondkind war nicht weit von Niccolo und den anderen entfernt aufgekommen, ebenfalls vorgebeugt, eine Hand gegen den Bauch gepresst, die andere abgespreizt, als wollte sie damit ihr Gleichgewicht halten. Ihr Haar war zerzaust und hing ihr strähnig ins Gesicht, die weißen Seidenbänder lagen schlaff am Boden, zu geschwächt, um sich unter den Saum des Kleides zurückzuziehen. Einige zitterten und bebten, bildeten Bögen wie kriechende Würmer, die sogleich wieder in sich zusammensanken.

Mit dünner Stimme versuchte sie offenbar, einen ihrer magischen Gesänge anzustimmen, doch schon nach wenigen Silben brach sie atemlos ab.

Plötzlich drehte sie den Kopf und sah zu den Gefährten herüber. Es war das erste Mal, dass sie die drei offen zur Kenntnis nahm. Sie musste Niccolo und die anderen lange vorher bemerkt haben, doch erst jetzt schenkte sie ihnen einen Moment lang ihre ungeteilte Aufmerksamkeit.

Ein zartes Flüstern wehte zu ihnen herüber.

„Ihr müsst mir helfen!“

Niccolo und Nugua wechselten einen Blick. Das Drachenmädchen schüttelte heftig den Kopf. Auch Feiqing murmelte etwas, das klang wie „Bitte nicht“.

Aber Niccolo sah schon wieder zu Mondkind, und jetzt erblickte er erstmals ihr Gesicht. Sie war viel jünger, als er angenommen hatte. Noch keine Frau, ganz sicher nicht. Ein Mädchen, vielleicht ein wenig älter als er, aber nicht mehr als ein, zwei Jahre. Ihre Mandelaugen waren dunkel, fast so schwarz wie ihr langes Haar, und sie standen noch schräger als die von Nugua. So überirdisch wie ihre Magie war auch ihre Schönheit, und keines ihrer Seidenbänder hätte Niccolo machtvoller fesseln können als ihr Anblick.

Zögernd setzte er sich in Bewegung, ging langsam auf sie zu.

„Nein!“, brüllte Feiqing.

„Tu das nicht!“, rief Nugua.

Niccolo fühlte sich wie ein Schlafwandler auf dem Weg zum Wolkenrand, sich der Gefahr bewusst, und doch nicht in der Lage, stehen zu bleiben. Aber er war unter keinem Bann, auch nicht in Trance. Er folgte ihrem Ruf aus freien Stücken. Er wollte ihr helfen. Wollte es wirklich.

Nugua kam hinter ihm her und hielt ihn am Arm fest. „Das hier geht uns nichts an.“

Er schüttelte ihre Hand ab. „Sie braucht unsere Hilfe.“

„Du kennst sie doch gar nicht!“

„Mich kennst du auch nicht, und trotzdem hast du mir mehr als einmal das Leben gerettet.“

„Wenn du jetzt in dein Verderben läufst, hätte ich mir die Mühe sparen können.“

„Du siehst doch, dass sie am Ende ist. Und sie ist noch ein Mädchen!“

Auf der anderen Seite der Lichtung schrie wieder der Kranich. Guo Lao richtete sich langsam auf, zog das Schwert aus dem Boden und packte es mit beiden Händen.

„Ich kann ihn besiegen“, wisperte Mondkind.

Niccolo hatte das Gefühl, dass sie schlagartig näher gekommen war. Aber dann wurde ihm bewusst, dass er selbst weitergegangen war und Nugua hinter sich zurückgelassen hatte. Nur noch fünf Schritte.

„Ich brauche dein *Chi*“, flüsterte Mondkind. „Deine Lebenskraft.“

Er stutzte. „Was?“

„Du musst mir vertrauen. Gib mir etwas von deiner Kraft, und ich werde Guo Lao vernichten.“ Ihr Gesicht war sehr blass, die Haut fast durchscheinend. An ihrem schlanken Hals pulsierte eine Ader, und er dachte: Ich kann ihren Herzschlag sehen. Sein Mund wurde trocken, und seine Augen brannten plötzlich.

„Fürchte dich nicht“, sagte sie sanft. Sie stand noch immer leicht vorgebeugt, eine Hand in die Taille gestemmt wie ein Läufer mit Seitenstechen. „Ich will dir kein Leid antun. Leih mir nur etwas von deinem *Chi*. Vielleicht kann ich dann auch etwas für dich tun.“

Niccolo spürte, dass er feuerrot wurde. Der Gedanke, dass sie in seiner Schuld stehen könnte, trieb ihm die Schamröte ins Gesicht. „Was soll ich tun?“, fragte er.

Da packte ihn erneut eine Hand, diesmal nicht Nuguas schmutzige Finger, sondern die breite Pranke Feiqings. „Lass uns verschwinden“, sagte er. „Das hier ist nichts für Sterbliche.“

„Willst *du* mir helfen?“, flüsterte Mondkind jetzt in die

Richtung des Rattendrachen. „Ich kann den Mann in dir spüren. Und die Magie, die dich in einem fremden Körper festhält. Ich kann dich sehen, wie du wirklich bist. Ich sehe *dich*."

Feiqing gab ein wimmerndes Seufzen von sich und zog seine Hand zurück. „Was bist du?"

„Ich bin Mondkind. Eine Schülerin der Unsterblichen." Sie blickte zur anderen Seite der Lichtung, wo Guo Lao sich behäbig in Bewegung setzte. Die Muskeln an ihrem Schwanenhals spannten sich. „Ich bin verraten worden. Man hat mir meine Schwerter gestohlen. Und jetzt will man mich töten. Ich brauche eure Hilfe."

„Wenn du wirklich so mächtig bist, dann könntest du dir einfach nehmen, was du brauchst", wandte Feiqing ein, und Niccolo spürte die Willensanstrengung, die ihn das kostete.

Mondkind nickte. „Das könnte ich." Sie sah jetzt wieder Niccolo an. „Und doch bitte ich dich darum."

Er gab sich einen Ruck, schaute aber noch einmal über die Schulter zu Nugua, die kopfschüttelnd unter den Bäumen stand, zornige Ablehnung im Blick, und doch zu stolz, um ihm noch einmal nachzulaufen. Das ließ ihn lächeln, ob er wollte oder nicht. Sie verzog nur das Gesicht und schnaubte wütend.

Dann machte er die letzten Schritte, bis er direkt vor Mondkind stand. Ihr schwarzes Haar schimmerte bläulich im Mondschein. Einen Herzschlag lang wirkte sie verdutzt, als sie in seine Augen sah, so als hätte sie das Gold darin vorher gar nicht wahrgenommen.

„Ich muss deine Hand nehmen", sagte sie.

Er streckte sie ihr entgegen.

„Ich werde dir etwas von deiner Kraft entziehen. Wie ist dein Name?“

„Niccolo.“

„Hab keine Angst, Niccolo.“ Sie lächelte schwach. „Nicht vor mir.“

Guo Lao hatte die Mitte der Lichtung erreicht und stieß einen donnernden Kriegsschrei aus. Er hatte längst erkannt, was sie im Schilde führte, aber er war zu geschwächt, um die Distanz zwischen ihnen mit einem einzigen Sprung zu überwinden.

Mondkind ergriff Niccolos Handgelenk. Ihre Finger ertasteten blitzschnell seine Schlagader und pressten darauf.

„Nein“, keuchte Feiqing.

Nugua setzte sich hinter ihm in Bewegung. Niccolo sah sie nur aus den Augenwinkeln.

Mondkinds schlanke Finger fühlten sich kalt an. Dann glühend heiß.

Eine unsichtbare Faust rammte vor seine Brust und grub sich geradewegs hinein, packte sein Herz, umfasste es wie einen Schwamm und drückte zu.

„Oh“, flüsterte er tonlos.

Mondkinds Lippen deuteten ein schüchternes Lächeln an. „Vertrau mir“, schien sie zu flüstern, aber er hörte kein Wort. Etwas floss aus ihm heraus. Seine Kraft. Sein *Chi*, hatte sie es genannt.

Ihm wurde schwarz vor Augen. Vielleicht wurde er bewusstlos. Falls ja, dann nur für einen Sekundenbruchteil.

Als er wieder sehen konnte, stand er noch immer aufrecht. Guo Lao war kaum näher gekommen, nur ein paar Schritte.

Aber Mondkind stand nicht mehr vor Niccolo.

Sie stieg in die Luft, umhüllt von einem brausenden Seidenwirbel, drehte sich wie ein Kreisel und schleuderte einen gebündelten Strang aus Seidenbändern in die Richtung ihres Gegners.

Ihr Lächeln brannte noch immer in Niccolos Augen. Als hätte sie das Gold darin zum Schmelzen gebracht.

Hab keine Angst.

Feiqing zog ihn nach hinten.

Nicht vor mir.

Nugua war herangekommen und fing ihn auf.

Und dann verlor er tatsächlich das Bewusstsein, gerade in jenem Moment, als Mondkind und Guo Lao erneut aufeinander prallten.

Mondkind

„Was ist passiert?"

Er brachte die Worte hervor, noch während er die Augen aufschlug.

Nuguas Gesicht war über ihn gebeugt und betrachtete ihn mit einem Ausdruck, der ihm auf wundersame Weise liebevoll erschien. Das struppige Haar umrahmte ihre Züge wie Zacken eines schwarzen Sterns. Niccolos Hinterkopf ruhte in ihrem Schoß.

„Ist schon gut", sagte sie leise.

„Aber was – "

Sie schüttelte den Kopf und legte einen Finger an seine Lippen. Noch so etwas, das nicht recht zu ihr passte, fand er. Nugua war niemals sanft und schon gar nicht zärtlich. Doch dann kehrte seine Erinnerung an die Nacht unter der Drachenhaut zurück, an die Wärme ihres Körpers, an das Blitzen ihrer Augen in der Finsternis.

Eine zweite Erinnerung schob sich vor die erste wie eine Wolke.

Mondkinds Lächeln. Ihr Herzschlag, im selben Takt wie seiner.

„Wo ist sie?", stöhnte er.

Nuguas Miene wurde eine Spur härter, so als hätte er sie gekniffen. Sie presste einen Moment lang die Lippen aufeinander, dann sagte sie: „Mach dir keine Sorgen um deine neue Freundin. Sie ist hier bei uns. Ihr ist nichts geschehen." Ein Spur schärfer fügte sie hinzu: „Übrigens genauso wenig wie Feiqing und mir."

Der Vorwurf in ihrem Tonfall traf ihn, aber er überging ihn stillschweigend. „Wo ist der andere? Der Krieger?"

„Fort. Mondkind hat ihn besiegt. Oder zumindest vertrieben."

Er setzte sich auf. Ihm war schwindelig, aber das legte sich erstaunlich schnell. Allerdings fühlte er sich so erschöpft und ausgelaugt, als hätte er selbst den Kampf mit dem Unsterblichen bestritten.

„Ich danke dir", sagte eine zarte Stimme zu seiner Rechten.

Wie sie so dastand, hatte Mondkind keine Ähnlichkeit mit einer Kämpferin. Die langen Ärmel ihres Kleides reichten bis zu den Knien und verdeckten ihre Hände, auch der Saum lag weit und wellig um ihre Füße. Ihr schwarzes Haar schmiegte sich glatt an ihren Oberkörper. Ihr herzförmiges Gesicht mit den dunklen Mandelaugen leuchtete mondfarben.

„Ist er tot?", fragte er mit krächzender Stimme.

Sie schüttelte den Kopf. „Geflohen. Und vielleicht zu schwach, um mich je wieder anzugreifen." Mit wehendem Seidenärmel deutete sie auf etwas, das nicht weit von ihnen entfernt im Gras der Lichtung lag. Niccolo musste sich noch weiter aufrichten, bis er erkannte, dass es Guo Laos Kranich war. Das große Tier ruhte leblos auf der Seite, den Schnabel leicht geöffnet, die Augen starr.

„Mir gefällt das nicht", knurrte Feiqing. „Man tötet keinen Kranich eines Unsterblichen."

Nugua spie verächtlich aus, jetzt wieder ganz die Alte.

„Man tötet überhaupt keine Tiere! Es sei denn, man will sie essen."

Mondkind nickte traurig, und Niccolo dachte, dass er niemals zuvor jemandem begegnet war, den Melancholie noch hübscher machte. „Das war nicht ich. Guo Lao hat das getan."

„Warum?", fragte er, obwohl er spürte, dass sie die Wahrheit sagte.

„Er hat ihm *Chi* entzogen", sagte das Mädchen. „So wie ich dir. Aber sein Vogel war nicht so stark wie du, und Guo Lao hat ihm zu viel auf einmal genommen."

Nuguas Blick wurde noch düsterer. „Heißt das, du hättest Niccolo umbringen können mit ... dem, was du da getan hast?"

„Mir geht's gut", fuhr Niccolo schnell dazwischen.

Mondkind trat näher, kam aber nicht bis an ihn heran, weil Nugua keinen Platz machte. „Ich bitte dich um Verzeihung für das, was ich tun musste. Aber Guo Lao hätte sonst nicht nur mich getötet, sondern auch euch."

Feiqing schüttelte entschieden den Kopf. „Die Xian sind den Menschen wohl gesonnen. Jedes Kind weiß das. Sie sind treue Diener des Himmels."

Mondkinds Lächeln tastete ins Leere. „Ich habe nie behauptet, dass Guo Lao *nicht* dem Himmel dient."

„Wer bist du?", fragte Niccolo.

„Ich war Schülerin einer Xian, der unsterblichen He Xiangu. Aber dann musste ich mitansehen, wie sie im Namen des Himmels den Menschen nichts als Verderben gebracht hat. Nicht etwa aus Bösartigkeit ... nein, alles was die Xian tun, dient dem Guten. Oder dem, was sie darunter verstehen. Aber sie sind kaltblütig und skrupellos, wenn es um die Verfolgung ihrer Ziele geht. Und sie wägen ab: Wenn elf Menschen überleben, ist es richtig, dafür das Leben von zehn zu opfern." Mondkinds Blick suchte Feiqing, der in seinem Drachenkörper ein gutes Stück in sich zusammenzusinken schien. „Deshalb hätte Guo Lao euch getötet. Er hätte nicht um Erlaubnis gefragt, ob er sich eurer Kraft bedienen dürfte. Hätte ich nicht zwischen ihm und euch gestanden, dann hätte er sich einfach genommen, was ihm nötig erschien. So ist es Art der Xian, und jeder, der etwas anderes glaubt, ist ein Narr!"

Feiqing verzog schmollend die knittrigen Winkel seines Drachenmauls.

„Du hast dich von deiner Lehrerin losgesagt?", fragte Niccolo. „Und deshalb verfolgen dich die Xian?"

Sie nickte. „Ich kenne Geheimnisse, die nicht für Sterbliche bestimmt sind. Nachdem ich He Xiangu verlassen hatte, habe ich Unterschlupf bei einem der Schwerterclans gefunden. Aber dann wurde ich verraten und musste abermals fliehen. Guo Lao ist auf meine Spur gestoßen und hat mich seither verfolgt."

„Was ist ein Schwerterclan?", fragte Niccolo.

Feiqing räusperte sich. „Das sind Geheimbünde, die sich der hohen Kunst des Schwertkampfes verschrieben haben. Sie leben verborgen auf einsamen Berggipfeln oder tief in den Wäldern. Die Mandschu verfolgen sie gnadenlos, aber nur zu oft ziehen sie den Kürzeren. Man kann nie ganz sicher sein, ob es sich bei den Clans um Verbrecher oder Rebellen handelt. Und es gibt große Unterschiede, nicht nur zwischen den einzelnen Kampfstilen, die sie lehren, sondern auch zwischen den Gesinnungen der einzelnen Clans. Manche dienen Tiandi und dem Himmel, andere beten Dämonen an, und einige scheren sich weder um Gut noch um Böse, sondern kümmern sich nur um sich selbst."

Mondkind nickte dem Rattendrachen anerkennend zu. „Verzeih, dass ich dich einen Narren genannt habe. Du besitzt großes Wissen. Man könnte meinen, du wärest selbst einmal Lehrmeister gewesen."

Feiqing druckste geschmeichelt herum, und Niccolo erinnerte sich, dass er einen ganz ähnlichen Gedanken gehabt hatte. Feiqing mochte ein Tollpatsch sein und alles andere als vom Schicksal begünstigt. Aber wenn er erst einmal in seiner Erinnerung grub, stieß er auf Kenntnisse, die sogar ihn selbst zu erstaunen schienen.

„Großes Wissen …", wiederholte Feiqing unglücklich. „Der Einzige, über den ich etwas wissen möchte, bin ich selbst."

Nugua wandte sich schroff an Mondkind. „Du behauptest, du hast bei einem der Schwerterclans gelebt. Bei welchem? Und warum musstest du von dort fliehen?"

„Ich habe zwei Schwerter besessen", sagte Mondkind. „Magische Waffen, die ich von He Xiangu gestohlen hatte und die mächtig genug sind, selbst einen Unsterblichen zu vernichten. Beide waren Geschwisterklingen von Guo Laos Phönixfeder." Sie hielt kurz inne, als übermannte sie mit einem Mal ein geheimer Zorn. Aber sie hielt ihn unter Kontrolle, und als sie fortfuhr, blieb ihr Tonfall sanft und melodisch. „Die Großmeisterin des Clans hat mich hintergangen. Sie hat mir die beiden Schwerter gestohlen, obwohl sie gewusst hat, dass ich ohne sie meinen Feinden ausgeliefert bin. Und nun bin ich auf der Suche nach ihr.

Nur wenn ich Jadestachel und Silberdorn wiederfinde, habe ich eine Chance gegen He Xiangu und die anderen Unsterblichen."

Niccolo biss sich fast auf die Zunge. „Diese Großmeisterin – wie ist ihr Name?"

Mondkinds Blick versenkte sich in seinem, als wollte sie seine Gedanken lesen. „Wisperwind", sagte sie leise. „Die Großmeisterin des Clans der Stillen Wipfel."

Nugua sah von Mondkind zu Feiqing, als erwartete sie von ihm weitere Erklärungen. Aber der Rattendrache hob die Schultern und murmelte: „Nie gehört."

„Kaum jemand weiß von Wisperwind und ihren Leuten", sagte Mondkind. „Für die meisten ist sie nichts als eine Legende. Ein Gespenst mit vielen Namen."

Niccolo wandte sich ab und fürchtete, sie könnte die Wahrheit in seinen Augen lesen. Er hatte Nugua und Feiqing nichts von seiner Begegnung mit Wisperwind erzählt, und nun war er froh darüber. Solange sie alle nicht mehr über Mondkind wussten, wollte er nicht preisgeben, dass er die Schwertkämpferin kannte. Er hatte sogar die beiden Klingen bei ihr gesehen. Eine hatte er selbst in der Hand gehalten!

Mondkinds Blick erschien ihm mit einem Mal nicht mehr sanft, sondern vorwurfsvoll. Spürte sie, dass er eines ihrer Schwerter benutzt hatte?

Unsinn.

Aber hältst du die Wahrheit wirklich vor ihr geheim, weil du ihr nicht traust?, bohrte seine innere Stimme. Oder hast du Angst, wie sie reagieren könnte? Sie könnte auch dich für einen Feind halten. Und das willst du nicht. Natürlich nicht.

Du willst, dass sie bei euch bleibt.

Er verstand seine eigenen Gefühle nicht mehr, als wäre da jemand, der ihm fremde Empfindungen aufzwang. Aber er konnte sich nicht dagegen wehren.

Mondkind verneigte sich. „Jetzt wisst ihr viel über mich, aber ich weiß nichts über euch." Ihre Augen blitzten Niccolo zu, als wollten sie sagen: mit einer Ausnahme.

Nugua schoss warnende Blicke auf die beiden anderen ab. „Wir sind nur Reisende."

„So?", sagte Mondkind. „Seid ihr das?"

Feiqing räusperte sich. „Vorhin, als du mit Guo Lao gekämpft hast ... da hast du etwas zu mir gesagt. Dass du mich sehen kannst."

Mondkind nickte.

„Wie hast du das gemeint?"

Sie trat auf ihn zu, streckte eine Hand aus und streichelte sacht seine schlabberigen Drachenlefzen, erst scheu, dann beinahe zärtlich. „Du weißt, was ich gemeint habe."

„Wie ich ..." – er schluckte – „... wie ich ohne das Kostüm aussehe?"

„Was du Kostüm nennst, ist jetzt ein Teil von dir. Ich sehe nicht dein früheres Gesicht", sagte Mondkind, „aber ich kann sehen, was in dir steckt. Du verbirgst etwas, Feiqing. Ein Geheimnis."

„Ja", sagte Nugua ungeduldig „wie wir alle. Und ich schätze, da wir jetzt ohnehin nicht mehr schlafen können, können wir ebenso gut weitergehen."

Mondkind starrte das Drachenmädchen an. Niccolo bemerkte, dass Nugua unwohl wurde und sie sich dennoch alle Mühe gab, Mondkinds Blicken standzuhalten.

„Wohin seid ihr unterwegs?“

„Und du?“, fragte Nugua.

Mondkind ignorierte sie. „Niccolo?“

„Ich – “, begann er und biss sich auf die Lippe.

Sie löste sich von Feiqing, der ein leises Keuchen ausstieß, und kam auf Niccolo zu. Er schaute wieder auf ihren Hals und die pochende Ader. Sein eigenes Herz schlug im selben Rhythmus, er konnte es ganz genau spüren. Beide gleich schnell, beide gleich aufgeregt.

Sie schob ihre schmale, blasse Hand aus dem Seidenärmel, um ihm aufzuhelfen. Als er vor ihr stand, beugte sie sich näher an ihn heran. Ihre Wange loderte heiß an seiner. „Als du mir etwas von deiner Kraft geschenkt hast, hast du mir auch ein wenig von dir selbst geschenkt“, flüsterte sie, ohne seine Hand loszulassen. „Ich weiß *Dinge* über dich.“

Niccolo wich eine Handbreit zurück und starrte erst sie verwundert an, dann die beiden anderen. Mondkind hatte zu leise gesprochen, als dass Nugua und Feiqing sie hätten verstehen können.

„He“, empörte sich der Rattendrache, „was soll das?“

Nugua ballte die Fäuste, wirbelte herum und stapfte auf den toten Kranich zu. Sie beugte sich über ihn, um ihn zu untersuchen, aber in Wahrheit wollte sie wohl nur vermeiden, dass jemand sah, wie wütend sie war.

„Gehen wir ein paar Schritte“, sagte Niccolo zu Mondkind und fragte sich einen Herzschlag später, ob wirklich er da gesprochen hatte.

Sie hielt noch immer seine Hand, als sie ihn von den anderen fortführte, tiefer zwischen die Bäume. Es gab kaum einen Stamm am Rand der Lichtung, der von den zerfallenen Schwertern nicht in Mitleidenschaft gezogen worden war. Überall waren breite Splitter abgesprengt worden, und es waren viel mehr Bäumstämme geborsten, als Niccolo auf den ersten Blick wahrgenommen hatte.

Nach zwanzig Metern blieb Mondkind stehen und wandte sich zu ihm um. „Ich möchte dir etwas vorschlagen“, sagte sie. Er konnte sich nicht entscheiden, ob er dabei in ihre Augen, auf ihre Lippen oder den wunderschönen Hals schauen sollte. „Ich vertraue dir, und du kannst mir vertrauen.“

Er nickte.

„Nugua mag dich“, sagte sie. „Hast du das gewusst?“

„Nugua mag niemanden. Nur sich selbst.“

Mondkind lächelte. „Du täuschst dich in ihr. Sie ist ein guter Mensch. Sie weiß es nur noch nicht.“

Weil sie nicht einmal wahrhaben will, dass sie überhaupt ein Mensch ist, dachte er. Stattdessen aber sagte er: „Hast du mich deshalb hierher geführt? Um mit mir über Nugua zu reden?“

Sie schüttelte den Kopf. „Ich weiß, dass du Wisperwind begegnet bist. Und du weißt, dass ich es weiß.“ Sie hob seine Hand an ihre Lippen – und küsste sie flüchtig. Ein Blitzschlag setzte jede Faser seines Körpers in Flammen. „Ich kann Silberdorn an deinen Fingern schmecken.“

„Sie hat es mir zugeworfen“, sagte er stockend. „Als wir gegen Raunen gekämpft haben.“ Genau genommen hatte *sie* gekämpft, und er hatte nur ein paar Kletterpflanzen zerschnitten. „Wisperwind hat mir das Leben gerettet.“

„Alles, was ich verlange, ist, dass sie mir die Schwerter zurückgibt. Ohne sie werden mich die Xian früher oder später töten.“ Sie klang nicht furchtsam, aber in ihren Augen stand unausgesprochene Trauer – und ein Hoffnungsschimmer.

„Was erwartest du von mir?“, fragte er.

„Wo bist du ihr begegnet?“

Er holte tief Luft. „Etwa eine Woche zu Fuß von hier. In einem Tal. Aber nach so langer Zeit wird sie längst über alle Berge sein.“ Er musste sich eingestehen, dass ihn das ziemlich erleichterte.

„Was für ein Tal war das?“

„Ein Tal eben. Sehr groß. Viel Wald.“ Es kam ihm leichter vor, in kurzen Sätzen zu sprechen, während sie ihn ansah. So konnte er besser Luft holen. „Du musst nur den Raunen nachgehen. Sie strömen von überallher dorthin.“

Ihre rechte Augenbraue rutschte nach oben. „Das ist ungewöhnlich. Raunen sind nicht besonders gesellig.“

„Ich an deiner Stelle würde mich von dort fern halten.“

Ihr Lächeln strich über ihn hinweg wie die sanfte Berührung einer Feder. „Falls ich Wisperwind finde, dann gebe ich ihr die Chance, mir die Schwerter freiwillig zurückzugeben. Wenn sie das tut, geschieht ihr nichts.“

Es kostete ihn Überwindung, die nächste Frage zu stellen. „Du hast eben was von einem Handel gesagt.“

„Allerdings.“ Sie ließ seine Hand los, rückte aber noch näher an ihn heran. Er roch Rosen und Lavendel und noch etwas anderes, das ihn ganz durcheinander brachte. „Wenn ich mich nicht täusche, suchst du auch etwas.“

Er entschied, aufrichtig zu sein. „Einen Drachen.“

„Die Drachen sind verschwunden. Auch die Xian suchen nach ihnen und können sie nicht finden.“

„Kennst du einen Ort, an den die Drachen gehen, um zu sterben?“

„Der Drachenfriedhof?“ Sie kräuselte die Stirn. „Ich bin nie dort gewesen, noch weiß ich, wo er liegt.“

Enttäuscht schlug er die Augen nieder. „Angeblich gibt es dort einen Drachen. Den Wächter des Friedhofs. Ich will versuchen, ihn zu finden.“

„Ich weiß, wer dir vielleicht eine Antwort auf deine Fragen geben könnte.“

„Wirklich?“

Sie lachte leise. „Schau mich nicht so misstrauisch an. Ich will dir helfen.“

Er glaubte ihr, und das brachte ihn nur noch mehr aus der Fassung. Er hätte ihr alles geglaubt. Sein Handrücken pochte noch immer, wo ihre Lippen ihn berührt hatten.

„Die Lavatürme“, sagte sie.

„Was?“

„Wenn du die Lavatürme findest, findest du vielleicht auch deine Antworten. Die Menschen, die dort leben, sind Freunde der Drachen. Jedenfalls erzählen sich das die Xian.“

„Wie kann ein Turm aus Lava sein?“ Die Ältesten vom Volk der Hohen Lüfte hatten einmal geschildert, wie die Insel vor vielen Jahrzehnten einem Vulkanausbruch gefährlich nahe gekommen war. Die Luft war von Schwefel verpestet gewesen, und es hatte Jahre gedauert, ehe der Regen die Asche von den Wolkenbergen gespült hatte.

Mondkind schüttelte den Kopf. „Die Türme *stehen* auf Lava. Oder schwimmen darin.“ Sie deutete hinüber zur Lichtung, wo Feiqing heftig gestikulierte und auf Nugua einredete. „Frag deinen klugen Freund. Er wird dir alles darüber erzählen.“

Sie wich zwei Schritte zurück. „Leb wohl“, sagte sie.

Ihr Abschied war so unvermittelt wie schmerzlich. „Du gehst fort?"

„Nicht fort. Nur weiter. Alles ist in Bewegung." Sie lächelte, und wieder fand er, dass sie dabei tieftraurig aussah; als könnte er plötzlich durch eine Maske sehen und erkennen, was sich darunter verbarg. „Wir treiben auf Strömungen, die mächtiger sind als wir. Deine fließt in eine andere Richtung als meine."

„Aber wir könnten zusammen reisen!"

„Ich suche Wisperwind. Du einen Drachen. Wie groß ist wohl die Wahrscheinlichkeit, beide am selben Ort zu finden?"

Seine Stimme klang belegt. „Geh noch nicht."

„Die Xian werden mich finden."

„Du hast selbst gesagt, dass sie nicht böse sind. Vielleicht kann man mit ihnen reden ..." Du kennst dieses Mädchen gar nicht, warnte ihn seine innere Stimme. Du weißt nichts über sie. Und sie hat Geheimnisse.

Genau wie ich, dachte er. Und Nugua. Und Feiqing.

Ihm wurde bewusst, dass er die Hand nach ihr ausgestreckt hatte und dass es aussah, als wollte er sie festhalten. Stockend ließ er sie sinken.

„Versuch es in den Lavatürmen", sagte sie noch einmal. „Vielleicht findest du dort eine Antwort."

Sie hob ihm die rechte Hand entgegen. Der Ärmel fiel zurück, entblößte ihre zierlichen Finger – und das, was sie hielten.

Ein weißes Seidenband, so lang wie Niccolos Unterarm.

„Das ist für dich", sagte sie, zeichnete mit der Fingerspitze ein unsichtbares Muster darauf und legte es in seine Hand. Verwirrt starrte er es an.

„Trag es bei dir“, bat sie.

„Aber – “

Sie schloss seine Lippen mit der Ahnung eines Kusses, zu schnell, als dass er sicher sein konnte, ob er sich die Berührung nicht nur eingebildet hatte.

„Bald wirst du verstehen“, flüsterte sie. „Vielleicht.“

Dann huschte sie davon, wehte tiefer in den nächtlichen Wald.

Er rief ihren Namen.

Ihr Lächeln flackerte noch einen Augenblick länger in der Finsternis wie ein Mond hinter milchigem Dunst, dann zerstob es gemeinsam mit dem Rest ihrer weißen Silhouette in den Schatten.

Der Mönch

„Ich?“, kreischte Feiqing und schlug die Hände überm Kopf zusammen. Bei ihm sah das ziemlich komisch aus. „Wie kommt sie darauf, dass *ich* mehr über die Türme wissen könnte?“

Niccolo seufzte. „Sie hat gesagt, ich soll dich danach fragen.“

„Aber ... ich meine, die *Lavatürme*!“ Der Rattendrache verdrehte die Augen. „Sie sind nie am selben Ort. Und hast du überhaupt eine Ahnung, wie groß China ist? Sichuan liegt im Süden des Reiches. Wenn die Türme gerade irgendwo im Norden sind, dann wären wir Monate dorthin unterwegs! Vielleicht Jahre!“ Er plusterte die Backen zu einem neuen Wortschwall auf, aber Niccolo kam ihm zuvor.

„Warte mal.“ Er schüttelte verständnislos den Kopf. „Wie meinst du das: Sie sind nie am selben Ort?“

„Bei allen Weisen und ihren dicken Frauen!“ Feiqing raufte sich in Ermangelung von Haaren den Drachenkamm. „Weißt du denn gar nichts?“

Niccolo spielte mit dem Seidenband an seinem Gürtel und presste wütend die Lippen aufeinander. Er ärgerte sich über Feiqing, über sich selbst, über die Ungerechtigkeit der Welt. Und ganz besonders darüber, dass er allmählich das Gefühl hatte, tatsächlich nicht das Geringste zu wissen. Nichts über China, irgendwelche Türme – und schon gar nichts über rätselhafte Mädchen wie Mondkind.

Die Dämmerung erhob sich über dem Pass, dem sie über Sichuans östlichste Bergkette gefolgt waren. In der Ferne erklang das Geschrei der Affen.

Nugua streckte sich im Gras aus und kaute auf einem Halm. Sie gähnte. „Was sollen wir denn eigentlich noch alles finden? Die Drachen, ihren Friedhof, die Lavatürme … Und sicher würdest du auch gerne Mondkind wiederfinden, nicht wahr?"

Letzteres sagte sie so lauernd, dass Niccolo es für ratsam hielt, nicht darauf einzugehen. Kapitulierend warf er die Hände empor. „Ach, zum Teufel … Sie hat gesagt, in den Lavatürmen erfahren wir mehr über den Drachenfriedhof. Und Feiqing behauptet, auf dem Friedhof finden wir die Drachen. Das ist immerhin etwas!"

„Das habe ich *nicht* behauptet!", ereiferte sich der Rattendrache. „Da ist *ein* Drache, habe ich gesagt. Oder jedenfalls war einer da, als ich – "

„Jajaja." Niccolo winkte ab. „Erzähl mir lieber von diesen Türmen."

Nugua tat gelangweilt. „Wie gut, dass es nicht jeder von uns eilig hat."

Gereizt beugte er sich über sie und stellte mit einer gewissen Genugtuung fest, dass sie erschrak. „Das hier ist kein Spaß, Nugua!"

Ihre Hände schossen so schnell nach vorn, dass er sie kaum kommen sah. Dann fühlte er sich schon zur Seite gestoßen, fiel auf den Rücken und stieß sich den Hinterkopf an einem Stein. „Mist!", fluchte er.

Nugua sprang blitzschnell auf, stand im nächsten Augenblick über ihm und stemmte die Hände in die Hüften. „Wag das nicht noch einmal!"

Er packte sie am Bein, riss daran und schleuderte sie grob zu Boden. „Ich hab's satt, dass du uns andere behandelst, als wären wir nur Ballast!" Dann rollten sie auch schon ineinander verkeilt über den Boden, ein Wirbel aus Fäusten und Füßen und Keuchen und Flüchen.

„Herrjemine!", rief Feiqing und lief mit wedelnden Armen hinter ihnen her. „Was ist denn in euch gefahren? Hört sofort auf damit! ... Hört ihr mich? ... Ihr sollt aufhören! ... *Sofort*!"

Niccolo stellte sich flüchtig die Frage, was er hier eigentlich tat und was er sich wohl dabei dachte, sich mit einem Mädchen zu prügeln. Da aber traf ihn ein Faustschlag am Auge, und sogleich waren alle Skrupel vergessen. Er wehrte sich, was das Zeug hielt, teilte aus, steckte weitere Treffer ein und schlug schließlich einmal mehr mit dem Schädel auf etwas Hartes. Als die Lichter vor seinen Augen langsam niedersanken wie schwebende Funken, wurde ihm klar, dass das ominöse *Harte* Nuguas Knie gewesen war.

Sie hockte ächzend vor ihm, mit rasselndem Atem und einem Blick, der Steine in die Flucht geschlagen hätte. Niccolo richtete sich halb auf, fiel dann erschöpft zurück und rieb sich die Stirn.

„Geht's ... dir jetzt ... besser?", japste sie atemlos.

„Sicher ...", stöhnte er und setzte sich schwankend auf. „Könnte gar nicht ... besser sein."

Feiqing trampelte zwischen sie, holte aus und schlug beiden zugleich mit seinen Drachenpranken vor die Stirnen. Mit einem gemeinsamen Aufschrei kippten sie voneinander weg nach hinten ins Gras.

„Ihr kindischen, hirnverbrannten, unverbesserlichen *Schwachköpfe*!“, zeterte der Rattendrache. „Nichtswürdige, übel riechende … ach, hol euch die Pockenpest!“

Niccolo sah auf. „Pockenpest?“

Nugua blinzelte. „Übel riechend?“

Feiqing ließ sich auf seinen breiten Drachenhintern plumpsen, stützte die Ellbogen auf die Knie, die Schnauze in die Hände und schwieg. Was an sich schon ein kleines Wunder war.

Stumm beobachteten sie, wie die Sonne hinter den Bergen aufging. Dann half Niccolo Nugua beim Aufstehen. Beide gemeinsam zogen den Rattendrachen auf die Füße.

Mit geschulterten Bündeln machten sie sich auf ihre Reise nach Westen.

° ° °

„Ich kenne keinen, der die Lavatürme mit eigenen Augen gesehen hat“, sagte Feiqing, während sie durch einen lichten Birkenwald wanderten. „Aber ich kenne auch keinen außer mir, der je einen Drachen gesehen hat. Außer Nugua hier, natürlich.“ Er rieb sich die Wülste in seinem Nacken, und Niccolo fragte sich, ob Feiqing es wohl spüren würde, wenn sich Läuse auf seinem Kostüm breitmachten. Oder eher Motten?

„Also“, fuhr der Rattendrache fort, „die Türme … hmm, nun ja. Es heißt, dass sich seit Äonen ein breiter Lavastrom durch die Weiten Chinas wälzt. Keiner weiß, wo er einst aus der Erde geflossen ist und warum er nicht versiegt. Die ältesten Teile seiner Lavaspur sind längst erstarrt und zerfallen. Der vordere Teil aber schiebt sich unaufhaltsam immer weiter."

„Aber etwas, das so groß ist ...", begann Niccolo. „Ich meine, irgendwer müsste das doch gesehen haben."

„Sicher gibt es Menschen, die den Lavastrom gesehen haben. Aber ich hab dich schon einmal gefragt: Hast du überhaupt eine Ahnung, wie unfassbar *groß* das Reich der Mitte ist? Manche Nachrichten brauchen eine ganze Generation, um von einem Ende zum anderen zu gelangen, und viele kommen überhaupt nie an. Was im Westen als Ammenmärchen beginnt, erreicht den Osten als unumstößliche Tatsache. Viele erzählen sich von den Kaisern aus alter Zeit, aber keiner weiß, ob irgendwer sie vielleicht einfach nur erfunden hat. Jede Botschaft wandert durch zehntausend Münder und durch zwanzigtausend Ohren. Wir drei könnten hier und jetzt eine Geschichte erfinden – über Menschen, die auf Wolken leben, zum Beispiel –, aber bis sie am Hof in Peking landet, ist schon eine ganze Armee aus Wolkeninseln daraus geworden."

Sonnenschein flirrte durch das Laub und färbte die Umgebung ocker.

„Der Lavastrom wälzt sich also durch die Weiten Chinas", sagte Feiqing. „Nur sein vorderer Teil ist flüssig, der Rest erstarrt zu Stein, bricht irgendwann auseinander, bildet Felsen, dann Berge, und schließlich wachsen Bäume darauf, sogar Wälder, und keiner weiß mehr, was das Ganze ursprünglich einmal war. So weit klar?"

„Und die Türme?", erinnerte ihn Niccolo.

„Geduld, mein Sohn, Geduld ..."

Niccolo horchte auf. „Wieso hast du das gesagt?“

„Was?“

„Mein Sohn.“

Feiqing zuckte die Achseln. „Das sagt man so, oder?“

„Nicht wenn man so alt ist wie wir. Wie Nugua und ich.“

Sie nickte zustimmend.

Feiqings Augen weiteten sich, als er begriff. „Du meinst ... Ja, du könntest Recht haben!“ Ein breites Grinsen verzog sein Drachenmaul. „Das ist etwas aus meinem früheren Leben, oder? Etwas, an das ich mich erinnert habe! Ich ... ich hab das früher gesagt! Natürlich!“

„Gut möglich“, stimmte Niccolo zu.

„Das würde bedeuten, dass ich kein Kind mehr bin! ... Und auch kein Junge!“

Nugua verzog angewidert das Gesicht. „Wahrscheinlich bist du *alt*.“

Feiqing runzelte die Stirn. „Meint ihr?“

„Auf jeden Fall erwachsen“, sagte Niccolo beschwichtigend. „Und jemand, der mehr weiß als andere. Du hältst anderen gerne Vorträge! Mondkind hat Recht gehabt!“

„Ich bin erwachsen!“, rief der Rattendrache und schlug glücklich die Pranken zusammen. „Ein echter Erwachsener!“

„Oder einfach nur ein Besserwisser“, knurrte Nugua.

Niccolo berührte sie kopfschüttelnd an der Hand. *Aber stimmt doch*, formte sie lautlos mit den Lippen.

Feiqing tanzte unbeholfen auf der Stelle. „Ein Erwachsener! Ein Erwachsener!“

Nugua kräuselte die Lippen. „Bild dir ja nicht ein, dass du deshalb mehr zu essen bekommst als wir.“

„Also“, sagte Niccolo gedehnt, „um nochmal auf diese Türme zurückzukommen …“

Feiqing drehte sich ein letztes Mal vergnügt um sich selbst, dann nahm er wieder ihren gemeinsamen Trott auf. „Die Türme, ja, also …“ Der Rattendrache sortierte zerstreut seine Gedanken. „Stellt euch den flüssigen Teil des Lavastroms einfach wie eine riesige Zunge vor. Sie schiebt sich durch abgelegene Täler und hinterlässt eine breite Spur aus erstarrtem Lavagestein. Aber vorne, wo die Lava auf viele Meilen hin weich ist und glüht wie die Sonne selbst, da schwimmt etwas auf ihrer Oberfläche – die Türme.“

„Wie können Türme schwimmen?“, fragte Nugua skeptisch.

„Und auf Lava!“, ergänzte Niccolo.

„Das weiß keiner. Jedenfalls erzählt man sich nichts darüber. Ich weiß nicht mal, wie viele Türme es sind, aber es müssen wohl eine ganze Menge sein. Sie sind durch Brücken und Stege miteinander verbunden, eine gewaltige Festung, überzogen mit Ruß und Asche.“

„Und dort leben Menschen?“

Feiqing nickte. „Es hat mit einem Fluch zu tun. Das ist es jedenfalls, was ich gehört habe. Der beste Schmied, der je in den Weiten Chinas zu finden war, erhielt von den Göttern den Auftrag, Schwerter für sie zu erschaffen. Allerdings weigerten sie sich, ihn für seine Arbeit zu entlohnen; es sei eine besondere Gunst, ihnen zu Diensten zu sein, sagten sie. Zwar tat er, wie ihm befohlen wurde, doch in seiner Wut benutzte er schlechten Stahl aus unreinem Erz. Als es bald darauf zu einem Kampf zwischen Göttern und Dämonen kam, zerbrachen viele Klingen, und einige Götter wurden schwer verwundet. Das entfesselte ihren Zorn auf den Schmied, und sie verfluchten ihn, seine Lehrlinge und alle ihre Nachfahren zu einem Dasein auf den Wogen eines Lavastroms. Hier sollten sie bis in alle Ewigkeit die wunderbarsten und stärksten Waffen schmieden, die allein für die Götter und ihre Diener, die Unsterblichen, bestimmt waren. Ihr Leben würden, länger währen als das anderer Menschen, und sie würden in der Lage sein, größere Werke zu vollbringen als irgendein anderer Schmied. Doch sobald einer von ihnen die Türme verlassen und die flüssige Lava überqueren würde, sollte er auf der Stelle zu Asche zerfallen."

„Gefangene in ihrer eigenen Stadt", murmelte Niccolo und dachte an das Volk der Hohen Lüfte. Zugleich wurde ihm einmal mehr schmerzlich bewusst, dass ihm die Zeit davonlief. „Aber was hat das alles mit den Drachen zu tun?"

„Nun", sagte Feiqing, „man erzählt sich, dass es eine alte Freundschaft zwischen den Drachen und den Bewohnern der Lavatürme gibt."

Niccolo sah Nugua fragend an. „Weißt du irgendwas darüber?"

Sie zuckte die Achseln. „Ich hab gerade mal vierzehn Jahre bei den Drachen gelebt. Sie denken in anderen Zeitspannen, und vielleicht ist das bei den Leuten vom Lavastrom genauso. Wenn ein Drache vor hundert Jahren einen anderen getroffen hat, dann wird er sagen, das war neulich. Tausend Jahre sind für ihn ein Weilchen. Und zehntausend ... Diese Freundschaft kann Jahrhunderte oder Jahrtausende alt sein. Dass ich nichts davon mitbekommen habe, muss überhaupt nichts heißen."

Niccolo dachte, wie einfach und unkompliziert doch das Leben auf der Wolkeninsel gewesen war. Beim Großen Leonardo, in was für ein Durcheinander war er da nur geraten!

„Ich glaube, es führt kein Weg daran vorbei“, erklärte Feiqing. „Wir brauchen einen Mönch.“

„Fang nicht schon wieder *davon* an“, seufzte Niccolo finster.

„Ich meine es ernst.“ Der Rattendrache pulte sich nachdenklich irgendein Grünzeug zwischen den Zähnen hervor. „Mönche wissen mehr als andere Menschen. Und viele von ihnen wandern ihr ganzes Leben lang umher. Gut möglich, dass einer von ihnen mehr über den Lavastrom und die Türme weiß. Oder über den Drachenfriedhof. Außerdem wissen wir nicht mal, ob Mondkind die Wahrheit gesagt hat.“

„Ich will nichts mit irgendwelchen Priestern zu tun haben“, sagte Niccolo beharrlich.

„Was hast du denn gegen sie?“

„Da, wo ich herkomme, kontrollieren die Priester alles und jeden. Der Herzog entscheidet nichts ohne ihre Zustimmung. Sie reden den ganzen Tag von irgendwelchen Verboten, von Verstößen gegen die Gesetze des Zeitwinds, von Sünden und von Strafen. Sie verbieten Bücher und sorgen dafür, dass diejenigen, die trotzdem lesen, ausgestoßen werden.“

Feiqing schlug ihm lachend auf die Schulter. „Du hast wirklich keinen blassen Schimmer von unseren chinesischen Mönchen.“

° ° °

Zwei Tage später stießen sie wieder auf einen Weg, unbefestigt und kaum breit genug für drei Menschen nebeneinander. Feiqing nannte ihn die alte Kaiserstraße. Niccolo fand das ziemlich übertrieben.

„Du glaubst, der Kaiser ist wirklich schon mal hier gewesen?“, fragte er zweifelnd.

„Nein.“

„Warum heißt dieser Weg dann Kaiserstraße?“

„Weil er angelegt wurde für den Fall, *dass* der Kaiser einmal hierher reist.“

„Was sollte er wohl hier wollen? Das sieht aus wie das Ende der Welt.“

„Einmal im Jahr besucht der Kaiser einen der Heiligen Berge des Reiches und betet zu den Göttern. Die Bewohner dieser Gegend hoffen seit hunderten von Jahren, dass er irgendwann auch einmal auf ihren Heiligen Berg steigen wird.“

„Und da haben sie ihm vorsichtshalber schon mal einen *Pfad* freigetrampelt?“

„Du verstehst das nicht.“ Feiqing klemmte pikiert seinen Drachenschwanz unter den Arm und stapfte voraus. „Du bist kein Chinese.“

Niccolo zuckte die Achseln und verlor sich wieder in Gedanken an Mondkind. Seine Finger strichen über das Seidenband an seinem Gürtel. Ihr Antlitz verfolgte ihn, Erinnerungen an sie waren überall. Beim Anblick der Birkenstämme dachte er an ihre helle Haut. Beim Blütenduft vom Wegesrand an ihren Geruch. Beim Säuseln des Windes in den Wäldern an ihr Flüstern. Er fühlte sich töricht dabei und konnte doch nichts dagegen tun.

Gegen Mittag kamen sie an ein einsames Gasthaus im

Schatten uralter Ginkobäume. Vom Hang eines Berges aus überschaute es einen lang gestreckten Talkessel; bei näherem Hinschauen handelte es sich um eine ganze Kette von Tälern, die sich in engen Kurven in nordwestlicher Richtung aneinander reihten. Nebel stieg zwischen den Baumwipfeln auf.

Der kaiserliche Trampelpfad verlief an der Herberge vorbei bergab, aber Niccolo zückte seinen Beutel mit Silber und verkündete, dass sie hier einkehren und sich ein üppiges Mahl genehmigen würden. Sogar Nugua, die normalerweise allen Anzeichen menschlicher Zivilisation misstraute, war merklich erfreut über die Aussicht auf ein Essen, das aus mehr bestand als Pilzen und Beeren.

Bevor sie das Gasthaus betraten, hielt Feiqing die beiden noch einmal zurück. „Falls wir im Inneren einem Mönch begegnen, bitten wir ihn, uns zu begleiten", sagte er zu Niccolo. „Falls aber keiner da ist, dann rede ich nie wieder ein Wort davon. Einverstanden?"

Niccolo beäugte argwöhnisch die Tür. Man konnte unmöglich ins Innere sehen, und er fragte sich, ob Feiqing ihn hereinlegen wollte. Aber es gab nicht das geringste Anzeichen dafür, dass sich dort drinnen tatsächlich ein Mönch aufhielt.

„Das ist ein Trick", behauptete er.

Feiqing schüttelte den Kopf. „Kein Trick." Er streckte Niccolo seine Pranke entgegen. „Schlag ein."

Niccolo ergriff zweifelnd einen der riesigen Finger des Rattendrachen und schüttelte ihn; er war so dick, dass er seine ganze Hand ausfüllte.

Sie betraten das Gasthaus und fanden den Schankraum menschenleer – mit Ausnahme einer einzigen Gestalt, die an einem Tisch in der gegenüberliegenden Ecke saß, weit vorgebeugt, den kahl rasierten Kopf auf die Arme gelegt. Der Mann schien zu schlafen. Vor ihm standen ein Tonbecher und drei Krüge. An der Wand lehnte ein Wanderstab; ein silbernes Glöckchen schimmerte an seinem oberen Ende.

Niccolo stöhnte. „Woher hast du das gewusst?"

„Ich hab dir doch gesagt, dass du keine Ahnung hast von chinesischen Mönchen." Feiqings Grinsen war jetzt so breit wie der Halbmond, der selbst zur Mittagszeit noch blass in einer Senke zwischen den schroffen Bergen hing. „Man findet in jedem Gasthaus einen, wenn nicht gar zwei oder drei. Und erst recht in einer so abgelegenen Gegend wie dieser. Ich wette mit dir, er ist sturzbetrunken vom vielen Reiswein. Später wird er behaupten, er habe den ganzen Tag meditiert." Feiqing lachte. „Wahrscheinlich hat er eine Hütte irgendwo in der Nähe. Chinas Berge sind voll von Einsiedlern, die hier draußen vergeblich nach der letzten Wahrheit suchen und irgendwann glauben, sie auf dem Grund eines Weinkrugs aufstöbern zu können."

Nugua spähte voller Misstrauen in jeden Winkel des verlassenen Schankraums. Während zwischen Niccolo und Feiqing ein Streit darüber entbrannte, ob es wohl sinnvoll sei, sich einen Säufer als Begleiter aufzuhalsen – Segen des Himmels hin oder her –, trat das Drachenmädchen ein paar Schritte tiefer in den Raum und sah sich um.

„Niccolo", sagte sie leise. „Feiqing."

Die beiden zankten noch heftiger und beachteten sie nicht.

„Hey", sagte sie ein wenig lauter.

Feiqing referierte gerade mit erhobenem Zeigefinger über Wert und Unwert geistlicher Weggefährten. Niccolo raufte sich mit einer Hand das Haar und stützte sich mit der anderen auf eine Tischkante, als überstiege Feiqings Eigensinn sein Begriffsvermögen.

Nugua blickte finster über die Schulter. „Würdet ihr wohl *aufhören*!"

Beide verstummten.

„Fällt euch nichts auf?", fragte sie.

„Was denn?"

Nugua zog langsam ihren angespitzten Stock unter dem Gürtel hervor. Ihr Blick strich wieder durch den Schankraum, registrierte jede Einzelheit.

„Wo ist der Wirt?", flüsterte sie.

Die Leere des Gasthofs füllte sich augenblicklich mit einer Ahnung von Gefahr. Der Raum besaß keine Fenster, nur eine verschlossene Tür an der Rückseite, die vermutlich in die Küche führte. Eine Balustrade verlief im zweiten Geschoss an allen vier Wänden entlang; man konnte sie über eine schmale Treppe erreichen. Hinterm Geländer standen weitere Tische und Schemel, aber sie alle waren nur zu erahnen. Soweit man von unten sehen konnte, saß auch dort niemand.

Feiqing kratzte sich beklommen am Bauch. „Keine Menschenseele."

Der Mönch regte sich noch immer nicht. Er hatte beide Arme auf der Tischplatte verschränkt und seinen Kopf darauf gelegt. Das Gesicht war von den dreien abgewandt, sie blickten auf seinen kahlen Hinterkopf.

Niccolos Hand schloss sich um seinen Messergriff. „Vielleicht ist er tot?"

Feiqing fuhr ungehalten herum. „Das würde dir so passen!“ Lautstark trampelte er an Nugua vorbei und schob unterwegs mit seinem breiten Drachenleib ein Dutzend Stühle beiseite.

Er hatte den Tisch des Mönchs fast erreicht, als die Tür zur Küche aufflog. In Niccolos Rücken wurde von außen die Eingangstür aufgestoßen. Auch über der Balustrade erschienen Gestalten, fünf, sechs, vielleicht noch weitere in den Schatten.

Der vermeintliche Mönch hob den Kopf. Mit einer Hand wischte er die Krüge und den Becher auf seinem Tisch beiseite, mit der anderen wuchtete er einen kindsgroßen Streitkolben auf die Tischplatte.

Feiqing räusperte sich. „Wir suchen spirituellen Beistand.“

„Und findet doch nur den Tod“, erwiderte der Mann. „Es sei denn, ihr habt Silber dabei. Dann lassen wir die Kleine ein wenig länger am Leben.“

Die Männer, die hinter Niccolo durch den Eingang traten, grinsten hämisch. Auch von der Balustrade erklang Gelächter. Mindestens zwölf zerlumpte Gestalten. Die meisten Männer trugen Schwerter oder lange Messer, einige auch Keulen mit Nägeln und Stacheln, einer gar einen Dreizack. Ihre Kleidung war schmutzig und voller Löcher. Nur der vermeintliche Mönch trug eine orangefarbene Tracht, die ihn selbst jetzt, mit dem Streitkolben in der Hand, sonderbar friedfertig aussehen ließ. Nicht einmal die Worte, die er sprach, konnten etwas an diesem äußeren Eindruck ändern.

„Wenn ihr euch wehrt, sterbt ihr langsam“, sagte er. „Gebt ihr uns dagegen aus freien Stücken alles, was ihr bei euch tragt, verspreche ich euch einen schmerzlosen Tod."

Bislang hatte keiner der drei ein Wort herausgebracht. Feiqing stand noch immer auf halbem Weg zu dem Mann inmitten eines Gewirrs aus umgekippten Stühlen. Niccolo hatte sein Messer gezogen, wusste aber selbst, dass er damit nicht das Geringste ausrichten würde; um den Mandschubogen zu spannen, blieb keine Zeit.

Nugua federte breitbeinig in eine Kampfhaltung. Sie hielt ihren angespitzten Stock wie eine Lanze und schien in alle Richtungen gleichzeitig zu blicken.

Von der Tür her ertönte ein Brüllen. Niccolo wirbelte erschrocken herum, genau wie Nugua.

Ein Mann wurde ihnen entgegengeschleudert. Schreiend segelte er durch den Schankraum, Kopf und Schultern zuerst, krachte unter Getöse auf einen Tisch und brach sich spätestens beim Aufprall auf der Kante mehrere Knochen.

Ein zweiter folgte ihm, verfehlte Nugua nur um eine Armlänge und kam in einem scheppernden Chaos aus zerbrochenen Stühlen und Tischbeinen zum Liegen.

Der falsche Mönch, der offensichtlich Hauptmann der Räuberbande war, brüllte Befehle in einem chinesischen Dialekt, den Niccolo nicht verstand. Zwei Räuber schwangen sich tollkühn über die Balustrade in die Tiefe, die übrigen stürmten die Treppe hinunter. Auch die Männer an der Küchentür kamen heran, während jene am Eingang sich nach außen hin umgewandt hatten und einer nach dem anderen in einem Wirbel aus Armen und Beinen zu Boden gingen.

Eine massige Gestalt drängte durch den Pulk herein,

rammte Gegner nach rechts und links zur Seite, brüllte mit donnernder Stimme Beschimpfungen, jubelte ausgelassen, wenn ein Feind zusammenbrach, und stieß dann und wann Kriegsrufe aus, die Niccolo das Blut in den Adern gefrieren ließen.

Plötzlich fegte der Räuberhauptmann in der Mönchstracht an Niccolo vorbei. Mit weiten Sätzen sprang er über die Tische, ohne den Boden zu berühren, stieß ein schreckliches Brüllen aus und stürzte sich mitten in die Menge.

Feiqing rief den anderen zu, dass sie vom Eingang fortkommen sollten, aber Niccolo blieb stehen, gebannt vom Anblick des Chaos, das nur wenige Meter vor ihm ausbrach. Nugua packte ihn am Arm und zog ihn mit sich. Beide stolperten rückwärts, um den Blick nicht von dem Getümmel abwenden zu müssen.

Feiqing brüllte eine Warnung – zu spät. Eine Männerhand griff in Nuguas Haar und zerrte daran. Auf den entsetzten Niccolo raste eine breite Schwertklinge nieder und schlug den Mandschubogen auf seinem Rücken entzwei. Gleich darauf wusste er selbst nicht mehr recht, wie er dem Hieb entgangen war. Halb fallend, halb springend taumelte er zur Seite, stieß sein Messer ins Leere, packte mit der anderen Hand einen Schemel und schleuderte ihn über Nugua hinweg ins Gesicht des Räubers. Der wurde zurückgeworfen und riss das Mädchen mit sich. Sie verlor ihren Stock, fiel auf den Mann, wirbelte noch im Liegen herum und schlug ihm beide Fäuste mit aller Wucht ins Gesicht. Als Niccolo ihr einen Augenblick später aufhalf, gab der Räuber am Boden keinen Laut von sich. Blut war überall in seinem Gesicht und an Nuguas Händen.

„Du hast ihm die Nase gebrochen!“, rief Niccolo, während er mit ihr in Feiqings Richtung hastete.

„Ich hoffe, ich hab ihm den Schädel eingeschlagen!“

Sie erreichten den Rattendrachen, der aufgeregt von einem Bein aufs andere kippelte, die Hände rang und abwechselnd sein Pech beklagte und die Götter anrief.

Der Durchgang zur Küche war jetzt frei. Niccolo warf einen Blick über die Schulter zum vorderen Teil des Schankraums. Die Hälfte der Räuber lag am Boden, alle anderen scharten sich brüllend und fluchend um eine Gestalt, die inmitten des Tumults nicht zu sehen war. Nur die donnernde Stimme war unüberhörbar, und obgleich der Mann, der es mit zwölf Gegnern gleichzeitig aufnahm, auf verlorenem Posten stand, klangen seine Schlachtrufe triumphierend wie zu Beginn des Kampfes.

„Wer ist das?“, rief Niccolo.

Feiqing wollte sie durch die Küchentür ziehen, aber Nugua blieb ebenfalls stehen.

„Keine Ahnung“, keuchte sie.

„Kommt jetzt!“, brüllte Feiqing. „Sie werden sich früh genug an uns erinnern.“

Niccolo rührte sich nicht. „Wir können nicht zulassen, dass sie ihn umbringen.“

„Seine eigene Schuld“, erwiderte Nugua. „Keiner hat ihn gebeten, uns zu helfen.“ Aus ihrer Stimme sprach wieder die alte Menschenverachtung, die Niccolo zu jedem anderen Zeitpunkt in Rage gebracht hätte. Sie glaubte tatsächlich, sie sei etwas Besseres; nicht wie die Herzogstochter Alessia, die sich auf ihren Stand berief; nein, Nugua blickte auf andere Menschen noch immer mit den überlegenen, allwissenden Augen eines Drachen herab.

Neues Geschrei hob an, diesmal Befehle zum Rückzug. Der Menschenpulk am Eingang platzte auseinander, die Räuber verteilten sich in einem Halbkreis um den Fremden. Nur der Hauptmann blieb vor dem Gegner stehen. Sein teilnahmsloser Blick von vorhin hatte sich in eine Fratze rasenden Zorns verwandelt.

Zum ersten Mal hatten die drei Gefährten freie Sicht auf den Fremden, der ihnen zur Hilfe gekommen war. Und im selben Moment fragte sich Niccolo, ob es dem Mann dabei tatsächlich jemals um *sie* gegangen war.

Er war sehr groß, gewiss, doch vor allem ungeheuer *breit*. Niccolo hatte noch nie jemanden gesehen, dessen Schultern einen gesamten Türrahmen einnahmen, erst recht nicht den eines Hauseingangs. Ein grobes, bodenlanges Gewand spannte sich über einen mächtigen Bauch; der Nabel zeichnete sich unter dem Stoff ab wie ein Krater. Kräftige Arme, behaart wie ein Wolf, wurden sichtbar, als er seine Waffe hob und die weiten Ärmel zurückglitten. Er trug Lederbänder an jedem Handgelenk und ein auffälliges Amulett um den Hals: zahlreiche Bronzemünzen waren in Form eines Schwertes aufgezogen worden, das bei jeder Bewegung von der enormen Brust zur Seite glitt und dabei ein helles Klingeln erzeugte.

Der Kopf des Mannes war so kahl rasiert wie der des Räuberhauptmanns. Sogar sein *Schädel* war breit und bildete ein waagerechtes Oval.

Mit behaarten Händen schwang er eine Schaufellanze, eine jener sonderbaren Waffen, deren Entwicklung die Chinesen mit besonderer Vorliebe betrieben. Statt einer Spitze befand sich am Ende ein breite gebogene Klinge wie zwei Hörner, ähnlich einem silbernen Halbmond.

Die Formation der Männer dehnte sich noch weiter auseinander, während sich der Fremde und der Räuberhauptmann entgegentraten. Niccolo und die anderen schienen vergessen. Trotzdem konnte er den Blick nicht von dem Zweikampf nehmen. Nugua tänzelte nervös hin und her, jetzt mit dem Langmesser eines gefallenen Räubers in der Hand, ohne sich Richtung Küche zurückzuziehen. Nur der Rattendrache warf sehnliche Blicke durch die Hintertür.

„Die werden ihn umbringen", jammerte er. „Und dann werden sie sich wieder an uns erinnern. Und dann werden sie auch *uns* umbringen. Und dann werden sie – "

Der Kampfschrei des Räuberhauptmanns schnitt ihm das Wort ab. Der falsche Mönch warf sich vorwärts, holte im Sprung mit seinem Streitkolben aus und ließ ihn auf seinen Gegner niederkrachen. Der Fremde fing den Schlag mit der Rundung seiner Schaufellanze ab, so mühelos, als läge hinter dem Angriff keinerlei Kraft. Zugleich rückten zwei der vier verbliebenen Wegelagerer aus dem Halbkreis gegen ihn vor. Er schmetterte ihnen erst sein Gelächter, dann einen Schwung seiner Lanze entgegen. Einer der Männer wurde getroffen und verschwand hinter den reglosen Körpern seiner Kameraden. Den zweiten Räuber streifte die Klinge nur, er ließ seine Waffe fallen, hielt sich die Wunde am Arm und wich wimmernd zurück.

Zugleich setzte der Hauptmann zu einer neuen Attacke an. Diesmal ließ er sich mehr Zeit und verließ sich eher auf sein Geschick als auf rohe Kraft. Er täuschte einen Hieb an, machte eine Drehung zur Seite, tauchte unter einem Lanzenstoß hinweg und prellte den Streitkolben gerade nach vorn. Es war kein tödlicher Stoß, aber er traf seinen Gegner genau vor die ungeheure Bauchwölbung. Dem Lanzenschwinger ging für einen Moment die Luft aus, er stolperte einen Schritt zurück – und blieb dann breitbeinig stehen, presste die fassförmige Brust heraus und stieß ein so Furcht einflößendes Brüllen aus, dass selbst Nugua einen entsetzten Laut von sich gab.

„Du willst es nicht anders“, rief der Fremde, packte die Lanze mittig mit einer Hand und ließ sie rotieren, erst waagerecht über seinem kahlen Schädel, dann hochkant vor seinem Körper.

Die Räuber wichen zurück, selbst das Gesicht des Hauptmanns verzog sich. Er warf sich herum und wollte fliehen. Aber er hatte kaum einen halben Schritt gemacht, als ihn die Waffe traf. Niccolo wandte den Blick ab. Nugua hielt sich an einer Tischkante fest. Feiqing fiel polternd nach hinten in die Küche, wo er mit strampelnden Armen und Beinen liegen blieb und lautstark den Entschluss beklagte, jemals dieses Haus betreten zu haben.

Die beiden übrigen Räuber ließen ihre Schwerter fallen. Einer lief in Panik auf Niccolo und die anderen zu, drängte sich an ihnen vorbei und setzte über Feiqing hinweg. In der Küche hörten sie eine weitere Tür schlagen, als er sein Heil in der Flucht suchte. Der letzte Mann fiel auf die Knie, schlug die Hände über dem Kopf zusammen und bat unter Tränen um Gnade.

Der Fremde ließ die Lanze sinken und gab dem Räuber einen Wink. „Verschwinde! Und nimm alle mit, die noch laufen können!“

Augenblicke später war der Räuber verschwunden, drei hinkende und wehklagende Kameraden im Schlepptau. Kein anderer regte sich mehr.

Nugua hob mit bebender Hand das Langmesser. Niccolo versuchte, sich seine Angst nicht anmerken zu lassen. Feiqing lag noch immer auf dem Rücken und lamentierte, dass nun doch endlich jemand kommen und ihm *gefälligst* aufhelfen solle.

Der Mann mit dem absurd breiten Körperbau stieg über leblose Räuber hinweg, schaute sich im Schankraum um und blieb einige Schritte vor Niccolo und Nugua stehen. Abermals hellte ein Lachen seine Züge auf, schuf Grübchen in seinen Wangen so breit wie Mauselöcher. Seine Mandelaugen verengten sich, die buschigen Brauen rückten zusammen und bildeten einen schwarzen Balken. Er stampfte die Lanze mit dem stumpfen Ende auf den Boden, so heftig, dass die gesamte Einrichtung der Schankstube erzitterte und irgendwo ein Schemel umfiel.

„Und ihr seid?", fragte er mit dröhnender Bassstimme.

„Reisende", brachte Niccolo heiser hervor. „Diese Männer ... sie wollten uns ausrauben."

Mit einem wissenden Grinsen presste der Mann die Lippen aufeinander, ging auf den Tisch des falschen Mönchs zu und hob einen umgestürzten Krug vom Boden.

„Noch was drin", murmelte er und trank den Rest mit gluckernden Schlucken aus. „Aahh", machte er danach zufrieden, stellte den Krug auf dem Tisch ab und sah wieder zu den dreien herüber. „Gibt's in der Küche noch was zu essen?"

Niccolo schaute fahrig über die Schulter. „Wir haben noch nicht nachgesehen."

Der Mann nickte wieder. „Ich bin Li."

Niccolo deutete eine Verbeugung an. „Wir sind Euch zu Dank verpflichtet."

Li wandte sich an Nugua. „Wen wolltest du denn mit deinem Stock aufspießen?“ Er hob eine Augenbraue. „Eure Verfolger?“

„Welche Verfolger?“, fragte Nugua so misstrauisch wie eh und je.

„Mandschu.“

Feiqing quengelte noch lauter. „Würde mir *bitte* jemand hochhelfen!“

Niccolo nickte dem Fremden entschuldigend zu, dann eilte er zum Rattendrachen und zog ihn ächzend auf die Beine.

„Wie kommst du darauf, dass uns Mandschu verfolgen?“ Nugua hatte jetzt wieder die kampfbereite Haltung eingenommen.

„Sie fragen überall nach euch“, erklärte Li. „Und da mir keine andere Gruppe von Wanderern mit einem Kerl im Drachenkostüm über den Weg gelaufen ist, habe ich angenommen, dass ihr diejenigen seid.“

Niccolo nickte und erntete dafür einen vorwurfsvollen Blick von Nugua. „Die Mandschu sind schon eine ganze Weile hinter uns her. Es hat einen Unfall gegeben. Ihr Anführer Lotusklaue hat uns das übel genommen.“

Li lachte und schlug sich dabei mit einer Hand auf den Wanst. „Einen Unfall, was? Ja, das kann ich mir denken.“ Sein Lachen nahm noch einmal an Lautstärke zu, dann ebbte es zu einem Grinsen ab. „Jedenfalls hätten diese Räuber den Mandschu fast die Arbeit abgenommen, so wie's aussieht.“

„Wir haben uns bedankt“, sagte Nugua starrsinnig. „Nun können wir ja alle wieder unserer Wege gehen.“

Niccolo fragte sich, ob ihre Kühnheit gespielt war oder

ob sie tatsächlich alle Furcht vor dem Fremden verloren hatte. Er selbst jedenfalls hatte noch immer gehörigen Respekt vor der Schaufellanze und dem baumdicken Arm, der sie schwang.

„Das hier ist gefährliches Gebiet", sagte Li. „Ihr werdet nicht weit kommen, ehe ihr der nächsten Mörderbande über den Weg lauft."

„Dann sind wir eben vorsichtig", sagte Nugua.

Niccolo überwand seinen Widerwillen, ging auf den Mann zu und streckte ihm seine Hand entgegen. „Ich heiße Niccolo Spini. Das sind Nugua und Feiqing."

Der Mann ergriff seine Hand und schüttelte sie, auch wenn Niccolo nicht sicher war, ob dies wirklich ein Gruß nach Art des Landes war. „Niccolo", wiederholte der Mann und blickte in seine goldenen Augen. „Du bist nicht von hier."

„Nein."

Nugua ächzte hinter Niccolos Rücken, sagte aber kein Wort mehr. Sie hockte sich im Schneidersitz auf einen Tisch und brütete einmal mehr vor sich hin. Das Langmesser lag dabei auf ihren Knien, als fürchtete sie, es womöglich doch noch benutzen zu müssen.

„Hier *ist* Essen!", rief Feiqing aus der Küche. Niccolo war nicht sicher, ob der Rattendrache dort hinten den Ausgang oder tatsächlich Nahrung gesucht hatte.

Li strahlte. „Sehr gut!", donnerte er. „Dann lasst uns zusammen essen und Vorräte einpacken. Und wir sollten den Wirt suchen. Sicher haben diese Kerle ihn umgebracht. Sorgen wir dafür, dass er ein anständiges Begräbnis nach den Regeln des Tao erhält."

Feiqings Drachenschädel lugte neugierig aus der Küche.

„Was genau seid Ihr, Meister Li?“, fragte er kauend. „Ein Mönch?“

Der breite Mann mit der Lanze leckte sich hungrig die Lippen.

„Ich bin“, sagte er gedehnt, „genau der Mann, den ihr sucht.“

Der Schattendeuter

Der Steg des Schattendeuters war verlassen. Alessia erfuhr von den Wachtposten am Zugang, dass sie Oddantonio Carpi seit zwei Tagen nicht mehr gesehen hatten; sie wussten nicht, wo er sich seither aufhielt.

„Mein Vater wünscht ihn zu sprechen“, sagte sie förmlich. „Wenn ihr einen Verdacht habt, wo ich ihn finden kann, dann sagt es mir.“

Die beiden Männer wechselten einen Blick. Dann sagte der eine: „Er hat sich seltsam benommen, da draußen auf dem Steg. Wir haben ihn gefragt, ob er krank sei. Aber er ist einfach an uns vorbeigestürmt.“

„Was meinst du mit ‚seltsam benommen‘?“

Noch ein Blick zwischen den beiden. Der eine Mann räusperte sich. „Nun, er steht sonst oft stundenlang da und bewegt sich nicht. Er beobachtet den Schatten der Wolken, das wissen wir. Aber vor ein paar Tagen begann er … Na ja, er redete plötzlich. Mit sich selbst, glaubten wir erst. Wir sind zu weit weg vom Ende des Stegs, um ihn verstehen zu können, aber es sah aus …“

„*Wie* sah es aus?“, fragte sie mit einem unguten Gefühl im Bauch.

„Es sah aus“, sagte der zweite Wächter, „als spräche er mit jemandem, den nur er selbst sehen konnte. Als wäre noch jemand dort draußen auf dem Steg.“

„Aber es war keiner da?“

Die Männer schüttelten die Köpfe. „Niemand.“

„Und er hat das niemals vorher getan?“

„Nicht solange einer von uns Wache gehalten hat. Manchmal hat er vor sich hingemurmelt, aber das war alles. Diesmal …“ Der Wächter druckste verlegen. „Diesmal sah es aus, als streite er mit jemandem. Anfangs hat er sich manchmal zu uns umgeschaut, aber irgendwann tat er einfach so, als wären wir nicht da.“

„Aber ihr konntet nichts verstehen?“

„Kein Wort.“

Sie dankte den Männern und ging nachdenklich zurück zu ihrem Pferd. Auf dem Hof ihres Vaters hatte sie es zuletzt nicht mehr ausgehalten. Der Herzog verbrachte seine Tage mit endlosen Besprechungen des Rates, und sie hatte die meiste Zeit über dabeisitzen müssen und interessiert getan, obwohl all die alten Männer sie in Wahrheit zur Weißglut brachten, weil sie fortwährend redeten und redeten, aber niemals irgendetwas *taten*.

Der Schattendeuter, eigentlich eines der wichtigsten Mitglieder der Versammlung, war dort seit vier Tagen nicht mehr aufgetaucht, und mehrere Räte hatten ihre Sorge bekundet. Alessia war aufgebrochen, um nach dem Rechten zu sehen. Zumindest gab ihr dies das Gefühl, etwas Nützliches zu tun.

Seit sie die Gefahr durch die Baumkreaturen am Berghang ausgekundschaftet und ihre Beobachtungen dem Rat mitgeteilt hatte, machten die Zeitwindpriester aus ihrer Abneigung gegen sie keinen Hehl mehr. Sie hatte die Insel verlassen, das größte Vergehen überhaupt. Was sie dort unten entdeckt hatte, ging im Aufruhr der Empörung nahezu unter. Die Priester hatten verkündet, man wisse doch längst, dass am Erdboden unaussprechliche Gefahren drohten – man habe das schon *immer* gewusst, nur deshalb gebe es schließlich die strengen Gesetze –, und so dürfe Alessias Entdeckung beileibe niemanden überraschen. Ihr Vater hatte ihr vor allen Ratsmitgliedern beschämende Vorhaltungen gemacht und Strafe in Aussicht gestellt, falls sie es je wieder wagen sollte, die Insel zu verlassen. Die Zeitwindpriester hatten die Schelte der Herzogstochter sichtlich genossen; dabei hätte es sie vermutlich weit mehr gefreut, wenn Alessia von einem der Baumwesen in Stücke gerissen worden wäre. Zumindest um die Erbfolge hätte man sich dann keine Sorgen mehr machen müssen.

Alessia erreichte ihr Pferd und stieg in den Sattel. Es war später Nachmittag, die Sonne versank hinter den Wolkenbergen im Westen. Auf den weißen Gipfeln waren die Aetherpumpen nur als dunkle Striche zu erkennen; die Fühler, die von ihren Spitzen aus wie Marionettenfäden hinauf in den Himmel reichten, waren aus dieser Entfernung nicht zu sehen. Dass ihre Verbindung zur Aetherschicht über dem Himmel gekappt war, hatte sich unter dem Volk der Hohen Lüfte mittlerweile herumgesprochen. Selbst der niederste Knecht wusste Bescheid, und es regten sich Angst und Zorn in den Gassen der Ortschaft und auf den verstreuten Höfen am Fuß der Wolkengipfel. Überall blieben die Reparaturarbeiten liegen, weil viele es vorzogen, in den Windmühlen um den Beistand des Zeitwinds zu flehen.

Alessia spürte, dass die beiden Wachtposten am Zugang zum Steg sie beobachteten. Deshalb trieb sie ihr Pferd vorwärts, bis sie hinter der nächsten Wolkenkuppe außer Sichtweite war. Dort zügelte sie das Tier, um in Ruhe nachzudenken.

Wenn sie jetzt zum Rat zurückkehrte und das Verschwinden des Schattendeuters bekannt machte, würde es nicht lange dauern, ehe die Nachricht zur Bevölkerung durchsickerte. Das würde die Unruhen nur verstärken. Stattdessen erwog sie, die Wächter am Südrand der Wolkeninsel aufzusuchen und sich dort nach Carpi zu erkundigen. An der Stelle, an der sie selbst auf die Felsen herabgestiegen war, hatte der Herzog eine enge Kette von Soldaten seiner Leibgarde aufmarschieren lassen. Die Männer sollten gewährleisten, dass nichts aus der Tiefe heraufgelangen konnte.

War es möglich, dass der Schattendeuter denselben Weg gewählt hatte? Hatte ihn etwas zum Erdboden gezogen, so wie Alessia selbst? Reine Neugier? Etwas anderes?

Oddantonio Carpi war als Schattendeuter einer der einflussreichsten Männer der Wolkeninsel, ein angesehenes Mitglied des Rates. Doch er hatte nie einen Hehl gemacht aus der Abneigung, die er für viele Gesetze der Priesterschaft empfand. Er selbst zeigte sich nur selten bei einer der Zeitwindzeremonien in den Windmühlen, und obgleich die Priester seine Deutungen der Wolkenschatten ernst nahmen, war er ihnen zweifellos ein Dorn im Auge. Sein Einfluss auf die Entscheidungen des Herzogs machte ihn zu einer Gefahr für die Macht der Priester, obgleich niemand das je offen ausgesprochen hatte. Doch Alessia hatte einen feinen Spürsinn für die Abneigungen der Priesterschaft entwickelt; sie war mit dem Hass dieser Männer groß geworden, und sie hatte früh erkannt, dass Oddantonio Carpi kein gern gesehener Gast in den Windmühlen war.

Das alles hätte sie und den Schattendeuter zu Verbündeten machen können. Doch ebenso viel, wie sie verband, trennte sie auch voneinander. Zu allererst war Carpi niemals ein Mann gewesen, der die Gesellschaft anderer Menschen gesucht hatte. Aber da war auch noch etwas anderes gewesen, eine unterschwellige Unruhe, die Alessia manches Mal in seiner Gegenwart befallen hatte. Der Schattendeuter strahlte stets eine solche Abneigung gegen den Rest der Welt aus, dass es schwer fiel, seine Nähe lange zu ertragen. Und ganz ohne Zweifel empfand er umgekehrt nicht anders. Nicht umsonst verbrachte er den Großteil seiner Tage einsam hier draußen auf seinem Steg, starrte in die Tiefe und studierte die wechselnden Schatten der Wolkeninsel.

Alessia verwarf ihren Plan, die Wächter am Südrand aufzusuchen, und beschloss, sich allein auf die Suche nach dem Schattendeuter zu machen. Bis zur Dunkelheit waren es noch mehrere Stunden. Zwar dämmerte es lange zwischen den Wolken, aber die absolute Schwärze der Nacht währte kürzer als am Erdboden. Ihr blieb noch ausreichend Zeit, Carpis Wohnturm aufzusuchen. Vielleicht hatte er sich zwischen seinen Aufzeichnungen und Büchern verbarrikadiert und stellte Leonardo-weiß-was für Berechnungen an. In der Tat war es ihm gestattet, Bücher zu besitzen, astronomische und geografische Schriften aus alter Zeit, als die Ahnen des Volkes der Hohen Lüfte noch am Boden gelebt hatten.

Oddantonio Carpi lebte in einem hölzernen Turm, nicht weit von seinem Steg am Wolkenrand entfernt. Alessia musste hinter den Hügeln einen Bogen schlagen, um dorthin zurückzukehren. Obgleich es ihr gutes Recht war, den Schattendeuter zu Hause aufzusuchen, wollte sie vermeiden, dass die Wachtposten am Steg sie bemerkten.

Interessierst du dich wirklich für ihn? Oder eher für seine Bibliothek? Sie stellte sich diese Frage mehr als einmal, während sie ihr Pferd am Zügel führte, knapp unterhalb der Hügelkuppe, unsichtbar für die Wächter. Aber sie bemühte sich um keine ernsthafte Antwort. Als künftige Herzogin musste ihr allein am Gemeinwohl liegen. Das hatte man ihr von Kind an eingeimpft – und sie hatte bereits früh eine gehörige Abneigung gegen diesen Gedanken entwickelt.

Sie näherte sich dem Turm des Schattendeuters von der Rückseite. Das dreistöckige Gebäude befand sich jetzt genau zwischen ihr und dem Zugang zum Steg und schützte sie vor den Blicken der Wächter. Die beiden Männer standen gut dreihundert Schritt vom Turm entfernt. Das war die Distanz, die Carpi jeden Tag zweimal zurücklegte; am Morgen, wenn er sich auf den Weg machte, um den ersten Schattenriss des Tages zu studieren, und abends, wenn die Sonne versank und der Schatten der Wolkeninsel eins wurde mit der Finsternis am Erdboden.

Sie band das Pferd an einem Fensterknauf fest. Das Glas war mit Staub verkrustet und seit einer Ewigkeit nicht mehr geputzt worden. Unmöglich, einen Blick ins Innere zu werfen.

Der Turm war ein hässlicher Klotz aus dunklem Holz, aber er befand sich nah genug am Rand der Wolken, um bei klarem Wetter eine prächtige Aussicht über die Landschaft in der Tiefe zu bieten. Alessia hatte Carpi oft darum beneidet und vor allem als Kind nie verstanden, warum ihr Vater und sie auf einem übel riechenden Hof zwischen Kuh- und Schweinställen leben mussten, während der Schattendeuter hier draußen wohnen durfte, wo die Luft rein und das Panorama des Erdbodens überwältigend war. Und wo es Bücher gab. Fremde, geheimnisvolle, verbotene Bücher.

Vielleicht hatte sie sich deshalb so abfällig über Cesare Spini und seinen Sohn Niccolo geäußert. Du warst neidisch, stichelte ihre innere Stimme. All die Jahre über neidisch darauf, dass die Spinis das Recht des Lesens für sich gefordert und dafür sogar ihre Verbannung in Kauf genommen hatten.

Das war keine angenehme Erkenntnis, und sie ärgerte sich, dass sie ihr ausgerechnet jetzt kam. Sie wollte nicht an Niccolo Spini denken. Sie hatte ihre eigene Aufgabe.

Vorsichtig schob sie sich um die Ecke des Turms zur Vorderseite. Damit begab sie sich ins Sichtfeld der beiden Wächter – vorausgesetzt, sie blickten gerade in diese Richtung. Alessia dankte dem Großen Leonardo, dass sie am Morgen dunkle Kleidung gewählt hatte; damit hob sie sich kaum von der Holzwand des Turmes ab und war aus der Ferne hoffentlich nicht zu erkennen.

Der Eingang war nicht verschlossen. In Windeseile schlüpfte sie hinein und schob die Tür hinter sich zu.

„Hallo?“, fragte sie zaghaft ins Halbdunkel. „Ist jemand zu Hause?“

Das Erdgeschoss des Turms bestand aus einem einzigen Raum. Eine steile Treppe führte ins Stockwerk darüber. Auch von oben erklang kein Zeichen von Leben. Alessia atmete tief durch. Sie kannte den Geruch alter Bücher von den ledergebundenen Folianten, die sie daheim versteckt hielt, aber hier vermischte er sich mit etwas anderem. Es roch nach Alter und der abgestandenen Luft in Zimmern, die viel zu lange nicht mehr durchgelüftet worden waren.

Sie rüstete sich für den Anblick eines leblosen Körpers in den Schatten, entweder in diesem Raum oder einer der Etagen darüber. Womöglich gab es gar kein Rätsel um das Verschwinden des Schattendeuters. Vielleicht war er unerwartet gestorben; ein schwaches Herz, davon hörte man ja.

Alessia blieb mit dem Rücken zur Tür stehen und wartete, bis sich ihre Augen an das Dämmerlicht gewöhnt hatten. Es gab zwei Fenster, beide völlig verschmutzt. Sie ließen nur bleiche Helligkeit ein, die sich grau um die Silhouetten von Bücherstapeln und bizarren astronomischen Gerätschaften schmiegte. Oddantonio Carpi war ein allein stehender Mann, und das zeigte sich auch an ganz alltäglichen Dingen: Ungewaschene Teller und Schüsseln türmten sich neben einem Bottich ohne Wasser. Halb zerknüllte Kleidung war über Stuhllehnen verstreut – *das* also trug der Schattendeuter unter seinem dunklen Mantel! –, und auf einem Tisch am Fenster lagen mehrere angeschnittene Brotkanten.

„Seniore Carpi?“, rief Alessia noch einmal.

Sie hielt ihre Neugier angesichts der zahllosen Bücher tapfer im Zaum und bewegte sich zögernd auf die Treppe zu. Die Stufen knarrten unter ihren Füßen, als sie nach oben stieg. Zaghaft schob sie den Kopf über den Rand, blieb vorerst mit den Augen auf Bodenhöhe. Da war ein zerwühltes Bett. Eine offene Kleiderkiste. Noch mehr Bücher, viele aufgeschlagen übereinander gestapelt.

Eine weitere Treppe führte auf der anderen Seite des Zimmers hinauf in die höchste Etage des Turms. Alessia rief einmal mehr den Namen des Schattendeuters, ehe sie den Raum durchquerte und sich an den Aufstieg machte. Die Luft schien hier schwerer und irgendwie mürbe, es roch nach schmutziger Wäsche. Auch hier war vermutlich seit Jahren kein Fenster geöffnet worden.

Das Turmzimmer im oberen Stock war mit den unvermeidlichen Folianten, Schriftrollen und Karten voll gestopft, ein Labyrinth aus Papier und weiteren Geräten, die den Himmelsstudien des Schattendeuters dienen mochten. Auch war da eine große Kugel aus Holz, auf die unregelmäßige Umrisse gemalt waren. Sollte das eine Karte darstellen? Eine Spur aus Wachstropfen führte kreuz und quer über die eine Seite der Kugel hinweg. Waren das Markierungen, die den Weg der Wolkeninsel darstellten? Ja, erkannte sie fasziniert, das waren wohl die Länder, die sie überquert hatten. Mit der Fingerspitze folgte sie den verschlungenen Schleifen, bis das Wachs nach hinten hin immer brüchiger und älter wurde. Schon Carpis Vorgänger hatten hier ihre Spuren hinterlassen.

Eine Leiter führte zu einer Luke im Dach des Turms. Alessia kletterte hinauf, entriegelte die Klappe und schob sie zwei Fingerbreit nach oben. Es gab keine Brüstung rund um die Turmplattform; wäre sie nach draußen geklettert, hätte sie riskiert, von den Wächtern am Steg entdeckt zu werden. Stattdessen blickte sie sich nur durch den Spalt um, fand Carpi auch hier oben nicht und zog sich wieder ins Innere zurück.

Ein wenig ratlos kam sie wieder am Boden der Turmkammer zum Stehen. Es reizte sie, alles eingehender zu betrachten, sich in Büchern, Dokumenten und Kartenwerk zu vergraben und die Geheimnisse der Wolkeninsel und ihres Weges auf den Winden zu erforschen. Aber sie wusste auch, dass sie dazu kein Recht hatte, nicht einmal als künftige Herzogin. Widerwillig machte sie sich auf den Weg ins Erdgeschoss, um von hier zu verschwinden, bevor irgendwer sie entdecken konnte.

Irgendwer?, durchfuhr es sie, als sie gerade auf die obere Treppenstufe trat. Wohl kaum. Der Einzige, der sie erwischen konnte, war Oddantonio Carpi selbst. Und der war verschollen. Ganz sicher jedenfalls hielt er sich nicht im Turm auf. Offenbar war er seit Tagen nicht hier gewesen, sonst hätten die Wächter ihn bei seiner Rückkehr bemerkt.

Sie hatte also Zeit. Sie konnte sich umschauen, so lange sie wollte.

Doch wo anfangen? Ratlos stand sie vor den Bergen aus Büchern, den Stapeln von Pergamentrollen und den wundersamen Anordnungen fremdartiger Geräte. Willkürlich wählte sie einen der Tische aus, blätterte in einem Buch, das aufgeschlagen zuoberst lag, fand aber nichts, das sie auf Anhieb zu fesseln vermochte. Zwischendurch horchte sie in die Tiefen des Turms. Nur das Säuseln des Windes. Es klang wie leises Atmen. Hatte sie sich wirklich gründlich genug in den beiden tieferen Etagen umgesehen? Was, wenn Carpi hilflos oder gar tot hinter einem der Tische lag?

Was, wenn sich dort jemand *versteckte*?

Ein Schauder kräuselte die Härchen in ihrem Nacken. Plötzlich verschwamm die Schrift auf dem Papier vor ihren Augen. Hastig legte sie das Buch zurück, ging wieder zur Treppe und schaute hinunter. Niemand. Natürlich nicht. Aber sie sah nicht den ganzen Raum. Dazu musste sie wohl oder übel hinuntersteigen.

Vielleicht war es am besten so. Vielleicht sollte sie einfach machen, dass sie von hier fortkam. Schnell.

Sie warf einen letzten Blick auf all die Schätze aus Papier, dann schlich sie die Stufen hinunter, diesmal merklich leiser als bei ihrem Aufstieg.

Im ersten Stock schaute sie sich gründlicher um als vorhin, warf jetzt auch einen Blick in die Kleidertruhe. An ihrem Boden lag ein altes Wams, die übrige Kleidung war im Turm verteilt. Alessia klappte den Deckel langsam wieder zu, um keinen Lärm zu machen. Die Scharniere quietschten. Sie blickte in alle Ecken und ging schließlich – nach einigem Zögern – vor dem Bett auf die Knie. Ihr war mehr als nur unwohl, als sie den Kopf beugte, um darunter zu schauen. Eine Decke lag auf der mit Stroh gestopften Matratze, ihre Ränder reichten bis zum Boden. Mit klopfendem Herzen hob Alessia den Saum mit dem Zeigefinger nach oben.

Der dunkle Spalt unter dem Bett war nicht leer. Das Licht reichte nur wenige Handbreit in die Tiefe.

Ein Mensch!

Nein, erkannte sie dann. Was sie im ersten Moment für Arme und Beine gehalten hatte, waren weitere Papierrollen, fast gänzlich im Schatten verborgen.

Mit einem Seufzen ließ sie den Deckensaum wieder fallen. Aber etwas stimmte nicht. Sie brauchte einen Atemzug, ehe ihr Verstand die Dinge sortiert hatte und sie stutzig machte. Noch einmal schob sie die Decke beiseite, warf einen zweiten Blick auf die Rollen im Dunkeln.

Am Rand der vordersten Papierrolle war ein Siegel angebracht. Das Siegel der Medici. Es wurde heutzutage nicht mehr benutzt, aber Alessia kannte es von den verbotenen Büchern, die sie zu Hause aufbewahrte. Alle Schriften, die schon den Ahnen ihrer Familie in Florenz gehört hatten, trugen dieses Zeichen. Dass auch diese Papierrollen damit gekennzeichnet waren, bedeutete dreierlei. Erstens, sie stammten eindeutig aus dem Besitz des Herzogs. Zweitens, sie hatten sich in der Geheimkammer befunden, in der alle verbotenen Schriften der Familie lagerten und zu der allein Alessia und ihr Vater Zugang hatten. Und drittens, sie waren zu einer Zeit erstellt worden, als das Volk der Hohen Lüfte noch gar nicht existiert hatte.

Alessia schob den Arm unters Bett und zog wahllos mehrere Rollen hervor. Sie waren lang, fast einen Meter, und sie trugen ausnahmslos das herzogliche Siegel. War es möglich, dass ihr Vater sie dem Schattendeuter anvertraut hatte? Schwer vorstellbar. Dass der Herzog irgendein Stück aus der geheimen Bibliothek herausgab, hielt sie für undenkbar.

Sie löste ein Band, das eine der Rollen zusammenhielt, und breitete das Papier am Boden aus. Es war bräunlich verfärbt und sehr brüchig. Als sie es glatt strich, erschien sofort ein feiner Riss. Sie musste noch vorsichtiger sein.

Es waren Zeichnungen. Erstaunliche geometrische Entwürfe, voll geschrieben mit Zahlen und Anmerkungen in einer unleserlichen Handschrift. Für Alessia sahen sie aus wie Pläne einer wunderlichen Maschinerie, ohne dass sie deren äußere Form oder gar Funktion erkennen konnte. Es schien sich um Teile eines komplizierten Innenlebens zu handeln, ein Wirrwarr aus Zahnrädern, Spulen und Kettenzügen.

Sie nahm eine zweite Rolle und öffnete sie über der ersten.

Alessia blieb die Luft weg. Der Umriss war unverwechselbar, auch ohne Kenntnis der Details im Inneren.

Sie rupfte die dritte Rolle auf, jetzt sehr viel achtloser, so aufgeregt war sie. Am Rand bröckelten winzige Papierflocken ab, aber das war ihr im Augenblick egal.

Noch mehr Zeichnungen haarfeiner mechanischer Konstruktionen. Und auf der rechten Seite, von unten nach oben, eine weitere Darstellung der gesamten Außenansicht.

Ihre letzten Zweifel vergingen. Dies waren Baupläne.

Die Baupläne der Aetherpumpen.

Sie stemmte beide Handflächen auf das obere Papier und holte tief Luft. Ihr schoss der Gedanke durch den Kopf, dass sie bei aller Überraschung und Entrüstung noch nicht einmal ansatzweise erfassen konnte, *wie* sensationell diese Entdeckung war.

Von Kind an hatte man ihr beigebracht, dass die Funktionsweise der Pumpen unbekannt war. Das alte Wissen um ihre Erbauung war schon vor Generationen verloren gegangen. Nicht einmal die Pumpeninspekteure wussten, wie das Innere der schwarzen Türme aussah. Der Große Leonardo hatte sie vor einem Vierteljahrtausend entwickelt, mit ihrer Hilfe war die Wolkeninsel erschaffen worden. Die Technik, die er dazu benutzt hatte, war seither in Vergessenheit geraten.

Und nun lag all das vergessene Wissen vor ihr ausgebreitet auf dem staubigen Boden eines Schlafzimmers.

Denk nach!, hämmerte es in ihrem Kopf. Du darfst jetzt nichts übersehen. Nicht das kleinste Detail!

Warum hier? Weshalb unter dem Bett des Schattendeuters? Hätte ihr Vater von den Plänen gewusst, dann hätte er ihr davon erzählt. Viel wahrscheinlicher war, dass nicht einmal Carpi selbst sie aus der herzoglichen Geheimbibliothek gestohlen hatte, sondern einer seiner Vorgänger. Vielleicht schon vor hundert, eher noch zweihundert Jahren. Seitdem mochten sie in diesem Turm versteckt liegen.

Aber warum?, fragte sie sich erneut. Weshalb war die Existenz dieser Pläne all die Jahre über verschwiegen worden?

Hätten die Zeitwindpriester dahinter gesteckt, Alessia hätte es zumindest nachvollziehen können. Die Priesterschaft unterdrückte seit jeher jegliche Form von Überlieferung und Wissen. Aber der Schattendeuter?

Wieso, verdammt?

Einmal mehr horchte sie in die Tiefen des Turms. Nichts. Kein noch so leiser Laut.

Sie zog auch die übrigen Rollen unter dem Bett hervor, zwölf Stück, alles in allem. Jede mit dem Siegel der Medici gekennzeichnet, jede einzelne mit Dutzenden Zeichnungen rätselhafter Mechanismen überzogen. Vielleicht der größte Schatz, den das Volk der Hohen Lüfte jemals besessen hatte.

Ein einziger Blick genügte, um zu erfassen, dass heutzutage niemand auf der Insel mehr in der Lage war, eine derartige Konstruktion zu erbauen. Gegenstände aus Metall wurden von einer Generation an die nächste vererbt, unbrauchbare Messerklingen und Pflüge eingeschmolzen und wiederverarbeitet. Undenkbar, solche gewaltigen Bauten wie die Aetherpumpen ohne die nötigen Rohstoffe herzustellen.

Und trotzdem – es war *falsch*, diese Pläne geheim zu halten.

Ihr Vater musste davon erfahren, das ganze Volk. Allein die Vorstellung, welche Gesichter die Priester machen würden, zauberte Alessia ein Grinsen um die Mundwinkel. Alles würde anders werden. Die Priesterschaft würde an Macht verlieren. Womöglich geriete gar der Glaube an den Zeitwind ins Wanken.

Hatten sich die Schattendeuter ebenso vor der Bedeutungslosigkeit gefürchtet wie die Priester? Hatten Carpi und seine Vorgänger diese Dokumente deshalb unter Verschluss gehalten? Unter einem *Bett*! Und überhaupt, was für ein erbärmliches Versteck war *das*?

Alessia riss einen Streifen vom Bettlaken ab und band die zwölf Rollen damit zu einem großen Bündel zusammen. Irgendwie musste es ihr gelingen, sie zu sich nach Hause zu schaffen. Was, wenn es regnete? Sie musste sie sicher verpacken. Aber womit?

Während sie sich umschaute, fiel ihr noch etwas ein. Wenn nun Carpi die Rollen nur provisorisch unter dem Bett verstaut hatte? Womöglich hatte er sie neulich erst studiert und nur kurzfristig beiseite geschoben. Weil ihm etwas Wichtiges eingefallen war. Oder dazwischengekommen. Weil er sich in aller Eile aufgemacht hatte, um etwas zu überprüfen!

Sie sprang auf und lief ans Fenster. Mit dem Handballen wischte sie Staub vom Glas und sah hindurch. Um die Wolkengipfel lag ein heller Rand; von der Rückseite beschien sie noch immer die sinkende Sonne. Schmal, aber deutlich zu erkennen, standen dort oben die Aetherpumpen.

Da wusste sie, wo sie den Schattendeuter suchen musste.

Unter dem Aether

Nachdem Alessia die Rollen endlich in ihrer Kammer versteckt hatte, war es dunkel. Sie lagen jetzt – ausgerechnet! – unter ihrem eigenen Bett. Auf die Schnelle war ihr kein besserer Ort eingefallen.

Ihr Vater war noch immer mit den ewig gleichen Beratungen beschäftigt. Sie wich den Mägden im Haupthaus aus, die sich sonst wohl gewundert hätten, weshalb die Tochter des Herzogs so spät am Abend noch einmal ausritt. Im Stall wählte sie ein neues Pferd, führte es am Zügel ins Freie und ließ es ohne Hast vom Hof traben. Viele Häuser der Ortschaft waren beim Absturz der Insel beschädigt, manche zerstört worden. Selbst im Dunkeln gingen die Reparaturen bei Fackelschein weiter, überall wurde abgerissen, aufgeräumt und aus altem Holz neu gezimmert.

Erst weiter draußen trieb sie das Pferd zum Galopp und preschte durch die Nacht dem höchsten der fünf Wolkenberge entgegen. Sein Umriss war nur noch schwach vor dem blauschwarzen Himmel auszumachen. Wenn sie dort ankäme, würde es vollkommen finster sein.

Natürlich hätte sie ihren Vater in alles einweihen oder zumindest ein paar Männer der Leibgarde zu ihrem Schutz abkommandieren können. Aber der Herzog hatte sie einmal zu oft vor den anderen Ratsmitgliedern zurechtgewiesen. Sie hatte die Gefahr durch die Baumkreaturen ausgekundschaftet und war dafür gedemütigt worden. Und Soldaten einzuweihen, ohne zuvor ihren Vater zu informieren, kam erst recht nicht in Frage.

Die größte Ansammlung von Aetherpumpen befand sich auf dem höchsten Berg. Der Hof der Spinis stand nicht weit von seinem Fuß entfernt. Sie wusste, dass Niccolo dort manchmal Tauben schoss. Tatsächlich wusste sie vieles über ihn, aber das ahnte er nicht.

Ob er schon auf einen Drachen gestoßen war? Sie zweifelte daran. Ihr Vater war ein Narr, allein auf Niccolos Rückkehr zu vertrauen.

Sie ließ sich von ihrem Ross so weit wie möglich bergauf tragen, aber irgendwann wurde der Pfad durch die Wolken so steil, dass sie abstieg und das Tier am Zügel führte. Auf dem wattigen Boden verursachten seine Hufe kaum Geräusche. Trotzdem band sie es unterhalb des Gipfels an einem weißen Wolkenauswuchs fest und legte den Rest des Weges zu Fuß zurück.

Der Gipfel war ein höckeriges Gelände aus geronnenen Dunstballen. Sechs Aetherpumpen erhoben sich dort oben in einem weiten Kreis, der von einer Seite zur anderen zweihundert Meter maß. Vereinzelte Pumpen standen auch auf den Kämmen, die die Wolkenberge weiter unten miteinander verbanden, aber im Dunkeln waren sie ebenso unsichtbar wie jene auf weiter entfernten Gipfeln.

Zuletzt war Alessia mit den Mitgliedern des Rates hier oben gewesen, nur wenige Stunden bevor die Insel aus den Hohen Lüften gestürzt war und sich zwischen den Felsgiganten verkeilt hatte. Fast zwei Wochen lag das jetzt zurück. Damals war aus dem Inneren der Pumpen noch das geheimnisvolle rhythmische Stampfen erklungen, während Aether aus den Regionen über dem Himmel hinab in die Wolken floss. Heute wusste keiner, wie lange die Insel ohne Aethernachschub standhalten würde.

Auf dem Gipfel herrschte Stille. Nur der Wind peitschte flüsternd darüber hinweg und wirbelte Alessias dunkelrotes Haar auf. Sie fröstelte. Zugleich ärgerte sie sich, weil sie in ihrer Eile nicht an wärmere Kleidung gedacht hatte.

Keine Menschenseele war zu sehen, aber das hatte nichts zu bedeuten. Zwischen den Wolkenbuckeln gab es genug Verstecke für eine Hundertschaft, ganz abgesehen von den Eisenfundamenten der sechs Pumpen, die breit genug waren, um ein ganzes Haus zu verbergen.

Und nun?, fragte sie sich. Was tust du hier oben?

Sie bewegte sich geduckt auf die nächste Aetherpumpe zu, ein mächtiger schwarzer Turm, der zwanzig Meter über ihr mit dem Nachthimmel verschmolz. Als sie ihn erreichte, spürte sie, dass das Metall vibrierte. Vermutlich lag das an den Höhenwinden, nicht an Leben im Inneren. Sie umrundete die Pumpe und lief dann weiter zur nächsten.

Erst bei der fünften wurde sie fündig.

Beinahe wäre sie an der schwarzen Öffnung im Eisen vorbeigelaufen, ohne sie zu bemerken. Zaghaft ging sie darauf zu, streckte die Hand aus – und fasste ins Leere. Fassungslos blieb sie stehen. Hatte es nicht immer geheißen, es gäbe keine Zugänge zu den Pumpen?

Sie hatte Kerzen und Zündzeug eingesteckt, aber sie wagte nicht, eine Flamme zu entfachen. Das hätte sie von weitem für jedermann sichtbar gemacht.

Geh schon!, flüsterte es in ihr. Nun mach endlich!

Sie hatte niemandem erzählt, wohin sie reiten wollte. Falls ihr etwas zustieß, konnte es Tage dauern, bis irgendwer das Pferd entdeckte – falls es sich nicht losriss und allein zurückkehrte. Bei den Pumpen würde man zuletzt nach ihr suchen. Wahrscheinlich würden alle annehmen, sie sei heimlich zum Erdboden ausgerissen. Niemand würde nach ihr suchen. Nicht hier und auch nirgends sonst.

Hör auf damit! Kehr entweder um, oder *tu* irgendwas! Aber hör auf, dir selbst Leid zu tun!

Sie machte einen Schritt nach vorn. Dann noch einen. Zögernd trat sie durch das eiserne Rechteck ins Innere der Aetherpumpe.

Schwärze umfing sie. Der Wind, der draußen um die Eisenwände strich, klang hier drinnen wie das Winseln eines verletzten Tiers. Von irgendwoher ertönte ein metallisches Klappern.

Sie hob den Blick und ließ ihn langsam aufwärts durch die Finsternis schweifen. Erst als ihr Kopf weit im Nacken lag, sah sie den hellen Fleck, so hoch, dass er ihr seltsam unwirklich erschien. Quälend langsam gewöhnten sich ihre Augen an die Dunkelheit. Im armseligen Schein des Lichts von dort oben schälten sich ganz allmählich Formen aus der Schwärze.

Noch ein paar Schritte weiter, und sie wäre gegen eine Wand gelaufen. Die gegenüberliegende Seite konnte das noch nicht sein. Vielmehr schien sich im Inneren der Aetherpumpe ein zweiter, schmalerer Turm zu befinden. Ein Rohr, dachte sie staunend, durch das der Aether in die Tiefen der Wolkeninsel floss.

Je länger sie reglos dastand und ihren Augen Zeit gab, desto klarer wurde ihre Sicht. Nach einer Weile wagte sie, mit dem Fuß weiter nach vorn zu tasten – und trat prompt ins Leere. Mit einem erschrockenen Laut zuckte sie zurück, biss sich auf die Lippen und kämpfte abermals gegen den Drang an, die Flucht zu ergreifen.

Da war ein Loch vor ihr im Boden! Absolut unsichtbar im Dunkeln. Die vage Helligkeit von oben reichte nicht bis zu ihr herab.

Vorsichtig ging sie in die Hocke und tastete mit der Hand nach der Kante. Nachdem sie dem Verlauf ein Stück weit gefolgt war, erahnte sie, dass es sich um einen Schacht handelte, der rund um das mächtige Rohr im Zentrum der Pumpe verlief. Möglicherweise bedeutete dies, dass es einen Weg gab, an dem Rohr entlang nach oben oder unten zu klettern.

Das Licht über ihr bewegte sich. Und jetzt hörte sie eine Stimme. Nein, zwei Stimmen.

Männer, die miteinander stritten.

Hohl hallten die Worte von den Eisenwänden wider, wurden auf dem Weg nach unten verzerrt und waren nicht mehr zu verstehen.

Alessia verengte die Augen und starrte noch angestrengter in die Höhe. Sie machte wieder einen Schritt zurück, um nicht das Gleichgewicht zu verlieren und in den Schacht zu stürzen. Er mochte zwei Meter tief sein oder zweihundert, sie wusste es nicht. Und sie hatte nicht vor, es herauszufinden.

Jetzt erkannte sie, dass das Licht von einer Öllampe stammte. Jemand hielt sie in der ausgestreckten Hand. Und da war noch eine zweite Gestalt. Beide standen auf einer Wendeltreppe, die an der Außenseite des Rohrs entlanglief. Der Streit wurde heftiger. Jetzt waren die Wortfetzen laut genug, um teilweise verständlich zu sein.

„... nichts davon gesagt ..."

„... kein Geheimnis bleiben ..."

„... wenn irgendwer erfährt ..."

„... der Aether befiehlt ..."

Der Aether befiehlt?, dachte Alessia verwirrt.

Plötzlich ertönte ein Schrei, gefolgt von einem lang gezogenen „*Nein!*".

Sie erkannte zu spät, dass etwas durch die Finsternis auf sie zuraste. Sie hörte es kommen, bevor sie es sah, ein anschwellendes Brüllen, vermischt mit einem sausenden Laut. Da stürzte ein Mensch in die Tiefe!

Kaum hatte sie den Gedanken gefasst, schlug der Mann auch schon auf, unmittelbar vor ihr. Der Luftzug war so nah und der Aufprall so heftig, dass sie im ersten Augenblick glaubte, sie sei gestreift worden, vielleicht verletzt. Sie stolperte zurück, beinahe niedergeworfen von Schock und Entsetzen. Ihre Stimme versagte, als sie schreien wollte, nicht mal ein Röcheln kam über ihre Lippen.

Dafür ertönte ein Keuchen aus der Dunkelheit vor ihr. Der Mann lebte noch! Sie konnte ihn nicht sehen, nicht einmal seinen Umriss, aber sie hörte ihn stöhnen. Dann ein Rascheln, als er sich bewegte. Plötzlich legte sich eine Hand um ihren Knöchel und packte so fest zu, dass es wehtat.

Alessia erschrak bis in die Haarspitzen. Sie wollte sich losreißen. Zurückspringen.

Aber es ging nicht.

Ihr Blick schoss nach oben, am Innenrohr der Aetherpumpe hinauf. Der Lichtpunkt war verschwunden. Erst einige Herzschläge später wurde ihr der Grund bewusst: Die Lampe befand sich von ihr aus gesehen jetzt *hinter* dem Rohr. Wer immer sie trug, er bewegte sich weiter auf der Wendeltreppe um das Rohr herum. Entweder weiter nach oben – oder aber zu ihr herunter!

Panik drohte ihre Bewegungen einzufrieren. Stockend sank sie in die Hocke und legte ihre Hand auf jene des Mannes, der da mit ersterbendem Röcheln vor ihr lag. Sie wollte etwas sagen, ihn irgendwie trösten, am besten gar Hilfe holen – aber das hätte ihre Anwesenheit auch der zweiten Gestalt mit der Lampe verraten. Gut möglich, dass die sie bislang noch gar nicht entdeckt hatte.

War der Mann am Boden Oddantonio Carpi? Allein anhand seines Stöhnens konnte sie ihn nicht erkennen. Er *mochte* es sein. Oder ein anderer.

Schlagartig zerrte die Hand des Sterbenden an ihr – zerrte so kräftig, dass sie mit einem Ruck einen ganzen Schritt weit nach vorn gezogen wurde.

Die Bewegung kam so überraschend und mit solcher Gewalt, dass sie das Gleichgewicht verlor und nach hinten fiel. Irgendwie gelang es ihr, sich im Dunkeln abzustützen, knickte sich dabei fast das linke Handgelenk um und begann, wild mit den Beinen zu strampeln.

Die Hand des unsichtbaren Mannes blieb fest um ihren Knöchel gekrallt, ganz gleich, wie sehr sie ihr Bein auch schüttelte. Und er zog sie noch immer nach vorn, weiter auf den Schacht rund um das Innenrohr zu.

Da begriff sie. Der Mann rutschte ab! Er musste bei seinem Sturz am Rand des Schachts aufgekommen sein und wurde jetzt vom eigenen Gewicht über die Kante gezogen.

Das Einzige, was ihn noch oben hielt, war *sie*. Und nun drohte er sie mit sich in den Abgrund zu reißen!

Schritte ertönten oben auf der Wendeltreppe. Das Licht war wieder da. Und es kam näher. Der Lampenträger war tatsächlich auf dem Weg nach unten. Sie konnte nicht erkennen, wie viele Windungen der Treppe noch vor ihm lagen, ehe er den Boden erreichen würde, aber es konnten nicht mehr allzu viele sein.

Das Ziehen an ihrem Bein wurde jetzt so heftig, dass sie kaum noch dagegen ankam. Angsterfüllt versuchte sie erst, den Mann zurückzuziehen, ihn vor dem Absturz zu retten, aber ihr wurde schnell klar, dass sie viel zu schwach war; er wog sicher doppelt so viel wie sie. Ihr blieb nur, die Finger des Sterbenden zu lösen, ihre eigenen unter seine zu schieben, aber nicht einmal das wollte ihr gelingen. Die Hand hielt sie fest wie ein Schraubstock, ihre Muskeln verkrampft um das letzte Stück Hoffnung, das ihn vor einem Sturz in noch größere Tiefen bewahrte.

Mit beiden Händen versuchte sie erneut, sich irgendwo festzuhalten, während sie tiefer in die Schwärze gezerrt wurde. Sie lag jetzt auf der Seite, rutschte mit Knie und Oberschenkel über den Boden, während sie wild um sich griff und doch nirgends Halt fand.

Wieder tauchte über ihr das Licht auf, der Lampenträger umrundete eine weitere Windung der Treppe. Diesmal erkannte sie wehende Gewänder, einen Mantel oder Umhang – der Schattendeuter! Wer immer also da vor ihr lag und sie mit sich ins Verderben zu reißen drohte, Carpi war es nicht. Wahrscheinlicher war, dass der Schattendeuter selbst ihn von der Treppe hinabgestoßen hatte.

Die Lampe verschwand wieder hinter dem Innenrohr.

Höchstens noch drei Windungen, dann würde er bei ihr sein. Aber würde er ihr helfen? Oder sie als Mitwisserin hinab in den Schacht stoßen?

Alessia zappelte heftiger. Ihr freier Fuß traf auf Widerstand, die Schulter vielleicht, aber der Griff um ihren Knöchel ließ nicht nach. Das Stöhnen des Mannes verstummte plötzlich, und sie fragte sich, ob er seinen Verletzungen erlegen war und ob es nun ein *Toter* war, der sie mit sich in den Abgrund zog. Das ließ sie noch heftiger strampeln, und nun musste auch der Schattendeuter auf den Stufen sie hören.

Wieder umrundete das Licht eine Treppenwindung – und diesmal verharrte es für einen Augenblick. Der Schein flackerte auf Alessia herab, fiel auch auf den reglosen Körper, der an ihrem Bein hing. Sie erkannte ihn.

Sandro Mirandola, der oberste Inspekteur der Aetherpumpen.

Ihm war dieser Ort unterstellt, und wenn überhaupt irgendwer das Recht hatte, hier zu sein, dann er. Seine Augen waren weit aufgerissen und starrten sie an, doch Alessia war nicht sicher, ob Mirandola sie noch sah oder sein Blick bereits gebrochen war.

Und noch etwas entdeckte sie. Nur sein Oberkörper befand sich noch über der Kante des Abgrunds. Sein gesamtes Körpergewicht hing an ihr, und mit jedem Herzschlag rutschte sie weiter auf den Rand des Schachts zu. Noch immer pochte in ihrem Hinterkopf das Verlangen, ihm irgendwie zu helfen, aber dazu war es längst zu spät. Sie konnte ja nicht einmal sich selbst helfen.

Das Licht verschwand hinter dem Innenrohr, Mirandola und sie selbst versanken wieder in Finsternis. Noch eine Windung, dann würde der Schattendeuter den Boden erreichen. Und kein Meter mehr, dann wurde auch sie über den Rand gezogen.

Noch einmal versuchte sie, ihn abzuschütteln. Mit einem Mal lockerte sich der Griff um ihren Knöchel ein wenig, zog sie zwar immer noch weiter, gab dann aber dem Gewicht von Mirandolas Körper nach – und ließ los.

Unvermittelt war Alessia frei. Mit einem verzweifelten Aufschrei schob sie sich nach hinten, wieder fort von dem Abgrund, und presste sie sich die Hände auf die Ohren, als der Inspekteur in die Tiefe stürzte. Sie hörte trotzdem, wie er die Wände des Schachts streifte, dann blendete sie die Wirklichkeit aus, zog sich vollkommen in sich selbst zurück, registrierte weder einen Aufschlag noch die Stimme des Schattendeuters, der jetzt mit erhobener Lampe über ihr stand und auf sie herabblickte.

Mehrfach ging sein Mund im Schein der Öllampe auf und zu, bis sie begriff, dass er ihren Namen rief, dass er sie anbrüllte, und dann ging er neben ihr in die Hocke, holte mit der freien Hand aus und versetzte ihr eine kräftige Ohrfeige.

Der Schlag riss sie zurück ins Hier und Jetzt. Sie ließ die Hände sinken, konnte wieder hören, und versuchte zugleich, rückwärts von ihm fortzukriechen.

„Ach, Alessia …“, seufzte der Schattendeuter, trat an ihr vorbei und schleuderte hinter ihr die Eisenpforte des Pumpenturms zu. Das metallische Krachen war ohrenbetäubend.

Einen Herzschlag später realisierte sie, dass sie mit dem Schattendeuter im Inneren der Aetherpumpe eingeschlossen war.

„Warum bist du hergekommen?“, fragte er, als er wieder vor sie trat. Die Lampe pendelte an seiner rechten Hand, das Flammenzucken verwandelte sein Gesicht in eine gelbe Grimasse.

Sie rang um ihre Fassung, um eine Rückkehr ihrer Würde, um letzte Kraftreserven. „Was hast du jetzt vor?“, ächzte sie. „Willst du mich auch umbringen?“

„Dich?“ Er hob eine Augenbraue. „Warum sollte ich das tun?“

„Du hast Sandro Mirandola ermordet!“, schrie sie ihn an. „Du hast ihn von der Treppe gestoßen!“

Er schüttelte sachte den Kopf. „Du hast ja keine Ahnung.“

„Ich habe es gesehen!“ Aber hatte sie das wirklich? Sie hatte Mirandola lediglich fallen sehen, und nicht einmal das besonders deutlich.

„Er hat mich angegriffen.“ Carpi streckte ihr eine Hand entgegen, um ihr aufzuhelfen.

Sie hatte den Pumpeninspekteur nicht besonders gut gekannt, aber auf sie hatte er stets den Eindruck eines sanftmütigen, verschlossenen Menschen gemacht. Die Vorstellung, dass er sich dort oben auf den Schattendeuter gestürzt haben könnte, schien ihr absurd.

Sie achtete nicht auf seine Hand, sondern versuchte aus eigener Kraft, auf die Beine zu kommen. Schwankend, aber einigermaßen sicher, kam sie zum Stehen. Carpi schwenkte die Lampe wieder höher, um ihr Gesicht zu beleuchten. Das Licht brannte in ihren Augen. Sie konnte nicht mehr erkennen, wo in der umliegenden Finsternis die Tür gewesen war.

Ihr Gewissen drängte sie zum Rand des Schachts, um

nach Mirandola zu sehen. Aber sie wusste zweierlei mit unumstößlicher Sicherheit: Zum einen würde sie ihn dort unten nicht mehr sehen, dazu war es viel zu dunkel und der Schacht wahrscheinlich auch zu tief; und zum zweiten würde sie den Teufel tun und sich mit Carpi im Rücken dem Abgrund nähern.

Sie hatte Angst vor ihm, höllische Angst, aber sie war nicht bereit, sich das anmerken zu lassen. Angespannt blieb sie vor ihm stehen, versuchte sogar, seinen stechenden Blick zu erwidern.

Er schien sie anzulächeln, aber das mochte eine Täuschung von Licht und Schatten sein. „Sag mir jetzt bitte, warum du hier bist."

„Ich bin die Tochter des Herzogs!"

Nun lachte er tatsächlich, wenn auch sehr leise. „Das ist mir durchaus bewusst, Alessia. Aber das erklärt nicht, warum du dich auf diesem Berg herumtreibst."

Sie sammelte sich, bekam aber keine Ordnung in das Durcheinander in ihrem Kopf. Dann sagte sie kurzerhand die Wahrheit. „Ich weiß Bescheid über die Konstruktionspläne." Sie zögerte. „Für die Pumpen."

Einen Moment lang wirkte er tatsächlich überrascht. „So?"

„Und ich habe meinem Vater davon erzählt."

„Hast du das?"

„Natürlich."

Er seufzte leise. „Weißt du, Alessia, du musst verzeihen, aber" – ein Kopfschütteln – „das glaube ich dir nicht. Willst du wissen, *was* ich glaube? Dass du überhaupt keinem Menschen erzählt hast, dass du hierher gekommen bist. Dass du wieder einmal auf eigene Faust versucht hast, die Dinge zu regeln. Dass du einmal mehr die Heldin spielen wolltest – so wie vor ein paar Tagen, als du die Felsen hinuntergeklettert bist." Er machte einen halben Schritt auf sie zu. „Glaubst du, ich wüsste nicht, was in dir vorgeht? Dein Vater erwartet von dir, dass du Herzogin wirst. Aber du selbst weißt nicht, ob du das wirklich willst. Und dann sind da die Priester und die anderen Ratsmitglieder, die alle gegen dich sind und gar nicht begreifen, dass sie dich mit ihrem Widerwillen erst recht dazu treiben, das Erbe deines Vaters anzutreten. Nur um ihnen eins auszuwischen. Ich kenne dich, Alessia. Du warst schon als kleines Mädchen eigensinnig. Wenn man dir sagt, tu das nicht, dann tust du es erst recht. Nicht anders ist es mit der Herzogswürde. Solange sich alle gegen dich stellen und lautstark lamentieren, wirst du auf jeden Fall die Herzogin der Hohen Lüfte werden. Dabei wäre es so simpel – alle müssten sich nur zusammentun und dich *bitten*, das Erbe anzutreten. Und schon wärest du die Erste, die sich weigern würde." Er schüttelte abermals den Kopf. „Aber das will einfach nicht in die Dickschädel dieser alten Narren hinein. Sie verstehen dich nicht. Ganz im Gegensatz zu mir."

Das war genug, um sie zum Nachdenken zu bringen; später, wenn sie Zeit dazu hatte. Sie ballte die Fäuste und überlegte, ob er tatsächlich stärker wäre als sie. Sicher, er war ein Mann und viel älter als sie, aber er war auch hager wie ein Gerippe und sah alles andere als kräftig aus.

„Ich habe nichts getan, das dem Volk der Hohen Lüfte schaden könnte", sagte er sanft. „Ganz im Gegenteil."

„Das glaube ich dir nicht."

Er zuckte die Achseln. „Du hast gesagt, du hast die

Konstruktionszeichnungen gesehen? Das heißt, du hast in meinem Turm herumgeschnüffelt." Wieder beugte er sich kaum merklich vor. „Bist sogar unter mein Bett gekrochen."

„Das war ein dummes Versteck", gab sie zurück und musste zugleich daran denken, dass die zwölf Rollen jetzt unter *ihrem* Bett lagen.

„Ich habe nicht damit gerechnet, dass die Tochter des Herzogs in mein Schlafzimmer einbricht."

Er versuchte, sie zu verunsichern. Wollte, dass sie sich lächerlich vorkam. Nun, zumindest damit hatte er Erfolg.

„Also?", fragte er. „Was jetzt?"

Sie straffte sich. „Jemand sollte nachsehen, wie es Seniore Mirandola geht."

Er hielt ihr die Lampe hin. „Hier."

Unschlüssig nahm Alessia sie entgegen. „Ich soll in den Schacht steigen?"

„Du musst nur die Treppe hinuntergehen. Das ist nicht schwer."

„Das werde ich ganz sicher nicht tun."

„Dann wird der gute Mirandola wohl vergeblich auf Hilfe warten. *Falls* er noch wartet. Was ich, ehrlich gesagt, für ziemlich unwahrscheinlich halte."

„Ich möchte jetzt nach Hause gehen." In ihren Eingeweiden grub die Panik wie ein in die Enge getriebenes Tier.

„Ja", sagte er, „das habe ich befürchtet."

„Ich – "

Und dann wusste sie, warum er ihr die Lampe gegeben hatte.

Der Schattendeuter trat rückwärts in die Finsternis, tauchte darin unter wie in einem stillen nächtlichen See.

Sie setzte hinter ihm her. Die Lampe schwankte. Etwas schlug gegen das Glas, um es zu zertrümmern. Aber die Flamme erlosch nicht. Alessia hörte ein metallisches Quietschen, sah ganz kurz einen dunkelgrauen Streifen inmitten der Schwärze, eine huschende Gestalt.

Die Pforte schlug zu. Der Schattendeuter war fort. Etwas klickte an der Außenseite.

Alessia blieb allein in der Finsternis zurück.

Straße aus Lava

„Und ich dachte, Ihr seid ein Mönch."

Feiqing senkte enttäuscht den Blick und schaute auf seine unförmigen Füße. Die mandarinengroßen Zehen schlappten beim Laufen auf und ab wie Plüschbommeln.

„Ein Mönch bin ich nicht", sagte Meister Li. „Sonst würde ich andere nicht gegen Bezahlung durch die Wildnis führen, nicht wahr?" Er benutzte seine Schaufellanze wie einen Wanderstab und setzte das stumpfe Ende bei jedem Schritt in den Staub des Bergpfades. „Aber wenn es dich beruhigt, mein guter Feiqing, dann lass dir gesagt sein, dass ich sehr wohl ein Mann des Tao bin." Feiqing schien noch nicht recht überzeugt und nickte eher halbherzig, daher setzte Li hinzu: „Ich bin ein Fangshi."

Niccolo horchte auf. Seit sie die Herberge verlassen hatten, hatte er kaum gesprochen. Die meiste Zeit über hatte er versucht, die Erinnerung an Mondkind abzuschütteln, doch je stärker er das versuchte, desto deutlicher kehrten die Einzelheiten ihrer Begegnung zu ihm zurück. Ihr Geruch, die Berührung ihrer Hand, das Gefühl, eine Verbindung zu spüren, die ganz plötzlich da war. All das legte sich sogar über seine Sorge um die Wolkeninsel, und das bereitete ihm ein wirklich schlechtes Gewissen.

Lis Worte rissen ihn aus seinen wehmütigen Grübeleien und Schuldgefühlen. „Was ist ein Fangshi?", fragte er.

„Ein Wunderheiler“, sagte Nugua. Sie klang wieder einmal mürrisch, so als wüsste sie genau, an wen Niccolo gerade gedacht hatte.

„Ein Magier!“, rief Feiqing begeistert.

Meister Li schlug sich mit der linken Hand auf den gewaltigen Bauch. Manchmal schien er das zu tun, um sein Vergnügen zu zeigen, auch wenn er nicht dabei lachte. „Nichts von beidem“, widersprach er, „und doch von beidem ein bisschen.“

„Aha“, machte Niccolo und verstand nichts.

„Früher waren die Fangshi die offiziellen Magier des Kaisers“, erklärte Feiqing und ließ Li dabei nicht aus den Augen. „Aber das ist vorbei, seit die Mandschu China besetzt halten. Der Kaiser, den sie auf den Thron gesetzt haben, ist nur eine Strohpuppe. Eigene Berater wie die Fangshi sind ihm nicht gestattet. Stattdessen ist er von einem engen Kreis von Mandschuministern umgeben, die jede Entscheidung für ihn treffen.“

„Dunkle Zeiten“, bestätigte Meister Li.

Feiqing war nun wieder ganz in seinem Element. Seine Schwanzspitze wedelte vor Begeisterung. „Die Fangshi waren weise Männer, die nach den Regeln des Tao lebten, nach den Lehren des Weisen Laotse. Sie waren bedeutende Weissager, Himmelsdeuter und Ärzte, und manche von ihnen konnten Dämonen austreiben. Für den Kaiser haben sie sogar Verbindung zu den Geistern der Toten aufgenommen.“

Niccolo schenkte Li einen argwöhnischen Seitenblick, aber der grinste nur mit dicken Backen.

„Viele Fangshi kamen zu großem Reichtum – “

„Nicht ich“, bemerkte Li.

„ – und zu noch größerem Einfluss.“

„Das ist lange her.“

Feiqing ließ sich davon nicht beirren. „Manchen sagte man nach, sie wüssten um das Geheimnis der ewigen Jugend –“

Li winkte ab. „Gerede.“

„ – und die Unsterblichkeit.“

Niccolo runzelte die Stirn. „Aber was wurde aus den Fangshi, nachdem die Mandschu sie vom Kaiserhof vertrieben hatten?“

Feiqing stutzte und sah wieder Li an. „Ja … was eigentlich?“

„Sie zogen sich ins Verborgene zurück“, sagte der Mann mit der Lanze. „In geheime Keller unter der Hauptstadt. In die Wälder und Berge. Manche fuhren gar aufs Meer hinaus – “

Feiqings Augen leuchteten. „Um die Insel der Unsterblichkeit zu finden?“

„Nein“, sagte Li, „um schneller zu sein als die Mandschu, die ihnen die Haut abziehen wollten.“

Nuguas Gesicht schien selbst dann beständig im Schatten zu liegen, wenn Sonnenschein durch die Lücken zwischen dem schroffen Felsen fiel und ihr Weg durch ein Raster von Hell und Dunkel führte. „Du siehst nicht alt genug aus, um dich an die Zeiten vor der Mandschuherrschaft zu erinnern.“

Li lächelte geheimnisvoll. „Laotse sagt: Ein guter Weg hat keine Spur.“

Niccolo blieb stehen und zeigte nach vorne. „Sagt Laotse auch irgendwas über *diesen* Weg?“

Vor ihnen endete der Pfad an einer scharfen Felskante.

Als sie sich dem Abgrund näherten, sah es aus, als sei ein Teil des Berges wie von einer Flut fortgerissen worden. Ein steiler Abhang aus Geröll führte in die Tiefe und ging weiter unten in ein Tal aus schwarzem Gestein über.

Zum ersten Mal wurde Niccolo bewusst, dass die Landschaft eine andere war als bei ihrem Aufbruch vom Gasthaus. Die Gipfel jenseits des Abgrunds waren so zerklüftet, dass viele von ihnen hochgereckten Fingern ähnelten. Zedern krallten sich mit verästelten Wurzeln an Schwindel erregende Granitnadeln, sogar auf den höchsten Felsspitzen. Sie waren das einzige Anzeichen von Leben weit und breit.

„Wir sind da", verkündete Meister Li.

„Da?", fragte Niccolo.

„Dies ist der Ort, den ihr gesucht habt", erklärte der Fangshi und wies mit den Sichelspitzen seiner Lanze in die Tiefe. „Oder zumindest ein Stück davon."

Nugua begriff als Erste. „Das da unten ist erstarrtes Lavagestein? Du meinst, hier ist der Lavastrom vorbeigeflossen?"

Li nickte.

Niccolo lachte. „Aber das ist unmöglich! Wir sind nicht mal einen halben Tag unterwegs." Er zeigte auf die Felsspitzen über ihnen. „Ich wette, wenn ich da hochklettern würde, könnte ich noch immer das Gasthaus sehen."

„Das bezweifle ich", sagte Meister Li.

Unsicher schaute Niccolo zu Feiqing, der von ihnen allen den respektvollsten Abstand zu der Kante wahrte. „Hast du mir nicht immer wieder erklärt, wie unfassbar groß China sei? Wie können wir nach ein paar Stunden Fußmarsch schon hier sein?"

„Glück“, mutmaßte Nugua. „Wir waren eben zufällig so nah bei der Lavaspur.“

Niccolo hob zweifelnd eine Augenbraue. „Das glaubst du doch selbst nicht.“

Feiqing schenkte dem Fangshi einen abschätzenden Blick. „Ein Mann des Tao … Ich hab ja gleich gesagt, wir wären gut beraten, wenn wir einen dabeihätten.“

Niccolo stöhnte. Es war zum Haareraufen. War er denn wirklich der Einzige, der erkannte, wie absolut unmöglich es war, dass sie bereits hier und jetzt auf die Spur der Lavatürme stießen? Nachdem sie Li im Gasthaus erklärt hatten, wonach sie suchten, hatte er behauptet, natürlich, er könne sie dorthin führen. Doch dass sie nun schon nach so kurzer Zeit dort ankamen, in einem Reich, das groß genug war, um es in vielen Monaten nicht durchqueren zu können – das war völlig undenkbar.

Nugua neigte den Kopf und musterte den Fangshi. „Wie hast du das gemacht?“

„Er?“ Niccolo warf die Arme in die Höhe. „Was sollte er schon – “

Meister Lis bauchiges Lachen unterbrach ihn. „Laotse sagt: Wenn der Kluge vom rechten Weg hört, bemüht er sich, ihm zu folgen.“

Niccolo stieß ein fassungsloses Ächzen aus. „Und du kanntest den rechten Weg *hierher*? Einfach so?“

„Ich kenne viele rechte Wege, und sie führen an viele Orte.“

Feiqings Augen glühten vor Begeisterung. „Ein Magier, ich hab’s ja gesagt.“

Niccolo sah ins Tal hinab, dann zurück zu dem Pfad, den sie gekommen waren. „Du meinst, wenn ich jetzt diesen Weg zurückgehe, komme ich *nicht* in einem halben Tag wieder am Gasthaus an?“

Li schüttelte den Kopf. „Nicht einmal in drei Tagen. Oder in sechs.“

„Er hat den Weg verkürzt“, sagte Nugua schließlich mit einem Schulterzucken, als wäre das nichts, über das sich weiter nachzugrübeln lohnte. „Drachen können das auch.“

„Ich dachte, *du* bist ein Drache“, bemerkte Feiqing. „Warum kannst du es dann nicht?“

Sie schenkte ihm einen giftigen Blick.

Li strich sich zufrieden über den Bauch. „Laotse sagt: Wer Gelehrsamkeit sucht, lernt täglich dazu.“ Er klopfte Nugua auf die Schulter, die aussah, als würde sie unter der Berührung zu Stein erstarren.

Niccolo hielt es für klüger, dieses Gespräch hier und jetzt zu beenden. Es schien keinen Zweck zu haben, Lis Worte in Zweifel zu ziehen. Möglicherweise hatte er irgendetwas getan, das keiner von ihnen verstehen konnte. Vielleicht war es schlichtweg an der Zeit gewesen, dass ihnen zur Abwechslung etwas Gutes widerfuhr.

So wie die Begegnung mit Mondkind.

Er warf einen verstohlenen Blick auf Nugua, die sich bereits daranmachte, die beste Route zum Abstieg durch die Felsen auszukundschaften. Sie war die Erste, die sich auf den Weg nach unten machte. Tatsächlich sah die Kletterei bei ihr aus wie ein Kinderspiel. Aber Niccolo ahnte, dass dieser Schein gehörig trog.

„Ich kann nicht klettern“, behauptete Feiqing und verschränkte trotzig die Arme vor der Brust. „Das ist *viel* zu steil.“

Meister Li deutete auf seinen eigenen beträchtlichen Wanst. „Wenn ich es mit diesem Bauch dort hinunter schaffe, schaffst du das auch."

Feiqings Blick verriet, dass er arge Zweifel hatte, ob Li tatsächlich heil unten ankommen würde. „Und du kennst nicht vielleicht einen bequemen kleinen Zauber, der die Sache … na ja, vereinfachen würde?"

Li raffte sein Gewand mit einer Hand, klemmte sich die Schaufellanze unter die Achsel und machte sich als Zweiter an den Abstieg. „Laotse sagt: Der Weise hat keine Sorge um sich, er hat Sorge um alle Menschen."

„Ich *bin* ein Mensch!", schnauzte Feiqing. „Auch wenn ich nicht so aussehe."

„Darum sei dir meiner Sorge gewiss", sagte Meister Li.

Niccolo berührte Feiqing am Arm. „Du schaffst das schon", sagte er aufmunternd. „Geh du als Nächster. Ich bleibe gleich hinter dir und halte dich fest, wenn's darauf ankommt."

Natürlich wussten beide nur zu genau, dass Niccolo Feiqings Gewicht niemals würde halten können. Aber der Rattendrache murmelte schicksalsergeben ein Gebet, verschränkte kurz die Hände, als wollte er seine dicken Finger knacken lassen; dann folgte er dem Fangshi in die Tiefe.

Niccolo warf einen Blick auf die Landschaft vor und unter ihnen. Das Tal aus erkaltetem Lavagestein schlängelte sich nach Norden. Die Oberfläche hatte Ähnlichkeit mit geschmolzenem Kerzenwachs, der zu bizarren Wogen erstarrt war. Von einem Ufer zum anderen maß das schwarze Band mehr als tausend Meter. Wahrscheinlich war der Boden porös und voller Risse.

„Sind wir hier noch in Sichuan?“, rief Nugua, während sie die Geröllschräge hinabschlitterte.

„O ja.“ Der Fangshi keuchte vor Anstrengung. „Allerdings viel weiter im Westen als zuvor. Und auch ein gutes Stück weiter nördlich.“

Bevor Niccolo sich als Letzter über die Kante schob, sah er noch einmal zur bizarren Silhouette der Berge auf der anderen Seite des Tals. Fast widerwillig löste er seinen Blick von dem majestätischen Panorama und folgte Feiqings Wehklagen in die Tiefe.

° ° °

Aus der Nähe wirkte die erstarrte Lava noch unwirklicher. Als das Gestein flüssig gewesen war, hatte es sich in zähflüssigen Wellen über- und untereinander geschoben. Hier und da hatten sich träge Strudel gebildet, die jetzt wie steinerne Schneckenhäuser in der Oberfläche eingeschlossen waren. An manchen Stellen gab es Auswüchse wie zerklüftete Türme, an anderen mannshohe Bögen.

„Ihr müsst Acht geben“, riet Meister Li. „Manchmal hat das flüssige Magma unter der Oberfläche Tunnel gegraben. Es kann passieren, dass man durch das Gestein bricht und in eine dieser Adern stürzt.“

„Fließt denn dort noch immer heiße Lava?“, fragte Niccolo.

„Schon möglich, auch wenn ich noch nie gehört habe, dass jemand so weit von den Lavatürmen entfernt auf flüssiges Gestein gestoßen wäre. Andererseits – keiner weiß genau, woraus sich die Zunge des Stroms speist. Manche vermuten, dass es einen ewigen Zufluss gibt, der unterirdisch fließt, auch dort, wo die Oberfläche längst starr und kalt ist. Anders kann ich mir nicht erklären, warum das vordere Ende noch immer weiter vorrückt." Er zwinkerte Feiqing zu. „Es sei denn, es wäre Magie im Spiel."

Niccolo bückte sich und berührte das schwarze Lavagestein. Hinter den Felsfingern im Westen ging die Sonne unter. Die letzten Strahlen brachten winzige Kristalle zum Funkeln, die in der Oberfläche eingeschlossen waren. Es sah aus, als sei das scharfkantige Gestein mit Glitzerstaub gepudert.

„Glas", erklärte Meister Li. „Vor langer Zeit hat die Hitze Sandkörner zum Schmelzen gebracht und in Glas verwandelt."

Bald war es zu dunkel, um auf dem porösen Untergrund weiterzumarschieren. Die Risse, Furchen und Falten im Gestein waren gefährliche Stolperfallen, und keinem ging Lis Warnung aus dem Kopf. Bei jedem Schritt knirschten die Glaskristalle unter ihren Füßen, aber ebenso gut mochte es der Boden selbst sein, der jederzeit bereit schien, unter ihnen einzubrechen.

Rechts und links ragten die steilen Felstürme mit ihren unzugänglichen Spitzen empor. Niccolo hatte noch nie zuvor Berge wie diese gesehen, und jetzt, als Silhouetten vor dem Nachthimmel, wirkten sie noch fremder und bedrohlicher.

Meister Li lehnte seine Schaufellanze gegen einen Lavahöcker. „Lasst uns hier lagern", sagte er. „Ich übernehme die erste Wache."

Niccolo und Nugua wechselten einen Blick. Sie trauten dem Fangshi nicht, auch wenn er ihnen das Leben gerettet hatte. Keiner von beiden würde während seiner Wache ein Auge zutun.

Feiqing ließ sich auf sein breites gepolstertes Hinterteil fallen, legte sich zurück und schlief auf der Stelle ein. Sein Schnarchen hallte weithin über die schwarze Lavaöde. Niccolo stieß ihn zweimal an, aber schon nach wenigen Augenblicken begann das Getöse von neuem.

Nugua wälzte sich ruhelos unter der Drachenhaut umher. Obwohl die Winde empfindlich kühl über die scharfen Felszacken pfiffen, bat sie Niccolo nicht, mit unter die Haut zu kriechen. Wahrscheinlich ahnte sie, an wen er dachte. Er bekam Mondkind einfach nicht aus dem Sinn. Wenn er die Augen schloss, leuchtete ihr Gesicht hinter seinen Lidern, ihr Lächeln, ihr Blick. Aber das war nicht das Schlimmste. Als sie ihm etwas von seinem *Chi* entzogen hatte, um ihren Gegner zu bezwingen, da hatte sie in ihn hineingegriffen, und allmählich wurde ihm klar, dass sie dabei Spuren hinterlassen hatte. Es war, als könnte er sie tief in sich sehen, hören, schmecken und riechen, alles auf einmal, und dieser Wirbel aus Empfindungen verwirrte ihn zutiefst.

Er öffnete die Augen, doch die rätselhafte Nähe zu dem fremden Mädchen blieb bestehen. Um sich abzulenken, schaute er sich nach Meister Li um. Der Fangshi war auf den Lavabuckel geklettert und hockte reglos vor seiner aufgepflanzten Lanze. Sein Blick war nach Norden gerichtet. Nur er selbst und der weise Laotse mochten wissen, was er dort erblickte.

„Sie war kein Mensch“, flüsterte Nugua neben ihm im Dunkeln. „Konntest du das nicht spüren?“

Er seufzte leise. „Ich weiß nicht, was sie ist.“

„Und doch denkst du laufend an sie."

Er schüttelte den Kopf, ehe ihm bewusst wurde, dass Nugua ihn in der Finsternis nicht sehen konnte. Doch bevor er ein Nein über die Lippen brachte, überlegte er es sich anders und blieb ihr die Antwort schuldig.

„Sie hat dich verhext", sagte sie.

„Glaubst du das wirklich?"

Sie streifte die Drachenhaut zurück und richtete sich im Dunkeln auf. Er hörte die Bewegung eher, als dass er sie sah. Ihre Stimme klang mit einem Mal unsicher und gereizt. „Was sonst soll es sein, wenn sich ein anderer ständig in unsere Gedanken drängt?"

Er wandte sich ab und fragte sich, woher sie solche Gefühle kannte, da sie doch ihr ganzes Leben unter Drachen verbracht hatte. Dann erinnerte er sich an Mondkinds Worte: *Nugua mag dich.*

Aber Nugua reiste nur mit ihm, weil sie zufällig dasselbe Ziel hatten – die Drachen zu finden. Das war alles. Die meiste Zeit über sprach sie mit niemandem ein Wort und schien Gefallen daran zu finden, die anderen stehen zu lassen und allein vorauszugehen.

Aber *warum* lief sie immer vor ihnen her? Nur weil sie es eilig hatte? Eine Stimme, die Ähnlichkeit mit der von Mondkind hatte, flüsterte in ihm: Oder weil sie nicht will, dass du ihr ins Gesicht siehst? In ihre Augen? Weil sie Angst hat vor dem, was du darin lesen könntest?

Verunsichert sah er abermals im Dunklen zu Nugua hinüber, aber er erkannte nur ihren vagen Umriss. Ebenso gut hätte sie ein Teil der bizarren Felsformationen sein können.

„Mit Hexerei hat das nichts zu tun", sagte er.

Er hörte sie laut ein- und ausatmen. Ein Keuchen.

„Nugua?“

Ein Ruf ließ ihn herumwirbeln.

„Niccolo! Pass auf!“

Meister Li stand breitbeinig auf dem Lavahöcker, holte aus und schleuderte die Lanze – genau auf Nugua!

„*Nein!*“, brüllte Niccolo.

Feiqings Schnarchen brach ab, als der Rattendrache auffuhr. „Was – “

Die Lanze rammte in die dunkle Form an Niccolos Seite, schleuderte sie zurück und nagelte sie an knirschendes Glasgestein.

Niccolo starrte ungläubig auf die vibrierende Silhouette des Lanzenschafts vor dem Nachthimmel. Das heisere Ein- und Ausatmen brach schlagartig ab.

„Nugua!“ Er stürzte auf sie zu, noch halb auf allen vieren, wollte sie an den Schultern packen – und berührte stattdessen verhornte Haut, die sich straff über knorpelige Knochen spannte.

Angewidert zuckte er zurück.

Die Erde erbebte, als Meister Li sich mit einem ungeheuren Sprung von dem Felsbuckel abstieß und unmittelbar neben Niccolo aufkam. „Das ist nicht Nugua.“

„Aber sie war gerade noch – “

„*Die* haben sie.“

Niccolo taumelte auf die Füße und sah Feiqing in Schlangenlinie heranstolpern.

„Die?“ Niccolo konnte noch immer nicht sehen, was da vor ihm lag. Erst jetzt breitete sich die Erkenntnis in ihm aus, dass es nicht Nugua war. Er wagte nicht, das Wesen ein zweites Mal zu berühren.

Master Li packte den Lanzenschaft mit beiden Händen, stützte sich mit dem Fuß ab und riss die Waffe mit einem Ruck zurück.

„Tunnelkriecher!“, schimpfte er angewidert. „Lochgräber und Felswühler!“ Er stieß ein Keuchen aus und blickte sich in alle Richtungen um. „Lavalurche und Schattenatmer!“

„Dämonen!“, entfuhr es Feiqing.

„Nein.“ Der Fangshi schüttelte den haarlosen Kopf. „Dämonen sind sie nicht. Nur Gewürm der Erde. Sie hausen in den leeren Tunneln, die das Magma einst durch die Felsen gefressen hat. Einzeln sind sie keine Gefahr, aber ich habe das ungute Gefühl, dass sie – “

Ein gellender Schrei ertönte. Etwas kam aus dem Dunkel herangeflogen. Feiqing wich stolpernd zur Seite, aber Niccolo riss im Reflex die Arme auseinander.

Nugua prallte gegen ihn, warf ihn nach hinten um und landete auf ihm, während er selbst sich den Rücken an scharfen Steinkanten prellte. Vor Schmerz blieb ihm der Atem weg. Nugua riss ihn am Arm auf die Beine und schrie: „Sie kommen!“

Eine Horde drahtiger, hornkantiger Leiber fegte über sie hinweg, warf Niccolo und Nugua erneut zu Boden, verkrallte sich in Feiqings Drachenkostüm und machte Bekanntschaft mit dem tödlichen Lanzenschwung des Fangshi. Meister Li stieß kurzsilbige Kampfrufe aus, während die Sichelspitzen durch die Reihen der Feinde mähten und in Windeseile ein halbes Dutzend niedermachten.

Etwas griff in Niccolos Haar und zerrte daran, während Nugua damit beschäftigt war, gleich zwei der affenartigen Kreaturen von sich fern zu halten. Gegen sie schienen die

Wesen mit besonderer Wut vorzugehen, und Niccolo konnte den Grund nur erahnen: Sie hatten Nugua im Dunkeln von ihrem Schlafplatz gezerrt und mit sich geschleppt; das Mädchen musste einem oder mehreren von ihnen übel mitgespielt haben, als es sich losgerissen hatte und zurück zu den anderen gelaufen war.

Meister Li tobte donnernd zwischen den Lavafelsen umher, fegte mit der Lanze zwei weitere Angreifer vom Rücken des kreischenden Feiqing, befreite einen Augenblick später Nugua von ihren Gegnern und rammte zuletzt die Waffe in geradem Stoß über Niccolo hinweg. Das Zerren an Niccolos Haaren wurde schwächer und hörte einen Augenblick später ganz auf.

Kreischen und Schnattern wurden leiser, zogen sich in die Nacht zurück. Als die Gefährten Rücken an Rücken zum Stehen kamen und angestrengt um sich schauten, waren ihre Gegner verschwunden, ebenso unvermittelt wie sie aufgetaucht waren. Leblose Umrisse lagen auf der Lava verstreut, unkenntlich in der Finsternis.

Niccolos Herzschlag hämmerte. „Was, bei allen – “

„Das sind feige Kreaturen“, sagte Meister Li, nicht halb so atemlos wie die anderen. „Ich hatte gehofft, sie würden uns in Frieden lassen. Normalerweise wagen sie sich nur an einzelne Wanderer heran. Außerdem sollten sie sich eigentlich an mich erinnern. Das war nicht das erste Mal, dass sie und ich aufeinander getroffen sind.“

„Du hättest uns warnen müssen!“, stieß Niccolo aus.

„Allerdings!“, fauchte Nugua.

Feiqing jammerte. „Isch hab mir aufi Schunge gebischen.“

Meister Li suchte die Umrisse der Lavafelsen ab. „Ich

denke, sie haben genug und werden uns heute Nacht in Frieden lassen."

„Du hast auch *gedacht*, dass sie uns nicht angreifen", sagte Nugua.

Li nickte. „Darum werden wir auch weiterziehen. Genug geschlafen."

„Ich hab gar nicht – ", begann Feiqing, aber die bösen Blicke der anderen entgingen ihm selbst im Dunkeln nicht. Schlagartig brach er ab und murmelte vor sich hin, dass wieder mal alle Welt gegen ihn war.

Niccolo baute sich vor Meister Li auf, ungeachtet der Tatsache, dass der Fangshi einen Kopf größer und nahezu dreimal so breit war wie er. „Wer sagt uns, dass du nicht gewusst hast, dass sie es auf uns abgesehen haben?"

„Und zu welchem Zweck hätte ich das tun sollen?", fragte Li gelassen.

„Du hast uns jetzt schon zweimal gerettet – "

„Das ist mir aufgefallen."

„ – aber beide Male hast du uns nicht gesagt, warum! Wir wissen nichts über dich, und doch vertrauen wir dir unser Leben an! Und wir haben dir geglaubt, als du gesagt hast, du könntest uns zu den Lavatürmen führen."

„Sind wir denn nicht auf dem Weg dorthin?"

Niccolo schämte sich für seine Wut und Hilflosigkeit, aber er konnte sie nicht unterdrücken. Ihm war klar, dass Li in allem Recht hatte und er selbst sich wie ein Narr aufführte. Und doch schien der Fangshi trotz aller Größe und Stärke ein perfektes Ziel für seine Wut. Unvernünftig und irrational, gewiss. Und doch tat es gut, irgendwen anzubrüllen.

„Niccolo." Nugua legte ihm sanft eine Hand auf den

Arm. „Li kann nichts dafür. Und er hat uns wirklich gerettet."

„Das sag ich ja, verdammt noch mal!" Niccolo schnappte nach Luft. „Aber warum hilft er uns?"

Li lächelte gütig. „Vielleicht habe ich einfach nichts Besseres zu tun."

Niccolo winkte ab. Seine ganze Wut war nichts als heiße Luft; er wusste das, und sicher wusste der Fangshi es auch. Einen Streit vom Zaun zu brechen, ausgerechnet mit demjenigen, der ihnen das Leben gerettet hatte, war Dummheit. Aber er traute Li nicht, trotz allem, was er für sie getan hatte. Irgendetwas stimmte nicht mit ihm. Und Niccolo konnte spüren, dass auch Nugua das ahnte.

Nugua! Er drehte sich zu ihr um und musterte sie im Dunkeln.

„Bist du verletzt?", platzte es aus ihm heraus, und er fühlte sich scheußlich, weil er erst jetzt daran gedacht hatte. „Du warst plötzlich weg, und ich – "

„Mir geht's gut", sagte sie. „Eines dieser Wesen hat mir den Mund zugehalten und mich fortgezerrt. Aber nicht lange."

Einem Impuls folgend umarmte er sie. Sie wurde stocksteif unter der Berührung, gab aber einen Augenblick später nach und erwiderte die Geste sehr zaghaft.

„Ich bin froh, dass dir nichts passiert ist", sagte er.

Sie öffnete den Mund, um etwas zu erwidern, während sie ihm rätselhaft fest in die Augen sah, aber da sagte Meister Li: „Froh sind wir alle. Und nun sollten wir machen, dass wir hier wegkommen! Wahrscheinlich gibt es in den Lavatunneln unter uns noch viel mehr von diesen Kreaturen. Sie sind ängstlich und nicht besonders klug, aber selbst sie werden irgendwann begreifen, dass wir fünfzig oder hundert von ihnen nichts entgegenzusetzen haben."

„Wie weit ist es bis zu den Türmen?", fragte Nugua. „Wir könnten noch Tage oder Wochen über die Lava laufen, ehe wir – "

„Das glaube ich nicht." Der Fangshi lächelte. „Kommt jetzt."

Wachsam ging er voraus und führte sie auf eine Anhöhe aus einstmals geschmolzenem, dann wieder erstarrtem Gestein.

Vorhin, als sie sich schlafen gelegt hatten, war Niccolo aufgefallen, dass Li von seinem Wachtposten aus nach Norden geblickt hatte. Nun wurde ihm klar, was er dort gesehen hatte.

„Wie machst du das?", flüsterte er ehrfürchtig.

Meister Li grinste. „Was meinst du?"

„Das weißt du genau. Wege verkürzen. Lange Strecken zu kurzen ... *raffen.*"

Lis einzige Antwort war ein leises Lachen.

Bei Nacht hätte der Horizont unsichtbar sein müssen. Und doch sahen sie ihn vor sich, bucklig von der Oberfläche des Lavastroms, ein schmaler Streifen zwischen den Felsdornen und ihren Kronen aus Zedern, eine Silhouette vor einem Inferno aus waberndem Feuerschein.

In der Ferne war der Nachthimmel nicht länger schwarz. Eine lodernde Glutkuppel erhob sich am Ende der Lavastraße, eine dichte Wolkendecke, die vom Boden aus von alles verzehrenden Flammen angestrahlt wurde.

„Noch ein paar Stunden", sagte Li zufrieden, „dann sind wir am Ziel."

Die Türme

Während sie über die schwarze Felsenödnis wanderten, schien es Niccolo, als käme ihnen das Ende des Lavastroms immer rascher entgegen. Er war nicht sicher, was diesen Eindruck hervorrief. Auf dem schrundigen Untergrund kamen sie nur langsam voran, und doch wuchs die Gluthölle mit jeder Stunde schneller vor ihnen empor. Wenn er nach rechts und links blickte, erwartete er fast, dass die Berge an ihnen vorüberrasten, so als säßen sie alle auf einem von Leonardos Luftschlitten. Aber die Geschwindigkeit, mit der die Felstürme vorbeizogen, entsprach genau dem Tempo ihres Fußmarsches.

Und dennoch – die flüssige Lavazunge rückte rasendschnell näher. Es war das erste Mal, dass die Magie des Fangshi sichtbar wurde, wenn auch nicht als Gewitter aus Blitzen oder anderem Hokuspokus. Nur *dass* etwas nicht mit rechten Dingen zuging, war nicht zu übersehen.

Schließlich sagte Li: „Wir sollten den Lavastrom jetzt verlassen." Mit seiner Lanzenspitze deutete er nach vorn, wo aus den Spalten im Lavagestein feine Rauchfahnen aufstiegen. Alle hatten es plötzlich sehr eilig, von der schwarzen Kruste herunterzukommen.

Vor langer Zeit, als sich die Lava ihren Weg durch das Gebirge gebahnt hatte, war sie weitgehend dem Verlauf natürlicher Täler und Schluchten gefolgt. Trotzdem hatte das flüssige Gestein an seinen Ufern die Hänge der Berge mitgerissen, Geröllhalden unterspült und mächtige Felstürme zum Einsturz gebracht. Das Gelände an den Rändern erwies sich daher als noch schwieriger und unwegsamer als die Lava selbst, und diesmal war Feiqing nicht der Einzige, der sich beklagte.

Es stank nach Schwefel und den unbeschreiblichen Dünsten, die das schmelzende Gestein freisetzte. Schwarze Rauchwirbel tanzten zwischen den Bergen, schraubten sich als dunkle Türme empor und wurden eins mit der aufgewühlten Wolkendecke.

Während der Fangshi keinerlei Anzeichen von Staunen oder gar Sorge zeigte, machten Niccolo, Nugua und Feiqing keinen Hehl aus ihrer Angst. Keiner von ihnen hatte je etwas Vergleichbares gesehen. Feiqing hörte gar nicht mehr auf, sein Elend zu beklagen, während Niccolo und Nugua immer stiller wurden und nur in den Blicken des anderen die Bestätigung fanden, dass sie nicht allein waren mit ihrer Furcht.

Was vor Stunden als Reihe warmer Windstöße begonnen hatte, war mittlerweile zu einer Wand aus Hitze geworden. Niccolo hatte erwartet, dass die fließende Lava von ohrenbetäubendem Lärm begleitet würde, doch zu seinem Erstaunen lag eine unheimliche Ruhe über der Landschaft. Nur die heißen Winde fauchten dann und wann über sie hinweg, und über allem schwebte ein feines Gluckern und Glucksen wie von kochendem Wasser.

Zuletzt erstiegen sie ein Felsplateau, von dessen steiler Kante aus sie zum ersten Mal das ungeheuerliche Ausmaß der Lavazunge erkennen konnten.

Vor ihnen lag ein See aus geschmolzenem Gestein, eine

gewaltige Fläche aus flirrendem Orange, aus waberndem Rot und blendendem Gelb. Von ihrem Standort aus bis zum gegenüberliegenden Ufer waren es mindestens zweitausend Meter, vielleicht sogar doppelt so weit; die heiße Luft verwirbelte zu Schlieren und ließ keine genauen Schätzungen zu. An manchen Stellen erhoben sich schwarze Felsnasen, winzige Eilande, um die sich die Lava teilte, während sie an ihren steinernen Wurzeln nagte.

In der Mitte des Lavasees ragte etwas empor, das Niccolos wildeste Fantasien übertraf. Es handelte sich um einen Komplex aus aufstrebenden Gebilden, hoch und schmal, nicht unähnlich den Schwindel erregenden Felsen, die sie seit gestern durchwandert hatten. Als der Fangshi von Türmen gesprochen hatte, da hatte Niccolo Gebäude erwartet, ähnlich den Burgen, die er manchmal vom Rand der Wolkeninsel aus erspäht hatte, winzig klein unter ihm am Erdboden. Auch in den Büchern seines Vaters hatte er Zeichnungen von Festungen gesehen, manche klobig, andere filigran.

Nichts von all dem besaß Ähnlichkeit mit der Lavastadt der Götterschmiede.

Das Flirren der heißen Luft machte es schwer, Details zu erkennen. Doch der erste Eindruck reichte aus, selbst Feiqing für mehrere Minuten zum Schweigen zu bringen. Stumm standen sie da, nur wenige Meter von der Plateaukante entfernt, an deren Fuß die Lava die Felsen zerkochte. Standen da und starrten mit aufgerissenen Augen.

Die Lavatürme ähnelten einem Bündel aus schwarz verkohlten Zweigen, das jemand hochkant in die glühende Lava gesteckt hatte. Jede einzelne der spindeldürren Strukturen, die sich unten zu einer Art steinernem Dickicht verklumpten, ragte mindestens einhundert Meter über die Oberfläche des Glutsees hinaus. Die meisten verästelten sich zu zwei, drei Auswüchsen, die zur Seite hin abzweigten, um sich dann auf dem letzten Stück bis zur Spitze wieder gerade nach oben zu schwingen. Stränge wie zähflüssige Teerfäden waren zwischen einzelnen Türmen gespannt, gewachsene Dorne aus rußschwarzem Fels, die irgendwann die benachbarten Strukturen berührt hatten und damit verschmolzen waren. Ob die Bewohner sie als Übergänge von einem Turm zum anderen benutzten, ließ sich nicht erkennen; bei genauerem Hinsehen aber wurde deutlich, dass es auch Hängebrücken von Menschenhand gab, waghalsig hoch gespannte Verbindungen von einer Felsnadel zur anderen. Niccolo fragte sich, ob es nicht allzu unsicher war, sein Leben bei dieser Hitze schlichtem Seil anzuvertrauen; dann aber wurde ihm klar, dass es sich vermutlich um Kettenbrücken handelte, geschmiedet aus demselben Stahl, der den Göttern als Waffen diente. Immer vorausgesetzt, Feiqings Geschichte besaß einen wahren Kern und die Götter hatten tatsächlich ihre Hände im Spiel gehabt. Aber es schien schwer vorstellbar, dass ein Ort wie dieser *nicht* auf das Wirken überirdischer Mächte zurückzuführen war.

Wie eine pechschwarze Dornenkrone ruhten die Lavatürme inmitten des Lavasees. Auf den ersten Blick hatte Niccolo geglaubt, sie wüchsen direkt aus dem flüssigen Gestein empor. Doch nun, da er genauer hinsah, erkannte er, dass ihr Fuß von einem schwarzen Ufer umgeben war, einem steilen Strand aus Asche. Da sich der Lavasee und die Türme vorwärts bewegten – seit vielen tausend Jahren, wenn auch zu langsam für das menschliche Auge –, konnte es sich um keine feste Insel handeln, keinen Berg, um den die Lava herumgeflossen war. Stattdessen schwamm das schwarze Eiland mit seinen himmelwärts strebenden Auswüchsen wie ein Korken auf dem Lavastrom.

Feiqing fand als Erster die Sprache wieder. „Kann sich irgendwer vorstellen, wie *heiß* mir ist?"

Niccolo warf ihm einen flüchtigen Blick zu, der aber sogleich wieder von den schwarzen Türmen angesaugt wurde. Manchmal vergaß er, dass der klotzige Körper des Rattendrachen nur ein Kostüm war, in dem ein Mensch gefangen war. Tatsächlich musste Feiqing unter all den Schichten aus Wolle und Lederhaut kurz vor dem Siedepunkt stehen.

Nugua trat von einem Fuß auf den anderen. „Wir sollen *da* rüber gehen?"

Meister Li zuckte die Achseln. „Ihr wolltet, dass ich euch herbringe. Alles weitere ist eure Entscheidung."

„Ich sehe keine Brücke", sagte Niccolo. Und wie auch, wenn sich die Lavainsel zwischen den Bergen vorwärts bewegte?

„Es gibt eine andere Möglichkeit." Lis Blick strich über die Glutebene.

„Bist du jemals dort drüben gewesen?", fragte Nugua den Fangshi.

Li schüttelte den Kopf. „Nie."

Feiqing stand vollkommen reglos da, als wäre bei dieser Hitze jede Bewegung, jedes Atemholen eine zu große Anstrengung. „Die Menschen, die dort leben, sind von den Göttern verdammt. Vielleicht ist es keine gute Idee, sie zu stören."

Niccolo glaubte nicht an Götter, nicht einmal an den Zeitwind, aber etwas sagte ihm, dass Feiqing Recht haben mochte. Mit einem Mal schien ihm die Vorstellung, dort hinüberzugehen und sich nach der Lage des Drachenfriedhofs zu erkundigen, erschreckend naiv. Schlimmer noch: erschreckend gefährlich.

„Nun sind wir einmal hier", sagte er entgegen seiner Überzeugung, „und sollten das Beste daraus machen."

Der Rattendrache stieß ein Winseln aus. „Wenn ihr mich fragt: Das *Beste* ist, die Beine in die Hand zu nehmen und von hier zu verschwinden."

Nicht einmal Nugua widersprach. Ihr Blick haftete an den verästelten Felsdornen, die wie schwarze Knochen über den Aschegestaden der Insel emporragten. „Da kommen wir nie hinein."

Meister Li lächelte geheimnisvoll. „Laotse sagt: Ist der Baum hart und stark, so wird er gefällt werden."

„Wohl kaum von uns", jammerte Feiqing.

Niccolo dachte an seine Tiere daheim auf der Wolkeninsel, an den alten Emilio, sogar an Alessia und ihren Vater. Sie waren darauf angewiesen, dass er mit dem Aether zurückkehrte. Wenn er es nicht tat, würden sie alle sterben. Und er wusste nicht einmal, wie viel Zeit ihm noch blieb.

Feiqing rang nervös die Hände. „Sieht irgendwer Menschen dort drüben?"

Niccolo schrak aus seinen Erinnerungen auf. „Was?"

„Kannst du jemanden sehen? Auf den Türmen, meine ich. Oder auf den Brücken. Irgendwo."

Nugua nickte. „Er hat Recht. Sieht ausgestorben aus."

„Die Schmieden werden kaum unter freiem Himmel liegen“, gab Niccolo zu bedenken. „Außerdem flimmert die Luft viel zu stark.“ Er wandte sich an Li. „Was hast du gemeint mit ‚Es gibt eine Möglichkeit‘?“

Die Augen des Fangshi verengten sich. „Sie ist … beschwerlich.“

Nugua sah ihn verwirrt an. Lavafeuer spiegelte sich auf ihrer glänzenden Haut. Sie alle schwitzten erbärmlich. „Wir haben jetzt keine Zeit für Rätsel.“

„Laotse sagt – “

Nugua fiel dem Fangshi ins Wort. „Laotse ist lange tot und spricht mit den Würmern im Grab.“

Meister Lis Blick verdüsterte sich, aber er erwiderte nichts darauf und trat an die Felskante, so nah, dass sein Umriss von der flirrenden Luft umkocht wurde und die Ränder seines gewaltigen Leibes verschwammen. Er ergriff die Schwertlanze mit beiden Händen und hielt sie an ausgestreckten Armen waagerecht über seinen kahlen Schädel.

Niccolo stutzte. „Was macht er da?“, flüsterte er Nugua zu.

Sie schüttelte den Kopf. „Keine Ahnung.“

„Er wird wissen, was er tut“, sagte Feiqing.

Sie sahen Li nur von hinten, aber sie konnten hören, dass er Worte sprach, gemurmelte Silben, die in Niccolos Ohren keinerlei Sinn ergaben. Nugua ergriff seine Hand und drückte fest zu.

„Drachensprache“, entfuhr es ihr.

„Ich dachte, Drachen sprechen wie wir, weil … na ja, weil *du* wie wir sprichst.“

„Das da ist die alte Sprache der Drachen. Sie benutzen sie nur noch zum Zeremoniell und manchmal, wenn ein paar der Ältesten unter sich sind. Die Drachenkönige begrüßen sich noch damit. Und wenn sie einen Zauber wirken, dann …" Sie verstummte.

„Du meinst", stöhnte Feiqing, „das da ist *Drachenzauber?*"

Meister Li war jetzt völlig in seine Beschwörung vertieft. Nicht einmal ihr Gerede schien ihn zu stören. Es war, als hätte jemand eine flirrende Wand aus Glas zwischen ihn und die drei anderen geschoben.

Das Felsplateau und die Kante, an der sie standen, erhob sich zwanzig Meter über dem Lavasee. Die Helligkeit der Glut war blendend, die Hitze trocknete ihre Augen aus. Und doch sahen sie alle, dass sich dort unten etwas veränderte.

Etwas tauchte aus den Tiefen des kochenden Gesteins empor. Eine unregelmäßige Kette dunkler Punkte, die immer größer wurden. Mannshohe ovale Buckel, von denen die Lava abfloss wie Wassertropfen von einem Stück Butter. Auf den ersten Blick sahen sie aus wie Felsen. Doch dann, als jeder einen Durchmesser von drei, vier Metern haben mochte, setzten sie sich in Bewegung, näherten sich einander, bildeten eine gerade, lückenlose Linie vom Ufer bis hinüber zum Aschestrand der Lavatürme.

„Sind das Lebewesen?", flüsterte Niccolo.

Meister Li ließ erschöpft die Arme sinken und drehte sich zu ihnen um. Er machte einen Schritt auf sie zu, sichtlich erschöpft, trat aus dem Flirren wie durch einen feinen Wasserfall. Plötzlich waren seine Konturen wieder scharf umrissen. Das stumpfe Ende der Lanze stieß mit einem hallenden Laut auf den Boden, als er den Schaft aufpflanzte, um sich daran festzuhalten.

Nugua trat an ihm vorbei zur Kante. „Schildkröten!“, entfuhr es ihr. „Das sind ... riesige Schildkröten!“

Der Fangshi nickte. „Zhubieyu. Perlenschildkröten.“

Niccolo und Feiqing blickten auf die verschwommenen dunklen Buckel inmitten der Glut; jeder einzelne war größer als ein Ruderboot. Mit ihren eng aneinander gereihten Panzern bildeten sie einen schnurgeraden Übergang. Von jenen, die sich nah am Ufer befanden, war jetzt alle Lava abgelaufen.

„Das ist unmöglich“, flüsterte Niccolo. „Nichts kann in einer solchen Hitze überleben.“

„Doch“, sagte Nugua tonlos. „Drachen.“

Meister Li hob beschwichtigend eine Hand. „Das da unten sind keine Drachen. Die Zhubieyu ernähren sich von dem flüssigen Gestein, das sie umgibt. Die meiste Zeit über liegen sie am Grunde des Lavasees und schlafen. Bis jemand sie herbeiruft, heißt das.“

Niccolo schüttelte benommen den Kopf. „Sie sehen wirklich aus wie Schildkröten. Nur größer. Aber ich verstehe noch immer nicht, warum sie nicht verbrennen.“

„Du musst nicht alles verstehen. Niemand tut das. Nicht einmal sie selbst, vermute ich.“ Li klammerte sich jetzt mit beiden Armen an die Lanze, und schon fürchtete Niccolo, der Fangshi könne abrutschen und über die Kante stürzen. „Sie sind der einzige Weg, auf dem ein gewöhnlicher Sterblicher die Lavatürme betreten kann.“

„Dann lasst uns – “, begann Nugua.

„Ich sagte *ein* Sterblicher“, unterbrach sie der Fangshi.

Sie funkelte ihn an. „Wie meinst du das?“

Feiqing, der die ganze Zeit über einige Schritt entfernt gestanden hatte, tastete sich auf seinen plumpen Drachenfüßen behutsam zu ihnen vor. „Wir können nicht alle da rüber, heißt das. Nicht wahr? Das meinst du doch? Wir müssen nicht *alle* über die Lava gehen!“

Niccolo nahm den Blick nicht von den Schildkrötenwesen. Sie lagen jetzt vollkommen reglos in der Lava. „Keiner hat das von dir verlangt, Feiqing.“

Meister Li deutete mit einem Nicken auf das Dickicht schwarzer Turmgebilde. „Es ist nicht gestattet, dass mehr als ein sterblicher Mensch auf einmal den Überweg benutzt. Das soll verhindern, dass die Türme eine stete Verbindung zur Welt der Menschen aufrechterhalten. Ihre Bewohner sind Diener der Götter, seit sie verflucht wurden. Und *nur* der Götter.“

„Ihre Sklaven“, sagte Niccolo.

„Vielleicht, ja. Aber sie sind zufrieden mit ihrem Dasein. Seit ungezählten Generationen gibt es unter ihnen keinen mehr, der ein anderes Leben kennt. Sie sind schon vor langer Zeit völlig in ihrer Kunst aufgegangen, wie ein Maler, der für seine Bilder lebt, oder ein Dichter … Sie schmieden dort drüben Werke von unvorstellbarer Schönheit, Eleganz und – “

„Sie schmieden Waffen, hast du gesagt“, fiel Niccolo ihm ins Wort.

„Natürlich. Aber du wirst nie eine bessere sehen.“ Wie als Beweis strich er mit der Hand am Schaft seiner Schaufellanze entlang. „Manche von ihnen besitzen die Macht, zu ihrem Träger zu sprechen.“

In Niccolo dämmerte eine Erinnerung an Wisperwinds Schwerter herauf und an das Gefühl, sie stehlen zu müssen. War es das, was Li mit *sprechen* meinte?

Aus dem Augenwinkel bemerkte er Nuguas Seitenblick.

„Lass mich gehen“, sagte er.

Verkniffen starrte Nugua ihn an. „Wenn die Legende wahr ist, dann waren diese Leute dort drüben Freunde der Drachen. Oder sind es immer noch. Besser, *ich* gehe.“

Er schüttelte entschieden den Kopf. „Nein.“ Er war selbst nicht sicher, weshalb sich alles in ihm dagegen wehrte, ihr den Vortritt zu lassen. Sorge um sie, zum einen. Aber auch eine vage Ahnung von Pflichtgefühl, die er früher albern gefunden hätte, und eine gute Portion Trotz. Er war bereit, mit Nugua zu streiten, wenn es sein musste. Doch zu seiner Überraschung schwieg sie und wartete ab. Er schluckte. „Wenn ich nicht zurückkomme, dann ... dann versprich mir, dass du Aether zum Volk der Hohen Lüfte bringst.“

Ihre Augen weiteten sich. „Aber ... wie soll ich ... Ist das dein Ernst?“

„Du bist die Einzige, der ich zutraue, dass sie es schaffen kann.“

„Oh“, rief Feiqing und verschränkte beleidigt die Arme vor seiner Drachenbrust. „Vielen, vielen Dank.“

„Wirst du das tun?“, fragte Niccolo Nugua.

Sie zögerte. Meister Li kicherte leise im Hintergrund, und Feiqing warf ihm einen verständnislosen Blick zu.

Niccolo hielt sie an der Schulter fest. „Versprich es mir.“

Sie presste die Lippen aufeinander und nickte.

Li klatschte in die Hände. „Laotse sagt: Wen der Himmel beschützen will, den beschützt er mit Liebe.“

„Sagt er irgendwas über Narren?“, fragte Feiqing.

Nugua kniff die Lippen zusammen, löste sich von Niccolo und lief los, um einen Abstieg zum Ufer zu suchen.

Er stand noch einen Augenblick länger da und sah ihr

hinterher. Dann erst drangen Lis Worte allmählich zu ihm durch. „Was hast du gesagt?"

„Nichts", erwiderte der Fangshi mit einem Lächeln, „gar nichts."

„Dass ihm heiß ist", maulte der Rattendrache. „Dass er Hunger hat. Und dass er gern von hier verschwinden würde."

Meister Li drohte ihm mit dem Zeigefinger.

Niccolo drehte sich um und folgte Nugua zum Ufer.

° ° °

Er sah nur ein einziges Mal zurück, nachdem er den Steg der Perlenschildkröten betreten hatte. Die anderen standen auf einer Felshalde hinter einem Vorhang aus wabernder Hitze und blickten ihm nach. Feiqing wedelte aufgeregt mit dem Drachenschwanz und fegte Aschewölkchen vom Boden. Meister Li redete auf Nugua ein und wollte sie dazu bewegen, sich wieder auf das Plateau zurückzuziehen; zweifellos war es dort sicherer, vor allem wenn wieder einmal eine Lavablase an der Oberfläche zerplatzte und glühend heiße Tropfen in alle Richtungen spritzten.

Nugua schien darüber nachzudenken, Niccolo doch noch zu folgen, aber als sie gerade einen Schritt nach vorn machte, tauchte die vordere Perlenschildkröte ab. Zähflüssige Lava schwappte über ihren Panzer hinweg und verschluckte sie.

Niccolo erklomm einen weiteren Panzer und konzentrierte sich auf den Weg, der vor ihm lag. Die Schildkröten hatten sich Seite an Seite zu einer Kette formiert. Weder ihre Schädel noch die Beine oder Schwänze waren unter der Oberfläche zu sehen. Die Panzer selbst waren pechschwarz von einem Überzug aus fester Aschekruste. Darauf waren runde Erhebungen verteilt wie Punkte auf einem Marienkäfer. Das mochten die Perlen sein, die den Wesen ihren Namen gegeben hatten; keine war kleiner als Niccolos Faust, manche so groß wie sein Kopf. Auch sie waren gänzlich von der schwarzen Kruste überzogen und erinnerten eher an verbrannte Bratäpfel als an Schmuckstücke. Niccolo erinnerte sich an die Zeichnungen in den Büchern seines Vaters: Sie hatten chinesische Drachen oft mit einer großen Perle in den Klauen gezeigt – der Legende nach lag darin ihre Magie verborgen. Womöglich wohnte den Perlen im Panzer der Schildkröten ebenfalls ein Zauber inne, der es ihnen erlaubte, inmitten der lebensfeindlichen Lava zu existieren.

Die Hitze war kaum zu ertragen. Niccolo hatte sein Wams abgestreift und um die Hüfte gebunden. Falls ihn Lavaspritzer trafen, hätte ihn auch der Stoff nicht vor Verbrennungen bewahrt. Den weißen Streifen von Mondkinds Kleid trug er noch immer am Gürtel, und einmal, auf dem höchsten Punkt eines Schildkrötenpanzers, ertappte er sich dabei, wie er die Seide mit den Fingern streifte. Ein sanftes Kribbeln kroch seinen Arm herauf.

Hinter ihm tauchten die Zhubieyu ab, sobald er von einer auf die andere sprang. Es gab keinen Weg zurück, das war ihm längst klar; er hoffte nur, dass Meister Li die Riesenschildkröten auch ein zweites Mal herbeirufen konnte.

Die schwarzen Buckel ragten fast zwei Meter hoch aus der Lava, jede ein kleiner Hügel, den Niccolo hinauf- und wieder hinabgeklettern musste. Das zehrte an seinen Kräften, und in Verbindung mit der kochenden Hitze wurde der Überweg spätestens nach der Hälfte zu einer entsetzlichen Qual.

Je näher er den Türmen kam, desto höher wuchsen sie über ihm empor. Das Flimmern der Luft hatte verborgen, dass sie von Öffnungen durchlöchert waren, Fenstern in schwindelnder Höhe und Türen, die hinaus auf Kettenbrücken und Stege führten.

Bald verlor er jegliches Gefühl für die Zeit. Er wusste nicht mehr, wie lange er bereits unterwegs war. Das saugende Geräusch, mit dem die Perlenschildkröten hinter ihm in der Lava verschwanden, ertönte nun in den immer gleichen Abständen; er bekam mehr und mehr Übung im Erklimmen der Panzer und dem Wechsel von einem zum anderen. Manchmal lösten sich Schuppen aus schwarzer Brandkruste unter seinen Füßen und Händen, aber jedes Mal bewahrten ihn seine Reflexe vor dem Abrutschen. Er verstand jetzt, warum es trotz eines Überweges keinerlei Austausch zwischen den Herrn der Lavatürme und den Menschen jenseits des Ufers gab. Auch wenn man wie Meister Li in der Lage war, die Schildkröten herbeizurufen, so war der Weg an sich eine Tortur, die selbst das beste Schwert nicht aufwiegen konnte.

Endlich war das Ende absehbar. Noch drei Panzer, noch zwei, schließlich einer. Mit einem taumelnden Sprung setzte Niccolo von der letzten Schildkröte zum Aschestrand über. Hinter ihm verschwand der schwarze Buckel unter einer trägen Woge aus Glut.

Während er auf alle viere niedersank und versuchte, seinen Atem wieder unter Kontrolle zu bekommen, bemerkte er, dass das schwarze Zeug unter seinen Händen und Knien keineswegs gewöhnliche Asche war. Vielmehr ähnelte es pechschwarzem Sand, zusammengebacken von der Hitze. Bei genauerem Hinsehen handelte es sich um winzige Glaskristalle.

Niccolo rappelte sich auf und sah an den Türmen empor. Sie umrankten über ihm den Himmel, finstere, vielfach verästelte Strukturen, die fast bis zur glutroten Wolkendecke reichten.

Nirgends war ein Mensch zu sehen. Keine Spur von Leben.

Er stieg den steilen Strand hinauf, bis er sich etwa zwanzig Meter über der Lavaoberfläche befand. Die Hitze ließ schlagartig nach, obgleich es noch immer ungeheuer warm war. Er konnte wieder freier atmen und hatte endlich nicht mehr das Gefühl, bei lebendigem Leibe gegart zu werden.

Als er einen Blick zurück zum Ufer des Lavasees warf, konnte er die drei anderen nicht mehr sehen. Die flirrende Luft ließ die Felsenlandschaft verschwimmen, und ihm blieb nur zu hoffen, dass sie auf irgendeine Weise ahnten, dass er heil angekommen war.

Erst jetzt bemerkte er, dass der erste Eindruck eines Dickichts aus Türmen nicht getrogen hatte. Oberhalb der Schräge aus Glaskristallen befand sich etwas, das dichtem Unterholz ähnelte. Nur dass es sich nicht um Äste und Bäume handelte, sondern um ein Gewirr aus schwarzen Lavadornen, manche nicht dicker als sein Finger, andere wie mächtige Säulen und ein paar so breit wie ganze Dörfer: Das waren die eigentlichen Türme. Das verzahnte Durcheinander aus Dornen und Strängen erlaubte es nicht, dazwischen umherzulaufen. Das gesamte Leben der Götterschmiede musste sich innerhalb der Türme und hoch oben auf den Brücken und Stegen abspielen.

Bald stieß er auf einen Eingang – kein Tor, sondern eine natürliche Öffnung, ein verzerrter Bogen, der wohl aus einer Schliere im flüssigen Gestein entstanden war. Vor Urzeiten, als die Lavatürme erstarrt waren wie eine Formation umgedrehter Eiszapfen, hatte der Zufall solche Löcher entstehen lassen. Erst weiter oben, das konnte Niccolo jetzt erkennen, gab es künstliche Öffnungen, leere Rechtecke und Quadrate im Lavagestein, die noch schwärzer waren als die Oberfläche der Türme selbst. Lichtschein war in keinem davon zu sehen, nirgends regte sich Leben.

Er betrat den Turm und war überrascht, wie viel kühler es hier drinnen war. Er befand sich in einer Halle mit unregelmäßigem, abgerundetem Umriss. Breite gehauene Treppenstufen führten nach oben und verschwanden dort im ewigen Lavaschein. Das rotgelbe Licht fiel nicht nur durch die verzogene Toröffnung und die wenigen Fenster, sondern sickerte durch eine Vielzahl natürlicher Spalten und Risse, wie glühende Spinnweben an den schwarzen Wänden.

„Ist hier jemand?“ Niccolos Stimme war so ruß- und rauchgeschwängert, dass er von seinem eigenen heiseren Tonfall erschrak.

Niemand gab Antwort.

„Hallo? Hört mich jemand?“

Nichts.

Mit einem hässlichen Rumoren im Magen machte er sich an den Aufstieg. Die Treppenstufen waren augenscheinlich für Menschen seiner Größe geschaffen. Das beruhigte ihn ein wenig. Zumindest würde er es nicht mit Riesen zu tun bekommen.

Es roch nach ausgebrannten Feuern. Winde trugen kalten Aschegestank von oben herab. Irgendwo in den höheren Stockwerken mussten sich die Schmieden befinden. Aber weder waren Stimmen zu hören noch Hämmern oder das Fauchen der Öfen.

Er durchstreifte leere Hallen, in deren dicke Lavawände höhlenartige Behausungen eingelassen waren. Die meisten Tische, Sitzgelegenheiten, sogar die Liegen waren aus dem ewig warmen Lavagestein gehauen.

Alle Höhlenhäuser standen seit langer Zeit leer, nichts deutete auf einen überstürzten Aufbruch hin. Abgesehen von den Scherben einiger Tongefäße fand Niccolo keine Gegenstände des täglichen Gebrauchs. Hier hatte seit vielen Jahren kein Mensch mehr gehaust.

Bald war er sicher, dass er hier niemandem begegnen würde. Nachdenklich zog er die Möglichkeit in Betracht, dass nur dieser *eine* Turm ausgestorben war. Gründe dafür konnte es viele geben, und am nachhaltigsten erschreckte ihn die Möglichkeit, dass hier vielleicht eine Krankheit getobt hatte und all diese Hallen und Gänge und Treppenfluchten verseucht waren.

Doch eine nagende, eindringliche Stimme raunte ihm zu, dass er auch nirgends sonst an diesem düsteren Ort auf Leben stoßen würde.

Dennoch gab er nicht auf, stieg immer weiter nach oben und wechselte schließlich in Schwindel erregender Höhe von einem Turm zum anderen. Der Steg, über den er ging, war recht breit und gut befestigt. Niccolo kannte keine

Höhenangst, dafür hatte er viel zu oft am Rand der Wolkeninsel gestanden und vom Erdboden geträumt. Aber die gespenstische Leere des Turms in Verbindung mit den dornengespickten Abgründen machte ihm dennoch zu schaffen. Er war froh, als er durch einen künstlichen Torbogen den gegenüberliegenden Turm betrat.

Mittlerweile hatte er es aufgegeben, durch Rufe auf sich aufmerksam machen zu wollen. Stattdessen bewegte er sich noch vorsichtiger, drückte sich in den leeren Hallen an den Wänden entlang und versuchte keine Fußabdrücke im Aschestaub zu hinterlassen. Der Gedanke, hier eine Spur der Drachen oder auch nur einen Hinweis auf ihren Friedhof zu finden, schien ihm immer aussichtsloser. Was hatte Mondkind sich dabei gedacht, als sie ihn hierher geschickt hatte? Wahrscheinlich hatte er kostbare Tage verschenkt. Tage, die für das Volk der Hohen Lüfte den Untergang bedeuten mochten.

Er tat sein Möglichstes, solche Vorstellungen zu verdrängen. Aber die Leere der unheimlichen Hallen, die verlassenen Behausungen und der Gestank erkalteter Schmieden und Brennöfen vereitelte alle Versuche, an etwas anderes als Tod und Verderben zu denken.

Noch mehrmals wechselte er zwischen den Türmen und näherte sich dabei immer weiter dem Herzen der menschenleeren Stadt. Von den Balustraden und Kettenbrücken aus sah er jetzt in allen Richtungen nur noch schwarze Lavasäulen, hier und da von fernem Glutschein umrahmt. Es gab weder Vögel noch Insekten, nur Ascheflocken, die dann und wann auf heißen Windböen trieben.

Die Schmiedehallen befanden sich in den oberen Stockwerken der Türme, womöglich, um weiter unten nicht noch mehr Hitze zu erzeugen, die das Leben für die Bewohner unerträglich gemacht hätte. Zwischen den verlassenen Essen und Ambossen fand Niccolo altes Werkzeug, Reste von Leder und ein paar andere Überbleibsel der Schmiedearbeit, aber alles war unbrauchbar und vermutlich nur aus diesem Grund zurückgelassen worden.

Als er eine Brücke überquerte, die zu einem der Türme im Zentrum der Lavainsel führte, blieb er wie angewurzelt stehen.

Mitten auf dem Überweg lag ein Stiefel.

Vorsichtig, als könnte das Ding unverhofft nach ihm schnappen, ging Niccolo darauf zu. Noch einmal schaute er sich nach allen Seiten um, dann stieß er mit dem Fuß dagegen, bückte sich sogar und blickte hinein.

Nichts Auffälliges, einfach nur ein alter Stiefel.

Und doch war er nicht so alt wie die Gegenstände, die er in den anderen Türmen entdeckt hatte. Und keineswegs so abgenutzt, dass man ihn hätte fortwerfen müssen.

Niccolo zog seinen Dolch und pirschte auf das verzogene Tor in der Turmwand zu. Dahinter lag eine weitere Halle, groß wie ein Marktplatz, eingefasst von den höhlenartigen Behausungen in den Seitenwänden.

Eine Hand voll Kleidungsstücke lag verstreut über die weite Fläche. Etwas flog auf Niccolo zu. Ein Papierfetzen, den ein Luftwirbel erfasst hatte und ins Freie trieb.

Er schlich an den Fensteröffnungen der Behausungen entlang, gehauene Löcher, die nach innen in die Halle wiesen. Drinnen gab es nichts, das auf den Versuch schließen ließ, das Dasein in den Felshöhlen angenehmer zu gestalten. Keine Kissen, nicht einmal Decken. Auch fand er nirgendwo Essensreste und, abgesehen von ein paar uralten Schalen und Krügen, die eingestaubt in den Ecken standen, auch keine Gefäße.

Etwas aber machte ihn besonders stutzig. Nirgends auf seinem Weg war er auf Klingen gestoßen, auf die hochgerühmten Waffen der Götterschmiede. Kein einziges Schwert, kein Dolch, keine Lanze. Entweder wurde alles, was die Schmiede geschaffen hatten, in verborgenen Lagerräumen aufbewahrt, oder aber die Ergebnisse ihrer Kunstfertigkeit waren gemeinsam mit ihren Schöpfern verschwunden.

Er stieg weitere Treppen hinauf und gelangte in eine weite Schmiedehalle, die offenbar vor nicht allzu langer Zeit benutzt worden war. Die Feuerstellen waren nicht ausgekehrt, Hämmer und Zangen lagen am Boden verstreut, lederne Schürzen waren achtlos fallen gelassen worden.

Und noch etwas entdeckte Niccolo.

Kampfspuren.

Im Nachhinein war er nicht sicher, ob er unterwegs bereits ähnliche Anzeichen übersehen hatte. Kerben, Risse und Spalten waren nichts Ungewöhnliches in dem porösen Lavagestein. Hier aber, in dieser Halle, war eindeutig gekämpft worden. Zerfetzte Kleidungsstücke lagen umher, und manche wiesen Flecken auf, pechschwarz allerdings, nicht braun wie getrocknetes Blut.

All das war mehr als sonderbar. Erst die ausgestorbenen äußeren Türme, dann hier im Zentrum solche, die noch vor kurzem bewohnt gewesen waren. Bewohnt allerdings von Menschen, die augenscheinlich weder aßen noch Wert auf die allerschlichteste Behaglichkeit legten. Menschen, die mit irgendwem gekämpft hatten und, wenn sie verletzt wurden, kein Blut, sondern eine eigentümliche schwarze Flüssigkeit absonderten.

Noch eine Treppe, aber an ihrem Ende lag keine Halle. Stattdessen wölbte sich über ihm der lavarote Himmel, das Licht eines ewigen Sonnenuntergangs. Niccolo betrat eine weite Plattform, hundert mal hundert Schritt von einem Rand zum anderen, künstlich geschaffen, indem man die Lavaspitze des Turms mit Hacke und Meißel abgetragen hatte. Die Winde pfiffen scharf genug über die Kanten, um einen Menschen aus dem Gleichgewicht zu bringen; trotzdem gab es rundum kein Geländer.

Niccolo wurde erwartet.

Nicht weit entfernt von der Öffnung des Treppenabstiegs saß eine Frau mit langem schwarzem Haar. Sie hatte ihm den Rücken zugewandt. Ohne ihn zu beachten starrte sie hinaus in den flirrenden, hitzegesättigten Abgrund, über die Spitzen der benachbarten Türme hinweg.

„Mondkind?“ Der Wind riss ihm die Silben von den Lippen.

Da erst blickte sie über die Schulter zu ihm herüber.

„Hallo, Niccolo.“

Säulen des Himmels

Obwohl es Nacht wurde, entzündeten Nugua und die anderen kein Feuer. Der nahe Lavasee erzeugte mehr Hitze, als ihnen lieb war, und der allgegenwärtige goldrote Lichtschein brannte sich sogar durch ihre geschlossenen Augenlider.

Nugua lag mit dem Rücken auf dem erwärmten Gestein, hatte die Hände unterm Hinterkopf verschränkt und stöhnte innerlich unter der trockenen Hitze. Sie war im ewigen Sommerregen aufgewachsen, der den Drachen auf ihren Wanderungen folgte, und nun spürte sie, wie ihre Haut ungewohnt spröde und rau wurde. Jetzt, da sie erst einmal darauf achtete, fiel ihr sogar das Atmen schwerer als sonst.

Doch all das lenkte sie nur vordergründig von ihrer Angst um Niccolo ab. Die Sorge um ihn beherrschte ihr Denken, verdrängte zeitweise sogar ihr Verlangen nach der Rückkehr zum Drachenclan. Und *das* verstörte sie wirklich.

Gedankenverloren blickte sie zu Meister Li hinüber. Der Fangshi kauerte im Schneidersitz am Rand des Felsplateaus, hatte die Schaufellanze quer über seine Knie gelegt und starrte die verschwommenen Lavatürme an.

„Du warst noch nie dort drüben“, sagte sie, „und trotzdem weißt du so viel über die Türme und ihre Bewohner.“

Er zuckte die Achseln. „Das ist altes Wissen. Ich habe lange nichts Neues mehr über sie gehört."

Sie setzte sich auf. „Heißt das, du weißt gar nicht, wie es heute dort aussieht? Und du hast Niccolo gehen lassen, ohne sicher zu sein, wie – "

„Sicher sein kann niemand", fiel er ihr ins Wort. „Nicht in diesen Zeiten. Die Dinge ändern sich stündlich, und nicht immer zum Guten."

Feiqing brummte zustimmend, während er sich auf dem Fels umherwälzte und keine bequeme Schlafposition fand. „In meinem Gauklerwagen gab es wenigstens weiches Stroh."

Nugua funkelte ihn wütend an. „Du hast *gebettelt*, dass wir dich mitnehmen."

„Konnte ich ahnen, dass wir *hier* landen?", keifte er zurück.

Nugua stand auf und setzte sich neben den Fangshi. „Als du die Perlenschildkröten herbeigerufen hast, da hast du die alte Sprache der Drachen benutzt."

Er nickte.

„Woher kennst du sie?"

Er warf ihr mit gerunzelter Stirn einen Seitenblick zu. „Woher kennst *du* sie, Nugua?"

Machte es einen Unterschied, wenn sie ihm die Wahrheit sagte? Sie war müde, und sie hatte zu große Angst um Niccolo, als dass sie sich jetzt auch noch Sorgen um die Wahrung ihres Geheimnisses hätte machen können. Ohne einleitende Worte und ohne irgendetwas auszusparen erzählte sie ihm alles. Von ihrem Leben in Yaozis Clan, vom Verschwinden der Drachen und von ihrer monatelangen Suche unter Menschen, zu denen sie keine Verwandtschaft fühlte. Während sie sprach, blickte sie hinaus auf die brodelnde Lava, sah zu, wie sich Blasen bildeten und platzten, wie sich Wogen mit gelbweißen Rändern schleichend übereinander schoben und sich das nördliche Ufer mit jeder Stunde ein winziges Stückchen weiter durch das Gebirge fraß.

Nachdem sie geendet hatte, war sie außer Atem, obwohl sie langsam, fast bedächtig gesprochen hatte. Die Erinnerung zehrte an ihren Kräften. Zu guter Letzt fühlte sie sich sehr verletzlich. Womöglich hatte sie zu viel von sich preisgegeben. Aber spielte das noch eine Rolle?

Meister Li hatte sie kein einziges Mal unterbrochen, nur zugehört und dann und wann eine Augenbraue erhoben. Schließlich aber sagte er: „Du bist kein Drache, Nugua. Kein Mensch kann sein wie sie.“

Schon bereute sie, dass sie sich ihm geöffnet hatte. Doch dann erkannte sie, dass er das gar nicht abwertend meinte. „Du magst die Drachen nicht“, stellte sie fest.

Er hob die Schultern, so als gäbe es darauf keine eindeutige Antwort. „Wir wissen nicht, was in ihnen vorgeht. Dir mögen sie mit Freundschaft begegnet sein. Aber sind sie deshalb Freunde aller Menschen? Und meinen sie es gut mit der Welt oder nur mit sich selbst?“

„Sie kümmern sich nur um ihre eigenen Angelegenheiten. Was ist daran schlecht?“

„Nichts. Aber es ist auch nichts Gutes daran. Versuch, mich zu verstehen, Nugua. Ich habe nichts gegen die Drachen, aber ich liebe sie auch nicht. Und ich denke, das ist genau die Art und Weise, mit der sie einem wie mir begegnen würden. Sie hätten die Macht, große Veränderungen zu bewirken – aber sie nutzen sie nicht.“

Nugua neigte den Kopf und dachte nach. Das Einzige, was Drachen zu Gunsten der Menschen bewirken konnten, war, ihnen Regen zu bringen.

Meister Li fuhr fort: „Ihnen obliegt es, eine große Gefahr von uns allen abzuwenden. Sie *könnten* es, begreifst du? Aber der Preis, den sie dafür zahlen müssten, ist ein hoher."

„Ich weiß nicht, was du meinst."

Er winkte ab. „Lass gut sein. Wir reden ein andermal darüber." Sein Blick strich wieder über die Lava, über die umliegenden Berge, die feuerrote Wolkendecke. Es sah beinahe aus, als suchte er nach etwas. Oder nach jemandem.

„Lass uns *jetzt* reden", sagte Nugua gereizt. „Ich will es verstehen."

Meister Li seufzte. „Vielleicht ist es tatsächlich an der Zeit, euch die Wahrheit zu sagen."

Nugua spannte sich, so als müsste sie sich gegen Lis weitere Worte auch körperlich wappnen.

Der Fangshi streckte einen Arm in die Höhe und stieß einen schrillen Pfiff aus.

Einige Augenblicke vergingen. Feiqing hatte sich ebenfalls aufgesetzt und aufmerksam zugehört. Nicht einmal er wagte es, die plötzliche Stille zu stören.

Ein leises Rauschen ertönte. Schwingenschlag.

Nugua wirbelte herum, blickte in alle Richtungen. Erst hatte sie geglaubt, die Laute würden von etwas hervorgerufen, das sich ihnen von den Türmen her näherte. Jetzt aber bemerkte sie, dass es von hinten kam. Aus den Schatten des Gebirges in ihrem Rücken.

Es war ein Kranich, groß wie ein Pferd. Er hatte graues

Gefieder, einen roten Kamm und weiße Wangenstreifen, die bis zu seinem dünnen Hals hinabreichten. Lang ausgestreckt flog er auf sie zu, seine Schwingen spannten sich drei, vier Meter weit. Bevor er auf dem Plateau aufsetzte, nur wenige Meter von Feiqing entfernt, riss er seinen Schnabel auf und stieß einen trompetenartigen Schrei aus.

„Was, bei allen Drachenkönigen – “, entfuhr es ihr.

„Keine Angst“, sagte Li mit einem Lächeln. „Er gehört zu mir.“

Feiqing taumelte unbeholfen auf die Füße. Er war so aufgebracht, dass er sogar seine Angst vor dem Riesenvogel vergaß. Anklagend richtete er einen seiner dicken Krallenfinger auf den Fangshi.

„Du bist einer von ihnen!“

Nugua rückte von Li ab, stolperte auf die Füße, wusste aber nicht recht, wohin sie eigentlich wollte. „Mondkind hat gegen einen wie dich gekämpft. Er hat versucht, sie zu töten!“

Li nickte. „Und uns allen wäre geholfen, wenn es meinem Bruder Guo Lao gelungen wäre und ihr euch nicht eingemischt hättet.“

„Du hast von Anfang an gewusst, wer wir waren!“ Ihre Stimme überschlug sich fast. „Deshalb hast du uns vor den Räubern gerettet und uns hergeführt. Das war kein Zufall!“

„Du hast Recht. Ich bin eurer Spur bis zu diesem Gasthaus gefolgt.“

Feiqings Stimme zitterte. „Du bist einer der Unsterblichen! Einer der Acht!“

„Acht waren wir einmal“, sagte Li bedrückt. Er saß noch immer am Rand des Plateaus, während sein Kranich die Schwingen anlegte und abwartend verharrte. „Jetzt sind wir nur noch drei, fürchte ich." Seine Stimme bekam einen eisigen Unterton. „Mondkind hat fünf von uns getötet."

„Mondkind?" Nugua hatte das Gefühl, als neigte sich der Fels unter ihr und drohte in die Lava abzurutschen. „Sie war nicht stark genug, einen von euch zu besiegen. Sie hat Niccolo" – sie wollte *verhext* sagen, überlegte es sich aber im letzten Augenblick anders – „*angezapft*, seine Kraft, um überhaupt lebend aus diesem Kampf herauszukommen."

„Das hat sie getan", bestätigte Li. „Und dabei ist sie eine Bindung mit ihm eingegangen. Sie wird ihn suchen, früher oder später. Und dann werde ich sie vernichten."

Begreifen spülte wie eine Woge über Nugua hinweg. „Du benutzt Niccolo als Lockvogel! Deshalb hilfst du uns. Um so an Mondkind heranzukommen!"

„Aber habe ich euch damit in irgendeiner Weise geschadet? Ihr wolltet zu den Lavatürmen, und ich habe euch hingebracht. Zweimal habe ich euch gerettet, im Gasthof und draußen auf dem Lavastrom." Er brachte es fertig, selbst bei diesen Worten bescheiden und freundlich zu klingen. „Durch mich habt ihr kein Leid erfahren. Alles, was ich will, ist Mondkinds Kopf. Und Niccolo ist der Schlüssel zu ihr."

Nugua ballte die Fäuste. „Aber warum?"

„Mondkind war die Schülerin einer Unsterblichen, um selbst einmal eine zu werden, so viel wisst ihr. Sie ist kein Mensch mehr, aber auch keine von uns, sondern etwas dazwischen. Und sie hat Niccolos *Chi* benutzt, um meinen Bruder Guo Lao zu besiegen." Wieder blickte er zu den

Türmen hinüber und suchte den Himmel ab. „Wesen wie Mondkind gehorchen anderen Gesetzen als gewöhnliche Sterbliche. Was sie getan hat, mit Niccolo ... nun, das führt unweigerlich dazu, dass sie ihn liebt. Bis zur Selbstaufgabe liebt! Es ist wie ein Fluch. Man greift nicht in einen Menschen hinein und entzieht ihm sein *Chi*, ohne einen Preis dafür zu zahlen. Ihrer ist die Liebe. Wo auch immer sie gerade ist – und ich hoffe, nicht weit von hier –, ganz sicher verzehrt sie sich nach Niccolos Nähe."

Nugua starrte ihn aus großen Augen an. „Liebe als Preis?", wiederholte sie. „Was für eine Art Handel ist das?"

„Einer, an dem weder sie noch Niccolo etwas ändern können. Er wurde geschlossen, und er hält sie nun beide gefangen."

„Du meinst ..." Sie schluckte. „Du meinst, Niccolo liebt sie auch?"

Er nickte. Sie hasste das Mitleid, das dabei in seine Augen trat. „Auf immer und ewig."

„Das kann nicht sein!"

„Es tut mir Leid, Nugua."

Feiqing kam von hinten heran und legte ihr mitfühlend eine Hand auf die Schulter. Unwillig schüttelte sie ihn ab, auch wenn sie es gleich darauf bereute. Er wollte sie nur trösten, wollte ihr Freund sein. Aber sie ertrug im Augenblick weder Trost noch Nähe.

„Diese Liebe", stammelte sie, „das ist keine echte Liebe! Das ist so was wie ... ein Bann. Und einen Bann kann man brechen."

„Nicht diesen", entgegnete Li. „Mondkind ist jetzt an Niccolo gebunden. Und er an sie."

Nugua wandte sich ab und starrte zu den Türmen hinüber. Die Hitze der Lava trocknete ihre feuchten Augen, bevor die anderen sehen konnten, dass sie mit den Tränen kämpfte. Sie verstand nicht einmal, warum sie Niccolo überhaupt mochte. Sie war ein Drache, verdammt! Und Drachen verliebten sich nicht in Menschen.

Sie musste sich zusammennehmen. All die anderen drängenden Fragen stellen. Vielleicht lenkte sie das eine Weile lang ab.

„Du glaubst, dass Mondkind hier auftaucht?", fragte sie, als sie sich wieder zu Li und dem betreten auf seine Füße starrenden Rattendrachen umdrehte. „Und dann willst du sie töten, richtig?"

Der Unsterbliche nickte.

„Warum?", fragte sie.

„Warum? Sie hat fünf meiner Brüder und Schwestern getötet. Fünf *Xian*!"

„Das meine ich nicht. Warum hat *sie* es getan? Uns hat sie erzählt, sie habe vor euch fliehen müssen, weil sie irgendwelche Geheimnisse mitangehört habe. Das war gelogen, oder?"

Li nickte wieder. „Mondkind war die Schülerin meiner Schwester He Xiangu. Bis sie unter einen Einfluss geriet, den keiner von uns voraussehen konnte. Eine Macht, die ..." Er brach ab, suchte nach den richtigen Worten. „He Xiangu trug vielleicht selbst einen Teil der Schuld – und sie hat mit ihrer Unsterblichkeit dafür bezahlt. Sie war die Erste, die hinterrücks von Mondkind ermordet wurde. Das alles hat mit dem Aether zu tun."

„Der Aether?" Nugua spürte einen Stich in ihrer Schläfe wie von einem plötzlichen Kopfschmerz.

Abermals suchte Lis Blick die glühende Wolkendecke ab. Nugua wusste jetzt, dass er Ausschau nach Mondkind hielt. „Was weißt du über den Aether?“, fragte er schließlich.

„Nicht viel“, gab sie zu. „Niccolo hat davon erzählt. Wenn Drachen ausatmen, dann steigt ihr Atem zum Himmel empor ... *über* den Himmel. Dort sammelt er sich und bildet eine Art ... Schicht. Und darin ist Magie.“

Feiqing meldete sich nach langem Schweigen zu Wort. Er warf einen argwöhnischen Blick auf den reglosen Riesenkranich. „Die Alchimisten arbeiten mit Aether. Er ist eine geheimnisvolle Substanz, die es ihnen ermöglicht, bestimmte Experimente durchzuführen. Manche sagen, einfach alles gehe auf den Aether zurück. Magie, der Himmel selbst, die Götter ... die Unsterblichkeit.“

„Die meisten Alchimisten suchen ihr Leben lang vergeblich nach dem Aether“, sagte Li.

„Einer hat ihn offenbar gefunden“, behauptete Nugua. „Der Große Leonardo.“

Li runzelte die Stirn. „Wer ist das?“

In wenigen Sätzen berichtete sie ihm, was Niccolo über die Wolkenstadt und ihren geheimnisvollen Schöpfer erzählt hatte.

„Das ist interessant“, sagte Li nachdenklich. „Pumpen, die den Aether in die Tiefe saugen ... Wirklich interessant. Und sie haben Wolken damit verfestigt? Und leben sogar darauf?“ Er schüttelte staunend den Kopf. „Es gibt Wunder, die selbst den Unsterblichen verschlossen sind.“

„Die Pumpen haben den Kontakt zum Aether verloren“, erklärte Nugua. „Jedenfalls hat Niccolo das gesagt. Darum sucht er die Drachen. Um neuen Aether einzufangen, mit dessen Hilfe die Wolkeninsel wieder aufsteigen kann."

Li stand auf, sichtlich erschüttert von dem, was er da hörte. „Solche Kreise zieht es also bereits! Bei den Göttern, alles ist viel schlimmer, als ich geglaubt hatte!"

Nugua spürte, wie sich ihr Magen zusammenzog. „Was meinst du?"

„Ich ... ich muss darüber nachdenken. In Ruhe. Und mit meinen Brüdern Guo Lao und Tieguai darüber beraten. Aber dazu ist jetzt keine Zeit."

Feiqing räusperte sich. „Du sagst, Mondkind habe ihre Lehrmeisterin He Xiangu getötet. Außerdem noch vier weitere Unsterbliche." Eine wulstige Rattendrachenbraue zuckte nach oben. „Und das alles, weil der *Aether* sie dazu gebracht hat?"

Li nickte nur geistesabwesend.

„Erklär uns das", forderte Nugua. Sie war nicht sicher, ob sie auch nur die Hälfte von all dem verstehen würde, aber es war besser, als sich in Selbstmitleid und Wut über Mondkind und Niccolo zu ergehen.

„Wir alle haben geglaubt", begann Li, „der Aether sei nur eine Substanz, so wie Wasser oder Stein oder Luft. Beseelt wie jedes Ding auf Erden, gewiss, das lehrt uns der Weg des Tao. Aber eben doch kein lebendiges Wesen. Nun, wir haben uns getäuscht. Der Aether besitzt nicht nur Leben, er besitzt einen wachen Verstand und maßlose Gier. Und sie ist es, die ihn antreibt, die ihm einflüstert, er allein müsse über das Universum herrschen. Denn nichts, das wir kennen, ist größer als der Aether – er umspannt sogar den Himmel!"

Nugua fand in ihrer Vorstellungskraft keine Bilder für

seine Worte. Das alles war zu gewaltig, zu fern von allem, was sie je mit eigenen Augen gesehen hatte.

„Der Aether ist erwacht – oder war schon immer wach, das wissen wir nicht. Überhaupt wissen wir viel zu wenig über ihn, außer dass er aus dem Atem der Drachen entstanden ist und immer noch weiter wächst, mit jedem Atemzug, den sie tun.“ Leiser fügte der Xian hinzu: „Wohin auch immer sie verschwunden sein mögen.“

Nugua erinnerte sich an das feine goldene Flirren, das die Drachen aus ihren Nüstern ausgestoßen hatten. Sie war damit aufgewachsen, sie kannte es nicht anders. Für sie war das etwas ganz Alltägliches gewesen. Und nun sollte dieser goldene Dunst eine Bedrohung darstellen? Das war schwer zu glauben und noch viel schwerer zu begreifen.

„Die Unsterbliche He Xiangu“, rekapitulierte Feiqing, „hat also mit dem Aether experimentiert. Dabei hat er auf irgendeine Weise Macht über ihre Schülerin Mondkind erlangt und sie dazu gebracht, He Xiangu und vier weitere Unsterbliche umzubringen. Richtig?“

„Ja.“

„Und nun versuchst du, über Niccolo an Mondkind heranzukommen, um sie zu töten, bevor sie auch dich und die letzten deiner Brüder ermorden kann.“

Noch ein Nicken des glatzköpfigen Kolosses.

„Bleibt eine Frage“, sagte Feiqing und massierte sich die Lefzen; in Wahrheit waren noch hundert Fragen offen. „Warum überhaupt will der Aether die acht Unsterblichen vernichten?“

Li seufzte. „Was wisst ihr über uns Xian?“

„Nur dass ihr einst sterbliche Menschen wart, die dem

heiligen Weg des Tao gefolgt sind, den Lehren des Laotse. Und dass ihr darüber das ewige Leben erlangt habt."

Nugua blickte von einem zum anderen. Langsam schien sich alles zu einem Ganzen zusammenzufügen. Die abgestürzte Wolkeninsel und Niccolos Suche; die mythischen acht Unsterblichen; und das Verschwinden der Drachen. Es gab einen Schlüssel zu diesem Rätsel, und das war – auf die eine oder andere Weise – der Aether.

Meister Li stützte sich wieder auf seine Lanze. „Wir waren gewöhnliche Menschen, und ich bin tatsächlich ein Fangshi gewesen, ein Magier am Hof des Kaisers. Mein voller Name ist Zhongli Quan. Einige von uns erlangten die vollkommene Einsicht in die Lehren des Tao durch Meditation und Gelehrsamkeit, andere durch alchimistische Experimente, einige sogar durch besondere Gottgefälligkeit. Vielleicht war es bei den meisten eine Mischung aus all dem. Bliebe uns mehr Zeit, so könnte ich euch die Geschichte jedes einzelnen Xian erzählen. Und meine eigene. Aber vielleicht ist dazu ein andermal Gelegenheit. Wahr ist jedenfalls, dass wir die Gunst des Himmels erlangten, die Gunst Tiandis und seiner göttlichen Gemahlin Xiwangmu. Es waren die Götter selbst, die uns das ewige Leben verliehen. Sie machten uns zu Auserwählten, zur Nahtstelle zwischen dem Himmel und der Welt der Menschen. Wir sind ihre Boten, ihre Diener, ihre Stellvertreter aus Fleisch und Blut. Der Himmel hätte längst die Verbindung zur Erde verloren, wenn es uns nicht gäbe – und, glaubt mir, ich sage das in aller Bescheidenheit."

„Die acht Säulen des Himmels", raunte Feiqing.

Li pflichtete ihm bei. „Auch so hat man uns genannt. Wenn es wahr ist, was wir über den Aether glauben – dass er das gesamte Universum erfüllen will, auch jenen Teil, den jetzt der Himmel und die Welt der Menschen einnehmen –, dann wird er als Erstes versuchen, die Bande zwischen beidem zu kappen. Und diese Bande sind wir Xian. Er vernichtet uns, damit Himmel und Erde voneinander getrennt sind, denn die Götter selbst haben seit Äonen verlernt, mit den Menschen zu sprechen." Seine Blicke wanderten wieder über das kochende Lavapanorama. Erst dann, zögernd, kehrten sie zu Nugua und dem Rattendrachen zurück. „Andersherum ist es möglich: Menschen können in Kontakt zu den Göttern treten, aber das gelingt allein auf dem Weg des Tao. Nur wer die Lehren Laotses bis zur Vollendung verinnerlicht, der kann zu den Göttern sprechen. Und lediglich acht Menschen ist das jemals gelungen, außer vielleicht Laotse selbst, aber über ihn wissen wir zu wenig. Nur uns acht. Wenn der Aether uns vernichtet, uns die Unsterblichkeit raubt, dann kann er sich danach in aller Ruhe die Menschenwelt und zu guter Letzt den Himmel selbst einverleiben. Er ist zu groß und seine Macht zu undurchschaubar, als dass er *nicht* als Sieger aus diesem Kampf hervorgehen könnte."

Nugua stand da, den Kopf leicht geneigt, die Lippen geöffnet. Ungläubig, fassungslos – und doch von einer wachsenden Gewissheit erfüllt, dass Li sie nicht anlog, dass all dies tatsächlich der Wahrheit entsprach.

„Wenn die Verbindung zwischen Himmel und Erde zerstört wird, wenn der letzte der acht Xian stirbt, dann sind beide der Willkür des Aethers ausgeliefert. Und er wird nicht zulassen, dass irgendetwas oder irgendjemand neben ihm existiert. Nicht einmal die Götter."

Mit einem erschöpften Stöhnen löste der Unsterbliche

eine Hand von der Lanze und deutete auf die flimmernden Lavatürme. „Niccolo ist nur dort drüben, weil Mondkind ihn dorthin geschickt hat. Und ich bin sicher, das hat sie aus einem einzigen Grund getan: Sie will ihn hier wiedersehen, weil sie ihn liebt! Er weiß es noch nicht, aber nur deshalb ist er hier. Und wenn sie herkommt, dann werde ich mich ihr stellen und sie vernichten. Ehe ich den Weg des Tao einschlug, habe ich für den Kaiser ganze Armeen bezwungen. Ich bin der mächtigste unter den Xian, und der einzige, der ihr vielleicht noch gewachsen ist. Das wichtigste aber ist: Mondkind braucht besondere Waffen, um uns zu töten. Waffen, die die Götterschmiede in diesen Türmen geschaffen haben. He Xiangu war nachlässig, und so hat Mondkind ihr die beiden Schwerter Jadestachel und Silberdorn stehlen können. Mit ihnen hat sie He Xiangu und die anderen getötet. Aber nun hat sie die Schwerter verloren, sonst hätte sie sie im Kampf gegen Guo Lao eingesetzt."

Nugua nickte. „Sie hat uns erzählt, dass sie ihr gestohlen wurden. Von Wisperwind, der Anführerin des Schwerterclans der Stillen Wipfel."

„Wer sie jetzt besitzt, spielt keine Rolle", sagte Li. „Wichtig ist nur, dass Mondkind nicht mehr genug Macht besitzt, um mich zu töten. Und wenn sie kommt – nun, ich bin bereit."

Nugua hatte Zweifel. Li stützte sich auf die Lanze wie auf einen Wanderstab, aber etwas sagte ihr, dass es ebenso gut eine Krücke hätte sein können. Der Unsterbliche war keineswegs so machtvoll, wie er ihnen – und vielleicht sich selbst – weismachen wollte. Er war geschwächt, womöglich vom Tod der fünf anderen Xian, vielleicht von der Magie, die er aufgewandt hatte, um den Weg hierher zu verkürzen. Nun wusste sie, dass er das nicht für sie getan hatte, sondern nur, um sicherzugehen, dass er Mondkind auf jeden Fall zuvorkam.

„Du hättest Niccolo mit dem Kranich hinüberbringen können“, sagte Nugua vorwurfsvoll.

Das riesenhafte Tier stand noch immer auf dürren Beinen im hinteren Teil des Felsplateaus und pickte mit der Schnabelspitze Ungeziefer aus seinem Gefieder.

Li schüttelte den Kopf. „Dann hätte ich Niccolo die Wahrheit sagen müssen. Glaubst du, er wäre dann wirklich dort hinübergegangen?“ Er hielt kurz inne. „Niccolo liebt Mondkind. Und wenn er es jetzt noch nicht tut, dann *wird* er sie lieben. Er hat gar keine andere Wahl, seit sie von seiner Kraft gekostet und er ihren Geist in sich gespürt hat.“

„Aber dann liebt er sie nicht freiwillig!“

Der Rattendrache lächelte gequält, als erinnerte er sich plötzlich an etwas aus seiner Vergangenheit. „Die Liebe sucht sich uns aus, nicht wir uns die Liebe.“

Sie wollte seine Worte mit einem Wink abtun, aber dann hielt sie inne. Vielleicht hatte er Recht. Sie hatte nicht darum gebeten, Niccolo zu mögen. Nein, das hatte sie wahrlich nicht.

„Der Aether will uns alle vernichten“, sagte Li. „Mondkind ist der Schlüssel dazu. Wenn ich sie besiege, dann hat er womöglich niemanden mehr, der seine Befehle ausführt. Der Aether mag mächtig sein, aber er selbst ist nicht aus Fleisch und Blut. In der Welt der Menschen ist er auf Diener angewiesen, die seinen Willen für ihn ausführen.“

„Vielleicht gibt es noch andere“, wandte Nugua ein.

„Vielleicht, ja. Aber kaum jemand besitzt die Macht, es mit einem Xian aufzunehmen. Mondkind ist etwas Besonderes." Fast ein wenig wehmütig fügte er hinzu: „Das war sie schon immer."

„Trotzdem willst du sie töten."

„Und es wird mir gelingen – jedenfalls solange sie Jadestachel und Silberdorn nicht in Händen hält."

ZWILLINGSKLINGEN

„Mondkind?“, entfuhr es Niccolo, als er die runde Fläche auf der Spitze des Lavaturms betrat.

Sie wandte sich zu ihm um. „Hallo, Niccolo.“

Er zuckte unmerklich zurück.

Es war nicht Mondkind, die da saß, auch wenn sie das gleiche schwarze Haar hatte, einen ähnlich schlanken Körper.

„Wisperwind!“

Die Herrin des Clans der Stillen Wipfel, die Kriegerin, die ihn vor den Raunen gerettet hatte, nahm ihren pilzförmigen Hut vom Boden und setzte ihn auf. Als sie ihr langes Haar darunterschob, wurden die Schwertscheiden auf ihrem Rücken sichtbar. Im Aufstehen ergriff sie die flüsternden Klingen. Jadestachel und Silberdorn.

„Du?“ Er hätte sich freuen müssen, aber aus irgendeinem Grund gelang ihm das nicht. Sie war der erste Mensch gewesen, der ihm am Erdboden begegnet war. Undurchschaubar war sie, gewiss, und vielleicht umschwirrten sie ein paar Rätsel zu viel. Und doch hatte er bedauert, dass sich ihre Wege getrennt hatten.

Und nun, ein Wiedersehen. Ausgerechnet hier.

Warum also war er nicht erleichtert?

„Was für eine Überraschung“, sagte sie, als sie langsam auf ihn zu kam. Merkwürdigerweise klang sie überhaupt nicht überrascht. „Du musst mir verraten, wie du in so kurzer Zeit hierher gelangt bist."

„Und du?"

„Ich laufe über Baumwipfel. Schon vergessen? Jemand, der aus den Wolken gefallen ist, sollte wissen, wie viel Zeit man spart, wenn man durch die Lüfte eilt." Jetzt legte sich endlich ein Lächeln um ihre vernarbten Mundwinkel. Die winzigen, silbrig verheilten Schnitte in ihrem Gesicht glänzten im Schein der Lavaglut wie Eissplitter.

„Jemand hat mir geholfen", sagte er vage.

„Natürlich." Sie hob Jadestachel und schob es über die Schulter in eine der überkreuzten Scheiden auf ihrem Rücken. Silberdorn aber lag weiter in ihrer Hand. Ihr grünbrauner Mantel wurde von einem Windstoß geöffnet; darunter blitzte der Gürtel mit Wurfnadeln. „Ich vermute, das war derselbe geheimnisvolle Jemand, der dir verraten hat, wie man über Lava geht."

Er nickte, fast ein wenig widerwillig. Noch immer forschte er in seinem Inneren nach dem Grund für sein Misstrauen. Es musste dieser Ort sein, die Leere der domartigen Hallen, das geheimnisvolle Verschwinden der Götterschmiede und ihrer Waffen.

„Und du?", fragte er in dem Bemühen, gelöst zu klingen. „Versuchst du noch immer, das Rätsel deiner beiden Schwerter zu lösen?"

„Deshalb bin ich hier."

„Schon lange?"

„Fast drei Tage. Meine Vorräte gehen allmählich zur Neige. Ich habe dich unten in den Türmen gehört. Aber erkannt habe ich dich erst, als ich dich auf einer der Brücken gesehen habe."

„Warum hast du mich nicht gerufen?“

Sie lächelte wieder. „Was hättest du getan, wenn du mich entdeckt hättest, ohne dass ich es bemerkt hätte? Hättest du nach *mir* gerufen? An solch einem Ort?“

Die Frage traf ins Schwarze seines schlechten Gewissens. Sie spürte sehr wohl, dass er ihr misstraute, und vielleicht war deshalb diese merkwürdige, unausgesprochene Kluft zwischen ihnen.

Nein, dachte er, die Schuld liegt nicht allein bei mir. Und warum steckte sie das Schwert nicht weg? Falls sie ihn damit angreifen würde – aber *warum*? –, dann hätte er keine Chance. Sie war zu flink. Zu gefährlich. Sie konnte *fliegen.*

„Ich …“, begann er, setzte aber dann von neuem an. „Da unten gibt es niemanden mehr. Alles ist leer. Wie ausgestorben. Wahrscheinlich ist es das Beste, dass keiner von uns allzu viel Lärm gemacht hat, oder?“

„Glaubst du, in den Türmen könnte noch immer etwas herumschleichen? Der Grund, weshalb all diese Menschen verschwunden sind?“ Sie sah ihn einen Augenblick wortlos an, dann lachte sie plötzlich, als sie sein Misstrauen richtig deutete. „Du denkst – ich?“ Sie setzte das Schwert mit der Spitze auf den Boden, hielt den Knauf nur mit zwei Fingern und drehte die Waffe wie einen Kreisel. Ein leises Scharren stieg auf, als der Stahl einen winzigen Krater in das Lavagestein fräste. „Sieh dir das an. Jedes andere Schwert würde nach kurzer Zeit schartig und stumpf. Aber dieses hier, alle beide … das sind wunderbare Arbeiten.“ Sie blickte wieder auf, jetzt eindringlicher. „Warum, bei allen Göttern, sollte ich einen Schmied umbringen, der solch ein Kunstwerk erschaffen kann?“

Ja, dachte er, warum? „So habe ich das nicht gemeint." Aber natürlich hatte er das doch.

Sie riss die Klinge hoch und schob sie in die zweite Rückenscheide. Dann kam sie näher. „Die meisten dieser Türme stehen seit langer Zeit leer. Du hast dich doch umgesehen, dann musst du das bemerkt haben. Wie es aussieht, haben nur noch in diesem hier Menschen gelebt. Obwohl ich bezweifle, dass man sie noch Menschen hätte nennen können."

Er dachte an die kargen Quartiere, vor allem aber an das pechschwarze Blut, und nickte.

„Die Götter haben sie zu ihren Sklaven gemacht", sagte Wisperwind. „Ich denke nicht, dass noch viel Menschliches an ihnen war. Sie haben auf blankem Stein geschlafen – *falls* sie geschlafen haben –, und sie scheinen weder gegessen noch getrunken zu haben. Ganz abgesehen von irgendwelchen Vergnügungen. Ich habe nicht einmal Würfel gefunden oder Spielsteine. Kannst du dir eine ganze Horde von hart arbeitenden Männern vorstellen, die sich die Abende nicht mit Würfelspielen vertreibt? Oder mit Wein? Aber hier gibt es nichts von alldem." Wisperwind schüttelte den Kopf, während sie über die umliegenden Turmspitzen blickte. „Das hier war schon ein Friedhof, als noch der Lärm der Schmiedehämmer zwischen den Türmen widerhallte. Die Wenigen, die bis zuletzt hier waren, waren längst zu etwas anderem geworden. Zu Untoten, wenn du so willst. Zu Menschmaschinen, durch deren Adern schwarzes Blut floss, das sie auf irgendeine Weise in einem Zustand des Nichtsterbenkönnens festgehalten hat."

„Weißt du das alles – oder sind das Vermutungen?"

Zwei Schritte vor ihm blieb sie stehen. „Ich habe Augen, die sehen. Und einen Kopf, der denken kann. Es gibt noch weitere Spuren. Jemand hat sich große Mühe gegeben, die Körper der Schmiede verschwinden zu lassen. Sie wurden erschlagen, einer nach dem anderen – oder erlöst, wenn du mich fragst –, und dann hat man ihre Körper in der Lava verbrannt ... zusammen mit allen Waffen, die in den Schmiedehallen zu finden waren."

„Aber dann müsste es Schleifspuren geben. Irgendwelche Beweise, dass alles so – "

„Dass alles wirklich so stattgefunden hat? Nicht wenn derjenige den Federflug beherrscht und die Körper aus der Luft in die Lava werfen konnte. Aber ich denke nicht einmal, dass es darum ging, Beweise verschwinden zu lassen. Warum auch? Ich glaube vielmehr, jemand hat verhindern wollen, dass irgendwer, vielleicht die Götter, die Schmiede zu neuem Leben erwecken würden."

„Warum das alles?"

„Um zu verhindern, dass je wieder Waffen von solcher Macht geschaffen werden." Sie berührte Jadestachels Knauf, und Niccolo glaubte schon, sie wollte das Schwert abermals ziehen. Dann aber ließ sie die Hand wieder sinken. „Diese Klingen wurden für die Götter gefertigt. Das behaupten jedenfalls die Legenden, und ich denke, wir sollten ihnen glauben. Die Schmiede in diesen Türmen wurden über Jahrtausende am Leben erhalten, um das Kriegswerkzeug für Schlachten zu erschaffen, die nicht in unserer Welt geschlagen werden."

„Die Götter sind also hierher gekommen, um sich die Waffen *abzuholen*?" Zweifelnd verzog er das Gesicht. „Sie waren hier? *Sie selbst*?"

Wisperwind schüttelte den Kopf. Ihr weiter Mantel bauschte sich in einem plötzlichen Windstoß auf. „Die Götter wandeln nicht mehr auf der Erde. Aber sie haben Diener unter uns Menschen, die solche Botengänge für sie erledigen."

„Die acht Unsterblichen?"

„Die Xian, ganz richtig. Sie kennen die Geheimnisse dieses Ortes, und falls nicht alle, so doch sicher einige von ihnen."

„Du glaubst, einer von ihnen war hier und hat das getan? All diese Männer … einfach ausgerottet?"

„Ich habe dir erzählt, dass ich die Schwerter gestohlen habe", sagte sie statt einer direkten Antwort. „Sie haben zu mir gesprochen, mich gedrängt, sie zu nehmen und damit zu fliehen. Dir ist es am Flussufer ganz genauso ergangen. Erinnerst du dich?"

Er nickte widerwillig.

„Ich habe sie von einem Mädchen gestohlen. Sie war geschwächt von einem Kampf. Ich habe sie beobachtet, sie und den anderen Mann, den sie mit diesen Klingen erschlagen hat. Und beide … *beide*, Niccolo … sind auf Kranichen geritten." Sie schluckte, als könnte sie selbst nicht glauben, was sie da sagte. Wahrscheinlich war es das erste Mal, dass sie all das laut aussprach. „Die Kraniche wurden während des Duells getötet, und auch der Mann starb. Das Mädchen blieb als Siegerin zurück, aber es war erschöpft und kaum noch bei Bewusstsein. Das war der Moment, als mich die Schwerter zu sich riefen. Und ich habe ihnen gehorcht. Bevor das Mädchen erwachen oder mich gar aufhalten konnte, war ich bereits auf und davon." Sie sah ihn durchdringend an, so wie damals, bei ihrer ersten Begegnung. „Man tötet einen Xian nicht mit einer gewöhnlichen Klinge, Niccolo. Wenn es etwas gibt, das ihn vernichten kann, dann die Waffen, die in diesen Türmen geschmiedet wurden. Und wenn ich eine Xian wäre, die mit ihren Brüdern und Schwestern in tödlichem Streit liegt, was würde ich wohl tun? Vor allem doch die Quelle zum Versiegen bringen, aus der sie die Klingen beziehen, die mich töten können."

„Du glaubst allen Ernstes, dass sie so etwas hätte tun können?"

„Allerdings."

Niccolo atmete tief durch. „Ihr Name ist Mondkind."

„Was?"

„Der Name des Mädchens ... sie heißt Mondkind."

Die beiden Klingen glitten so schnell aus den Schwertscheiden, dass Niccolo die Bewegung kaum sah. „Ist sie diejenige, die dich hergebracht hat?", fragte Wisperwind grimmig.

Er schüttelte den Kopf. Im Augenblick konnten ihn nicht einmal mehr die blanken Schwerter einschüchtern. Wisperwinds Vermutung war absurd, und er wusste, wie er sie vom Gegenteil überzeugen konnte. „Nein. Aber ich bin ihr begegnet." Und dann erzählte er ihr, wie er und die anderen Mondkind und Guo Lao im Wald beobachtet hatten und wie sie in ihn hineingegriffen hatte, um ihm sein *Chi* zu entziehen. Er berichtete ihr, dass Mondkind die Schülerin einer Unsterblichen gewesen war und Geheimnisse erfahren hatte, die nicht für ihre Ohren bestimmt gewesen waren. Dass die Xian sie deshalb jagten und sie auf Silberdorn und Jadestachel angewiesen war, um sich ihrer zu erwehren.

„Sie wird sterben", schloss er niedergeschlagen, „wenn du ihr die Schwerter nicht zurückgibst."

Wisperwind blinzelte unter ihrem Strohhut. „Und sie hat dich hergeschickt? Zu diesem Ort?"

„Ja. Deshalb kann ich nicht glauben ... ich meine, welchen Sinn hätte es, wenn sie mich herlockt, nur damit ich sehe, dass sie all diese Männer umgebracht und in die Lava geworfen hat? Dass sie eine Mörderin ist?" Er ballte die Faust um den Dolch, den er noch immer in der Rechten hielt. „Sie wäre zu so etwas gar nicht fähig!"

Leise fragte sie: „Wie gut kennst du sie?"

„Ich ..." Er verstummte. Stattdessen horchte er in sich hinein, folgte den Spuren, die ihr Griff in sein Innerstes hinterlassen hatte. Sie waren noch immer überall in ihm, wie ein Duft, den selbst der stärkste Luftzug nicht vertreiben konnte. Er fühlte sie, sah sie vor sich, spürte ihre Berührung.

Sie *konnte* keine skrupellose Mörderin sein. Nicht Mondkind.

Und falls doch?, wisperte es böse in ihm. Würde das etwas an deinen Gefühlen für sie ändern? Wäre das wirklich dieselbe Mondkind wie die, die du in dir spürst? Die jetzt dein *Chi* in sich trägt, so wie du die Erinnerung an sie?

„Glaubst du, sie will dich wiedersehen?", fragte Wisperwind.

„Du meinst ... hier?" Er starrte sie an, und aus anfänglichem Unglauben stieg ein Hauch von Hoffnung empor. War das möglich? Hatte sie ihn hergeschickt, um sich mit ihm zu treffen? Zweifel und Glücksgefühl rangen in seinem Herzen miteinander, keines von beidem fähig, die

Oberhand zu gewinnen. „Wenn es so wäre, wenn sie mich wirklich hierher gelockt hätte ... warum dann ausgerechnet an einen Ort, an dem sie so viele Menschen getötet hat?"

Wisperwinds Blicke durchbohrten ihn, versuchten ihn abzuschätzen, seine Empfindungen auszuloten. „Hast du dich etwa in sie verliebt?"

Er gab keine Antwort.

„Oh, ihr Götter!" Sie machte einen wütenden Schwertschlag ins Leere und ließ die eine Klinge dann wieder auf ihrem Rücken verschwinden.

„Und wenn es so wäre?", brüllte er sie an, schrecklich hilflos und zugleich zornig auf die ganze Welt. Er war hier, um Leben zu retten, um ein ganzes *Volk* zu retten ... nicht um mit einer Schwertmeisterin über Liebe zu debattieren. Das alles ging sie nichts an. Dieses Gefühl gehörte ihm allein. Ihm und Mondkind.

Sie stieß ein tiefes Seufzen aus. „Das ergibt keinen Sinn. Du verliebst dich in sie, und vielleicht, nur vielleicht, mag sie dich auch ... Aber warum sollte sie dich dann herführen, nach allem, was sie hier angerichtet hat?"

„Davon rede ich doch die ganze Zeit!"

„Es sei denn ..." Sie verzog das Gesicht wie von einem vergessen geglaubten Schmerz, der sich unerwartet zurückmeldet.

„Was?"

Wisperwinds linker Mundwinkel zuckte, aber Niccolo war nicht sicher, ob daraus ein Lächeln werden sollte. Eigentlich sah es eher gequält aus. „Was, wenn sie dich warnen wollte?"

„Warnen?"

„Vor sich selbst. Vor *ihr*."

Er schnaubte abfällig. „Unfug."

Wisperwind schloss für einen Herzschlag erschöpft die Augen, öffente sie dann wieder. „Mag sein. Wahrscheinlich spielt es nicht einmal eine Rolle. Ich bin hier, weil ich die Wahrheit über diese Schwerter herausfinden wollte. Aber es ist keiner mehr da, der mir etwas verraten könnte, und vielleicht weiß ich ja jetzt auch das Wichtigste. Und du, Niccolo, du bist hier, weil sie dir diesen Ort genannt hat."

„Nein", widersprach er. „Weil ich den Friedhof der Drachen suche. Und weil die Schmiede ..." Er verstummte, als ihm bewusst wurde, wie sinnlos das alles war. „Weil die Schmiede, die jetzt tot sind, vielleicht irgendwann, vor Leonardo-weiß-wie-langer Zeit, einmal Freunde der Drachen waren ... Oder auch nicht." Plötzlich wurde ihm schwindelig, und seine Knie wurden weich. Erschöpft setzte er sich auf das warme Lavagestein und starrte ins Leere. „Ich werde den Aether niemals finden. Mein Volk wird sterben, während ich wie ein Blinder durch dieses verfluchte Land irre. Das hat doch alles keinen Zweck."

Sie ging neben ihm in die Hocke, legte Silberdorn auf den Boden und ergriff seine Hand. „Du hast mir erzählt, dass du einen Drachen suchst, um seinen Atem einzufangen. Aber du hast mir nie gesagt, was es damit auf sich hat. Weshalb sollte ein wenig Aether ein ganzes Volk vor dem Untergang bewahren?"

Ihm war nicht danach zu Mute, ihr alles zu erzählen. Und doch: Welchen Schaden konnte er damit jetzt schon noch anrichten?

Langsam und in wenigen Sätzen berichtete er ihr vom

Volk der Hohen Lüfte, den Aetherpumpen und dem Absturz über dem Tal der Raunen. Er sah sie dabei kein einziges Mal an, starrte nur hinüber zur schwarzen Lavakante des Plateaus und dem rotgoldenen Glutschein, der dahinter aufstieg. Manchmal war ihm, als sähe er in dem feurigen Flimmern Gesichter, Gestalten, ganze Landschaften – Bildnisse dessen, wovon er gerade sprach.

Nachdem er geendet hatte, lächelte sie.

„Du findest das zum Lachen?“, fragte er bitter.

„Ich kann dir helfen, Niccolo.“ Sie fuhr ihm mit der Hand übers Haar, und die Berührung tat wider Erwarten gut. „Ich denke, ich weiß, wo der Drachenfriedhof liegt.“

Der geheime Schlüssel

Die Öllampe war längst niedergebrannt. Alessia hatte das Glas zerschlagen und den Rand des leeren Metallfußes so lange an der Innenwand der Aetherpumpe geschliffen, bis die Kante zu einer messerscharfen Schneide geworden war. Falls der Schattendeuter zurückkehrte, würde sie ihn angreifen. Sie würde ihm das Metall ins Gesicht drücken und es herumdrehen. Das würde ein faustgroßes Stück aus seiner Wange stanzen, und vielleicht würde es ihr gelingen, dann an ihm vorbei ins Freie zu entkommen.

Während der ersten zwei Tage ihrer Gefangenschaft hatte sie sich viele solcher Gedanken gemacht. Die meisten waren aus Angst und Wut geboren; sie drehten sich um Rache und um noch mehr Wut.

Am dritten Tag aber erfasste sie eine neue Furcht: Was, wenn Carpi gar nicht zurückkam? Wenn er sie hier oben allein ließ, bis sich die Wolkeninsel unter ihren Füßen in Nebel auflöste und sie gemeinsam mit allen anderen in die Tiefe stürzte?

Als die Lampe noch gebrannt hatte, war sie die Wendeltreppe rund um das Kernrohr der Aetherpumpe hinabgestiegen, auf der Suche nach Sandro Mirandola. Der Schattendeuter hatte den Pumpeninspekteur von hoch oben in die Tiefe gestürzt, und es hatte kaum Zweifel gegeben, dass der Sturz ihn getötet hatte.

Die stählerne Wendeltreppe reichte tief in das Wolkengebirge hinein. Als Alessia schließlich auf den Körper des toten Pumpeninspekteurs gestoßen war, hatte sie nicht mehr als stummes Entsetzen empfinden können. Schaudernd hatte sie seinen verdrehten Leib untersucht, erst durch vorsichtiges Abklopfen, dann gründlicher.

Dabei war ihr die Ledertasche an seinem Gürtel aufgefallen, in der Brot, ein hartes Stück Käse und eine Wurst steckten, die schon vom Anschauen satt machte; außerdem hing dort ein lederner Wasserschlauch. Pures Glück, dass er beim Aufprall auf der Treppe nicht geplatzt war.

Pumpeninspekteure blieben oft mehrere Tage fort von zu Hause und wanderten allein über die Gipfel der Wolkenberge, von einem schwarzen Eisenturm zum nächsten. Alessia hatte sich nie Gedanken darüber gemacht, was sie dort oben taten; eigentlich war sie wie alle vom Volk der Hohen Lüfte der Ansicht gewesen, dass die Inspekteure ziemlich unnütz waren, hieß es doch, dass selbst sie nicht die geringste Ahnung hatten, wie die Aetherpumpen arbeiteten.

Umso überraschter war sie, als sie unter der Gürteltasche einen Eisenring entdeckte, an dem ein einzelner Schlüssel baumelte. Auf der Wolkeninsel gab es kaum Schlösser. Diebstahl oder Einbruch waren weitgehend unbekannt; bei knapp tausend Bewohnern wäre bald herausgekommen, wer das Verbrechen begangen hatte. Natürlich, zu Beginn der Besiedlung hatten die Menschen ihre Häuser abgeschlossen, so wie sie es auch am Erdboden getan hatten. Aber von einer Generation zur nächsten waren solche Sicherheitsvorkehrungen immer überflüssiger geworden. Schließlich hatte man alle Schlösser ausgebaut und sie zusammen mit den Schlüsseln und anderem Alteisen eingeschmolzen, um lebenswichtige Gerätschaften wie Pflüge und Spaten zu schmieden.

Der Schlüssel an Sandro Mirandolas Gürtel war aber nicht nur aus diesem Grund ungewöhnlich. Er war größer als Alessias Hand, auffällig gezahnt und sein Schaft so dick wie drei ihrer Finger nebeneinander.

Sie fragte sich, ob sie womöglich – ganz buchstäblich – den Schlüssel zu ihrer Freiheit in Händen hielt.

Die Tatsache, dass die Inspektoren all die Jahre über sehr wohl einen Weg ins Innere der Pumpen gekannt haben mussten, erschien ihr im Augenblick unbedeutend. Mit zitternden Fingern schnallte sie sich den Gürtel des Toten samt aller Vorräte um, vermied es, noch einmal sein Gesicht anzusehen, und machte sich an den Aufstieg. Oben angekommen brach sie vor Anstrengung beinahe zusammen. Doch statt der Versuchung nachzugeben, einfach einzuschlafen und dabei kostbares Licht zu verschwenden, machte sie sich sogleich auf die Suche.

Die Tür war von innen viel leichter zu finden als von außen. Tatsächlich war da ein Schlüsselloch, etwa auf Höhe ihrer Brust. Alessia stieß einen Jubellaut aus und schob den Schlüssel hinein.

Er passte nicht.

Sie versuchte es wieder und wieder. Ohne Erfolg.

Sie fluchte; sie brach in Tränen aus; sie trat gegen die Tür und beschimpfte sie wie ihren ganz persönlichen Feind. Es half alles nichts. Der dumme Schlüssel mochte zu allem Möglichen gehören, vielleicht zu einer Truhe in Mirandolas Haus. Die Freiheit jedenfalls brachte er Alessia nicht.

Während der nächsten Stunden versuchte sie es dennoch immer wieder, so als könnte allein ihr Wille den verdammten Schlüssel in eine passende Form schmelzen. Schließlich sank sie mit dem Rücken an der Tür zu Boden, weinte bitterlich und schlief irgendwann ein.

Als sie wieder erwachte, war die Lampe erloschen. Bald begann sie, im Dunkeln eine Waffe daraus zu machen, ohne Glas, mit scharfem Metallrand. Das half ihr nicht weiter, beschäftigte aber ihre Hände und, in gewissem Maß, ihren Verstand. Ein gutes Mittel gegen die Verzweiflung, und sie war stolz darauf, dass sie trotz allem nicht in Panik verfiel.

Das alles war am zweiten Tag geschehen. Gestern.

Heute, gestärkt von trockenem Brot, fettiger Wurst und scharfem Käse, beschloss sie, sich in der Finsternis zur Wendeltreppe vorzutasten. Irgendetwas hatten der Schattendeuter Oddantonio Carpi und der Pumpeninspekteur oben im Turm zu tun gehabt. Es musste einen Grund für ihren Aufstieg geben.

Und vielleicht ein zweites Schlüsselloch.

Alessia kroch auf allen vieren durch die Schwärze, langsam, um nicht in den Schacht zu stürzen. Schließlich fand sie den Rand des Abgrunds, dann den schmalen Steg zur Wendeltreppe. Einmal dort angekommnen, richtete sie sich auf und tastete sich am Geländer entlang nach oben, Windung um Windung. Sie verlor jegliches Gefühl für die Höhe. War sie erst fünfzehn oder schon fünfzig Meter über dem Boden? In der Schwärze hätten es tausend sein können, und es hätte keinen Unterschied gemacht.

Sie versuchte, sich an das genaue Äußere der Aetherpumpen zu erinnern. Wie oft hatte sie daran hinaufgeschaut – und doch fiel es ihr jetzt schwer, sich die Einzelheiten vor Augen zu führen. Das lag unter anderem daran, dass die Pumpen so unendlich hoch waren; kein Wunder, dass ihre Fundamente entsprechend tief ins Innere der Wolkenberge reichten.

Sie schob ihre Gedanken beiseite und horchte. Etwas war anders als zuvor. Die Laute ihrer Stiefelsohlen auf den Eisenstufen hatten mit einem Mal einen anderen Klang. Das metallische Klirren hallte kaum noch nach.

Wenig später erkannte sie den Grund.

Sie war ans Ende der Wendeltreppe gelangt. Vorsichtig ließ sie sich wieder auf alle viere hinab und schob sich langsam über eine ringförmige Balustrade, die an der Innenseite der Pumpenwand entlanglief.

Sie benötigte eine halbe Ewigkeit, ehe sie die Tür fand. Dort entdeckte sie ein ovales Metallplättchen, das sich an einem Scharnier zur Seite schieben ließ.

Ein dürrer Lichtstrahl fiel durch das Schlüsselloch, das darunter zum Vorschein kam.

Der Schlüssel passte. Der Türmechanismus klackte zweimal hintereinander. Alessias Herz schlug so schnell, dass sie kaum Luft bekam. Ihre Knie zitterten, und plötzlich hatte sie wieder Tränen in den Augen, diesmal vor Aufregung.

Die Tür schwang nach außen auf. Tageslicht flutete als grelle Woge herein. Für einen Moment fühlte es sich beinahe massiv an, als wollte es Alessia rückwärts über die Brüstung des Innenschachts spülen, zurück in den schwarzen Abgrund.

Sie brauchte lange, ehe sich ihre Augen allmählich an das Licht gewöhnten. Erst dann erkannte sie, dass vor ihr ein breiter Absatz lag, eine Art Stufe rund um die Außenseite der Aetherpumpe. Gleich über ihr begann der schwarze Eisenfühler und setzte sich nach oben hin in den Himmel fort, bis er unsichtbar wurde. Vom Wolkenboden aus hatte er immer sehr filigran gewirkt, doch aus der Nähe stellte Alessia fest, dass er breiter war als ein Wagenrad. Seine Oberfläche war nicht glatt, sondern von einer netzartigen Struktur überzogen.

Als sie nach unten blickte, verschlug es ihr den Atem. Sie befand sich mindestens zweihundert Meter über dem Gipfel des Wolkenberges, vielleicht sogar noch weiter oben. Es gab keinen Vergleichspunkt, nichts an dem sie ihre Schätzung hätte festmachen können. Nur so ein Gefühl: zweihundert Meter. Oder das Doppelte? Eigentlich hatte sie nicht die leiseste Ahnung.

Fest stand nur, es war *hoch*.

Ganz sicher hoch genug, um sie in die Tiefe zu ziehen, wenn sie zu nah an die Kante trat. Es gab ein Geländer, aber das war so dünn und niedrig, dass es von unten aus nicht zu sehen war und selbst hier oben wie ein schlechter Witz wirkte. Die Winde wehten scharf und empfindlich kühl, und eine heftige Böe mochte durchaus in der Lage sein, einen Menschen wie ein Fliegengewicht in den Abgrund zu reißen.

Alessia blieb in der Tür stehen, auch aus Angst, sie könnte zuschlagen, und schaute sich um. Noch immer gewöhnten sich ihre Augen an die Helligkeit, und es dauerte eine Weile, ehe sie weit genug in die Ferne blicken konnte.

Weit unten im Wolkental, zwischen den fünf weißen Gipfeln der Insel, erkannte sie winzige dunkle Punkte. Die

Häuser der Ortschaft. Irgendwo dort musste ihr Vater rasend sein vor Sorge um sie. Sicher schwärmten seit zwei Tagen Suchtrupps über die Wolken, um sie zu finden. Wahrscheinlich führte der Schattendeuter selbst einen davon an, um die Männer auf eine falsche Fährte zu locken. Oder aber er hatte Wichtigeres zu tun. Sie erinnerte sich an seine Worte:

Der Aether befiehlt.

Wie konnte der Aether etwas befehlen? Hatte Carpi den Verstand verloren? Aber er hatte auf sie nicht den Eindruck eines Verrückten gemacht, ganz im Gegenteil.

Der Aether befiehlt.

Alessia schauderte.

Und dann entdeckte sie noch etwas. Vielleicht war es eine Täuschung, weil sie das umliegende Felsengebirge noch nie aus dieser Perspektive gesehen hatte. Aber je länger sie auf die drei dunklen Gipfel blickte, von denen die Wolkeninsel festgehalten wurde, desto größer wurde ihre Gewissheit.

Die Insel verlor an Höhe.

Der nächstliegende Gipfel, unweit des Hofs der Spinis, ragte weiter über den Rand der Wolken hinaus als zuvor. Von hier oben aus hatte Alessia einen vollkommenen Überblick. Wenn sie die Augen zusammenkniff, erkannte sie Einzelheiten in der Struktur der Felsen – bestimmte Granitnasen, tiefe Rinnen und gezackte Spalten –, die sich vor drei Tagen noch auf Höhe der Wolkeninsel befunden hatten. Jetzt lagen sie ein gutes Stück darüber, fünfzig Meter. Eher hundert.

Die Insel sank. Sie rutschte an den Flanken der Berge hinab, tiefer in das darunter liegende Tal. Es gab nur eine einzige Erklärung dafür. Und obwohl sie alle damit gerechnet hatten, traf sie Alessia wie ein Schlag ins Gesicht.

Die Ränder der Wolkeninsel lösten sich auf! Die Insel schrumpfte, und mit jedem Meter, den sie kleiner wurde, rutschte sie tiefer zwischen die Berge.

Auf die Baumgrenze zu. Auf die Wälder.

Jenen entgegen, die darin lebten.

Alessia hatte sie gesehen. Vierarmige Bestien aus Holz und Harz und Astwerk. Sie hatte nicht die geringsten Zweifel, was das Volk der Hohen Lüfte erwartete, wenn es diesen Wesen in die Klauen fiel.

Mit einem Durchatmen sank sie auf die Knie, stemmte die Ellbogen auf die Oberschenkel und vergrub das Gesicht in den Händen.

Selbst hier oben, hoch über den Wolken, hörte sie die gierigen Schreie der Wälder.

Kranichflug

Der Riesenkranich knickte die dürren schwarzen Beine ein und ließ sich auf dem Boden nieder. Li stieß sich mit einem grotesken Sprung vom Boden ab und landete auf seinem Rücken. Kaum vorstellbar, dass ein so filigranes Tier einen Mann von Lis Größe und Gewicht tragen sollte. Während ihrer zehn Monate unter Menschen hatte Nugua viele schwere Männer gesehen, aber keiner kam an die Ausmaße des Unsterblichen heran. Sie erwartete, dass der Kranich unter ihm zusammensacken würde wie ein Wasserschlauch, aus dem man auf einen Schlag den gesamten Inhalt presste. Stattdessen aber wollte sich der Vogel sogleich erheben, mit einer Mühelosigkeit, als hätte Li nicht mehr Gewicht als ein Stück Papier.

Der Xian schob seine Lanze in eine Art Köcher an der Seite des Kranichs, dann beugte er sich zur weiß gefiederten Schläfe des Vogels vor und flüsterte etwas. Sogleich knickte das Tier die Beine ein und sank zurück auf den Boden. Li schaute zu Nugua herüber und deutete auf den schmalen Streifen Gefieder, der hinter ihm noch frei war, kaum mehr als eine Handbreit. „Steig auf", sagte er.

Nugua wechselte einen unsicheren Blick mit Feiqing. Der Rattendrache hob abwehrend beide Hände. „Geh nur", sagte er hastig. „Ich bleib gerne allein zurück, wirklich. Das macht mir nichts aus."

Li hatte angeboten, einen von ihnen mit hinüber zu den Türmen zu nehmen. Dass Feiqing mit seinem plumpen Rattendrachenleib dafür nicht in Frage kam, war offensichtlich. Selbst Nugua würde Mühe haben, sich auf dem winzigen freien Platz hinter dem Unsterblichen zu halten. Über dem Lavasee abzurutschen war keine besonders erhebende Vorstellung.

Der Kranich wandte den Kopf und sah Nugua an, als wollte auch er sie auffordern, endlich aufzusteigen. Er klapperte mit seinem gelben Schnabel, länger als ein Schwert, und stieß ein leises Gurren aus.

„Was ist nun?“, fragte Li voller Ungeduld. Sein Blick suchte wieder Himmel und Türme ab, auf der Suche nach seiner Gegnerin Mondkind. Bislang war sie nirgends zu sehen. Dennoch schien er jeden Augenblick mit ihr zu rechnen.

Nugua gab sich einen Ruck und trat auf den Kranich zu. Aus dem Gurren wurde ein meckerndes Geräusch, das beinahe wie schadenfrohes Gelächter klang.

„Wirklich“, sagte Feiqing noch einmal und schaute über das karge Felsplateau, „mir gefällt es hier sehr gut. Was sollte ich in den Türmen? Ich würde doch eh nur im Weg stehen. Lieber warte ich hier, bis ihr zurückkommt.“ Allein die Vorstellung, auf dem Riesenvogel über die Lava zu reiten, hatte ihm einen solchen Schreck eingejagt, dass er sich erst einmal hatte setzen müssen. Seitdem war er nicht wieder aufgestanden, so als fürchtete er, irgendwer könnte es sich doch noch anders überlegen und ihn auffordern, an Nuguas Stelle hinter Li auf den Kranich zu steigen.

Sie machte den letzten Schritt und berührte das graue

Gefieder. Unmittelbar hinter dem schmalen Streifen, auf dem sie sitzen sollte, bauschten sich die dunklen Schwanzfedern des Kranichs auf; sie sahen nicht aus, als könnten sie Nugua halten, falls sie hinterrücks abglitt.

Li half ihr beim Aufsteigen. „Halt dich gut an mir fest", sagte er und ergriff die Zügel. „Feiqing", rief er über die Schulter. „Rühr dich nicht von der Stelle. So nah bei der Lava ist es nicht ungefährlich."

Feiqings Freude darüber, dass er vom Flug über die Lava verschont blieb, verpuffte auf einen Schlag. Seine Braue zuckte nach oben. „Ach ja?"

„Denk an die Wesen, die uns letzte Nacht angegriffen haben." Li zwinkerte ihm zu. „Ich glaube nicht, dass sie sich so weit vorwagen. Aber man weiß nie, wie hungrig sie gerade sind."

Feiqing ruderte mit den Armen, während er sich von seinem Hinterteil erhob. „Was? ... Heh! Lasst mich nicht allein!"

Aber da stieg der Kranich bereits vom Boden auf und glitt über die Kante des Plateaus hinweg. Nugua krallte sich angstvoll in Lis Gewänder. Sein breiter Rücken fühlte sich solide an wie eine Steinmauer. Schaudernd warf sie seitlich einen Blick nach unten, sah den Fels nach hinten entschwinden und spürte, wie das Hitzewabern der Lava sie erfasste. Unter ihnen war jetzt nur noch kochende Glut. Es war, als flögen sie über die Oberfläche der Sonne.

„Du hast doch unter Drachen gelebt", rief Li nach hinten, scheinbar unberührt von der Hitze. „Bist du denn nie auf einem geflogen?"

„Nein." Obwohl Drachen keine Flügel besaßen, konnten sie sich durch den Himmel winden wie Aale durch Wasser. Dabei bildeten ihre Körper wogende Wellenformen, so als müssten sie sich um unsichtbare Hindernisse schlängeln. Ein Reiter wäre dabei unweigerlich abgeworfen worden. „Yaozi hat verboten, dass ich es versuche."

„Du scheinst mir kein Mädchen zu sein, dass sich an Verbote hält."

„Drachen können sehr überzeugend sein."

Der Unsterbliche lachte. „O ja, das kann ich mir vorstellen."

Den Rest des Fluges über schwiegen sie. Der Kranich stieg noch höher, wodurch die Hitze ein wenig erträglicher wurde. Nugua stellte sich vor, was Niccolo durchgemacht hatte, als er über die Schildkröten geklettert war. So nah an der Oberfläche war es ein Wunder, dass er nicht in Flammen aufgegangen war.

Die Türme schälten sich immer klarer aus dem Flimmern, gewannen an Schärfe und Kontur. Das ungeordnete Durcheinander der schwarzen Lavadorne bot einen atemberaubenden Anblick. Selbst während all ihrer Jahre im Kreise der Drachen hatte Nugua niemals etwas Vergleichbares gesehen. Wenn es stimmte, dass die Götterschmiede und die Drachen einst Freunde gewesen waren, dann mussten Yaozi oder seine Vorfahren diesen Ort gekannt haben. Für einen Moment stellte sie sich vor, dass sie selbst ein Drache war, der den Türmen entgegenschwebte. Kein Mädchen auf dem Rücken eines Kranichs, sondern ein Gigant aus Schuppen und Klauen, mit wallender Drachenmähne und goldenen Augen.

Goldenen Augen wie Niccolo.

„Kannst du ihn sehen?", rief sie nach vorn.

Li schüttelte seinen kahlen Schädel. „Nein. Sicher ist er irgendwo im Inneren."

Wir wissen ja nicht mal, ob er überhaupt angekommen ist, dachte sie. Aber sie behielt es für sich und wünschte, die Zuversicht des Unsterblichen möge auf sie abfärben. Aber während Li der Begegnung mit Mondkind entgegensah, konnte Nugua nur an Niccolo denken. Wenn ihn wirklich ein Bann an Mondkind kettete – und sie weigerte sich, so etwas Liebe zu nennen –, dann musste es einen Weg geben, ihn zu brechen und gemeinsam mit Niccolo die Drachen zu finden.

Und falls sie sie fanden? Würde sie dann einfach in Yaozis Obhut zurückkehren können, als hätte es die letzten zehn Monate nie gegeben? Sie hatte sich in dieser Zeit verändert, war nicht länger das wehrlose Menschenkind, das von den Drachen beschützt werden musste. Und was würde aus Niccolo werden? Unwillig verdrängte sie diesen Gedanken. Natürlich würde sie zu Yaozi zurückkehren, und *natürlich* würde alles so sein wie früher. Darum tat sie schließlich all das hier. Nur aus diesem Grund saß sie auf dem Kranich eines Unsterblichen und flog über brodelnde Lava. Es ging *nur* um die Drachen.

„Dort oben!" Li deutete zu einer Plattform auf einem der höchsten Türme. „Da war jemand."

Ihr Blick folgte seiner ausgestreckten Hand, aber sie konnte nichts erkennen.

„Jetzt sind sie weg", rief Li über das Fauchen des heißen Gegenwinds. „Es waren zwei. Sie sind im Inneren des Turms verschwunden."

„Bist du sicher?"

Über die Schulter warf er ihr einen Blick zu, der verriet,

was er davon hielt, dem Urteil eines Unsterblichen zu misstrauen. Er lenkte den Kranich auf die Turmspitze zu, während er weiterhin die rotgelbe Wolkendecke nach Spuren seiner Feindin absuchte.

Der Riesenvogel sank sanft auf die schwarze Fläche aus Lavagestein nieder. Li löste sich mit einem Sprung vom Rücken des Tiers. Beinahe hätte er Nugua mitgerissen; im letzten Moment ließ sie sein Gewand los. Er landete breitbeinig, hielt sofort die Lanze in den Händen und schaute sich lauernd auf der ausgestorbenen Plattform um.

Der Kranich knickte die Beine ein und ließ Nugua nach hinten über sein Schwanzgefieder zu Boden gleiten. Sie kam schwankend auf und spürte erst jetzt, wie sehr sie sich während des Ritts verkrampft hatte. Einen Augenblick lang hatte sie Mühe, sich auf den Füßen zu halten.

„Hast du Niccolo erkannt?“, fragte sie. „War er einer von den beiden?“

„Möglich.“

„Und der andere?“ Ihr Gleichgewicht kehrte zurück, und zugleich stieg eine neue Sorge in ihr auf. „Ist *sie* das gewesen? Mondkind?“

Li gab nicht gleich Antwort, aber seine Züge waren von einer Verbissenheit erfüllt, die sie an ihm noch nicht kennen gelernt hatte. Erst nach einem Moment schien er sich ein wenig zu entspannen. „Sie kann es nicht sein. Ich hätte sie sonst sehen müssen, als sie angekommen ist.“

„Und wenn sie schon hier war?“ Nugua entdeckte eine Öffnung im Boden, offensichtlich eine Art Treppenschacht, keine fünfzig Meter entfernt. „Vielleicht hat sie auf ihn gewartet.“

„Meine Instinkte hätten mich gewarnt.“

Sie wusste zu wenig über die Unsterblichen, als dass sie das hätte in Zweifel ziehen können. Aber Instinkte hin oder her – Li selbst schien ihr nicht halb so überzeugt von seinen eigenen Worten, wie er sie glauben machen wollte.

Er ging auf die Öffnung im Boden zu, Nugua eilte hinter ihm her. Schweigend tauchten sie in die Schatten des Turminneren. Nuguas Herz raste vor Aufregung.

Schon nach wenigen Stufen blieb der Unsterbliche stehen. „Nein“, sagte er plötzlich. „Ich muss oben bleiben und weiter Ausschau nach Mondkind halten. Mach du dich allein auf die Suche nach Niccolo. Und wenn du ihn findest, bring ihn hierher.“

Ihr blieb keine Zeit, irgendetwas einzuwenden, denn Li wirbelte schon wieder herum und eilte die Stufen hinauf zurück zur Plattform.

Sie aber lief weiter und erreichte bald das Ende der Treppe. Um sie öffnete sich eine weite Halle voller Ambosse und erkalteter Schmiedefeuer. Kettenzüge baumelten wie rostfarbene Lianen von der Decke. Es roch unangenehm nach Eisen, Asche und ranzigem Fett. Sie horchte in die Stille und meinte Schritte zu hören, die sich rechts von ihr entfernten. Eilig folgte sie ihnen, wagte aber nicht, Niccolos Namen zu rufen.

Ihr Weg führte sie durch seltsam geformte Torbögen, viele nicht von Menschenhand geschaffen, dann weitere Treppen hinunter und durch noch größere Hallen. Nirgends stieß sie auf Leben. Wohin sie auch kam, überall fiel durch Spalten und Öffnungen Lavaschein in die schwarzen Gänge und Kammern; er erzeugte Schatten, in denen sich alles Mögliche verbergen mochte. Sie tat ihr Bestes, all die Gefahren zu ignorieren, die ihre Fantasie heraufbeschwor. Es verunsicherte sie, dass ihre Sorge um Niccolo sie dazu brachte, an einem Ort wie diesem ihre Vorsicht aufzugeben. Als wäre sie nicht länger sie selbst; als wäre da etwas anderes, das sie steuerte und sie die Warnungen ihrer Drachensinne missachten ließ.

Noch eine Treppe, noch mehr Stufen. Und dann plötzlich die Erkenntnis, dass die Stille um sie vollkommen war. Keine Schritte mehr.

Jemand trat vor ihr aus den Schatten, eine Silhouette mit unförmigem Kopf und einem Schwert in jeder Hand.

„Mondkind?“, flüsterte sie.

„Nein.“ Der Scherenschnitt zerfiel zu zweien. Niccolo machte einen Schritt auf sie zu, bis Lavalicht auf seine Züge fiel. „Hab keine Angst.“ Er klang beinahe bedauernd, und das versetzte ihr einen Stich. „Das hier ist nicht Mondkind.“

° ° °

Zehn Minuten und einige Erklärungen später erreichten sie ein doppelflügeliges Tor. Die Frau mit dem Strohhut, Wisperwind, hatte diesen Ort während ihrer Erkundungsgänge durch die verlassenen Lavatürme entdeckt und schlüpfte als Erste durch den Spalt. Nugua bemerkte die Fußspuren in Ruß und Asche; es waren die gleichen, die Wisperwind auch jetzt hinterließ. Offenbar hatte die Kriegerin die Wahrheit gesagt: Niemand außer ihr schien seit langer Zeit hier gewesen zu sein. Das Tor stand noch offen von ihrem ersten Besuch während der vergangenen drei Tage.

Dahinter lag ein hoher Raum, in dem es erstaunlich

kühl war. Sie befanden sich in den unteren Regionen des Turms, viel näher an der Oberfläche des Lavasees, und trotzdem sperrten die meterdicken Wände einen Großteil der Hitze aus. Oranges Licht fiel aus Öffnungen in der Decke: Die Schmiede mussten den Lavaschein über ein System von Spiegeln aus blank poliertem Stahl in die inneren Hallen umgeleitet haben.

In deckenhohen Regalen lagerten oberschenkeldicke Röhren aus Metall, mit Wachs versiegelt und von Grünspan und Rost überzogen. Wisperwind hatte wohl einige Zeit hier verbracht, denn viele Rohre waren hastig geöffnet worden, der Inhalt achtlos auf dem Boden verstreut. Die Kriegerin hatte nach Waffen gesucht, aber gefunden hatte sie Schriftrollen, Konstruktionspläne und Zeichnungen. Das hier musste so etwas wie eine Bibliothek sein – Nugua hatte noch nie eine gesehen –, ein Archiv, in dem die Geheimnisse der Götterschmiede bewahrt wurden.

„Irgendwo hier habe ich Karten gesehen." Wisperwind eilte in einen von mehreren abgeteilten Seitentrakten. Niccolo schien ihr zu trauen und folgte ihr ohne Zögern. Nugua war weniger vertrauensselig, doch allein die Tatsache, dass es sich bei der Fremden nicht um Mondkind handelte, erfüllte sie mit Erleichterung und machte sie argloser als sonst.

Wisperwind stieg über ein paar Röhren, die offenbar erst kürzlich geöffnet worden waren. Dahinter befanden sich riesige Tische, zu groß, um vom Rand aus bis zur Mitte zu greifen. Auf ihnen lagen zahllose Papierrollen, kreuz und quer, über- und untereinander. Alles war mit einer dicken Schicht aus Ruß und Staub bedeckt.

„Landkarten", entfuhr es Niccolo fasziniert. „Mein Vater hat solche gehabt. Auf der Wolkeninsel waren Karten verboten, aber wir hatten trotzdem welche.“

Nugua hatte noch nie eine Landkarte gesehen und war nicht sicher, wozu man sie benötigte. Die Drachen waren auf ihren Wanderungen durch die Weiten Chinas den Kraftlinien der Erde gefolgt, und selbst auf sich allein gestellt hatte Nugua nie eine Karte vermisst. Sie war an Flüssen entlanggewandert, an Gebirgszügen, manchmal auch über die Straßen der Menschen, die so achtlos die gewaltigen Landschaften durchschnitten. Auf Zeichnungen war sie dabei nie angewiesen gewesen – zumal die meisten offenbar eher verwirrend aussahen, von einer Vielzahl von Linien, Kreisen und winzigen Schriftzeichen überzogen.

Niccolo hingegen wirkte durchaus vertraut damit. Er beugte sich mit Wisperwind über die Rollen, öffnete viele, legte sie wieder beiseite, betrachtete andere und diskutierte dann und wann mit der Kriegerin, ob die Landschaft auf dieser oder jener Karte wohl mit jener übereinstimmte, in der sie sich gerade befanden. Dichte Staubwolken wallten empor, und oft genug endete jedes Gespräch in Husten und Flüchen.

Nugua verlor schnell das Interesse und fragte sich, wie es Li und Feiqing gerade erging. Das alles hier kam ihr vor wie Zeitverschwendung, kostbare Minuten, bald Stunden, die die beiden anderen mit Wühlen, Verwerfen und weiterem Suchen verbrachten.

„Hier!“, rief Wisperwind schließlich, als Nugua schon allen Ernstes erwog, Niccolo kurzerhand am Arm zu packen und mit sich nach oben zu zerren. „Das ist es.“

„Bist du sicher?“, fragte er.

Beide hatten Nugua den Rücken zugewandt, und so konnte sie nicht erkennen, was sie da betrachteten – zumal Wisperwind selbst hier ihren großen Strohhut aufbehielt. Noch eine Karte, ohne Frage, mit dem gleichen krakeligen Zeichenchaos übersät wie alle anderen. Nugua trat näher heran und blickte über Niccolos Schulter.

„Das ist die richtige", sagte die Kriegerin überzeugt. „Und, warte ... hier ... nein, hier! Das ist der Ort."

„Wirklich?" Niccolo war ganz atemlos vor Aufregung, und ein wenig davon färbte nun auch auf Nugua ab.

Wisperwind hatte den Finger auf ein paar Zacken gelegt, die – das erkannte Nugua erst beim zweiten Hinsehen – Berge darstellen sollten. Aber so sah doch kein Gebirge aus! Warum Abbilder von etwas erschaffen, das in Wahrheit so viel größer, grandioser und wunderbarer war?

„Es ist ein Tal", sagte Wisperwind. „Ungefähr hier."

Niccolo beugte sich noch tiefer über die Karte und kniff die Augen zusammen. „Wie weit ist das?"

„Ein paar Tagesreisen. Ich war selbst nie dort, aber in den Aufzeichnungen meines Clans gibt es Hinweise auf Orte wie diesen. Manche mögen erfunden sein, andere sind es nicht. Ich habe die Schriften des Großen Yu studiert, sein *Shanhaijing*, den Führer durch die Berge und Meere, eine alte Sammlung aus den Zeiten der Streitenden Königreiche. Darin finden sich allerlei Beschreibungen, nicht nur vom Drachenfriedhof, auch von der Wüste des Wandernden Sands, von den Neun Toren am Berg Kunlun und – " Sie brach ab, als sie sah, dass Niccolo nur Augen für die Karte hatte.

„Und wo sind wir?", fragte Nugua.

„Ungefähr hier“, sagte Niccolo.

Wisperwind legte einen Finger auf die Karte, weiter westlich. „Hier.“

Nugua runzelte die Stirn. „Aber wir sind gar nicht eingezeichnet. Wie könnt ihr da wissen, dass wir dort sind?“

Die Kriegerin lächelte. „Wie könnten wir eingezeichnet sein, wo wir doch gerade erst hierher gekommen sind?“

„Eben.“ Nugua verschränkte stur die Arme. „Deshalb sind solche Karten auch zu nichts nütze.“

Niccolo rollte das Papier zusammen, knickte es nach kurzem Zögern einmal in der Mitte und schob es unter sein Wams. Nugua schüttelte stumm den Kopf, wollte aber insgeheim nicht ausschließen, dass die Karte doch zu etwas gut sein mochte. Also zog sie ihn nicht damit auf – immerhin schien ihn das Ding glücklich zu machen.

Sie verließen das Seitenschiff der Bibliothek und standen bald wieder am Tor. Wisperwind schaute sich wehmütig um. „So viel Wissen. Irgendwer sollte das alles in Sicherheit bringen.“

„Wo könnte es sicherer sein als inmitten eines Lavasees?“, fragte Niccolo.

Die Kriegerin nickte langsam. „Vielleicht hast du Recht.“

Nugua drängte zum Aufbruch. „Kommt, zurück nach oben. Li wird schon auf uns warten.“

„Mir gefällt nicht, dass er uns angelogen hat.“ Niccolo blieb vor dem Tor zur Bibliothek stehen. „Warum hat er uns nicht früher gesagt, wer er wirklich ist?“

Nugua wich seinem Blick aus. Zwar hatte sie ihm erzählt, dass sich Li als einer der Unsterblichen offenbart hatte, aber sie hielt es auch jetzt noch für besser, nicht zu erwähnen, dass er Niccolo als Lockvogel für Mondkind benutzt hatte. Bislang hatte Niccolo die Aufregung um den Lageplan des Drachenfriedhofs zu sehr beschäftigt, um die richtigen Fragen zu stellen. Aber sie fürchtete, dass er jeden Moment von selbst dahinter kommen konnte.

„Li kann dir selbst alles erklären." Ihr Blick kreuzte den Wisperwinds, und da begriff sie, dass die Kriegerin sie durchschaut hatte. Wisperwind trug Mondkinds Schwerter, die beiden letzten Waffen auf dieser Insel, die einem Unsterblichen gefährlich werden konnten. Li würde darauf bestehen, sie zu vernichten. Wisperwind würde das nicht zulassen. Und falls Mondkind tatsächlich auftauchte, war die Katastrophe perfekt. Wer stand dann auf wessen Seite? Und wer würde gegen wen kämpfen?

„Wir müssen uns beeilen", sagte sie, wich Wisperwinds prüfendem Blick aus und eilte voraus die Treppe hinauf, insgeheim darauf hoffend, dass Niccolo ihr folgte.

Tatsächlich hörte sie ihn einen Augenblick später hinter sich auf den Stufen, atmete erleichtert auf, wagte aber nicht, über die Schulter zurückzublicken. Sie war sicher, dass er gerade die richtigen Schlüsse zog. Spätestens wenn sie oben ankamen, würde er erkannt haben, dass Li ihnen nur aus einem einzigen Grund geholfen hatte.

Um Mondkind zu töten.

° ° °

Der Unsterbliche stand am Rand der Plattform und blickte nach Süden. Er hatte die Lanze neben sich aufgepflanzt und hielt sie am ausgestreckten Arm. Lavaglanz spiegelte sich auf den Doppelspitzen der Sichelklinge.

Der Kranich stieß ein warnendes Krächzen aus, als die drei die Treppe heraufkamen, Nugua und Niccolo atemlos, Wisperwind nicht einmal verschwitzt.

Li drehte sich nicht zu ihnen um. „Da seid ihr ja. Und ihr habt jemanden mitgebracht."

Nugua schloss für einen Herzschlag die Augen, als sie hörte, wie hinter ihr die beiden Klingen aus den Scheiden glitten. Als sie sich langsam umdrehte, stand Wisperwind mit überkreuzten Schwertern an der Kante des Treppenschachts und blickte dem Xian entgegen.

„Du musst Wisperwind sein", sagte Li, noch immer mit dem breiten Rücken zu ihnen. „Vom Clan der Stillen Wipfel."

„Das bin ich."

„Ich will keinen Streit mit dir."

„Kampflos werde ich dir Jadestachel und Silberdorn nicht überlassen."

Seine Schultern hoben und senkten sich schwer; sie alle hörten sein Seufzen über das Säuseln der Hitzewinde hinweg. „Die Schwerter bedeuten mir nichts – solange du es bist, die sie führt, Clanmeisterin."

Niccolo schaute von einem zum anderen, dann verharrte sein Blick auf dem Unsterblichen. Anklagend zeigte er auf Lis Rücken. „Du willst Mondkind umbringen. Ist es nicht so?"

Nugua war froh, dass sie ihm nicht in die Augen sehen musste. Ganz sicher nahm er ihr übel, dass sie ihm die Wahrheit verschwiegen hatte. Nun tat es ihr beinahe Leid – für einen Augenblick. Dann packte sie Wut auf ihn und seine blinde Verliebtheit.

Drohend verstellte sie ihm den Weg, als er auf Li zugehen wollte. „Du weißt nicht mal, wer sie ist! Du vertraust ihr, weil sie ein hübsches Gesicht hat und sie dich mit einem Fluch belegt hat. Du führst dich auf wie ein Narr, Niccolo." Genau wie du selbst, dachte sie bei sich. Lass ihn in Ruhe. Vergiss ihn einfach. „Sie hat fünf von Lis Brüdern und Schwestern getötet. Sie ist eine Mörderin. Und, verdammt nochmal, du *verteidigst* sie auch noch!"

Wisperwind hatte sich unmerklich entspannt, hielt aber die Schwerter noch immer vor ihrem Körper gekreuzt. „Sie hat die Götterschmiede erschlagen und in den Lavasee geworfen. Genau wie alle ihre Waffen." Sie zog die Nase hoch; wie alle anderen hatte sie viel zu viel Ruß eingeatmet. „Dummerweise hat sie das getan, *bevor* ihr ihre eigenen Schwerter gestohlen wurden."

Li drehte sich um, blieb aber am Rand der Plattform stehen. Vor dem glühenden Hitzeflirren in seinem Rücken sah er noch größer und eindrucksvoller aus, so breit wie zwei, nein wie drei Männer. Selbst Wisperwind flüsterte einen Fluch und war vermutlich froh, dass er ihre Aufforderung zum Kampf bislang ausgeschlagen hatte. Sein Blick war auf die Kriegerin gerichtet, es lag keine Feindseligkeit darin. Aber Nugua wusste, wie mühelos der Xian lügen konnte.

„Bist du sicher, dass alle Waffen fort sind?", fragte er.

Wisperwind nickte. „Alle Lager sind leer. Vielleicht habe ich eines oder zwei übersehen, aber es würde mich wundern, wenn dort noch etwas zu holen wäre."

Niccolo rückte von Nugua ab, auch von Wisperwind, und sie alle sahen die Qual in seinem Blick. „Mondkind ist keine Mörderin! Die Xian machen Jagd auf sie. Alles, was sie tut, ist sich zu verteidigen."

Li neigte das Haupt. „Glaubst du das wirklich?"

„Ich habe mit ihr gesprochen. Allein. Sie ist nicht ... böse."

Der Tonfall des Xian war noch immer voller Sanftmut. „Sie ist weder gut noch böse. Sie ist auch kein Mensch mehr." Er lächelte traurig. „Genau wie ich. Aber im Gegensatz zu ihr habe ich die Wandlung zum Unsterblichen vollständig vollzogen. Als der Aether sie auf seine Seite zog, war sie nicht mehr Mensch, aber auch noch keine Xian. Jetzt ist sie gefangen in einem Zustand zwischen Vergänglichkeit und ewigem Leben, wie ein Geist. Und, glaub mir, sie ist nicht so jung, wie sie aussieht."

„Aber sie ist aus Fleisch und Blut!", widersprach Niccolo mit wachsender Verzweiflung. Sein Zorn, seine Hilflosigkeit machten seine Stimme schrill, und Nugua wünschte sich einen Augenblick nichts anderes, als ihn in den Arm zu nehmen und zu trösten. Plötzlich stockte er. „Und was, zum Teufel, hat der Aether damit zu tun?"

„Er ist es, der hinter all dem steckt", sagte Nugua.

Niccolos Lachen klang so hysterisch, dass es ihr Angst machte. „Sicher. Der Aether ..." Einen Moment lang sah er aus wie ein trotziger kleiner Junge. Seine Faust ballte sich um den Dolchgriff an seinem Gürtel. „Ihr solltet euch alle mal zuhören!"

Nugua gab nicht auf. „Sie steht unter einem Bann des Aethers. Sie ist verflucht."

„Gerade eben wolltest du mir noch weismachen, dass sie *mich* verflucht hat."

Sie gestikulierte hilflos mit den Händen. „Bei allen Göttern, Niccolo, hör uns doch wenigstens zu! Der Aether hat sie mit einem Bann belegt. Deshalb gehorcht sie ihm und tut alles, was er von ihr verlangt. Als sie deine Kraft benutzt hat, auf dieser Lichtung im Wald, da hat sie ... da ist sie eine Verbindung mit dir eingegangen. Sie hat dich an sich gefesselt. Und sich selbst an dich."

„Deshalb liebst du sie", sagte Li sehr ruhig.

Wisperwind hob eine Augenbraue. „Interessant."

„Ihr habt ja alle den Verstand verloren!" Niccolo blickte sich gehetzt um wie ein Tier, das von Jägern in die Falle getrieben wurde. Nugua tat dieser Blick weh, sie wollte nicht sein Feind sein. Nur seine Freundin.

Und wer steht hier nun unter wessen Bann?, spottete ihre innere Stimme.

Niccolo sank auf die Knie und ließ den Kopf nach vorne hängen. Seine Schultern hoben und senkten sich rasend schnell. Nugua sah, dass er die Fingernägel der einen Hand in den Rücken der anderen krallte, bis es wehtat. Als er das Gesicht wieder hob, waren seine Augen feuerrot, aber da war keine Träne. „Ich werde nicht zulassen, dass ihr Mondkind etwas antut."

Li seufzte abermals. „Sie hat zu viel Unheil angerichtet. Es ist zu spät, um ihr Schicksal zu ändern."

„Was ist mit deinen Leuten auf den Wolken?" Nugua versuchte es nun auf einem anderen Weg. Irgendetwas musste ihn doch zur Vernunft bringen, zur Not eben sein Verantwortungsgefühl. „Du hast geschworen, sie zu retten."

„Ich werde sie retten!", schrie er sie an. „Und ich werde Mondkind retten!"

Das war der Augenblick, in dem Wisperwind einen blitzschnellen Sprung auf ihn zu machte. Er zuckte zusammen, doch da landete sie schon federleicht hinter ihm, legte Daumen und Zeigefinger an seinen Hals und tat ... etwas. Zu schnell für das menschliche Auge. Selbst für Nuguas Drachenblick.

Niccolo stöhnte leise auf, dann entspannten sich seine Züge, und er fiel leblos vornüber.

„Niccolo!" Nugua stürzte auf ihn zu, stieß Wisperwind beiseite und beugte sich über ihn. „Was hast du getan?", schrie sie die Kriegerin an.

Wisperwind legte ihr beschwichtigend eine Hand auf den Arm. „Ihm ist nichts geschehen. Er schläft nur. Wenn er wach wird, wird er ruhiger sein."

Donnernde Schritte kündeten davon, dass Li seinen Posten am Rand der Lavaplattform verlassen hatte und auf sie zukam. Als Nugua aufblickte, hatte er sie schon erreicht.

„Du weißt von vielen Dingen, Clanmeisterin", sagte er anerkennend. „Ich würde ungern gegen dich antreten."

„Das musst du nicht."

„Soll ich wirklich das Wagnis eingehen, dass Mondkind dir die Schwerter abnimmt und mich damit bekämpft?"

„Du bist Zhongli Quan, der mächtigste unter den Xian. Du wirst sie besiegen, ganz gleich, mit welchen Klingen sie dich angreift." Sie betrachtete abschätzend seine Schaufellanze. „Ist das eine Waffe der Götterschmiede?"

„Allerdings."

„So ist dieses Mädchen bereits Xian genug, um nur damit getötet werden zu können?"

„Ich fürchte, ja."

„Dann hoffe ich, deine Lanze wird dir gute Dienste leisten, wenn du gegen sie kämpfst. Wann auch immer das sein wird."

„Du glaubst nicht, dass sie herkommen wird?“

Die Kriegerin schüttelte den Kopf. „Nein. Sie hat Niccolo nicht hergelockt, um ihn zu treffen. Ganz im Gegenteil.“ Sie blickte zu Nugua herab. „Ich hatte diesen Verdacht schon vorher, aber Niccolo wollte nichts davon hören. Aber wenn es wahr ist, was ihr sagt ... dass er sie liebt, weil sie etwas von seinem *Chi* genommen hat ... ja, dann verstehe ich es allmählich.“

Li lächelte mit einem Hauch von Spott. „Sollte eine Schwertmeisterin mehr von der Liebe verstehen als ein alter Mann, der nicht sterben kann, und ein junges Mädchen, das unter Drachen aufgewachsen ist?“

Nugua hatte Niccolo vorsichtig herumgedreht und bettete seinen Hinterkopf in ihrem Schoß. Sein Gesicht war jetzt völlig entspannt, alles Gehetzte, Verzweifelte war gewichen. Auch sein Atem ging wieder ruhiger. Als er unter ihrer Drachenhaut geschlafen hatte, da hatte sie ihn beobachtet, heimlich im Dunkeln; damals hatte er genauso ausgesehen. Das waren die Momente gewesen, in denen ihr klar geworden war, dass sie ihn gern hatte. Auch wenn sie bis heute nicht verstand, warum. Es war nichts so Simples wie sein Lächeln, und es hatte nichts mit der Art zu tun, wie er redete oder sie manchmal ansah. Vielmehr war es der Friede, den er im Schlaf ausstrahlte, gerade weil er wach so getrieben wirkte, immer auf der Jagd nach etwas oder auf der Flucht. Doch wenn er schlief, dann senkte sich eine Ruhe über ihn, die Nugua ansteckte und sie ihre eigenen Verluste, ihre sorgfältig verborgene Furcht vor der Welt vergessen ließ.

„Mondkind wird nicht herkommen“, sagte Wisperwind, „weil sie weiß, wie diese Liebe enden wird. Sie wollte, dass Niccolo sieht, was sie hier getan hat. Wenn das, was dieser Bann mit sich bringt, wirklich aufrichtige Liebe ist – ob nun erzwungen oder nicht –, dann wird sie versuchen, ihn von sich fern zu halten. Dann wird sie sich selbst und ihm nicht wehtun wollen. Und das geht nur, wenn sie sich niemals wiedersehen."

Li musterte sie durchdringend. „Das klingt, als wüsstest du viel über sie."

Für einen Augenblick erschien ein Schatten auf ihren Zügen. „Nicht über Mondkind. Aber darüber, wie sie fühlt. Sie ist nicht die Einzige, die auf Liebe verzichten musste." Sie senkte ihre Stimme, heimgesucht von Erinnerungen. „Ich kenne den Preis, den sie zahlt, weil ich selbst ihn bezahlt habe ... Aber das ist lange her."

Nugua betrachtete die Clanmeisterin mit frisch erwachter Neugier. Wisperwind war nicht alt, sicher nicht älter als dreißig. Was immer vorgefallen war, es konnte nicht allzu lange zurückliegen, egal, was sie behauptete. Die Schwerterclans ähnelten in manchem den strengen Mönchsorden, was dazu führte, dass immer wieder Schwertmeister die Gemeinschaft verließen und allein durch die Lande zogen. War Wisperwind auf der Flucht vor ihrer eigenen Vergangenheit? Vor etwas, das sie jetzt zwischen Niccolo und Mondkind wiedererkannte?

„Mondkind hat gehofft, dass er versteht, was hier vorgefallen ist", sagte die Kriegerin. „Dass er erkennt, wer die Schmiede getötet hat. Und dass er sie dafür verachtet oder gar hasst. Sie will, dass er jeden Gedanken an sie aufgibt."

Nugua schaute auf zu Li. „Sie selbst muss ihn doch ebenso lieben wie er sie, hast du gesagt."

„Sicher", bestätigte er. „Ihre Seelen haben sich berührt, als sie von seiner Lebenskraft gekostet hat."

„Sie wollte ihm und sich selbst den Schmerz ersparen, der am Ende einer solchen Liebe steht", sagte Wisperwind leise. Aber sprach sie von Mondkind oder von sich selbst?

„Warum hat sie ihm dann nicht einfach die Wahrheit gesagt?"

„Wahrscheinlich weiß der Aether um jedes Wort, das sie spricht", gab der Unsterbliche zu bedenken. „Möglicherweise hat sie versucht, Niccolo eine Botschaft zukommen zu lassen, indem sie ihn hergeschickt hat. Eine Warnung, sich von ihr fern zu halten und nicht nach ihr zu suchen. Alle Hoffnung auf sie aufzugeben." Er rieb sich nachdenklich das Kinn. „Für eine Mörderin ist das eine edle Geste."

„Sie mordet nicht, weil sie es will", behauptete Nugua. „Das hast du selbst gesagt. Der Aether zwingt sie dazu."

„Und doch bleibt sie eine Mörderin", sagte Li.

Nugua ertappte sich dabei, dass sie Niccolos Wange streichelte. Rasch ließ sie die Hand wieder sinken. „Wir müssen ihn von hier – "

Li unterbrach sie mit einer schroffen Geste. „Still!" Eine tiefe Furche grub sich in seine Stirn. „Ich spüre etwas!"

Jadestachel glitt aus Wisperwinds Rückenscheide. Von einem Herzschlag zum nächsten hielt sie wieder beide Schwerter in den Händen. Angespannt suchte sie den Himmel ab. „Mondkind?"

Der Unsterbliche schüttelte den Kopf. Sein Blick raste zum Ufer, an dem sie Feiqing zurückgelassen hatten. Die flimmernde Luft machte daraus einen schwarzen Schemen ohne Kontur. „Etwas anderes." Er schloss die Augen. Schweißtropfen erschienen auf seinem kahlen Schädel, als er sich konzentrierte und seine magischen Sinne über den Lavasee zu den gegenüberliegenden Felsen streichen ließ.

Abrupt riss er die Augen wieder auf. „Ich muss zurück zum Ufer!“

Nugua legte vorsichtig Niccolos Kopf ab und sprang auf die Füße. Sie versuchte, etwas zu erkennen, aber ihre Augen scheiterten an dem glühenden Flimmervorhang. „Was ist da drüben?“

Selbst Wisperwind zeigte jetzt Anzeichen von Nervosität.

Li stürmte zum Kranich hinüber. Das Tier begann aufgeregt mit den Flügeln zu schlagen.

„Li!“, rief Nugua verunsichert.

Im Laufen sah er über die Schulter. „Mandschu!“

„Aber … wie ist das möglich? Wir müssten viele Tage Vorsprung – “

Er schüttelte gehetzt den Kopf. „Sie haben Schamanen dabei.“

Die Purpurne Hand

Mehrere Meter vor dem Kranich federte Li vom Boden und landete sanft auf dem Rücken des Riesentiers. Mit links packte er die Zügel, in der Rechten hielt er die Lanze.

„Was ist mit uns?“, rief Nugua. „Ich kann helfen!“

„Bleib du bei Niccolo!“ Lis Stimme dröhnte aus seiner mächtigen Brust wie aus einer Erdhöhle. „Im Augenblick seid ihr hier sicher.“

Er rief dem Kranich etwas zu, und sogleich schoss das Tier mit weiten Hüpfern auf die Kante der Plattform zu, stieß sich ab und segelte zwischen den Lavatürmen Richtung Ostufer.

Ein Flattern ertönte. Als Nugua sich umsah, landete Wisperwind neben ihr. Ihre weiten Gewänder senkten sich wie Schwingen.

„Gut zu wissen, dass er die Mandschu ebenso wenig mag wie ich“, sagte die Kriegerin.

„Ein Freund von uns ist da drüben. Wenn die Mandschu ihn in die Finger bekommen, bringen sie ihn um.“

„Ich habe Niccolo gewarnt, sich nicht mit ihnen anzulegen.“

Nugua blickte sorgenvoll hinter dem Kranich her. Das Tier und sein Reiter verschwammen im Hitzeflimmern über dem Lavasee.

„Ich wünschte, ich könnte helfen“, sagte sie grimmig. „Er hätte mich mitnehmen müssen!“

„Normalerweise sollte er keine Hilfe nötig haben gegen ein paar Mandschu.“ Ihre Miene verdüsterte sich. „Allerdings …“

„Was?“

„Wenn sie Schamanen dabeihaben, finden sie vielleicht einen Weg, sogar einen Unsterblichen zu besiegen.“

Nugua riss die Augen auf. „Sie könnten einen *Xian* töten?“

„Nicht töten. Aber Mandschuschamanen gebieten über die Geistermacht der Steppe. Wer kann schon wissen, was sie vermögen.“

„Immerhin haben sie uns eingeholt.“

„Das macht mir auch Sorgen.“ Sie ließ ihre Schwerter in den Scheiden verschwinden. „Lass uns nachsehen. Einen von euch kann ich tragen.“

„Tragen?“

„Über die Lava. Vertrau mir.“

„Und Niccolo?“ Nugua sah zu ihm zurück, und sogleich überkam sie wieder das Gefühl, ihn beschützen zu müssen. Er lag reglos auf dem porösen Lavagestein, nicht weit entfernt von der Treppenöffnung.

„Hier sollte er sicher sein“, sagte Wisperwind. „Ich bin seit drei Tagen in diesen Türmen, und mir ist nirgends ein lebendes Wesen begegnet.“

Nugua trat nervös von einem Fuß auf den anderen. Ihre Sorge um Feiqing wuchs mit jedem Atemzug, aber Niccolo hier allein zu lassen … „Und was ist, wen deine Vermutungen nicht stimmen? Wenn Mondkind irgendwann doch hier auftaucht?“

„Du musst dich entscheiden."

Sie lief zu ihm, beugte sich hinunter, zögerte noch einen Moment – dann gab sie ihm einen flüchtigen Kuss auf die Stirn. Sie hatte niemals zuvor jemanden geküsst. Es schmeckte salzig auf ihren Lippen, aber weder öffnete sich der Himmel unter Donnergetöse, noch wurde sie vom Schlag getroffen. Es war einfach eine Berührung. Nur eine Berührung.

Ja, red dir das nur ein. Sogar Yaozi würde dich auslachen.

Noch bevor sie sich aufrichten konnte, sauste Wisperwind heran, legte ihren Arm von hinten um Nuguas Brust und zerrte sie mit sich in den Abgrund.

° ° °

Nugua erlebte den Flug zum Ufer wie einen Traum, der sich bereits unwirklich anfühlte, noch während sie ihn träumte. Wisperwind trug sie von einem Turm zum nächsten, dann über die offene Lava. Sie flog nicht wirklich, sondern bewegte sich in einer Kette federleichter Sprünge von Felsen zu Felsen.

Sie gelangten nicht auf gerader Linie ans Ufer, sondern in wildem Zickzack, von einem lavaumspülten Eiland zum nächsten. Die kleinen Buckel und Zacken waren weit über den Lavasee verstreut. Nugua verlor darüber fast das Bewusstsein. Immer wieder stürzten sie am Ende eines Sprungs der Lava entgegen, und jedes Mal war sie sicher, Wisperwind würde den nächsten Felsen nicht erreichen. Die Landungen waren schmerzhaft, und ihren linken Arm spürte Nugua bald gar nicht mehr. Und doch zogen sie sich keine Verbrennungen zu; nicht einmal der dumme Strohhut ging in Flammen auf.

Abermals kamen sie stolpernd auf festem Untergrund auf. Nugua konnte kaum die Augen öffnen, so ausgetrocknet waren sie von der aufsteigenden Hitze. Als sie endlich klar sehen konnte, erkannte sie, dass sie am Ziel waren. Beinahe, jedenfalls. Die kürzeste Distanz vom letzten Felsen bis zum Ufer hatte sie nicht an dieselbe Stelle geführt, an der sie Feiqing zurückgelassen hatten. Sie befanden sich ein gutes Stück weiter nördlich.

„Keine Zeit zum Ausruhen!" Wisperwind riss beide Schwerter vom Rücken. „Du wirst das letzte Stück laufen müssen. Ich hab keine Hand mehr frei." Und damit stieß sie sich von den Felsen ab, schoss in einem flachen Bogen aufwärts und verschwand hinter der nächsten Steinkuppe.

Nugua rappelte sich hoch und versuchte, ihren Arm zu benutzen. Er fühlte sich an, als wäre er eingeschlafen – nur hundertmal schlimmer. Sie biss die Zähne zusammen und stolperte los, die Felsen hinauf, über den Gipfel hinweg und auf losem Geröll wieder nach unten. Hinter der nächsten Kuppe hörte sie Rufe und Geschrei. Längst hatte sie jedes Gefühl für die Tageszeiten verloren. So nah an der Lava gab es kein Tag und Nacht, nur glutgesättigtes Rot, umwabert von diffuser, aschfarbener Dunkelheit.

Unterhalb der nächsten Erhebung wurde sie langsamer, ließ sich auf den Bauch nieder und robbte zum höchsten Punkt hinauf. Dort stemmte sie ihren Oberkörper nach oben und spähte vorsichtig auf die andere Seite.

Unter ihr lag das Plateau, von dem aus sie aufgebrochen waren. Die Kuppe, auf der Nugua lag, war Teil eines

Halbkreises aus Felshöckern, der die Schieferfläche nach Osten hin umfasste. Im Westen brach der Boden scharf ab, jenseits davon lag die flirrende Lava.

Ein Gewimmel aus Kämpfern empfing sie mit Waffengeklirr und wilden Schreien. Mindestens dreißig Mandschu, eher noch mehr. Wisperwind und Li tobten inmitten des Pulks, teilten Hiebe in alle Richtungen aus, parierten mehrere Angriffe gleichzeitig, hatten aber Mühe, dem Massenansturm ihrer Feinde standzuhalten.

Feiqing war nirgends zu sehen – das war der erste Schreck, der Nugua in die Glieder fuhr.

Den zweiten jagten ihr die beiden Gestalten ein, die weiter südlich auf den Felsen standen, hoch über dem Plateau wie Nugua selbst. Noch hatten sie sie nicht bemerkt.

Das mussten die Schamanen der Mandschu sein. Irgendwie war es ihnen gelungen, ihrer Spur zu folgen und die Strecke auf dieselbe unbegreifliche Weise zu verkürzen, wie Li dies getan hatte.

Auf den ersten Blick war nichts Menschliches an ihnen. Der Schamane, der Nugua am nächsten stand – etwa dreißig Meter entfernt –, hatte sich trotz der Hitze ein schwarzes Fell übergeworfen, das ihn vollständig umhüllte. Angenähte Fransen hingen von den Rändern zu Boden. Vorn war der ausgehöhlte Schädel eines Tigers befestigt. Seine Kiefer waren weit aufgesperrt, das blutrot bemalte Gesicht des Schamanen schaute zwischen ihnen hervor wie aus einem Helm. In seinen Händen hielt der Mann eine lederbespannte Trommel und eine Knochenrassel.

Der zweite Schamane stand am südlichen Ende des Felsenrings, mehr als hundert Meter von Nugua entfernt. Er hielt sich tief vorgebeugt wie eine uralte Frau und stützte sich auf einen Stab, an dessen Ende ein Wolfsschädel grinste. Auch er war in dunkles Fell gehüllt, das auf allen Seiten den Boden berührte. Dadurch wirkte er noch animalischer und fremdartiger, ein finsterer Buckel, der ein Auswuchs der Felsen hätte sein können. Jetzt hob er den linken Arm unter dem Fell und deutete mit gekrümmtem Zeigefinger in die Tiefe. Der andere Schamane begann, mit der Rassel auf seine Trommel zu schlagen, ein hypnotischer, rhythmischer Lärm.

Übelkeit fegte wie eine unsichtbare Woge über Nugua hinweg. Ihre Ellbogen knickten ein, sie sackte hart auf den Bauch. Für einen Moment verlor sie das Plateau aus dem Blick und fürchtete, sich übergeben zu müssen. Sie versuchte, sich zu beruhigen, bis sie wieder atmen und, wichtiger, klar denken konnte. Zittrig stemmte sie sich hoch.

Die Lage am Fuß der Felsen hatte sich schlagartig verändert. Mehr als ein Drittel der Mandschu lag reglos am Boden, aber nur die wenigsten waren von Li und Wisperwind getötet worden. Etwas schien sie gepackt, in die Luft gehoben und mit verdrehten Gliedern zu Boden geschmettert zu haben.

Auch Wisperwind lag am Boden. Noch hatte sie Kraft genug, sich gegen die restlichen Angreifer zu verteidigen. Ihr Gesicht war verzerrt, der Strohhut in der Masse verschwunden, ihr Haar zerzaust und blutig. Aber auch ihre Gegner waren angeschlagen, einige hieben ungezielt um sich und drohten ihre Kameraden zu verletzen.

Der Zauber der Schamanen hatte vor ihren eigenen Soldaten nicht Halt gemacht. Und doch kämpfte Li noch immer so kraftvoll wie zuvor. Der Unsterbliche war einer der wenigen, die unversehrt geblieben waren.

Eine einzelne Gestalt, ein Krieger, größer als die anderen, löste sich aus dem Getümmel, eilte auf die Felsen zu und gestikulierte zu den beiden Schamanen herauf. Nugua erkannte ihn sofort. Lotusklaue. Selbst von weitem sah sie drei tiefe Risse, die über sein Gesicht führten wie der Schatten eines Dreizacks. Sie waren dunkel verkrustet, wahrscheinlich grob genäht, und wie durch ein Wunder hatten sie seine Augen unversehrt gelassen. Seine Lippen aber waren gespalten und grässlich geschwollen. Selbst die Eisenplatte, die in seine Stirn eingelassen war, hatte eine scheußliche Delle abbekommen. Andenken an die Tiger, die Nugua auf ihn und seine Männer losgelassen hatte. Darum also verfolgte er sie mit solcher Wut.

Seine Befehle hielten die Schamanen von einer zweiten Attacke ab. Während er zurück ins Gefecht und in Lis Richtung drängte, verstummte der rasselnde Trommelschlag. Die beiden Magier erstarrten zu grotesken Silhouetten vor dem roten Himmel. Nur die Hitzewinde belebten ihre Felle und zottigen Fransen.

Nugua suchte verzweifelt nach Feiqing. Waren Li und Wisperwind zu spät gekommen? Sie sah nirgends seine Leiche. Hatte Lotusklaue den Rattendrachen in die Lava werfen lassen? Ihre Kehle schnürte sich zu, als die Szene vor ihrem inneren Auge Gestalt annahm.

Hinter ihr erklang ein Scharren.

Als sie sich vom Bauch auf den Rücken drehte, bereit, sofort aufzuspringen, erkannte sie eine knollige Nase hinter einem Felsen, gefolgt von einer spitzen Schnauze.

Die Erleichterung entlockte ihr ein heiseres Keuchen. Sie biss sich auf die Unterlippe, um nicht laut seinen Namen zu rufen.

Feiqing hob einen dicken Finger und legte ihn ans Maul. Seine Lefzen verzogen sich zu etwas, das ein Grinsen sein mochte. Nugua hätte ihn am liebsten umarmt; stattdessen aber nickte sie ihm nur freudestrahlend zu, rollte sich wieder herum und sah zurück in die Tiefe.

Erneut wurde sie von Entsetzen gepackt. Sie hatte sich getäuscht. Die Schamanen warteten keineswegs untätig ab, wie das Gefecht dort unten ausging. Statt aber einen zweiten mächtigen Vernichtungszauber zu wirken, gingen sie nun zu einer feineren, gezielteren Form des Angriffs über.

Beide hatten die Arme erhoben. Der mit dem skelettierten Tigerschädel als Kopfschmuck hatte Trommel und Rassel fallen lassen und rieb hoch in der Luft die Hände aneinander. Ein feines Netz aus weißen Blitzen zuckte um seine Finger. Sein rot bemaltes Gesicht zeigte keine Regung, seine Augen waren geschlossen, die Lippen aufeinander gepresst. Durch die erhobenen Arme war das schwarze Fell hochgeglitten, doch der Lavaschein reichte nicht aus, um den Körper darunter sichtbar zu machen. Die blutroten Züge und der Tigerschädel schienen über einem Nichts aus Schatten zu schweben.

Auch der zweite Schamane hielt die Arme nach oben, doch sie berührten sich nicht. Zwischen seinen Händen befand sich etwas in der Luft, das auf den ersten Blick wie gespannte schwarze Wollfäden aussah. Doch die dunklen Linien verflochten sich jetzt wie von selbst miteinander, verdrehten sich zu einer Art Zopf, wogend und wabernd wie eine waagerechte Rauchsäule.

Beide Männer stießen im selben Moment eine kurze, harte Silbe aus und machten eine Bewegung, als schleuderten sie etwas hinunter auf die Kämpfenden. Das schwarze Knäuel raste in die Tiefe, öffnete sich im Flug zu einem Netz aus Dunkelheit und schoss genau auf Wisperwind zu.

Die weißen Blitze aus den Händen des anderen Schamanen fauchten als glühender Stern in die Tiefe. Sie überholten den Schattenwirbel und trafen Li, der gerade mit seiner Lanze einen Angriff von drei Mandschu gleichzeitig abwehrte. Der Blitzball berührte seinen Schädel, breitete sich darüber aus wie eine Flüssigkeit und versickerte in der Kopfhaut.

Der Unsterbliche schrie auf, schleuderte die drei Angreifer von sich und stolperte zugleich ein Stück zurück, näher auf die Kante des Lavaabgrunds zu.

Das Schattengeflecht breitete sich über Wisperwind. Die Kriegerin war gerade erst wieder auf die Beine gestolpert, noch geschwächt vom ersten Angriff der Schamanen, als das schwarze Gewebe sich über sie legte. Sie schlug mit den Zwillingsschwertern um sich wie eine Furie, während das Schattennetz sich immer enger zusammenzog und ihr die Luft nahm, oder ihr *Chi*, oder beides zugleich. Noch vermochte sie sich der Angriffe ihrer Gegner zu erwehren, aber es war eine blindwütige Verteidigung, und sie wirkte mit jedem Hieb verzweifelter.

Derweil wurde Li von seinen Feinden in Richtung des Abgrunds gedrängt. Was die Soldaten zuvor nicht fertig gebracht hatten, schien ihnen nun zu gelingen: ihn allein durch ihre Masse zurückzustoßen. Die Blitze des Schamanen um seinen Schädel waren verschwunden, aber offenbar wüteten sie jetzt in ihm wie ein Schwarm Parasiten.

Noch drei Schritte trennten ihn von der Felskante. Da

ertönte ein gellendes Kreischen. Der Riesenkranich schoss von oben herab über die Köpfe der Kämpfenden, verschaffte Wisperwind eine Atempause und Li einen Vorteil von zwei Schritten vorwärts. Der Schnabel des Vogels klappte auf und zu und stieß schrilles Geschrei aus. Lotusklaue streckte sich aus dem Menschengewirr, hieb mit dem Schwert nach dem Bauch des Kranichs und verfehlte ihn knapp. Eine Hand voll grauer Federn rieselte auf den Mandschuhauptmann herab, während die Schwingen des Vogels im Vorbeiflug mehrere Soldaten zu Boden warfen. Dann war das Tier über die Kämpfer hinweg. Nugua erwartete, dass es einen Bogen fliegen und abermals niederstoßen würde. Stattdessen aber raste es den Felshang herauf, niedrig über Steinhöcker und Spalten hinweg, und hielt geradewegs Kurs auf den Schamanen mit dem Tigerschädel. Der Mann sah den Kranich auf sich zu kommen und kreischte ebenso laut wie der Vogel. Mit einem stumpfen Laut bohrte sich der lange Schnabel in seine Brust, riss ihn von den Füßen und trug ihn ein gutes Stück weit mit sich. Der aufgespießte Schamane packte den Hals des Vogels und drückte zu, ehe ihn endlich die Kräfte verließen. Sein Körper rutschte ab und stürzte jenseits des Felswalls in die Tiefe. Aber auch der Kranich war angeschlagen, geriet ins Trudeln und verschwand zwischen den Felsen.

Nugua hatte Tränen in den Augen, als Feiqing neben sie kroch und sie gemeinsam hinab aufs Plateau blickten.

Li hustete und spie eine Lichtkugel aus wie etwas, das ihm im Hals gesteckt hatte. Auf einen Schlag kehrte seine alte Kraft zurück, seine Lanzenhiebe gewannen an Schwung und Treffsicherheit, und innerhalb weniger

Herzschläge trieb er seine Gegner wieder von der Kante fort. Zugleich versuchte er, Wisperwind zur Hilfe zu kommen. Doch da verstellte ihm Lotusklaue den Weg und verstrickte ihn in ein heftiges Schlaggewitter.

„Wir müssen irgendwas tun", presste Nugua hervor, als sie sah, dass es Wisperwind immer schlechter ging. Der Angriff des Kranichs hatte ihr einen Moment lang Ruhe vor den Mandschu verschafft, aber schon drängten sie erneut auf sie. Das Schattennetz lag um ihren Kopf und ihre Schultern wie ein hautenger Schleier, und Nugua fragte sich, ob Wisperwind ihren Hut wohl aus genau diesem Grund getragen hatte. Vielleicht hatte er nicht nur Schatten gespendet; vielleicht diente er in Wahrheit dazu, Schatten *abzuwehren*.

Sie würde es nie erfahren, wenn sie der Kriegerin nicht zur Hilfe kam. Der Kranich hatte es vorgemacht. Sie wusste nicht, ob er noch am Leben war oder sich für seinen Meister geopfert hatte. Im Augenblick war ihr nur eines klar: Irgendwie musste sie den zweiten Schamanen ausschalten.

Feiqing war sogar noch vor ihr auf den Beinen. Er nickte ihr mit seinem grotesken Rattendrachenschädel zu, zog sie hoch und lief gemeinsam mit ihr über den Felsgrat auf den vermummten Mandschumagier zu.

Der Schamane musste sie kommen sehen, wandte aber all seine Konzentration auf, um Wisperwinds Bann aufrechtzuerhalten. Er stand noch immer tief vorgebeugt, als könnte er sich nur mit Mühe auf den Beinen halten. Seinen Stab hatte er jetzt wieder aufgehoben und neben sich aufgepflanzt. Der Wolfsschädel an der Spitze lachte ihnen knöchern entgegen; es war das einzige Gesicht, das sie sahen. Der Kopf des Mannes blieb unter dem Fell verborgen.

Nugua war schneller als Feiqing und erreichte den Schamanen als Erste. Sie trug keine Waffe und wollte sich mit bloßen Händen auf ihn stürzen, als mit einem Mal eine dürre Hand unter dem Fell hervorschoss und in ihre Richtung wies. Eine unsichtbare Macht erfasste Nugua und schleuderte sie zurück. Zugleich bekam Wisperwind tief unter ihr wieder Luft, und auch ihr *Chi* begann zu fließen; das Schattengeflecht aber haftete noch immer an ihr, konnte sich jeden Moment erneut zusammenziehen.

Nugua wäre mit dem Rückgrat auf die Felsen gekracht, hätte Feiqing sie nicht aufgefangen. Sie stolperten ein Stück zurück, während der Schamane leise zu singen begann. Seine knarzende Stimme drang unter dem Fell hervor wie stinkender Atem und nahm als schwarzer Rauch Gestalt an.

Sie hatten der Macht des Schamanen nichts entgegenzusetzen, doch Nugua versuchte es erneut. Sie stieß sich von Feiqing ab und schnellte auf den vermummten Mandschu zu.

Die schwarze Rauchstimme stellte sich ihr entgegen wie eine Wand aus Dornenzweigen. Die Berührung damit brannte wie Feuer, und schon lehnte sich der obere Teil der Wolke über Nugua, um über sie hinwegzukippen und sie von allen Seiten zu umhüllen. Sie schrie auf, vor Schmerz, aber mehr noch vor verzweifelter Wut, weil sie nichts tun konnte außer zurückzuweichen. Und selbst dazu war es zu spät.

Unten auf dem Plateau verlor das Schattennetz um Wisperwinds Kopf an Festigkeit. Je mehr Kraft der Schamane aufwandte, um sich selbst zu retten, desto faseriger wurden die Fäden seines magischen Gespinsts. Wisperwind stieß einen zornigen Schrei aus, ließ die Zwillingsschwerter durch die Reihe der angreifenden Mandschu wirbeln – und sprengte zugleich den Fesselbann des Schamanen. Schattensplitter sprühten in alle Richtungen, dann war sie frei. Und sie erkannte mit einem Blick, was oben auf den Felsen geschah.

Feiqing sah ebenfalls, wie sich der dornige Rauch aus dem Mund des Schamanen um Nugua schließen wollte. Er stampfte vorwärts und stürzte sich tapfer mitten in das Gewirr aus schwarzen Zaubersträngen, verwehenden Dornenranken und Nuguas strampelnden Armen und Beinen. Der Rauch attackierte jetzt auch ihn, er brüllte schmerzerfüllt auf, packte Nugua und wollte sie von dem Schamanen fortziehen, fort von dieser Wolke aus Pein, die jetzt alle beide ergriffen hatte. Nugua sah und spürte ihn neben sich, war aber zu schwach, um sich aus eigener Kraft zurückzuziehen – und eigentlich wollte sie das auch gar nicht, denn sie hatte noch immer die verzweifelte Hoffnung, ihren Gefährten helfen zu können.

Wisperwinds Blick hing an dem Geschehen oben auf den Felsen, während sie mit neuer Wut Schwerthiebe der Mandschu parierte und ihrerseits tödliche Schläge austeilte. Nicht weit von ihr war Li in ein Duell mit dem obersten Mandschu verstrickt. Lotusklaue ließ sich von einem halben Dutzend seiner Krieger beistehen, aber der Xian hielt ihren Attacken stand.

Nur noch verschwommen sah Nugua, was als Nächstes geschah.

Wisperwind führte ihre beiden Schwerter in einer raschen Folge überkreuzter Hiebe, bis die Soldaten in Panik vor ihr zurückwichen. Doch statt nachzusetzen, stieß sie sich vom Boden ab, stieg steil in die Höhe, fünf, sechs, dann zehn Meter hoch, und vollführte blitzschnell eine Folge von Bewegungen. Sie warf die Schwerter gerade nach oben, packte mit beiden Händen je ein Bündel der silbernen Stahlnadeln aus ihrem Gürtel und schleuderte sie mit einem gezielten Wurf hoch über das Plateau hinweg auf die Felsen zu. Das alles vollbrachte sie am höchsten Punkt ihres Sprungs, fing dann die Schwerter wieder auf und sank zurück zu Boden, mitten in den Pulk der atemlos starrenden Mandschu.

Die Wurfnadeln surrten wie ein Hornissenschwarm auf den Schamanen zu, durchschlugen das schwarze Fell und bohrten sich in das, was darunter steckte. Ein markerschütternder Schrei ertönte, dann fiel der Fellbuckel in sich zusammen. Der dürre Körper, den er begrub, hob sich kaum höher ab als ein Haufen Knochen.

Die Wolke um Nugua und Feiqing platzte auseinander. Feiqing sackte zusammen, aber Nugua schlug noch einen Augenblick länger blindlings um sich, verlor plötzlich das Gleichgewicht und schlitterte den Felshang hinunter.

Der Rattendrache brüllte ihren Namen, aber sie fand keinen Halt und kugelte über eine Schräge aus Geröll in die Tiefe, dem Plateau entgegen. Dort prallte sie auf glatten Schiefer und blieb für mehrere Sekunden benommen liegen.

Wisperwind erschlug drei weitere Soldaten, jetzt wieder ganz auf der Höhe ihrer Kampfkunst. Sie sprang hierhin und dorthin, schneller als die erschöpften Mandschu sehen konnten, und kam über sie wie ein tödlicher Geist.

Auch Li erwehrte sich aller Angriffe und erwischte in kurzer Folge mehrere Gegner mit der Sichelklinge seiner Lanze, ehe er schließlich nur noch Lotusklaue selbst gegenüberstand.

Nugua beobachtete all das wie durch einen Schleier, so als habe sich etwas vom Zauberrauch des Schamanen auf ihren Augen festgesetzt. Aber es waren nur ihre Erschöpfung und der Schmerz der zahllosen Prellungen, die sie sich bei dem Sturz die Felsen hinab zugezogen hatte. Schon versuchte sie wieder, auf die Beine zu kommen, sackte aber zurück auf die Knie und atmete rasselnd aus und ein.

Es waren keine Mandschu mehr übrig, die ihrem Hauptmann zur Hilfe kommen konnten. Ein paar waren geflohen, fortgestolpert über die Felsen im Süden. Der Rest lag leblos über das Plateau verstreut, manche von den eigenen Schamanen getötet, die meisten aber erschlagen von Wisperwind und dem Xian.

Nur Lotusklaue stand noch aufrecht. Zwei der drei Krallenspuren in seinem Gesicht waren wieder aufgebrochen und übergossen seine Züge mit einem gespenstischen Rot, dunkler als der allgegenwärtige Lavaschein. Sein langes schwarzes Haar tanzte im Wind. Er fauchte wie ein Raubtier, als er sich Li und Wisperwind allein gegenübersah, und vielleicht erwog er für einen Augenblick wirklich, sich den beiden zum Kampf zu stellen.

Dann aber machte er aus dem Stand einen Sprung, der Wisperwind zu Ehren gereicht hätte. Statt sich aber in Sicherheit zu bringen, schlug er in der Luft einen Salto und sauste nach hinten.

Genau auf Nugua zu.

Als sie sich der Gefahr bewusst wurde, zerrte der Mandschuhauptmann sie bereits vom Boden und hielt sie am ausgestreckten Arm. Sie versuchte, nach ihm zu treten, aber ihr tat noch immer alles weh, und mit den Händen kam sie gerade mal bis zu seinen Oberarmen, nicht an Hals und Gesicht. Unter all dem Rot auf seinen Zügen sah sie jetzt wieder die Eisenplatte in seiner Stirn. Eine Tigerpranke hatte eine Furche durch das Metall gezogen.

„Lass sie los!“, brüllte Wisperwind. Sie hatte Silberdorn in den Boden gerammt – die Klinge zerschnitt sogar Fels – und hielt in ihrer linken Hand einen blitzenden Fächer aus Wurfnadeln. Li stand nahebei und hob drohend die Schaufellanze.

Lotusklaue achtete auf keinen von beiden. Sein Blick bohrte sich in Nuguas Augen, als forsche er dort nach etwas.

„Du hast die Tiger befreit“, flüsterte er tonlos.

Sie spuckte ihm ins Gesicht. „Ich wünschte, sie hätten dir deine hässliche Fratze heruntergerissen.“

Nur aus dem Augenwinkel sah sie seine Bewegung kommen. Sie hätte ohnehin nichts dagegen tun können.

Li stieß einen donnernden Fluch aus.

Wisperwinds Hand zuckte vor. Der Nadelfächer wurde zu einem Schwarm silberner Blitze, der auf Lotusklaue zuraste.

Die Hand des Mandschuhauptmanns prallte flach vor Nuguas Brust, mit einer Kraft, dass sie glaubte, ihre Rippen brächen in tausend Stücke. Ein, zwei Sekunden lang blieb seine Handfläche fest auf ihren Körper gepresst, genau auf ihrem Herzen. Dann ließ der Druck plötzlich nach.

Als Nugua wieder in seine Augen blickte, sah sie nichts als Nadeln. Sie funkelten im Lavaglanz wie seine Eisenstirn.

Seine Hand an ihrem Hals ließ los. Nugua fiel zu Boden. Röchelnd kam sie auf den Knien auf, schaute gleich wieder nach oben und sah Lotusklaue stürzen, rückwärts auf die Felsen, ein scheußliches Lachen im roten Gesicht.

Und schon war Wisperwind bei ihr, schob sie nach hinten, bis sie auf dem Rücken lag, und zerrte Nuguas schmutziges Wams nach oben.

„Heh!“, krächzte sie noch, aber sie hatte keine Kraft mehr, sich zur Wehr zu setzen. Sie sah nur Wisperwinds sorgenvolle Miene über sich, dann auch Lis Gesicht, erfüllt von einem tiefen Grauen.

Erst einen Atemzug später begriff sie, dass Sorge und Schrecken der beiden ganz allein ihr galten. Ihr selbst und dem, was sie auf ihrer nackten Brust sahen.

Jenseits der Felsen ertönte ein Kreischen, dann erhob sich der Kranich über der Kuppe und segelte den Hang herunter. Er schaukelte leicht, war angeschlagen wie sie alle, aber äußerlich unversehrt.

Mühsam hob Nugua den Kopf und blickte über das zusammengeschobene Wams an sich hinab.

„Was … ist das?“ Ein leises Stöhnen, verständlich nur für sie selbst.

Li legte schwer eine Pranke auf Wisperwinds Schulter. Hinter ihm landete der Kranich. Auch Feiqing kam herbeigeschlittert, den Hang hinunter, die Augen weit aufgerissen.

„O nein!“, entfuhr es ihm, als er sah, auf was sie alle starrten.

„Was – “ Nuguas Stimme versagte. Sie blickte noch einmal auf ihre Brust und kniff die Augen zusammen, um schärfer zu sehen.

Es hatte Ähnlichkeit mit einem blauen Fleck, jedoch sternförmig und scharf umrissen. Wie aufgemalt. Dann erkannte sie es – ein Abdruck von Lotusklaues Hand. Die Finger lagen gespreizt auf ihrem Herzen, so als wollten sie es festhalten.

Das Lachen des toten Mandschu klang noch immer in ihren Ohren.

„Die Purpurne Hand“, raunte Wisperwind.

Gefangene Herzen

Noch bevor Niccolo die Augen aufschlug, war sein Blick von waberndem Rot erfüllt. Der Lavasee brachte den Himmel zum Glühen. Die Helligkeit war durch seine Lider gesickert, noch während er aus der Bewusstlosigkeit erwachte.

Vor ihm stand Mondkind.

Stand nur da und betrachtete ihn. Ihre weißen Seidengewänder bauschten sich im heißen Wind. Lange dünne Bahnen flatterten in alle Richtungen wie Spinnweben und schienen endlos, weil sie eins wurden mit dem allgegenwärtigen Flimmern der Luft.

Er lag auf der Seite, als er die Augen aufschlug und sie entdeckte. Mit einem Ruck wollte er sich aufrichten, aber der Versuch scheiterte kläglich. Kaum hielt er den Oberkörper aufrecht, traf ihn der Schwindel wie eine Faust. Er musste sich mit beiden Händen am Boden abstützen, um nicht nach hinten zu fallen.

Mondkind schenkte ihm ihr trauriges Lächeln. Sie stand keine drei Schritt vor ihm, kam ihm aber nicht zu Hilfe, fast so als fürchtete sie, ihm zu nahe zu kommen. Er hatte nie vergessen, wie hübsch sie war, ihre Haut ganz blass und transparent wie Nebel. Jetzt erkannte er, dass die Wirklichkeit seine wehmütigen Erinnerungen um ein Vielfaches übertrafen.

„Li sagt … du hast fünf Xian getötet", brachte er stockend hervor. „Ist das wahr?"

„Macht das einen Unterschied?"

Er stöhnte leise. „Das sollte es."

„Ich könnte deine besten Freunde und deine ganze Familie ermorden, und du müsstest mich trotzdem lieben." Ihr Lächeln zerschmolz zu Mitgefühl. „Ich habe das nicht gewollt, Niccolo. Aber ich hatte keine andere Wahl. Ohne dein *Chi* hätte Guo Lao mich besiegt. Und nun sind wir aneinander gebunden wie die Liebenden in den alten Legenden, ebenso fest – und ebenso aussichtslos."

Er blinzelte den Tränenschleier fort, der sich vor seine Augen legte. Die Hitze. Er war nicht sicher, ob Mondkind wirklich vor ihm stand. Aber das Lavalicht und die blutroten Wolken bildete er sich gewiss nicht ein. Falls es ein Traum war, dann einer, der sich einer wahrhaftigen Kulisse bediente. Auch als er Mondkind zum ersten Mal begegnet war, hatte sie die Aura eines Traumbilds gehabt. Eine Erscheinung, so flüchtig wie Morgentau.

„Ich will nur bei dir sein", sagte er.

„Und ich will bei *dir* sein. Das musst du mir glauben." Dann schüttelte sie den Kopf. „Aber es geht nicht."

Trotz regte sich in ihm, gegen das Schicksal, gegen die ganze Welt. „Mir ist egal, was du getan hast!"

„Li hat die Wahrheit gesagt. Ich habe die Xian erschlagen, weil der Aether es mir aufgetragen hat – sogar meine eigene Lehrmeisterin. Und die Schmiede hier in den Lavatürmen …"

„Wisperwind sagt, sie waren keine Menschen mehr. Nur noch Untote."

„Getötet hat sie die Zeit, nicht ich. Die Götter haben sie

am Leben erhalten, aber das war kein echtes Leben mehr, nur noch ein ... Funktionieren. Wie Puppen. Ohne Gefühl, ohne Freude, ohne Wünsche und Träume. Es sind nicht mehr viele übrig gewesen, als ich herkam. Kaum mehr als zehn. Was ich getan habe ... das war ein Akt der Erlösung. Sie konnten weder Schmerz noch Dankbarkeit noch Hass empfinden. Wenn der Xian behauptet, ich hätte seine Brüder und Schwestern ermordet, dann hat er Recht ... Aber die Schmiede, das war kein Mord. Was die Götter mit ihnen getan haben, war tausendmal grausamer als alles, was ich ihnen hätte antun können." Sie hob das Kinn und sah dabei so stolz wie eigensinnig aus. „Tiandi, der Himmelsgott, ist nicht gütig und voller Gnade. Und die anderen Götter sind es erst recht nicht, ganz gleich, was die Xian sagen."

Er griff nach dem Strohhalm, den sie ihm anbot. Verständnis für sie würde helfen. Verständnis machte es leichter, seine Gefühle für sie vor sich selbst zu rechtfertigen. „Du kämpfst gegen den Himmel und die Götter, weil sie böse sind?"

„Nicht böse. Nur selbstsüchtig." Sie zögerte. „Aber ist das ein Grund, sie zu vernichten? Ich weiß es nicht."

„Warum tust du es dann?"

„Der Aether befiehlt es mir."

Er begriff noch immer nicht, wie der Aether irgendetwas befehlen konnte. Er war eine Substanz, etwas wie die Luft, die sie alle atmeten. Luft konnte nicht sprechen, schon gar keine Befehle erteilen. Warum also sollte der Aether diese Fähigkeit besitzen?

Ganz weit hinten, in den Tiefen seines Unterbewusstseins, regten sich weitere Fragen: Was bedeutete das für die Wolkeninsel? Für das Volk der Hohen Lüfte, das vom Aether abhängig war? Und für ihn selbst? Er sollte ein *Stück* von etwas beschaffen, das sie alle vernichten wollte.

„Was *ist* der Aether?“, flüsterte er.

„Er lebt, Niccolo. So wie du und ich. Er ist größer als der Himmel, allumfassend in seiner Macht. Stell ihn dir wie die äußere Schale einer Zwiebel vor. Er hält die Welt zusammen, das Universum, alles, was ist. Der Himmel ist nur eine der Schalen *darunter* und die Erde der helle Kern in der Mitte.“

„Und das gibt ihm das Recht – “ Er brach ab und dachte nach. „Das Recht, was genau zu tun? Was will er? Und wie kann eine ... eine Schale überhaupt etwas wollen?“

Mondkind lächelte milde, aber es schlug gleich wieder in ein gequältes Zucken ihrer Mundwinkel um. „Was spielt das für eine Rolle?“

„Aber du gehorchst ihm!“

„Ich kann nicht anders. Selbst jetzt, in diesem Moment, hört er uns zu. Und ihm gefällt nicht, dass ich hier bin. Wahrscheinlich wird er mich dafür bestrafen.“ Sie trat nun doch auf ihn zu, ging in die Hocke und ergriff Niccolos Hand. Es war, als dränge die Berührung durch seine Haut, tastete sich durch seine Blutbahnen bis zu seinem Herzen. „Ich werde dich immer lieben. Ganz gleich, was noch geschehen wird. Ganz gleich, was *mit uns* geschieht.“

Er war nicht sicher, was in ihn fuhr, als seine Hand sanft in ihren Nacken tastete – an diesen umwerfenden, geisterbleichen Hals – und sie zu sich herabzog. Sie küssten sich, und beide öffneten dabei die Augen und sahen einander an, ein stummes Kräftemessen, ein Forschen nach Wahrheit in den Gedanken des anderen.

Nach einem Moment löste sie ihre Lippen von seinen, nur ein Stück weit. Ihm war, als spürte er sie noch immer. „Wir dürfen das nicht tun, Niccolo. Es ist … nicht richtig."

„Wer sagt das? Der Aether?"

„*Ich* sage das. Du weißt, was ich bin. Was ich getan habe. Und du bist ein guter Mensch. Ein anständiger Mensch. Jemanden wie mich auch nur zu mögen, nach allem …" Sie schüttelte den Kopf und stand auf, bevor er sie zurückhalten konnte. Dabei streifte ihre Hand das Seidentuch an seinem Gürtel, dasselbe, das sie ihm im Wald geschenkt hatte. „Ich wollte, dass du erfährst, was hier in den Türmen geschehen ist. Die Wahrheit ist schlimm. Daran ändert auch die Bindung nichts, die das *Chi* zwischen uns geschaffen hat."

„Vielleicht ist es nicht nur das *Chi*."

Waren das Tränen in ihren Augen? „Würde das nicht alles nur noch schlimmer machen?"

„Bleib hier. Sprich mit Li."

Unglücklich lachte sie auf. „Er würde versuchen, mich zu töten."

„Dann spreche ich mit ihm. Mir wird er zuhören!"

„Du verstehst noch immer nicht, oder? Ich werde Li irgendwann umbringen. Ihn und seine Brüder Guo Lao und Tieguai, und dann wird keiner der Unsterblichen mehr übrig sein. Nur deshalb lebe ich noch."

„Aber *warum*?" Er schrie es fast, als er aufstand und auf sie zu trat. „Wie zwingt er dich dazu?"

Ein Zucken lief durch ihren Körper, wie von einem

plötzlichen Stich in den Rücken. Für einen Moment sackten alle Seidenbahnen in sich zusammen, leblos und schlaff. Gleich darauf aber erhoben sie sich wieder, und Mondkinds Haltung war abermals aufrecht und erhaben. „Ich habe eingesehen, dass er Recht hat." Sie senkte den Blick, schuldbewusst und traurig. „Der Aether entsteht aus lebenden, atmenden Wesen. Er ist der Atem der Drachen, ob sie es wollen oder nicht ... Die Götter haben die Welt erschaffen, aber ihre Zeit läuft ab. Mit dem Aether hat sich die Welt ihren *eigenen* Meister geschaffen, keine fernen, unwirklichen Gottheiten, sondern etwas, das aus ihr selbst aufsteigt und sich sogar den Himmel untertan macht. Er gehört zu uns, begreifst du? Wenn der Aether siegt, dann siegen *wir*. Die Welt führt Krieg gegen den Himmel, und sie weiß es nicht einmal, weil der Aether die Schlacht für sie schlägt."

„Aber die Welt will diesen Krieg nicht", behauptete er.

„Trotzdem ist er gerecht. Der Aether wird *immer* das Richtige tun. Er ist unser Gewissen, unsere Moral, und er tritt ein für unsere Freiheit." Sie atmete tief durch. „Und er erwartet nicht, dass wir es verstehen."

„Weil es nichts zu verstehen gibt. Weil das, was er tut, Unrecht ist. Weil das, was *du* tust – "

„Unrecht ist?" Sie ließ es wie eine Frage klingen, aber er glaubte, dass sie in Wahrheit zustimmte. Noch jemand schien dieser Meinung zu sein, denn erneut durchfuhr ein Beben ihren Leib, als hätte eine unsichtbare Macht ihr einen Schlag versetzt.

Er fing sie auf, als sie zusammenzubrechen drohte, hielt ihren federleichten Körper im Arm wie eine Nachtigall mit gebrochenen Schwingen. Sacht zog er sie an sich, und für Augenblicke vergrub sie das Gesicht an seiner Schulter. Es war eine erschütternd menschliche Geste für ein Mädchen, das eigentlich gar keines mehr war. Er hätte niemals geglaubt, sie einmal so verletzlich zu sehen.

Warum nur war sie hergekommen? Wegen dir, flüsterte es in ihm. Die einzige Wahrheit in all dem ist, dass sie dich liebt. Und du liebst sie.

Ich kenne sie nicht. Sie kennt mich nicht. Wir *können* uns gar nicht lieben.

Aber dann sah er sie wieder an, als sie die Augen hob, sah die Sanftheit in ihrem Blick, die den Schrecken ihrer Taten vernebelte. Da wusste er, dass er sie immer lieben würde. Was scherte ihn das Warum.

„Ich muss gehen“, sagte sie.

„Nein. Bleib hier, bitte.“

„Li und die anderen werden jeden Moment hier sein. Und ich bin noch zu schwach, mich ihm zum Kampf zu stellen.“

„Dann kämpfe *nicht* mit ihm.“

Abermals lächelte sie. „Ach, Niccolo …“ Sie löste sich von ihm, aber er spürte kaum, wie sich ihr Gewicht aus seinen Armen hob. Immer blieb etwas von ihr zurück wie der Nachhall einer leisen, unendlich traurigen Melodie.

„Wo willst du denn hin?“, fragte er, als sie sich rückwärts von ihm entfernte, ganz langsam, so als wäre da etwas, das sie festhielt.

„Ich bin noch immer zu schwach, um es mit Li selbst aufzunehmen. Guo Lao habe ich schon einmal besiegt, aber sicher ist er so weit von hier geflohen, wie er nur konnte. Bleibt vorerst nur Tieguai, der Einsiedler. Ihn werde ich suchen.“

Seine Stimme war so rau, dass es wehtat. „Und mit seiner eigenen Waffe töten?"

„Ja." Eine Träne rollte über ihre Wange.

„Tu das nicht."

Aber da verschwand sie schon und tauchte erst wieder am Rand der Plattform auf. Ihr Federflug war dem Wisperwinds um ein Vielfaches überlegen. Er streckte vergeblich den Arm nach ihr aus. Sie aber schüttelte den Kopf und stieß sich von der Kante ab, sprang hinaus in die Lavaglut und verschmolz mit der flirrenden Luft. Der Federflug trug sie mit wenigen Sätzen zum Westufer hinüber.

Einen Moment später hörte er hoch über sich einen Kranichschrei. Er glaubte schon, es wäre Li, doch tatsächlich war sie es: Mondkind auf dem Rücken eines schlanken Riesenvogels. Ein Wagnis, solange Li in der Nähe war, und doch ging sie das Risiko ein. Eine schmale Seidenbahn schoss herab, berührte seine Wange so sanft wie warmer Atem und zog sich wieder zurück. Ein letzter Gruß. Ihr Abschied.

„Mondkind!", rief er ihr hinterher. „Du hast eine Wahl! Hörst du? Du *hast* eine Wahl ..."

Kranich und Reiterin verschwanden in den Wolken.

Niccolo blieb zurück, heillos verwirrt von der Wahrheit und mehr noch von all dem, was er nicht verstand. Seine Hand suchte das Seidenband an seinem Gürtel. Halb erwartete er, dass es verschwunden wäre, doch es befand sich noch immer an Ort und Stelle. Mit müden Fingern öffnete er den Knoten ohne hinzusehen.

Erst nach einer Weile senkte er den Blick von den glutroten Wolken, wo Mondkind verschwunden war. Schaute nach unten. Auf seine Hand. Auf die Seide.

Der Stoff war weiß und rein gewesen, als sie ihn ihm gegeben hatte. Nun war er grau und voller Ruß. Und da waren Schriftzeichen auf der Seide, eine kurze Reihe chinesischer Symbole:

Hilf mir.

° ° °

Eine Weile später landete Lis Kranich. Der Xian stellte mit einem Nicken fest, dass Niccolo erwacht war, und bat ihn, hinter ihm auf dem Vogel Platz zu nehmen.

Kurz bevor sie abhoben, verharrte Li noch einmal, legte die Stirn in Falten und blickte sich auf der Plattform um wie ein witterndes Tier.

„Ist sie hier gewesen?"

Niccolo ahnte, dass es wenig Sinn gehabt hätte, ihn zu belügen. „Ja", sagte er. Keine Erklärung, keine Entschuldigung. Für was auch? Etwa für seine Gefühle?

„Wie lange ist das her?"

„Du kannst sie nicht mehr einholen." Das war eine bloße Behauptung. Er wusste nichts über die Geschwindigkeit eines Kranichs, nichts über Lis magische Fähigkeiten. Doch der Xian wirkte geschwächt, war sichtlich angeschlagen von ... *einem Kampf*? Niccolo erwachte jäh wie aus Trance. „Was ist passiert? Wo ist Nugua?"

Der Unsterbliche seufzte. „Wir mussten zurück ans andere Ufer ... die Mandschu sind unserer Spur gefolgt. Feiqing geht es gut. Und Nugua ..." Er hob die Schultern, und vielleicht war das das Schlimmste, was er hätte tun können. Wenn selbst ein Xian nicht weiterwusste, musste es schlecht um sie stehen.

Mit ernster Miene blickte er abermals über die Plattform. Niccolo erwartete schon, dass er Mondkind doch noch verfolgen würde. Dann aber schüttelte der Xian kaum merklich den Kopf.

„Steig auf und halt dich fest!"

Der Kranich brachte sie zurück zum Plateau am Ufer des Lavasees. Schon von weitem sah Niccolo die leblosen Mandschusoldaten, überall auf dem dunklen Fels verstreut.

„Großer Leonardo!", flüsterte er.

Feiqing war in seinem roten Drachenkostüm nicht zu übersehen; nicht einmal die Schmutzkruste, die es bedeckte, konnte daran etwas ändern. Er saß neben Nugua auf einem Felsen, hatte einen Arm um ihre Schultern gelegt – und das Erstaunlichste war, dass sie es zuließ. Wisperwind stand daneben und blickte auf, als die Schwingen des Kranichs den heißen Blutgeruch aufwirbelten.

Niccolo glitt rückwärts über das Schwanzgefieder des Vogels und kam hart am Boden auf. Besorgt rannte er zu Nugua und den anderen hinüber.

Sie hob den Kopf und schien erst jetzt wahrzunehmen, wer da vor ihr auftauchte. Die maskenhafte Starre ihrer Züge fiel von ihr ab. Mit einem Jauchzen sprang sie auf und warf sich ihm um den Hals. „Ich bin so froh, dass du da bist!"

Er berührte zaghaft ihren Hinterkopf, und nach kurzem Zögern wurde ein Streicheln daraus. Wisperwind seufzte, während in Feiqings Augen ein Kummer stand, der Niccolo zutiefst erschrak.

„Wie … wie konnten die uns folgen?", stammelte er.

Nugua legte den Kopf zurück, sodass sie ihn ansehen

konnte, aber sie ließ ihn dabei nicht los. „Schamanen. Lotusklaue hatte Schamanen dabei. Sie können dasselbe wie Li, den Weg irgendwie verkürzen und – "

Li trat dazu. „Mondkind ist auf dem Turm gewesen."

Nugua ließ Niccolo los und wich einen Schritt zurück. Auch Wisperwind sah ihn fragend an.

„Sie ... konnte nicht anders, schätze ich", sagte er hilflos. Er wich Nuguas Blick aus, in den sich jetzt etwas mischte, mit dem er nicht umgehen konnte. Enttäuschung, vielleicht. Kränkung. Und ein stummer Vorwurf, gegen den er keine Verteidigung hatte.

Wisperwind klopfte ihren Strohhut ab und setzte ihn auf. „Und ich hatte schon geglaubt, dass ich begriffen habe, wie sie denkt."

„Du hast Recht gehabt", widersprach Niccolo. „Sie wollte, dass ich die Wahrheit erfahre. Sie hat alles zugegeben. Aber am Ende musste sie ... wollte sie mich wahrscheinlich genauso wiedersehen wie ich sie." Aber wusste er das? Oder wünschte er es sich nur?

Li schaute zurück zu den Lavatürmen, als könnte er Mondkind dort noch immer sehen. „Dann hat es wenigstens ein Gutes, dass sie hier aufgetaucht ist." Er überlegte kurz. „Und es hilft mir, ihre Macht einzuschätzen. Sie gewinnt ihre Kräfte schneller zurück, als ich gehofft hatte ... Sie muss einen neuen Kranich gezähmt haben."

Niccolo fasste Nugua an den Schultern. „Was ist hier passiert? Und wie geht es dir? Bist du verletzt? Li hat – "

„Ich werde sterben, Niccolo."

Er starrte sie an. Wenn sie ihm einen Dolch zwischen die Rippen gestoßen hätte, hätte der ihn nicht unerwarteter treffen können.

„Was?“, flüsterte er.

Alle sahen betreten zu Boden. Erst Feiqing ergriff nach endlosen Augenblicken das Wort. „Es war Lotusklaue.“ Mit dem Kopf deutete er auf die Leiche des Mandschuhauptmanns, den Niccolo jetzt zum ersten Mal bewusst auf den Felsen liegen sah. „Er hat mehr von der Kampfkunst verstanden, als wir alle geahnt haben. Er ... er hat sie – “

Nugua bemühte sich um Fassung, als sie ihn unterbrach. „Es ist die Purpurne Hand, Niccolo. Er hat mich mit der Purpurnen Hand gezeichnet.“

„Ich ... ich versteh das nicht ...“

Nugua hob ihr Wams. Unter der sanften Wölbung ihrer linken Brust prangte der violette Abdruck einer Hand mit gespreizten Fingern. Diese riesige Männerhand auf dem Leib eines jungen Mädchens war verstörend genug, doch was Niccolo wirklich erschütterte, war die Tatsache, dass sich die Finger *bewegten*.

Ganz leicht nur, wie ein feines Pulsieren.

Nugua ließ den Stoff wieder fallen. „Sie graben sich tiefer in mich hinein ... seine Fingerspitzen. Sie schließen sich langsam, verstehst du? Sie ballen sich zur Faust.“

„Um Nuguas Herz“, sagte Wisperwind.

Niccolos Stimme war ein Krächzen. „Wie lange noch?“

Die Kriegerin zuckte die Achseln. „Ein paar Tage. Vielleicht eine Woche oder zwei. Mehr nicht.“

„Und ... ihr meint, wenn sie sich geschlossen hat, seine Hand, dann – “

„So lange werde ich nicht warten“, fiel ihm Nugua ins Wort und gab sich merkliche Mühe, die Betroffenheit der anderen zu überspielen. „Es gibt jemanden, der mir helfen kann. Jemand, der alt und weise genug ist, damit fertig zu werden."

„Wer?"

„Yaozi. Der Drachenkönig des Südens." Mit einem tiefen Durchatmen verschaffte sie sich eine kurze Pause, um ihre Gedanken zu ordnen. „Ich habe ihn so oft heilen sehen, tiefe Wunden, die Flüche anderer Drachen … alles, verstehst du?"

„Aber die Drachen …" Er fuhr sich mit der Hand durchs Haar, weil er einfach nicht wusste, wohin damit. „Selbst wenn wir sie finden … ich meine, ein paar Tage, sogar zwei Wochen … das ist so wenig Zeit!"

„Wir werden uns eben beeilen müssen", sagte Li entschlossen, und plötzlich ahnte Niccolo, weshalb der Xian Mondkind nicht verfolgt hatte.

„Wir haben schon alles besprochen." Nugua nickte dem Unsterblichen zu. „Li bringt mich auf seinem Kranich zum Drachenfriedhof. Wir haben die Karte."

Der Xian nickte. „Wir könnten gemeinsam gehen, aber der Flug auf dem Kranich, verbunden mit meiner Macht, den Weg zu verkürzen … Nugua und ich werden allein nicht einmal die Hälfte der Zeit brauchen, die wir zu Fuß mit euch allen zusammen benötigen würden."

„Der Wächterdrache weiß vielleicht, wohin die anderen Drachen verschwunden sind", sagte sie. „Wer weiß, vielleicht kann er selbst mich heilen. Drachen sind die weisesten Geschöpfe, die es gibt."

„Weiser als die Xian", pflichtete Li ihr bei, und was sich im ersten Moment wie Sarkasmus anhörte, entpuppte sich bei einem Blick in sein Gesicht als tiefer Ernst. „Sie halten den Aether am Leben, weil sie ihn *ausatmen*. Ist das nicht eine furchtbare Ironie? Aber wer weiß, vielleicht kennen sie auch eine Möglichkeit, ihn aufzuhalten."

„Wenn wir den Drachen finden", fuhr Nugua fort, „diesen oder irgendeinen anderen, dann werden wir etwas von seinem Atem einfangen und ihn zu deinem Volk bringen. Das verspreche ich dir."

Niccolo zwang sich trotz seiner Sorge um sie zum Schatten eines Lächelns. Was geschah nur mit ihm? Erst seine Gefühle für Mondkind, und nun war ihm Nuguas Heilung tausendmal wichtiger als der verdammte Aether für die Wolkeninsel. Er wollte nicht einmal an den Aether *denken*, an nichts, was damit zu tun hatte.

Langsam nickte er. Und ehe er selbst begriff, was er tat, machte er einen Schritt auf sie zu und küsste sie auf die Stirn.

Ein Strahlen erschien in Nuguas Augen, ungeachtet des scheußlichen Abdrucks auf ihrer Brust, ungeachtet ihres ungewissen Schicksals.

„Tut es weh?", fragte er.

„Noch nicht."

Wisperwind räusperte sich leise. „Die Purpurne Hand wird bald beginnen, dich zu schwächen. Ihr müsst euch beeilen." Sie wandte sich an Niccolo. „Und wir drei – du und Feiqing und ich –, wir suchen uns den Weg zum Drachenfriedhof zu Fuß. Ich denke, dass ich ihn finden kann, auch ohne die Karte."

Geistesabwesend sah Niccolo Li zu, der zu seinem Kranich ging und die Zügel für einen raschen Aufbruch sortierte. Das Tier krächzte leise und rieb seinen Schnabel an der Schulter des Xian.

„Und du wirst Nugua helfen, meinen Leuten den Aether zu bringen?“, fragte Niccolo.

Der Unsterbliche drehte sich um. In seinem Blick reifte eine vage Ahnung zu Gewissheit. „Heißt das, du willst nicht mitgehen?“

Niccolo reichte ihm die Karte. „Nein.“

Wisperwind fuhr auf. „Aber, was – “

„Mondkind“, flüsterte Nugua.

Er hob den Seidenschleier und zeigte ihnen die Schriftzeichen.

„Hilf mir“, las Wisperwind abfällig. „Bei den Göttern, mir bricht das Herz.“

„Ich werde sie suchen“, sagte er. „Ich muss sie wiederfinden.“ Er senkte den Blick und wusste genau, was sie alle dachten. „Ich kann nicht anders ... Es tut mir Leid.“

Nugua schwieg, als hätte sie bereits geahnt, was in ihm vorging. Wisperwind aber platzte fast vor Entrüstung. „Du willst deine Suche aufgeben? Ein ganzes Volk sterben lassen? Für *sie*?“ Sie packte Niccolo so fest an der Schulter, dass es wehtat. „Du kannst die Verantwortung nicht auf Li abschieben! Was, wenn Mondkind *ihn* findet, bevor du *sie* findest? Wenn es ihr gelingt, ihn zu töten? Wer wird dann den Aether zu deinem Volk bringen?“

„Ich“, sagte Nugua.

„Du?“ Wisperwind geriet außer sich. „Wir wissen nicht einmal, ob du – “

„Die nächsten paar Tage überlebst.“ Nuguas Miene wurde grimmig. „Ja, Wisperwind. Vielen Dank. Hätte ich das doch fast vergessen.“

Aber die Kriegerin wandte sich schon wieder an Niccolo. „Wie willst du sie suchen? *Wo* willst du sie suchen?“

Er sah hinüber zu Li. „Sie hat gesagt, dass sie versuchen wird, deinen Bruder Tieguai aufzuspüren. Wenn ich ihr zuvorkomme, kann ich sie vielleicht aufhalten.“ Sein Blick wurde fest, als er wieder die Schwertmeisterin fixierte. „Ich weiß, dass Gutes in ihr ist. Sie fürchtet den Aether. Er zwingt sie zu all diesen Dingen. Ich kann sie überzeugen, niemanden mehr zu töten … Verdammt, ich *weiß*, dass ich das kann!“

Li legte die Zügel über den Rücken des Kranichs und sagte sehr ruhig: „Ich werde sie trotzdem töten, früher oder später. Das solltest du wissen.“

Hilflosigkeit, Trotz und nun auch noch Wut stiegen in Niccolo auf, und er riss sich mit einem Ruck von Wisperwind los. „Auf mich wird sie hören!“

„Und wie willst du sie einholen?“, fragte die Kriegerin spöttisch. „Sie beherrscht den Federflug, und sie reitet auf einem Kranich.“

„Aber sie weiß nicht, wo sie Tieguai finden kann.“ Niccolo ging zu Li hinüber, der ihm niemals riesenhafter erschienen war. „Wenn ich den direkten Weg nehmen könnte, ohne ihn erst suchen zu müssen …“

„Ich soll dir verraten, wo sich Tieguai aufhält?“

„Dann kann ich vor ihr dort sein. Und ihn warnen.“

„Er ist längst gewarnt. Auch die anderen waren es. Und es hat ihnen nicht geholfen.“

„Aber ich kann Mondkind aufhalten! Falls ich schon dort bin, wenn sie eintrifft … Mir wird sie zuhören!“

Der Unsterbliche schaute zurück zu den anderen, von der aufgebrachten Wisperwind über Feiqing, der niedergeschlagen dastand und auf seine Füße starrte, bis hin zu Nugua. Niccolo folgte seinem Blick und konnte nicht fassen, wie tapfer sie war. Schweigend nickte sie dem Xian zu.

„Gut“, sagte Li. Dann verriet er Niccolo, wo er den Einsiedler Tieguai finden konnte und wie er auf dem schnellsten Weg dorthin gelangen konnte. Es war ein Fußmarsch von mehreren Tagen, beschwerlich, aber zu bewältigen.

Niccolo dankte ihm, nachdem er sich die Beschreibung eingeprägt hatte. „Ich werde dich nicht enttäuschen.“

„Ihr seid Narren!“, fluchte Wisperwind. „Allesamt Narren!“

Nugua ergriff ihr Bündel, umarmte Feiqing so fest, dass die Augen des Rattendrachen groß und rund wurden, schüttelte dann der grimmigen Wisperwind die Hand und kam schließlich zu Niccolo, Li und dem Kranich herüber.

„Brechen wir auf“, sagte sie leise zum Xian.

Niccolo nahm sie in den Arm. „Es tut mir Leid.“

„Ich wünsche dir Glück.“ Sie klang erschütternd sachlich, gar nicht wie sie selbst. Aber dann fügte sie doch noch leiser hinzu: „Und dass wir uns wiedersehen.“

„Das werden wir.“

Ihr Lächeln sah sehr traurig aus. Sie stellte sich auf die Zehenspitzen, küsste ihn auf die Wange und wandte sich dann so eilig ab, dass er ihre Lippen noch spürte, während Li sie schon um die Taille fasste und auf den Kranich hob.

Vielleicht mache ich einen Fehler, dachte er bedrückt, während Nugua sich abwandte und ihr Gesicht vor ihm verbarg. Niccolo schenkte Li ein dankbares Nicken und tätschelte dem Kranich den Schnabel.

Der Xian bildete mit beiden Händen eine Höhle vor

dem Mund und flüsterte etwas hinein. Als er Niccolo gleich darauf die rechte Hand entgegenstreckte, lag eine kelchförmige schwarze Blüte darin. „Gib die Tieguai. Er wird wissen, was zu tun ist."

Unsicher nahm Niccolo die Blume entgegen, betrachtete sie einen Moment lang und steckte sie schließlich unter sein Wams.

Li schwang sich auf den Riesenvogel und stieß dabei fast Nugua herunter. „Festhalten!", rief er über die Schulter, wickelte sich die Zügel um die Hände und flüsterte dem Kranich einen Befehl zu.

Augenblicke später erhoben sich die drei in den lavaroten Himmel, glitten über den Klippenrand und schwebten davon.

Niccolo presste die Lippen aufeinander.

Feiqing trat neben ihn. „Es wird schlimmer", sagte er düster. „Auf die eine oder andere Weise: Es wird alles noch schlimmer werden." Damit drehte er sich um und watschelte zurück zu Wisperwind.

Niccolo hörte die beiden davongehen, aber er brachte es nicht übers Herz, sich umzudrehen und den vorwurfsvollen Blicken Wisperwinds zu begegnen. Erst nach Minuten wischte er sich die Tränen von den Wangen und schaute über die Schulter.

Sie waren längst hinter der Felskuppe verschwunden.

Wisperwind hatte etwas für ihn zurückgelassen, und erst später wurde ihm vollends bewusst, welches Vertrauen sie ihm damit schenkte.

Aufrecht im Stein, dort wo sie eben noch gestanden hatte, steckte Silberdorn. Daneben lag eine leere Schwertscheide.

Niccolo ging langsam hinüber, zog das flüsternde Schwert aus dem Boden und betrachtete es lange. Eine Waffe, um Unsterbliche damit zu töten. Und ihre abtrünnige Schülerin.

Zwischen den Leichen fand er sein Bündel, band sich das Schwert über die Schulter und machte sich auf den Weg.

ENDE DES ERSTEN BANDES

Kai Meyer

Frostfeuer

Seit Anbeginn der Zeit herrscht die Schneekönigin über die weiße Öde am Rande der Welt. Kalt ist ihr Reich und aus Eis ist ihr Herz. Doch dann wagt die junge Magierin Tamsin Spellwell, was keiner zuvor je gewagt hat – sie raubt einen Zapfen vom Eisherzen der Schneekönigin, um die Macht der Tyrannin zu brechen. In Sankt Petersburg, im eisigsten Winter seit Menschengedenken, treffen die beiden erneut aufeinander. Ein fantastisches Zauberduell entbrennt – doch nicht Magie bestimmt die Siegerin, sondern der Mut des Mädchens Maus.